新訳 真田三代記

下

堀内 泰／訳
Yasushi Horiuchi

ほおずき書籍

新訳 真田三代記〈下巻〉＊目次

新訳　真田三代記〈下巻〉

本文中には適宜（　）書きで注釈を加えています。

また、原則として原本の記述を尊重しているため、現在では差別的とされる表現も一部含まれていることをご了承ください。

七十八　上杉・北條《ほうじょう》甲信へ発向の事並びに直江・柿崎夜討ちの事

元亀《げんき》元年（一五七〇）（註①）の九月上旬、上杉との謀《しめ》し合わせに従って、「北條氏康《うじやす》が甲府を攻めようと手配りを頻《しき》りにしている」とのことが上杉方へ聞こえて来た。謙信《けんしん》は大いに悦び、「時を得たぞ。此《こ》の度《たび》は是非とも信玄《しんげん》に一泡《ひとあわ》吹かせて呉《く》れよう」と大いに勇み、春日山《かすがやま》の城を雷発《らいはつ》して信州三輪《みわ》（註②）迄発向した。北條も居城を打ち立って尾布《おふ》（註③）迄出陣し、所々に放火して今にも甲府へ乱入する勢いであった。是によって甲府方にては、「スハヤ。合戦が始まるぞ」と上を下へと騒動するのみならず、双方の注進は櫛《くし》の歯《は》を挽《ひ》くが如くであった。諸将も大いに驚き急ぎ登城して色々評議をした。山縣三郎兵衛《やまがたさぶろうひょうえ》が進み出て、

「北條勢が仮令《たとえ》大軍で攻め来たる共、何度も武田の武威を知っているので深々と攻めて来ることはないでしょう。臣が考えるに、謙信こそ由々《ゆゆ》しき敵でしょう。然《しか》れば北條勢は智謀深き真田氏を以《もっ》て之《こ》れを禦《ふせ》がせ、上杉は君自身《みずから》御出馬有って征伐され、その後北條を攻められるのが宜しいでしょう」

と言上した。是は日頃真田を憎むを以て「北條の大軍へ向かわせ、若《も》し敗せば笑おう」と

の邪意《じゃい》を含んだものであろう。是を聞いて、佞奸邪智《ねいかんじゃち》の長坂釣閑《ながさかちょうかん》・跡部大炊介《あとべおおいのすけ》も、

「此の議然《しか》るべし」

と頻《しき》りに申し述べた。信玄は真田兄弟に向かって、

「我三輪に至り上杉を防ぐ間、其《そ》の方共《ほうども》は北條を押さえ、我が帰陣迄持ち堪《こら》えよ。此の議如何《いか》に」

と言った。真田兵部丞《ひょうぶのじょう》は早その気を察して、

「勝敗は予《あらかじ》め期し難いので確言《かくげん》は出来難い」

と言い終《お》わらないうちに、昌幸《まさゆき》は冷笑《あざわら》って、

「兄君の言うことは誤《あやま》っています。北條勢如きの大軍は某《それがし》一人の手勢にてきっと防ぎます。謙信こそ勿々《なかなか》容易の敵では有りません。兄君は主君と共に三輪に向かい下され」

と端然《たんぜん》として申し述べた。信綱《のぶつな》と昌輝《まさてる》は大いに怒り、

「陣中に偽言《ぎげん》はない。我々大軍にて向かってさえ心元なき北條勢を、其の方一人の手勢にて防ごうなどとは人を差し置いた過言である。免《ゆる》し難い」

と息巻いて言った。昌幸は、

「某《それがし》如何《いかが》して偽言を以て君を欺《あざむ》くことが有りましょう。必ず防ごうと思う故に言ったのです。我が一命は元より君に捧《ささ》げる積もりです。此の度北條と戦い防ぐと雖《いえど》も、力能《あた》わざる

時は討死致《うちじに》す迄のことです。斯《か》く言ったからとて死を軽んずるのでは有りません。君命《くんめい》を重んずる為です。大敵を見て恐れず、小敵と見て侮《あなど》らないのは武士の習いです。北條の大軍を見て蟻同様に踏み破ってお見せしましょう」

と何時《いっ》になく傍若無人《ぼうじゃくぶじん》の答えをした。是は偏《ひとえ》に山縣・跡部・長坂等の心を挫《くじ》く為で有った。信玄も常に変わった真田が広言に、「若しや討死したならば如何《いかが》しようか」とて、その日の評定《ひょうじょう》は止《や》めにした。

昌幸はなおも、その翌日北條勢を防ぎ度《た》き由《よし》を書面を以て言上した。信玄は訝《いぶか》しく思って昌幸を招き、

「此の度其の方が僅かの勢を以て北條勢を防ぎ度き由を願うのは、甚だ以て不審に思う処で有る。如何なる謀《はかりごと》が有るのか、委《くわ》しく語れ」

と命じた。昌幸は謹んで、

「仔細は軍《いくさ》が終《おわ》れば相知れますので、是非是非此の段お許し下されたい」

と何事も言わなかった。信玄は「定めて奇計《きけい》が有るのだろう」と思い、

「然らば北條勢へ向かえ。然《さ》りながら、長根肥後守に千五百を相添え遣わそう」

と言った。昌幸は、

「有難う御座います」

と応じた。そして、軈《やが》て長根諸共、その勢二千余人で北條の大軍へと打ち向かった。斯《こ》うして昌幸が甲府を発向したので、信玄も三輪へと出馬した。是に従う人々には武田左馬之《さまの》助信豊《すけのぶとよ》・同孫六《まごろく》入道逍遙軒《しょうようけん》・穴山伊豆守入道梅雪《ばいせつ》・一條右衛門大夫《うえもんのだいぶ》、続いて原隼人佐《はやとのすけ》・馬場・山縣・諏訪勝頼《すわかつより》・小山田備中守《おやまだびっちゅうのかみ》・真田源太左衛門《げんたざえもん》・同じく兵部丞《ひょうぶのじょう》・跡部大炊介・長坂源五郎・芦田下野守《しもつけのかみ》・小幡《おばた》上総介・小笠原掃部大夫《おがさわらかもんのだいぶ》・尾曽喜《おそき》・五甘《ごかん》・白倉《しらくら》等、その勢二万八千余騎にて川中島《かわなかじま》より三輪に向かい謙信と対陣した。

謙信は小田原《おだわら》に通じて双方より挟み討とうと計ったことなので、「此の度は信玄が此方《こなた》へ赴くならば揉み立てて攻めよう」と待っていた。其処《そこ》へ斥候《ものみ》の者より、「信玄は此方へ向かい、小田原勢の押《おさ》えには真田安房守《あわのかみ》を遣《つか》わした」と告げて来た。謙信は此の由を聞いて直江山城守《やましろのかみ》・柿崎和泉守《いずみのかみ》の両将を呼んで、

「今宵甲府勢が陣を張ったら、その備えのない処へ夜討ちを掛け、敵軍の鋭気を挫《くじ》くのは如何か」

と言った。直江・柿崎は、

「道理《もっとも》です」

と応じて用意をした。そして「甲府勢が陣を張るならば、夜討ちを掛けよう」と待っていた。

　一方、信玄は既に三輪に陣を張《は》り、

「今宵敵方が夜討ちを掛けるやも計り難い。随分用心を堅固に致せ」

と下知《げち》を伝えた。それなのに、先手の白倉や尾曽喜の勢は長《なが》の歩行に人馬共に労《つか》れ、何の備えも為さなかった。上杉勢は、その夜子《ね》の刻《こく》（十二時頃）に、直江兼続《かねつぐ》・柿崎和泉守が勢五千余騎馬に枚《ばい》を銜《ふく》ませ甲府勢の陣前に到って斥候を出して窺《うかが》うに、白倉・尾曽喜・五甘の者共は何の備えもなく、唯捨て篝《かが》りのみを焚いていた。そこで、「時分は好《よ》いぞ」と轡《くつば》みを並べドッと喚《さけ》んで攻め掛かった。白倉・尾曽喜の勢は大いに仰天し敗れ、我も我もと逃げ出した。それを鬨《とき》の声にて駆け立てれば、両勢乱れて本陣に雪崩《なだ》れ掛かった。大将信玄は予《かね》て夜討ちの覚悟が有ったので、山縣三郎兵衛を出して敗軍の勢を援《たす》け本陣より打ち出て上杉勢と戦った。

　柿崎和泉守の郎等《ろうとう》の鷲尾瀬兵衛《わしおせへえ》と言う大力《だいりき》の者が、「此の度の夜討ちで、信玄法師の首を引っ提げて帰りたいものだ」と巧《たく》み、白倉勢の敗軍の中へ紛れ込み難なく本陣に到って窺っていた。

（註）

① 川中島《かわなかじま》での五回の合戦は永禄七年（一五六七）を最後に終了しているので、元亀元年（一五七〇）の合戦は『三代記』の作者の創作と考えられる。

② 『三代記』には「上三輪」とあったり「三輪」とあったりするが、訳者が「三輪」に統一した。三輪は現長野市の北部地域に当たる。

③ 『三代記』には「尾布《おふ》」とあったり「屋布《やふ》」とあったりする。調べてはみたが、いずれも位置がはっきりしないので、「尾布《おふ》」で統一した。

七十九　武田勢惣敗軍の事並びに昌幸北條《まさゆきほうじょう》勢を欺《あざむ》く事

武田信玄《しんげん》は予《かね》て覚悟の夜討ちなので用意は有ったが、先手《さきて》の白倉・尾曽喜《おそき》の油断により本陣近くまで敵を引き受けた。然《しか》れ共《ども》旗本には武田左馬之助《さまのすけ》・一條右衛門大夫《うえもんのだいぶ》・馬場美濃守・諏訪勝頼《すわかつより》の備え立てが堅固に控えていたので、先ほど白倉勢に紛れ込んだ鷲尾瀬兵《わしおせへえ》衛は信玄に近寄ることが出来なかった。そこで、彼方此方《あなたこなた》と本陣を窺っていた。此の時長坂源五郎（註①）は父釣閑《ちょうかん》の代わりとして陣中にあって、此《こ》の体《てい》を見て怪しみ、

「此の者必定《ひつじょう》本陣を窺う曲者《くせもの》に違いない。ソレ生け捕れ」

と下知《げち》した。鷲尾は必死となって四尺（約一・二メートル）に余る太刀を抜き放し、近寄る者三・四人を切り倒した。長坂源五郎は是を見て、鎗《やり》を追っ取り突いて掛かった。敵は名に負う鷲尾なので、鋭い穂先《ほさき》をこと共せず二・三合戦っていた。しかし、如何《いかが》したのか源五郎は鎗の穂先を切り折られ、「是は叶わない」と急ぎ逃げ走った。鷲尾は「遁《のが》さじ」と追い掛かった。源五郎は元より短才の慌て者なので何心《なにごころ》なく、

「本陣に敵が紛れ入ったぞ。用心せよ」

と高声《こうしょう》に呼ばわった。臆《おく》した甲府勢は、「さてこそ、謙信が謀《はかりごと》に当たってしまったぞ」と、敵を誰とも見分けずに右往左往に敗走した。夜軍《よいくさ》なので人皆疑惑《ぎわく》し、或《ある》いは同士討ちし、又は味方の逃げる足音に「敵追い掛かるか」と慌てふためき逃げ惑った。斯《か》くして本陣が乱れたので、上杉勢は勢いに乗り鬨《とき》の声を揚げて攻め立てた。馬場・山縣も共に引き立てられ、二・三里（約八～一二キロメートル）ばかり敗走した。上杉勢は尚《なお》も追い掛けたが、直江山城守《やましろのかみ》が大音《だいおん》揚げ、

「此の大軍を小勢にて深々と追い掛け、若《も》しも敵が大返しに取って返せば味方は一人も助

かるまいぞ。引けや。引けや」

と鐘を鳴らし軍を収め、謙信の本陣に引き取った。

是によって、又々甲府勢は備えを立て直して控えた。その間に、夜はほのぼのと明け掛かった。鷲尾瀬兵衛は「此の紛れに信玄を討ってやろう」と、彼方此方《あなたこなた》と窺う内に既に夜は全く明けてしまった。是非もなく静々と引き取りながら、

「我一人だけで、斯《か》く程《ほど》に敵を破ったのは稀代の高名《こうみょう》である」

と独り言しながら勝頼の陣の前を通った。伊奈九兵衛《いなきゅうべえ》が行き逢って、「怪しい曲者。物印《しるし》もなく徒歩で密々《ひそひそ》陣中を窺うとは、必ずや謙信の廻し者で有ろう」と諸卒に命じて生け捕ろうとした。けれども、瀬兵衛は手剛《てごわ》き者なので即時に五・六人を切り散らした。九兵衛は大いに怒り、自身太刀を抜いて渡り合い、散々《さんざん》に戦い瀬兵衛の目の上へ切り付けた。その為、瀬兵衛は力尽き終《つい》に伊奈に討たれてしまった。九兵衛は彼の首を携《たずさ》え勝頼の前に至り、一部始終《しじゅう》を語った。勝頼は敵ながらも鷲尾が働きを感じ、

「定めて名のある者で有ろう」

と言って本陣に送った。是よりは双方軍《いくさ》を止《や》め、暫《しばら》く白眼《にらみ》合っていた。

一方、真田安房守昌幸《あわのかみまさゆき》・長根肥後守の両人は二千余騎にて尾布《おふ》に赴き、小田原《おだわら》勢と対陣した。北條《ほうじょう》左京大夫《さきょうのだいぶ》（註②）は是を見て大いに笑い、「甲府勢は大軍で来るべきなのに、

僅かの小勢にて向かい来たのは浅はかである。一駆けに攻め破れ」と早々に用意した。松田尾張守入道《おわりのかみ》（註③）は大いに制し、

「小敵であるとて侮《あなど》るのは兵法の誡《いまし》むる処です。敵の挙動を窺い、機に乗じて攻め掛かりましょう」

と言って控えていた。真田安房守は別府若狭・伊勢崎藤十郎《とうじゅうろう》・石田郡次《ぐんじ》等に命じて、その夜陣中に松明《たいまつ》三百ばかりを燈《とも》し、彼方此方を徘徊させた。北條勢は是《こ》れを見て、

「スハヤ。敵は夜討ちを掛けると覚えるぞ。油断するな」

と用心していると、陣中に近付くこと二丁（約二二〇メートル）ばかりにして松明が一度に消えたので、辺りは忽《たちま》ち闇夜となり黒白も判らなくなった。北條勢は、「直ちに攻め寄せて来るだろう」と待てども待てども何の沙汰もなく、その侭《まま》夜は明けてしまった。訝《いぶか》しく思って、松明が消えた辺りへ人を出して見させたが跡形もなかった。然《しか》るに、その翌夜《よくや》又も松明を五百ばかり灯しつつ押し寄せて来る勢いに、北條勢は、

「今宵こそ攻めて来るぞ」

と急ぎ用意をした。処が犇々《ひしひし》と間近く攻め来たるかと見れば、又も一度に消え失せてしまった。此のようなことが七日にも及んだので、北條勢は大いに心気労《しんきつか》れ昼夜寝ることが出来ず心身共に茫然《ぼうぜん》としていた。八日目の夜は松明も見えなかったので、

「さては今宵は来ないぞ。帯紐を解《と》いて眠ろう」

とて前後も知らず臥してしまった。

（註）

①「長坂源五郎」は、釣閑斎《ちょうかんさい》の嫡男で名を「昌国《まさくに》」と言う。

②『三代記』には「北條右衛門大夫《うえもんのだいぶ》」とあったり「北條右京大夫《うきょうのだいぶ》」とあったりするが、前後関係から「北條氏康」のことと判断される。氏康は「左京大夫」なので訳者が訂正統一した。

③「松田尾張守入道」とは、北條家の重臣の一人、松田憲秀《のりひで》のことかと思われるが、憲秀が入道（出家）したとは聞いていない。

八十　北條《ほうじょう》勢敗軍の事並びに謙信《けんしん》・信玄《しんげん》三輪《みわ》合戦《かっせん》（註①）の事

真田安房守昌幸《あわのかみまさゆき》は北條勢と対陣し、夜毎《よごと》に松明《たいまつ》を以《もっ》て敵を欺《あざむ》いたので、北條勢は昼夜寝ることが出来なかった。斯《こ》うしたことが既に八日に及んだので、皆々身心が労《つか》れ果て、「是は真田が味方を怖《おど》す為の謀計《ぼうけい》にして、攻め寄せることは有るまい」などと申し合わせて油断していた。その夜は松明が見えなかったので、「最早《もはや》、今宵《こよい》は来ないだろう」と皆打ち寛《くつろ》いで臥《ふ》してしまった。真田の斥候《ものみ》は此の様子を窺い済まして、「斯《か》く」と告げたので、昌幸は大いに悦び、「敵は我が籌策《ちゅうさく》（謀《はかりごと》）に乗ったぞ。今宵こそ北條勢を破ってやろう」と、先《ま》ず一方へは長根肥後守が千余騎で、一方へは真田昌幸が同じく千余騎で、山手を廻り左右二手に分かれて打ち寄せた。北條勢は思いも寄らぬ不意を襲われ、鯨波《とき》の声を聞くよりも慌てふためき、「太刀よ。兵具《もののぐ》よ」と言う侭《まま》に鎧《よろい》を着けても冑《かぶと》なく、繋いだ馬に打ち乗って鞭《むち》打つ者もあって上を下へと騒いでいた。其処《そこ》へ鉄砲を撃ち掛け撃ち掛け、真田勢が無二無三に攻め掛かった。その為、北條勢は一支《ひとささ》えもせずに先を争って逃げ出した。大将北條左京大夫氏康《さきょうのだいぶうじやす》・同左衛門佐氏忠《さえもんのすけうじただ》は大いに驚き、

「今は戦っても益なし。引けや者共」

と言う程もなく、主《あるじ》討たれても郎等《ろうとう》是を顧りみず。親討たれても子是を助けず。我先にと敗走した。その為、馬に踏まれ人に押されて死する者や、山際に押し詰められ人手に掛かるよりはと自害する者もあって、手負い・討死《うちじに》する者は数知れず、散々《さんざん》になって小田原《おだわら》迄引き退いた。然《しか》るに真田方は一人も損ぜず、敵の捨てた武具・馬具・旗・幕・指し物に至る迄悉《ことごと》く取り収めて、甲府を指して悠々と引き退いた。

又も小田原勢が敗れて引き退いたことが、謙信の陣へ聞こえて来た。謙信は、「さては又々謀が相違してしまったか。然《しか》れ共《ども》我、此《こ》の度《たび》の陣を此《こ》の侭《まま》に引き退くならば、信玄は後から追い討ちを掛けるであろう。又長逗留《ながとうりゅう》したとしても、北條勢が敗した上は、敵方に勇気増し味方には利がない。早く越後に帰ろう。然れ共此の侭引き取るのは残念だ」と思った。そして、九月二十五日の早朝先陣には甘粕備後守《あまかすびんごのかみ》の三千余人に宮田治部・本庄《ほんじょう》越前守《えちぜんのかみ》・柿崎頼母《かきざきたのも》が従い、二陣には柿崎和泉守《いずみのかみ》の千五百人に宇佐見駿河守《するがのかみ》・古田河内守《かわちのかみ》が従い、本隊には上杉弾正少弼《だんじょうしょうひつ》輝虎《てるとら》入道謙信・家嫡上杉太郎景虎《かげとら》（註②）、後陣《こうじん》には直江山城守《やましろのかみ》・北條右衛門大夫《きたじょううえもんのだいぶ》が、惣軍勢九千五百余騎で雁行《がんこう》に備えを立て打って出た。

一方、武田方からは先陣には山縣三郎兵衛《やまがたさぶろうひょうえ》の三千余人に、白倉《しらくら》左京・蜂谷《はちや》右衛門・名和無理之助《なわむりのすけ》が従った。二陣には武田左馬之助信豊《のぶとよ》の五千余人に五味才蔵《ごみさいぞう》・石田左司馬《さじま》・蜂《はち》谷五郎兵衛《やごろべえ》が従った。三陣には馬場美濃守・小山田備中守《おやまだびっちゅうのかみ》・甘利次郎の三千余人。本陣には武田大膳大夫晴信入道大僧正信玄《だいぜんのだいぶはるのぶ》・諏訪四郎勝頼《すわしろうかつより》・孫六入道逍遙軒《まごろくしょうようけん》・一條右衛門《うえもんの》大夫《だいぶ》・穴山伊豆守梅雪《ばいせつ》等であった。後陣に控えた二万九千余騎は魚鱗《ぎょりん》に備えて押し出した。

その間一丁余り（約一一〇メートル）にして、上杉入道は黄糸縅《きいとおどし》の鎧に龍頭《たつがしら》の冑を戴き陣頭に現れ出高声《こうしょう》にて、

「信玄に申すべきことが有る。此へ出られよ」

と呼ばわった。信玄は聞いて、同《おな》じく陣頭に立ち出た。その粧《よそお》いは白糸縅《しらいとおどし》の鎧に諏訪法性《ほっしょう》の兜を戴き、南蛮鉄の団扇《うちわ》を携《たずさ》え馬を出して控えた。斯《か》くて謙信遥かに鞭《むち》を揚げ、

「如何《いか》に信玄、其許《そこもと》には既に甲信の両国を握り武威先祖に劣らず。天晴《あっぱれ》本望既に達したと見えるぞ。然るに如何《いかに》して無名《むめい》の軍を発し、民を苦しめ諸卒の軍労を厭《いと》わないのか。法師なので慾を忘れ足ることを知り、幸いを後世《こうせい》にも願うべきなのに姿ばかり出家にして心は盗賊に等しい。見給え、北條氏政《うじまさ》は明らかに其許《そこもと》が聟《むこ》ではないか。その聟である氏政の領地へ度々《たびたび》馬を出し、その上に民屋を焼き財宝を奪い取る等のことは言語を絶している。抑々《そもそも》仏法には五戒がある。五戒の内、前の如きは偸盗《ちゅうとう》戒である。又諏訪頼重《よりしげ》を誅《ちゅう》して、その領国を横領し剰《あまつ》さえ息女を無理に我が妾《しょう》となすは、是邪淫《じゃいん》戒である。老年に及び仏事を嫌い昼夜淫乱大酒に耽《ふけ》り国政を取らないのは、是飲酒戒である。永禄《えいろく》四年（一五六一）の頃某《それがし》将軍義輝《よしてる》公へ御礼の為上洛した時帰る迄は領内へ軍を出すこと勿《なか》れと盟約を立て置

いたのに、その後我が領内を攻めたのは、妄語《もうご》戒である。隣国に軍を出し無解《むげ》に合戦をして多くの敵味方を亡ぼすのは、是殺生《せっしょう》戒に有らずや。斯く五戒を犯しながら、法衣を纏《まと》い禅学を為すと言うのは実に馬糞《ばふん》を錦へ包むのと同じである。斯かる邪念の者は、争《いか》で仏罪を蒙《こうむ》らないことが有ろうか。且つ又、人として孝を知らざるは何事か。不孝は地獄の種とかや言う。汝《なんじ》幼年より父を廃し、国郡《こくぐん》を横領した。是は其《そ》の方《ほう》が大罪である。見よ、見よ。久しからずして数代続く甲府の栄地も狐狸《こり》の巣窟《すみか》と成って、その跡をさえ弔《とぶら》う人も無きに至るであろう。憐れむべし、憐れむべし。我は今仏に替わって其の方が罪を責む。其の方今より心を改め善道に赴き、上杉が幕下《ばくか》となるならば、子孫を永からしめよう。早く心を傾け味方に降《くだ》り、甲府に帰って安楽を極めよ」

と悪《あ》し様《ざま》に罵《ののし》った。信玄は大いに怒り、

「如何《いか》なれば謙信、斯く無礼の言を発するのか。誰か有る。彼《か》の謙信を射落とせ」

と下知《げち》した。すると、

「畏《かしこ》まりました」

と先手《さきて》から鉄砲を撃ち掛け撃ち掛け喚《おめ》いて掛かった。上杉の陣からも同じく鉄砲を撃ち出し、双方入り乱れ両陣新手《あらて》を入れ替え入れ替え戦ったが、何《いず》れも名に負う龍虎《りゅうこ》の勢《せい》なので、勝負は未だ見えなかった。

（註）

①『三代記』のこの項のタイトルには「箕輪《みのわ》合戦」とあるが、七十八の項の記述との関わりから「三輪合戦」に訂正した。

②「上杉太郎景虎」は北条氏康の七男に生まれ、上杉謙信の養子となり、謙信の名「景虎」を名乗った。

八十一　謙信《けんしん》智計退口《のきぐち》の事並びに真田幸村《ゆきむら》誕生の事

両陣は兵を固めて、朝から午《うま》の刻《こく》（昼の十二時頃）迄息をも休めず戦うと雖《いえど》も未だ勝負も見えなかった。そこで、互いに人馬を憩《いこ》わせて再び入り乱れて戦ったが、その日も早夕陽に赴いたので、合戦は明日と定めた。その夜、上杉謙信は急ぎ後陣《こうじん》より段々と繰《く》り引《び》きして夜の内に軍を越後へと引き取った。

一方、武田勢は斯《か》かることとは知らずに、早朝より戦争の用意をしていた。其処《そこ》へ斥候《ものみ》の者が立ち帰って、

「謙信は既に夜中に軍を収め、越後へ引き取りました」

と告げた。信玄《しんげん》は顔色《かおいろ》を変じ、

「我、又謙信に誑《たぶら》かされた。斯くと知っていれば、昨夜直ちに追い討ちを掛けたものを残念なことをした」

と歎息《たんそく》しながら、是非もなく軍を収めて甲府へ引き帰そうとした。その折り、向こうから三鱗《みつうろこ》の旗を数本秋風に翻《ひるがえ》し二千余騎が首を手に引っ提げたり、鎗《やり》の塩首《しおくび》に結び付けたりして、然《さ》も勇ましく進み来るのを見て先手《さきて》の軍勢は大いに驚き、

「さては、真田が打ち敗け、北條《ほうじょう》勢が国中へ乱入したと見えるぞ。如何《いかが》しようぞ」

と急ぎ信玄に通報した。信玄は顔色を土の如くにし、答えの言葉もなく呆れていた。山縣《やまがた》三郎兵衛《さぶろうひょうえ》と四郎勝頼《しろうかつより》が進み出て、

「某《それがし》等考えるに、謙信が引き退いたのは偽りで、また攻め来たるのは必定。然《しか》る時は仮令《たとえ》引き返《か》えすとも、その詮《せん》がありません。此の上は君を始めとして運を天に任せて、此の北條勢と一合戦《ひとかっせん》するより外《ほか》有りません」

と申し述べた。信玄は大いに歎《なげ》き、

「真田昌幸《まさゆき》は幸隆《ゆきたか》が忰《せがれ》にして兵道《へいどう》にも達していたが、若輩たるの悲しさ。今日斯《か》く軍《いくさ》に破れ、甲府迄北條勢に攻め取られたので有ろう」

と天を仰いで後悔《こうかい》の様が見えた。真田信綱《のぶつな》は、

「臣が考えますに、味方が敗軍したのならば必ず注進が有る筈《はず》です。今斯くの如くの有様《ありさま》は、甚だ以《もっ》て考えられません。某が見届けて参ります」

と言って、急ぎ馳せて行った。暫《しばら》くして立ち帰り、笑いを含みながら、

「唯今《ただいま》是へ北條勢が参着します」

と申し述べた。信玄が不思議と見ている処へ、真田安房守《あわのかみ》昌幸が数多《あまた》の首を馬前に献じて、

「北條勢を破って立ち帰りました。此の首共は甲府に於いて実検に備えるべき処ですが、お迎えがてら此処《ここ》迄やって参りました」

と言った。信玄始め諸将は、ホッと息を継ぎ安堵《あんど》した。信玄は指をさしながら、

「それにしても、彼の旗指物は敵方の紋である。何故に指して来たのか」

と問うた。真田は、

「斯様斯様《かようかよう》の手段です」

と申し述べた。長根肥後守が側《かたわ》らから、昌幸の謀《はかりごと》を委細《いさい》に言上したので、信玄は大いに

感じて、

「我は上杉の夜討ちに欺《あざむ》かれ、真田は夜討ちを掛けて北條勢を破った。実《まこと》に稀代《きたい》の働きである」

と大いに賞し、それより甲府へと帰った。

真田安房守が此の度北條方に向かい勝利を得て莫大《ばくだい》の功を顕《あらわ》したので、信玄は殊《こと》の外《ほか》重く待遇《もてなし》し或《あ》る日真田を召し、

「其《そ》の方《ほう》が此《こ》の度《たび》の功労は鮮少《せんしょう》ではない。定めて労《つか》れも生じたであろう。就《つ》いては暫《しばら》く上田に帰り軍労を慰《なぐさ》めよ。我も軍を暫く収め、軍馬の調練をする積もりである」

と言って、その他の諸将にも暇《いとま》を賜わった。その為、真田を始め諸将は皆持城へと帰った。

此の時、昌幸は信州上田の城に於いて男子を得た。先立《さきだ》って源三郎《げんざぶろう》（註①）とて既に六歳になる男子が有るのに、此の度も男子だったので昌幸は甚だ悦び、源次郎《げんじろう》（註②）と名付けた。時に元亀《げんき》元年（一五七〇）十月上旬（註③）の頃とか言う。

一方、山縣三郎兵衛昌景《まさかげ》は甲府に於いて暇を賜わり、駿州《すんしゅう》（駿河）西山の押《おさ》えとして江尻の城（註④）に帰った。此の頃、武田・徳川の両家は睦まじく互いに音信を通じていたが、山縣は己《おのれ》の勇に誇り、徳川の領内遠江国《とおとうみのくに》城東郡《きとうのこおり》の米穀《べいこく》を我が領内の藤枝《ふじえだ》へ運ばせたり、或《ある》いは辻弥兵衛《やへえ》・和田嘉助等の剛勇の者共に命じ折々民屋へ乱入したり、放火したり

するなど狼藉《ろうぜき》の振る舞いが有った。徳川源君《げんくん》は大いに怒《いか》って、「憎き山縣が振る舞いである。我既に大井川《おおいがわ》を画《かぎ》って領そうと約束し、且つ先達《せんだっ》て今川氏《うじ》真《ざね》が掛川《かけがわ》に籠城の時も遠州一国は我が武威を以《もっ》て切り取ろうと言ってあるのに、旁々《かたがた》以て此《こ》の侭《まま》には差し置き難い。急ぎ軍を発して誅してやろう」とて軈《やが》て五百余騎にて山縣を討とうと謀った。

（註）

①『三代記』には「源次郎」とあるが、訳者が「源三郎」に訂正した。後の真田信幸（信之）である。

②『三代記』には「與三郎」とあるが、訳者が「源次郎」に訂正した。後の真田幸村（信繁）である。

③『三代記』には源次郎の誕生を「元亀元年（一五七〇）十月上旬の頃」としているが、同年の二月、あるいは永禄《えいろく》十年（一五六七）説もある。

④「江尻の城」は、駿河国庵原郡《いほはらのこおり》江尻（現静岡市清水区）にあった平城。

八十二　遊誉《ゆうよ》・呉道《ごどう》論議の事並びに布下貞家《ぬのしたさだいえ》両僧に説く事

徳川源君《げんくん》は真っ先に進み、榊原小平太康政《さかきばらこへいたやすまさ》・本多平八郎忠勝《ほんだへいはちろうただかつ》・大久保七郎右衛門《しちろうえもん》・石川紀伊守・酒井左衛門《さえもん》等に命じ五百余人の兵を率い日坂《にっさか》・金谷《かなや》を打ち越えて押し寄せた。山縣三郎兵衛《やまがたさぶろうひょうえ》は是を聞き、急ぎ用意をして二千余人にて討って出、金谷に於いて戦った。徳川勢の本多忠勝は武勇の聞こえ隠れなき勇士なので、大太刀《おおたち》を抜き翳《かざ》し無二無三に切り立てた。山縣の勢《せい》が散々《さんざん》に打ち捲《まく》られ右往左往に成る処を、源君は、

「敵は色めくぞ。掛かれや。掛かれ」

と呼ばわった。山縣の先手《さきて》辻弥兵衛は少しも動ぜず防ぎ戦っていた。昌景《まさかげ》は、

「それ、辻を討たすな。続けや者共」

と下知《げち》した。すると、和田嘉助・磯江源五兵衛《いそえげんごべえ》・森本喜三郎《きさぶろう》が我も我もと勇を顕《あらわ》して進んだ。徳川勢は此《こ》の有様《ありさま》を見て思わず後陣《こうじん》より敗走し、山縣の勢に追い掛けられて、本多も是に引き立てられ金谷坂を越えて引き退いた。源君も余儀なく掛川《かけがわ》の城へ逃げ入った。是

より、武田・徳川の両家は不和と成った。是偏《これひとえ》に山縣が所為《せい》なので罪すべきであったが、日頃からの寵臣《ちょうしん》の為、信玄は是を怒らず、

「流石《さすが》は山縣である。徳川を追い掛けたとは、よくも出来《でか》した」

と大いに賞美して、江尻の城を与えたと言う。真田昌幸《まさゆき》は此《こ》の由《よし》を聞くと、

「又々害を引き出した。さてさて、是非もなきことである」

と独り呟《つぶや》いていた。


元亀《げんき》二年（一五七一）(註①)の十月に北條氏康《ほうじょううじやす》は急病発《おこ》り、五十六歳を一期として逝去した。法名は大聖院殿東陽岱公居士《だいしょういんでんとうようたいこうこじ》と号した。真田昌幸は之を聞き笑いを浮かべて、

「さて北條を従える時節が到来したぞ」と頻《しき》りに謀《はかりごと》を催していた。処が源君は山縣が乱入したのを殊《こと》の外憤《ほかいか》り、「此の上は我織田信長《のぶなが》へも通じ此の鬱憤《うっぷん》を散らそう」とて、武田家から離れ織田氏と合体し信玄を討とうと謀った。信玄は此のことを聞いたが少しも動ぜず、「然《しか》れば織田と徳川の中を絶《た》ち徳川を亡《ほろ》ぼし引き続いて織田を降参させ、その上で直ちに上洛を遂げ日頃の大望《たいもう》を達しよう」と種々《いろいろ》工夫を凝《こら》した。


一方、真田昌幸は布下弥四郎《やしろう》貞家に謀《はかりごと》を示して、相州《そうしゅう》小田原《おだわら》に向かわせた。布下貞家は主命を受けて小田原に立ち越し、密《ひそ》かに福伝寺《ふくでんじ》に到り遊誉和尚に対面して、

「某《それがし》は武田家の陪臣布下弥四郎貞家と申す者です。此の度和尚に密かに対面を請い密談す

る仔細《しさい》は、某生国《しょうごく》は小田原にて北條家には屡々恩誼《しばしばおんぎ》を受けた者です。此の度一大事を告げるのは、今北條・武田の両家は雌雄《しゆう》を争い彼を討ち、是を害し互いに龍虎《りゅうこ》の戦いの止《や》む時が有りません。とは言え、両勇は並び立たずの詞《ことば》の通り遂には一国が亡ぶでしょう。然《しか》るに今武田家の威勢は広大にして戦えば勝ち攻めれば取り、先達《せんだっ》て相模川《さがみがわ》・酒匂川《さこうがわ》の一戦にも此の小田原迄攻め入り、危《あやう》く当城も攻め潰される処でした。しかし、上杉勢が川中島《かわなかじま》へ出軍した為甲府勢は帰陣したのです。然るに今氏康公が病死されたとのことが甲府へ聞こえたならば、信玄が速《すみや》かに乱入することは眼前《がんぜん》です。然れば北條家の安危《あんき》は此の時にあります。貴僧には知識の聞こえ隠れなく、その上人々を助けることが多いとの由《よし》ですので、ことが起こる前に早く氏政《うじまさ》公に和睦を勧め、此の災厄《わざわい》を脱《だっ》するように為し給え。然《さ》すれば我も主人昌幸に勧めて和睦を調《ととの》え、両家唇歯《しんし》の交わりをし互いに助け助けられ敵を防ぐの因《ちな》みにしましょう。是両全の計略と存ずる故、密かに告げるのです」

と真顔に成って述べた。和尚も氏康が逝去し信玄が再度乱入することを恐れていたので、布下の言葉が骨髄《こつずい》に徹した。しかし、態《わざ》と取り合わぬ体《てい》にて、

「其許《そこもと》の一言道理《もっとも》なれ共、出家の身なので武辺の意気地《いくじ》は知る処でない。我は是を如何《いかん》ともすることが出来ない」

と答えた。布下は笑って、

「僧だからと言って、国家の存亡に関わらないと言うことがあろうか。我は和尚は氏政公と師弟の約をしていると聞いている。然らば猶更以《なおさらもっ》て宜しき分別もあるだろうと思ったのに、斯《か》く空《うつ》けたことを言われるようでは、北條家の運も間もなく尽きるであろう。仏を頼んで地獄とはこう言うことであろう」

と呟《つぶや》き乍《なが》ら帰ろうとした。和尚は急に是を止め、

「是は余りに短気である。先《ま》ず暫く待ち給え。他に相談する人もある」

と言いつつ布下を客間に止め置き、それより結願寺《けつがんじ》の呉道和尚の方へ行き密々《みつみつ》に布下のことを語った。呉道和尚は篤《とく》と聞いて、

「是は全く真田とやらが謀《はかりごと》であろう。必ず実《まこと》とされるな」

と言った。遊誉は、

「否々《いやいや》、疑いを生じて用いなければ信玄は必ず小田原へ乱入するだろう。然る時は北條方は此の度如何《いかが》して防ぐだろうか」

と応じた。呉道は、

「然《しか》らば此のことを一家中へ相談しよう」

と言った。遊誉は笑って、

「今川氏真は累代の領国を信玄に横領され、漂泊の身と成り憤怒《ふんど》止む時がなかった。又北

條長綱《ながつな》入道幼庵《ようあん》(註②)は、悴の新三郎(註③)を蒲原《かんばら》の城にて信玄の為に攻め殺された。然れば此の者共は皆信玄を恨んで生きながら、その肉を喰《くら》おうと思っている。如何して和睦を調えることを悦ぼうか。唯家中には深く隠し、我々で密かに氏政公を説こう」と述べた。呉道は手を拍《う》って、

「道理《もっとも》である。一国の大事は此処にある。我も又能く謀る積もりだ」と言った。遊誉は呉道を伴って我が寺に帰り、布下に対面させた。布下は、「仕済ましたぞ」と心に悦び弁を奮って両人を賺《すか》し、

「早々氏政公に和睦を勧め給え。我もまた能《よ》きに図らいましょう」

と暇《いとま》を告げて甲府へと帰って行った。


(註)

① 『三代記』には「今年」とあるが、訳者が「元亀二年(一五七一)」に訂正した。北條氏康が亡くなったのは、元亀二年十月三日のことという。

② 「北條長綱入道幼庵」は北條早雲《そううん》の末子で、九十七歳まで生きた武将として知られる。

③ 「新三郎」は幼庵の次男で、名を「氏信《うじのぶ》(綱重《つなしげ》)」と言う。

八十三　両僧氏政《うじまさ》に和睦を勧むる事並びに小田原《おだわら》諸将籠城《ろうじょう》の事

福伝寺《ふくでんじ》・結願寺《けつがんじ》の両僧は密《ひそ》かに氏政に対面して、

「さて、父君御逝去のことを武田信玄《しんげん》が聞き及び、此《こ》の度越後口《たびえちごぐち》を堅く守らせて大軍を以《もっ》て攻めて来る由《よし》です。父君御在世の時でさえ相模川《さがみがわ》・酒匂川《さこうがわ》の合戦に味方は利が有りませんでした。敵は小田原へ乱入し、僅《わず》かに謙信《けんしん》の援《たす》けを以《もっ》て味方は辛《から》くも敗北を免《まぬが》れました。然《しか》るに此の度は父君が既に逝去されて未だ涙の袖も乾かないのに信玄が大軍を以て攻めて来ると有っては、何を以て大敵を防いだら良いでしょうか。何卒《なにとぞ》、君御賢慮《ごけんりょ》を廻《めぐ》らされ両家和睦を調《ととの》えられ、北條《ほうじょう》の家名を失わないようにして頂きたく思います。一ツには万民の苦しみを助け、二ツには先祖累代の家名を失わず、三ツには味方の軍労なく一矢《いっし》も費《つい》やさず、いながらにして万全の策を得ることが大切です」

と色々に勧めた。元より勇気の乏しい氏政なので「斯《か》く」と聞くより大いに仰天し、

「兎角宜《とかくよろ》しく頼み入るので、是《これ》より其《そ》の方等《ほうら》は甲府に赴き和睦の儀を取り計らって呉《く》れ。家老や一族には知らせて呉れるな」

と言って、呉道《ごどう》・遊誉《ゆうよ》の両僧を甲府へと遣わした。両僧も悦《よろこ》んで、早速甲州へ赴いた。

一方、真田昌幸《まさゆき》は布下《ぬのした》が帰ると信玄に対面し、

「北條氏政は頓《やが》て和睦を乞うて来るでしょう。その時は必ず快よく許し給え」

と申し述べた。信玄は笑って、

「累年互いに怨《うら》みを含む北條と武田。何ぞ今と成って北條が俄《にわか》に和睦を申し送って来ようか」

と言った。真田は、

「某《それがし》謀計《ぼうけい》を以て既に敵を欺《あざむ》きました。一両日中には必ず申し来たるでしょう」

と笑いつつ言った。信玄は限りなく悦び、

「北條が我と和睦して助けるならば、我又何ぞ心置くことが有ろうか」

などと語っていた。其処《そこ》へ果《はた》して、「小田原の福伝寺・結願寺の両僧が参りました」と報告が有った。信玄は早速対面して、ことの訳を尋ねた。両僧は進み出て、

「愚僧共《ぐそうども》使者として参った趣きは、北條・武田の両家の間には恨みがなかったのに、今川を匿《かくま》ってから互いに仇《あだ》を含む仲となりました。数年合戦止む時がなく、或《あるい》は勝ち或いは敗

し、未だに如何《いかん》とも言えません。氏政は元々信玄様の聟《むこ》にして、言えば親子も同前です。然《しか》るに妻女が世を去ってから、父氏康《うじやす》が武田家との約を破って双方龍虎《りゅうこ》の威《い》を振るうことと成りました。此の度父氏康が病死して氏政の世と成った上は、何卒以前の約に返り武田家と和睦して親子の交わりをしたいとの所存です。願わくは此処《ここ》を能《よ》く御推量有って、和睦の儀お聞き入れ頂き度《た》く存じます。然る上は氏政を幕下《ばくか》同前に従うように致します」

と弁舌滔々《とうとう》と述べた。信玄は聞いて、

「如何《いか》にも申される通り氏政の心が実《まこと》なるに於いては、信玄も如何《いかが》して是を許さないことが有ろうか。然《しか》れ共《ども》、我謙信と多年怨《うら》みを含んでいるのであるから、氏政が我と和睦しようと思うならば、上杉と手切《てぎ》れ有って然るべきである」

と返答した。両僧は、

「畏《かしこ》まりました」

と述べて軈《やが》て小田原に帰った。

両僧が氏政に此の趣きを告げると、氏政は考えて、「先達《せんだっ》て武田勢が小田原に乱入した時、上杉が無ければ北條家は危《あや》うかった。然るに今謙信と手切れをすれば、必ず謙信が怒りを発するであろう。その上万一武田家が約を破って押し来ることが有るならば、如何して防いだら良いだろう」と心中穏やかでなかった。そこで、大熊備前守《びぜんのかみ》（註①）を密《ひそ》かに呼んで此のことを委細に語った。大熊も元より臆病な武士なので、深く考えもせずに、「斯かることでしたら先《ま》ず武田と和睦を結ばれ、上杉と手切れをするのが宜しいでしょう」と言った。氏政は「実にも《げ》」と思って、此の度は大熊備前守の妻女の小宰相《こざいしょう》(註②)は氏政の乳母《めのと》なので、福伝寺・結願寺の両僧に差し添えて再び甲府に送った。そして、終《つい》に和睦が調い追って人質を差し遣わすことに一決した。

時に小田原の諸将は此のことを聞いて大いに駭《おどろ》き、北條長綱《ながつな》入道・同左衛門大夫《さえもんのだいぶ》氏勝《うじかつ》・同陸奥守氏照《むつのかみうじてる》・秩父新太郎《ちちぶしんたろう》・松田尾張守・大道寺駿河守《だいどうじするがのかみ》等で打ち連れて、氏政に、「今武田と和睦するに於いては、今川家から味方に加わった諸将は皆裏返《うらかえ》って、当家の怨《あだ》と成るでしょう。且《か》つまた父君御在世中に仇敵《きゅうてき》であった武田家へ俄《にわか》に和睦を調えれば隣国の徳川家等弥々《いよいよ》以て当城を囲むでしょう。兎角此の度の和睦は思い止《とど》まって、上杉と諜《しめ》し合わせ、再度武田家と有無《うむ》の一戦を遂げましょう」と皆一統に諫言《かんげん》した。しかし、氏政は聊《いささ》かも用いる気色《けしき》がなかった。諸将も詮方《せんかた》なく、「我々如何して手を空《むな》しく安閑《あんかん》として武田の幕下同前に腰を屈《かが》めようか。斯《か》かる主人を持ち永く汚名を受けるよりも、我々が武田と有無存亡の一戦を遂げよう。命は義よりも軽い。潔《いさぎよ》く戦死して武門の誉れを顕《あらわ》そう」と三万余騎が合体し、湯川・戸倉《とぐら》・山中・韮山《にらやま》等の城に思い思いに楯籠《たてこも》って合戦の用意をした。

（註）

①「大熊備前守」は、越後上杉家から武田家の家臣となった人物であり、名を「朝秀《ともひで》」という。『三代記』に北條氏政の家臣の如く書かれているのは、誤りと思われる。

②「大熊備前守の妻女の小宰相」は武田家家臣の小幡日浄《おばたにちじょう》の娘であるから、『三代記』に「氏政の乳母《うば》」と書かれているのも誤りと思われる。

八十四　武田勢高天神城《たかてんじんじょう》攻めの事並びに小笠原氏助《おがさわらうじすけ》勇戦の事

武田信玄《しんげん》は此《こ》の由《よし》を聞いて大いに驚き、急ぎ真田昌幸《まさゆき》を呼んで、「北條氏政《ほうじょううじまさ》は既に和議を調《ととの》えながら、再度合戦の用意を為《な》すのは如何《いかな》成ることか」

と尋ねた。昌幸は笑って、

「氏政は臆病の為に和睦しましたが、諸将は和議を憤って籠城したのでしょう。何程《なにほど》のことが有るでしょう。昌幸が一紙を以《もっ》て此の者共《ものども》を鎮めましょう」

と言って我が館に帰って行った。

館に帰った昌幸は書簡を認《したた》め、布下弥四郎《ぬのしたやしろう》に持たせ密《ひそ》かに小田原《おだわら》に遣わした。布下は再度小田原に到って、福伝寺《ふくでんじ》の遊誉《ゆうよ》和尚に対面して、

「先達《せんだっ》て貴僧が甲府へ来て信玄公へ直談《じかだん》の上、氏政殿よりの和議のことを述べられたのに、此の度諸将が各所に籠城し専ら合戦の用意をするのは如何成ることか。出家は武門のことを知らないとは言え、武門には斯《か》くの如くの偽りはない。出家の道では偽りを申しても苦しくはないのか」

と理を詰めて申し述べた。遊誉は大いに驚き、

「愚僧は全く此のことを知らないでいました。此の度の和睦の一件は家老や一族衆へは深く隠し置いたので、片意地《かたいじ》成る者共が籠城したのでしょう。愚僧が宜しく計らい申しましょう」

と布下を寺に留め置いて、急ぎ登城して此の由を申し述べた。氏政は、

「皆々我命《わがめい》を請《こ》わずに籠城した。如何《いか》にして此のことを止めさせたら良かろう」

と言った。遊誉は笑って、

「君は一国の主、譬《たと》えるならば日月《じつげつ》の如き者です。臣《しん》は草や木です。草木は日月の恵みを以《もっ》て茂り、又は花実を結びます。斯《か》かる大恩ある主君に背くのは偏《ひとえ》に君に権威がないからです。何故に威を示し命を重んずるようにしないのですか」

と申し述べた。氏政は、「実《げ》にも」と思い、大熊備前守《びぜんのかみ》を諸城へ遣わし、

「其《そ》の方等《ほうら》、何故籠城をするのか。是は君に向かって弓を引くのに均《ひと》しい」

と罪を責めた。諸将等は無念ながら主命に背き難く、是非なく、

「我々は武田に怨みが有って、籠城に及びました。如何《いかが》して大恩を受けた主家へ矢を放ちましょうか。それなのに主人へ敵するように言われたのでは、諸人に嘲《あざけ》られ末代まで汚名は遁《のが》れ難《がた》い」

と、無念を堪《こら》え籠城の沙汰は止《とど》まった。とは言え、松田尾張守・大道寺駿河守《だいどうじするがのかみ》等は、

「さてさて、言う甲斐もないことだ。何でおめおめと武田家に従おうか。見て居《い》ろよ。武田家に変があれば仮令《たとえ》主命に背く共、大軍を以て攻め掛かってやろう」

と心中では深く憤ったが、表には然《さ》したる体《てい》もなく、先《ま》ずは氏政の心に従い終《つい》に和睦した。斯《こ》うして遊誉和尚は諸事都合能《よ》く取り繕《つくろ》って、布下に此の由を申し聞かせて甲府へ返した。又氏政も無二の心を知らせようと、舎弟左衛門佐氏尭《さえもんのすけうじたか》・清水太郎左衛門《たろうざえもん》・笠原能

登守・大藤金五郎《おおふじきんごろう》の四人を人質として甲府へ送った。信玄は大いに悦び、

「先ず北條と和平がなった上は、三河を攻めよう」

と、元亀《げんき》元年（一五七〇）二月十六日に甲府を出馬して遠州城東郡《きとうのこおり》高天神の城（註①）に向かった。城主は徳川家康《いえやす》公の御内《みうち》にて武勇の将と知られる小笠原與八郎《よはちろう》氏助が、纔《わず》かに二千余人で籠っていた。與八郎は甲府の大軍が攻めて来たことを聞いたので、諸卒に向かい、

「我、苟《いやし》くも多くの士の中から撰《えら》み出されて当城の主将となった上は、仮令《たとえ》百万の敵が押し来たっても力の限りに戦い、当城を枕として討死《うちじに》と覚悟を極めている。然《さ》れば其の方等も此の一戦に屍《かばね》を城外の土となし、名を後世に留《とど》めよ」

と説き諭し、今や敵押し来るかと待っていた。其処《そこ》へ、武田勢の先陣穴山《あなやま》伊豆守梅雪《ばいせつ》・山縣《やまがた》三郎兵衛《さぶろうひょうえ》昌景《まさかげ》が六千余騎にて城下に押し寄せ、一揉《ひとも》みに攻め落とそうと鬨《とき》の声を作って攻め掛かった。小笠原は予《かね》て待ち設けていたことなので、

「スハヤ。者共、防げ」

と下知《げち》をした。城兵は、「得たり」と数百の大石を雨霰《あめあられ》と投げ落とした。大軍の穴山・山縣の勢《せい》も瞬《また》く間に五・六十人打ち倒され、後陣《こうじん》の方へ雪崩《なだ》れ掛かった。小笠原氏助は是を見て、

「敵は色めくぞ。討って出よ」

と言う程こそあれ、鷺坂《さぎさか》一角・相原九郎五郎の五百余人が城門《きど》をカッと押し開き、一度に喚《おめ》いて討って掛かった。小勢であると侮《あなど》った穴山・山縣勢は大いに乱れ、散々《さんざん》に成って逃げ出した。二陣の真田源太左衛門《げんたざえもん》・同兵部丞《ひょうぶのじょう》の二千余人が入れ替わり、新手《あらて》を以て横鎗に突いて掛かった。鷺坂一角と相原九郎五郎は一支《ひとささ》えも支えずに駆け破られ、旗の手が乱れて見えたので、敗した先手《さきて》の穴山・山縣も取って返し双方より攻め立てた。鷺坂一角は大音《だいおん》にて、

「予て討死と覚悟したのであるぞ。此の手に於いて死ねや。死ねや」

と鞍上《くらかみ》に立ち上がり諸卒を励まし突いて廻った。真田兵部丞は是を見て、横合いより一角を目掛けエイと突いた。一角は鎧《よろい》の隙間を突かれ、馬より落ち掛かって乗り直そうとした。真田は透《すか》さず引き組んで、何の苦もなく鞍に引き寄せ、首を掻き切って落とした。是を見て、相原九郎五郎は物をも言わず切って掛かった。真田は片手には一角の首を引っ提げ、片手に鎗を取って戦った。遙《はる》かに見た穴山伊豆守は、「相原を射落とそう」と矢頃《やごろ》を定めて切って放った。矢は過《あやま》たず相原の肩先へ深く刺さったので、相原は堪えられず馬よりドウと落ちてしまった。是によって城兵は散々に破れ、城中へ引き入ろうとした。それを真田・穴山・山縣等が付け入ろうとしたが、流石《さすが》小笠原の勇兵なので、且《か》つ返《か》えし且つ

戦い、皆静々《しずしず》と引き取った。小笠原與八郎は口惜《くちおし》くは思ったが、敵は大軍で味方は小勢なので是非なくも、

「打って出ること勿《なか》れ」

と下知し堅く守っていた。武田勢は毎度戦いを挑《いど》めども城兵が取り合わないので、信玄は先ず鷺坂・相原を討ち取ったのを機《しお》として、穴山伊豆守を押《おさ》えとして残して置いて、足助《あすけ》の城（註②）へと向かった。

足助の城主は鈴木越後守と美浜団六《みはまだんろく》で、是も智勇兼備の剛将であった。その勢僅《わず》かに千五百余人で楯籠《たてこも》り「甲州勢が来たならば、信玄の肝を潰して呉《く》れよう」と今や遅しと待っていた。信玄が足助の城に間近く攻め寄せて窺うと、威容は然程《さほど》に堅くなく、城兵も小勢で中々一日も持ち堪《こら》える体《てい》でなかった。信玄は、「是式《これしき》の小城、何程のことが有ろうか。哀《あわ》れ一日も持ち堪えられようか」と打ち笑って急に攻める様子もなく寛々《ゆるゆる》と控えていた。鈴木越前守は是を見て、「仕済《しす》ましたぞ」と悦び、その夜五百余人を従え密かに城を出て弓鉄砲を先手に備え、武田の陣に押し詰め一度にドッと鬨を作って攻め掛かった。武田勢は油断して臥《ふ》していたが、鬨の声を聞いて、「鎧よ。馬よ」と周章《あわ》てふためいた。其処へ美浜団六が大薙刀《おおなぎなた》を水車《みずぐるま》に廻し、驀地《まっしぐら》に打って入り当《あ》たるを幸い薙《な》ぎ立てた。武田勢は此の勇猛に当たり兼ね、右往左往に乱れ立った。山縣昌景と馬場信房《のぶふさ》が是を見て、六千余人

に下知をなし、ドッと喚《おめ》いて切って掛かると、美浜は態《わざ》と引き返した。武田勢は勝ちに乗って「何処迄《いずこ》も遁《のが》さないぞ」と勢い掛かって追い掛けた。美浜がなおも退くのを城中よりキッと視澄《みす》まし、三百余人の新手で一度に打って出、美浜を救い戦った。山縣と馬場は頻《しき》りに下知を伝えて諸卒を励ましたので、皆松明《たいまつ》を燈し連ねて犇々《ひしひし》と塀際に押し詰めて、乗り越えようとした。其処へ予て用意した大木や大石を数をも知れずに投げ下《お》ろした。その為、群《むら》がる寄手《よせて》の六千余人は忽《たちま》ち之《これ》に打ち挫《ひし》がれ、手負・死人は山をなした。さしもの山縣・馬場の両将も、不意であり夜中でもあり攻め倦《あぐ》んで控えていた。其処へ思いも寄らぬ左右の岸より輪違《わちが》いの旗や馬験《うまじるし》をサッと指し上げて、鈴木越後守仲綱《なかつな》が五百余騎にて馬場・山縣の後陣へ会釈もなく鬨の声と諸共にドッと喚いて突いて入った。その勇猛に当たり難く、一支えも支えずに馬場と山縣が捨て鞭を打って這々《ほうほう》後陣へ逃げ入ったのは見苦しい有様《ありさま》であった。鈴木は大いに打ち笑って、追い止めの鐘を打って勢を纏《まと》めて、捨て置いた旗指物《はたさしもの》・武具・馬具に至る迄悉《ことごと》く取り収めて悠々《ゆうゆう》と引き取ったのは軍事に長《たけ》た振る舞いであった。此の時真田や内藤を始めとする者達が来たけれ共、早や城中へ引き取ってしまったので、是非もなく引き返して陣を堅固に備えた。

（註）

①「高天神の城」は遠江国城東郡土方《ひじかた》（現掛川市上土方・下土方）にあった山城で、小規模ながら堅城として知られる。

②「足助の城」は三河国加茂郡足助庄《かものこおりあすけのしょう》（現豊田市《とよたし》足助町）にあった山城で、別名「真弓山城《まゆみやまじょう》」と言う。

八十五　鈴木越後守《えちごのかみ》防戦智計《ちけい》の事並びに武田勢数度敗軍の事

武田方の馬場・山縣は思いも寄らず、鈴木越後守の勇戦に切り捲《まく》られてなすべきようなく、「何とかして、此《こ》の恥辱《ちじょく》を雪《すす》ごう」と戦いを挑《いど》め共、城兵は堅く守って戦わなかったので、唯《ただ》城を睨《にら》んで控えていた。

一方、鈴木越後守は忍びの術に達した松野弥兵衛《やへえ》と言う者を招き、「今宵信玄《こよいしんげん》の閨《ねや》に忍んで行き、斯様斯様《かようかよう》に為せ」

と言い付けた。弥兵衛は、

「畏《かしこ》まりました」

と応じ、頓《やが》て信玄の陣に到った。そして、彼方此方《あちらこちら》と窺い見たが、流石《さすが》に用心堅固にして忍び入る手術《てだて》もなく暫《しばら》く躊躇《ためら》う処へ、下部《しもべ》が一人蝶の紋を付けた提燈《ちょうちん》を持ち来たった。是《これ》幸いと遣り過ごし、後ろから引き取らえて何の苦もなく絞め殺し、割符《わりふ》を奪って陣門に到った。そして件《くだん》の割符を渡し本陣へ忍び入って、信玄の居間の柱に
「鈴木越後守、信玄の一命を許す」

と書き付けて帰って来た。翌朝、信玄は之を見て大いに驚き、「何者の仕業《しわざ》であろうか」と色々詮議《せんぎ》したが更に知れなかった。其処《そこ》で、「さては敵中に忍びの名人が有って、斯《か》くの如くにしたのであろう。是は偏《ひとえ》に陣中に怠《おこた》りが有る故である」と考え、夜廻りを厳しく申し付けた。自身も寝ずに昼夜油断なく、「若《も》しも忍びの者が入り来ないか」と用心したのは道理であった。時に鈴木越後守は高矢倉《たかやぐら》に登り敵陣に向かって、

「如何《いか》に信玄、能《よ》く聞け。我汝《なんじ》が陣中の隙《すき》を窺い寝所迄忍び入ったが、汝がよく寝入っていたので、むざむざ殺すのは死人を刺すも同前であると一命を助け、死を免《ゆる》して帰って来た。是は鈴木仲綱《なかつな》の仁心《じんしん》（思いやりの心）である。我は追い討ちをしないので、助命の恩を思って早々に引き退《の》け。若し是を聞き入れずに長陣するならば、一人も残さず皆殺しに

するぞ」

と呼ばわった。是を聞いて諸大将は大いに怒《いか》り、「憎き鈴木の言葉である。早く惣攻《そうぜ》めにして揉み潰せ」と二方の攻め口より我先にと押し寄せると、「得たりや。オー」と高塀の上から熱湯を大柄杓《おおびしゃく》にて汲みかけたので、何かはもって堪《たま》るであろうか。武田勢は手足だれ半死半生と成って、鎧《よろい》・物具《もののぐ》を脱ぎ捨て備えを乱し逃げ迷った。城兵共は之を見て手を拍《う》ち、箙《えびら》（註①）を叩いて笑った。武田勢は僅かの小城を攻め兼ね、数多《あまた》の軍勢を損じ、悔《くや》み怒ると雖《いえど》もなすべきようもなかった。諸将も、

「長陣すれば味方は損ずるのみで、その甲斐は有るまい」

と言って、

「此の城には押《おさ》えを置き、吉田の城（註②）を早く攻められるのが宜しいでしょう」

と申し上げた。信玄は此の議は尤《もっと》もとは思ったが、「斯《か》くばかりの小城一個をも攻め兼ねて、味方は度々敗北したと言われたならば武田の武威《ぶい》を堕《おと》すことになる。如何《いかが》しようか」と無念を懐《いだ》き色々に考えている内に、早くも処々の敵城《てきじょう》へ此のことが聞こえて行った。そして此の度足助《あすけ》の籠城強くして、武田勢が攻め落とすことが出来ないので、此の機に乗じて四方より挾《はさ》み討とうと浅香井《あさかい》・阿次利《あじり》・田代《たしろ》・八桑《やくわ》の六ケ所に堡砦《とりで》を構えて、武田勢の通路を塞ぐとのことだったので、武田方は弥々《いよいよ》気を失い、「今は早く帰陣しよう」と評議

していた。其処へ、真田安房守《あわのかみ》昌幸《まさゆき》と同舎弟隠岐守《おきのかみ》信尹《のぶただ》の両将が二千余人にて馳せ来たった。信玄は、

「其の方、能くも来て呉《く》れた」

と大いに悦んだ。そして当足助の城主鈴木越後守が能く防いで、味方が数度敗したことを語った。真田昌幸は眉《まゆ》を顰《ひそ》め、

「岡崎の諸将の内で智謀逞《たく》ましき人は、酒井忠次《ただつぐ》と大久保忠世《ただよ》の両人です。如何なる計略が有って味方を悩ましましたか」

と尋ねた。信玄は、

「斯様斯様《かようかよう》」

と事詳細《こまか》に語った。昌幸は大いに驚き、

「是は陣中の龍である。殺さずには置けない。我《われ》明朝他の兵を交《まじ》えず、我が手勢にて鈴木と一戦します」

と申し述べて退出した。そして夜の内に手分けをし、右軍には兄源太左衛門《げんたざえもん》信綱《のぶつな》に相木・穴山・望月《もちづき》を差し添え、左軍には兵部丞《ひょうぶのじょう》昌輝《まさてる》に増山・森・筧《かけい》等を添え、昌幸自《みずか》ら真っ先に進み打って出ようと用意をした。

（註）

①「箙」は矢を入れて腰や肩にかける武具のことで、矢をさす箱（方立《ほうだて》）と、矢を寄せかける枠（端手《はたて》）からなる。

②「吉田の城」は、三河国渥美郡《あつみのこおり》今橋（現豊橋市今橋町）にあった平城《ひらじろ》。

八十六　真田勢美浜団六《みはまだんろく》を生け捕る事
並びに昌幸《まさゆき》即計足助《あすけ》落城の事

真田兄弟は手勢三千五百余人にて、翌朝足助の城へ攻め掛かった。真っ先に真田昌幸が鎗《やり》を横たえ馬を跳《おど》らせ、

「如何《いか》に鈴木越前守、汝《なんじ》が謀《はかりごと》を用いても大軍にしか当たらない。今日は真田安房守《あわのかみ》が汝の武術を試みる為に手勢計《ばか》りにてやって来た。謀計《ぼうけい》を用いずに、某《それがし》の太刀の鋼《はがね》を試して見よ」

と大音《だいおん》に呼ばわった。しかし、城中は静まり返って音もしなかった。守将の鈴木越後守は

諸卒を制し、堅く守って出合わなかった。昌幸は之を見て、弥々《いよいよ》声を揚げ、

「敵に恐れて出合わないのか。さては正しく武田武士の腕前には、遠州武士は及ばぬと見えたぞ」

と飽《あ》く迄《まで》広言を放って控えていた。是を聞いて、堪《こら》えていた美浜団六は五百余人を従え城門を開けて打って出た。昌幸は打ち笑って、

「汝は鈴木ではない。我が相手には不足である」

と呼ばわった。団六は大いに怒り物をも言わず、長刀《なぎなた》を打ち振り切って掛かった。戦いが未だ半ばにもならないのに昌幸の手勢は乱れ掛かって引き退《の》いた。団六は、是は真田の謀《はかりごと》であろうと馬を止めて立った。すると、源太左衛門信綱《げんたざえもんのぶつな》が入れ替わって戦った。美浜が又も信綱を散々《さんざん》に薙《な》ぎ立てたので、信綱は叶わず馬を返してサッと引く後へ、兵部丞《ひょうぶのじょう》が入れ替わって同じく戦いを交えたが、是も叶わず引き退いた。けれ共《ども》、美浜団六は謀を恐れて追い討ちしなかった。すると、真田の郎等《ろうとう》の布下弥四郎《ぬのしたやしろう》・荒川内匠《たくみ》が立ち向かって引き退いた。団六が我を忘れて追い行くのを昌幸は充分に深入りさせ、スハヤと相図の鉄砲を響かせた。美浜が、南無三宝《なむさんぽう》計られたかと引き返そうとする折柄《おりから》、真田昌幸が鎗を捻《ひね》って突き掛かり十合余り戦った。其処《そこ》へ、布下が背後から太刀を翳《かざ》して切り掛かった。団六は前後に敵を受けながら、少しも恐れることなく戦った。真田信綱と同昌輝《まさてる》が左右より突

いて出たので、団六は勇なりと雖《いえど》も、今は叶《かな》わぬと思ったのであろうか、一方を切り破って遁《のが》れ帰ろうした。折しも、昌幸が焦って追い掛け、持っていた鎗を投げ付けると過《あやま》たず馬の尻にグサッと刺さった。馬は堪《たま》らず躍り揚がったので、団六は馬よりドッと落ちた。落ちる処へ荒川が続いて馬より下《お》りて透《すか》さず寄って無手《むず》と組み、終《つい》に美浜を生け捕った。真田は下知《げち》して引き鐘を鳴らさせ、早々軍《いくさ》を収めた。その為、敵兵は散々になって城中へと逃げ入った。諸将は是を見て、真田の働きを賞した。信玄《しんげん》も此《こ》の合戦に勝利を得、先敗の色を直して昌幸の軍功を感賞《かんしょう》し、悦び満足した。

一方、城将の鈴木越後守仲綱《なかつな》は片腕と頼む美浜団六が生け捕られたのに大いに力を落とし、色々と工夫を廻らし密《ひそ》かに真田が方へ矢文《やぶみ》を以《もっ》て、

「某《それがし》が此処《ここ》に籠城するのは、敢《あ》えて主人の高恩に報いようとしているのではない。唯幕下《ただばくか》たる故のことなので、是迄の罪を免《ゆる》し、且《か》つ団六は某《それがし》が常に兄と敬っている者なので此の者を免《ゆる》し帰されるならば降参しよう」

と申し送った。昌幸は熟々《つらつら》と見て独り頷《うなず》き、団六を引き出して自分《みずから》縄を解き、右の矢文を見せて、

「斯《か》くの如くなので直ちに足下《そくか》を帰そう。某《それがし》が得心のことを宜しく語って呉《く》れ。明日城を受け取りに参る積もりだ」

と申し聞かせた。美浜は大いに悦び、

「然《さ》らば、明朝お越し下さい」

と約しつつ城中へと帰って行った。此の由を聞いた兄信綱は昌幸に対面して、

「何故《なにゆえ》生け捕った団六を返したのか」

と尋ねた。昌幸は件《くだん》の矢文を出して、

「越後守から斯《か》く申し寄越《よこ》したので返しました」

と応じた。信綱は笑って、

「是は鈴木の謀《はかりごと》で、団六を取り返す為の方便である」

と言った。すると昌幸は、

「某《それがし》斯くと知ったればこそ、斯く計らいました」

と答えた。信綱は、

「謀と知りながら何故《なにゆえ》に返したのか」

と怒った。昌幸は、

「されば、謀は敵の謀に即してて立てるのを善《よし》とします。鈴木は強《あなが》ち邪智《じゃち》の者では有りません。その訳は信玄《しんげん》公の居間へ忍び入る程の方便《てだて》をしながら、殺しもしなかったのは味方を引き寄せる為の心術《しんじゅつ》であることを知るべきです。団六を又も生け捕ることは、袋の鼠を

押《おさ》えるより容易です。美浜を返したのは鈴木を釣り出す為です」

と申し述べた。しかし、信綱は猶《なお》も得心《とくしん》の色なく出て行った。昌幸は、その夜に布下・荒川・相木等に大筒《おおづつ》三挺《ちょう》を持たせて、

「我《われ》が明朝小旗を動かしたなら、此の大筒を城の矢倉へ打ち掛けよ」

と申し含め、城の南手へ遣《つか》わし置いた。

翌朝《よくちょう》昌幸は五百余人の者に小具足を着せ、自分は猩々《しょうじょう》緋《ひ》の陣羽織《じんばおり》（註①）を着して城下《しろした》に到った。武田勢は此の由を聞き、

「真田は鈴木に謀られたぞ」

と囁きながら、日頃の手柄を奪ってやろうと知らぬ体《てい》で眺め合っていた。昌幸は城に向かい、

「昨日約した如くに早々城を明け渡されよ。真田安房守昌幸が請け取りに参った」

と呼ばわった。鈴木越後守仲綱は矢倉に現れ、

「真田であるか。能《よ》くも来たな。我此の度美浜団六を生け捕られ、之を取り返す為に一通の矢文を送った。汝が実《まこと》と思って放ち返したことこそ可笑《おか》しいぞ。城を渡そうと偽ったのを浮々《うかうか》来たる狼狽《うろた》え者め。此の城を受け取りたいならば首を渡せ」

と嘲笑《あざわら》った。昌幸は、

「昨日の矢文は偽りであるのを知っていたが、団六を兄と敬うと書いて有ったので、仮令《たとえ》偽りにもせよ、その侭《まま》にはし難く、然るに由って団六を返し遣わしたのだ。然るに、汝が今更約に背き偽りであると言うのは実に人面獣心《じんめんじゅうしん》と謂《い》うべき者だ。既に団六の一命を助けて帰したのに、此の恩に報いなければ団六とても武士道が立たない。此の理《ことわり》を聞き入れなければ、目に物見せて呉《くれ》るぞ。早々降《くだ》れ。如何に。如何に」

と呼わった。流石《さすが》の鈴木も此の理に責められ、何と答うべき言葉もなく差し控えていた。するど、美浜団六が、

「如何に真田が申す共、降参の儀は無用です。おめおめ城は渡しては成りません」

と仲綱に勧め、軈《やが》て南の矢倉に現《あらわ》れ出た。昌幸は見るより直ちに、合図の小旗を翻した。件《くだん》の大筒が一度にドッと鳴り渡り、大地も崩《くず》れる計《ばか》り震動して美浜の登った南の矢倉は黒煙に覆われ、真っ黒に成って中段より崩れ落ちた。そして、見る間に焔々《えんえん》と燃え上がったので、矢倉にいた五十余人は微塵《みじん》に成って失せてしまった。城中の諸卒は周章《あわ》てふためき、舌を震い肝を潰し、是は如何成ることぞと狼狽《うろた》え騒いだ。その紛れに真田信綱・同昌輝・同信尹《のぶただ》が、我、後《おく》れて成るかと城中へ乗り入り乗り入り、既に三の丸迄乱入した。武田の先手《さきて》の馬場・山縣《やまがた》・跡部《あとべ》・長坂《ながさか》は是を見て同じく続いて攻め登り、城中へ乱れ入った。鈴木越後守は今は早《はや》防ぐこと能《あた》わず、終《つい》に降人《こうにん》と成って出て来た。真田は相糺《あいただ》して、真実《まこと》

降参の旨を信玄《しんげん》へ言上すると入道信玄は大いに悦び、その侭《まま》鈴木の本領を賜った。既に足《あ》助《すけ》が落城に及んだので、浅香井《あさかい》・大沼の諸城は未だ攻めないのに明け渡し、阿次利《あじり》・田代は降参して武田の勢いは弥々《いよいよ》大きく成った。その外八桑《ほかやくわ》の城主の伊豆三郎祐国《すけくに》は自害して、城兵は皆々落ち失せた。斯《こ》うして六ケ所の堡砦《とりで》が皆々片付いたので、それより野田の城（註②）へと向かった。当城には菅沼新八郎定盈《さだみつ》（註③）が楯籠《たてこも》っていた。武田勢は十重二十重に取り囲み、昼夜の別《わか》ちなく攻めた。しかし、菅沼は元来誉れある大将なので、防禦の方術《てだて》抜け目なく堅く守って防いでいた。流石の武田勢も大軍ではあったが大いに攻め倦《あぐ》んでいた。

（註）

① 「猩々緋の陣羽織」とは、鮮やかな深紅色をした舶来の毛織物で作られた陣羽織のこと。

② 「野田の城」は、三河国 南設楽郡《みなみしたらのこおり》 野田（現新城市《しんしろし》豊島）にあった城。

③ 『三代記』には「菅沼新八郎貞光」とあるが、訳者が「定盈《さだみつ》」に訂正した。

八十七　武田勢三州《さんしゅう》勢を破る事並びに徳川源君《げんくん》即智の事

武田勢の保科弾正忠正直《ほしなだんじょうのちゅうまさなお》・秋山伯耆守晴近《ほうきのかみはるちか》・坂西兵衛《さかにしひょうえ》・松岡三河守等は、真田昌幸《まさゆき》が足助《あすけ》の城を攻め落としたことを羨《うら》やみ、「野田の城は我々が攻め落とそう」と評議し、城の後ろから夜討ちを掛けて、城中へ乗り入ろうとした。保科正直は、

「此《こ》の城の搦手《からめて》は山続きで嶮岨《けんそ》の為に、鳥も飛び難い程なので勿々《なかなか》乗り入るのは難しい。しかし、奥平美作守《おくだいらみまさかのかみ》（註①）は承知している」

と述べた。秋山晴近は、

「然《しか》らば奥平に相談して、夜討ちを掛けようと思うが如何《いかが》か」

と言った。一同は、

「それが良い」

と応じた。軈《やが》て奥平を招いて相談すると、奥平は、

「我《われ》此の道を知りながら、夜討ちのことは少しも気付かなかった。それは実《まこと》に宜しいでしょう」

と答えた。四将は、

「イザヤ。今宵一攻《ひとぜ》めして手柄を揚げようぞ」
と手ぐすねを引き、その勢《せい》五千余人で山手から安々《やすやす》と城際に攻め寄せた。そして、皆々空《から》堀《ぼり》に飛び入り飛び入り、鬨《とき》を作って塀によじ登った。城中は大いに驚き騒いだが、城将の菅沼《すがぬま》は油断のない大将なので透《す》かさず下《げ》知《ち》し、弓・鉄砲を並べて雨霰《あめあられ》と射下ろし撃ち下ろさせた。しかし、奥平の嫡子の九八郎信昌《くはちろうのぶまさ》（註②）はものともせずに塀を乗り越え、近寄る敵を七・八騎切って落とした。それに続いて保科弾正・松岡三河守が城中へ切り入り切り入り、終《つい》に曲《くる》輪《わ》を一重《ひとえ》攻め取った。大手からも是を見て、「劣ってなるか」と寄せ手の大勢が撃て共《ども》突け共厭《いと》わずに無二無三に攻め入り攻め入り戦った。さしもの菅沼新八郎《しんぱちろう》も、前後の敵に当たり難く本丸へ引き入った。此の時吉田の城より野田城が危ういのを知って、「急ぎ野田城の後詰《ごづめ》をしよう」と、本多・石川・大久保・酒井・榊原《さかきばら》・小笠原《おがさわら》・植村の面々に五千余騎を差し添えて徳川源君が自ら出張した。是を見た諏訪《すわ》四郎勝頼《しろうかつより》は、八千五百の勢を率いて駆け向かった。大久保七郎《しちろう》右衛《え》門《もん》と石川伯耆守《ほうきのかみ》が五百余騎にて駆け出て勝頼と戦ったが、多勢に叶わず引き退《の》いた。

　すると、本多平八郎忠勝《へいはちろうただかつ》が五百余騎にて入れ替わり、勇を奮って戦う有様《ありさま》は目《め》覚《ざま》しい次第であった。更に榊原小平太康政《やすまさ》が是を助け、此処《ここ》を専《せん》途《ど》と戦ったので、此の勇猛に当たり難く勝頼の八千五百余騎は蛛《くも》の子を散らすが如く右往左往に逃げ散った。山縣《やまがた》と跡《あと》部《べ》が、「助けようぞ」と駆け向かって戦った。此の間に信玄は真田兄弟を従え、野田勢の後ろに当たる浅倉山に旗を差し揚げ、鬨をドッと上げた。是を見た野田勢は大いに驚き、後《こう》陣《じん》を先鋒に出して、吉田の城へ引こうとした。勝頼は馬を立て直し、

「敵は色めくぞ。掛かれや。掛かれ」

と諸勢に下知し、采配を打ち振《ふる》って進んだ。

　本多平八郎と酒井左衛《さえ》門《もんのじょう》尉の両将が手を尽《つく》して勇戦したので、此の隙に徳川方は惣勢を纏《まと》め、山手に沿って引き取ろうとした。其処《そこ》へ鉄砲を響かし、真田信綱と穴山梅雪《ばいせつ》が双方の峯から大石を雨の如く投げ下《くだ》し投げ下《くだ》し、松明《たいまつ》にて道を塞ぎ攻め立てた。吉田勢は防ぐこと能《あた》わず、大いに崩れ這々《ほうほう》の体《てい》で敗走し、漸々《ようよう》道を奪って三丁（約三三〇メートル）計《ばか》り走った。すると、又火の手を上げて真田昌輝《まさてる》と馬場信房《のぶふさ》の勢が打って出た。戸田左衛《さえ》門《もんのじょうかずにし》尉一西が踏み留まり必死と成って戦った。その間に百騎・二百騎打ち連れて吉田の城へ引き取ろうとするのを、武田勢は「遁《のが》さないぞ」と大木や大石を以《もっ》て向こうの道を取り切ったので、引くべきようが更になかった。そこで、此方《こなた》より遁れようと又馬を立て直せば、山の頂上より弓・鉄砲を射立て撃ち立てて、信綱が峯に現《あら》われ出て、

「如何に吉田の兵共、早く降《くだ》れ」

と呼ばわった。大久保・植村・小笠原の面々は是を聞いて少しも動ぜず、「討ち破って駆

け通れ」と獅子の荒れたる勢いにて撃てども射れどもこと共せず、大木・大石を飛び越し刎《は》ね越え、死を恐れず近寄る敵を薙ぎ立て打ち据え、難なく切り破って吉田を指して引き退《の》いた。

源君は此の体を遥かに見て、近習《きんじゅ》ばかりを七・八騎召し連れ「敗軍を引き入れよう」と采配を取って鞍上《くらかみ》に立ち、

「早く引き入れよ。早く引き入れよ」

と頻《しき》りに下知を伝えた。そして、朱《あけ》に染《そ》まった諸将が追々引き来たったのを纏め、早々に引き取って行った。跡を慕って馬場と山縣が八百余騎を引き具して、「遁さないぞ」と追い来たった。源君は諸勢を残らず城中へ引き取らせ、自ら後殿《しんがり》して城内へと入った。そして、橋をも引かせず城門をも開かせて自ら矢倉に登って床机《しょうぎ》に腰掛けて欣然《きんぜん》としていたのは、唐土《もろこし》の三国の戦いに諸葛亮《しょかつりょう》が仲達《ちゅうたつ》を退けた計略に倣《なら》ったものであった。馬場と山縣は追い掛けて城下へ来たが此の体を見て、「若《も》しや謀《はかりごと》が有ろうか」と思い倦《あぐ》ねて進まなかった。信房・昌景《まさかげ》も己が智慮に迷って控えていた。遙かなる矢倉の上には徳川源君が少しも臆する気色《けしき》なく、唯莞爾《にっこ》と笑っている有様は実に深計有《あ》り気《げ》に見えた。斯《こ》うして、馬場・山縣が暫く躊躇《ためら》う内に思わず時刻を移してしまった。

（註）

①「奥平美作守」は、三河作手《つくで》（現新城市《しんしろし》作手）の国衆《くにしゅう》で名を「定能《さだよし》（貞能）」と言う。美作守は、今川氏→徳川氏→武田氏→徳川氏と主君を替えている。

②「奥平の嫡子の九八郎信昌」は、徳川家康《いえやす》の長女（亀姫）を正室とした。

八十八　毛利《もうり》父子《おやこ》只来《ただらい》合戦《かっせん》の事並びに鈴木越後守《えちごのかみ》落命の事

最前まで踏み止《とど》まって戦っていた本多忠勝《ただかつ》・大久保忠世《ただよ》・酒井忠次《ただつぐ》・石川伯耆守《ほうきのかみ》等は我先にと馳せ帰って、馬場・山縣《やまがた》の後ろへドッと喚《おめ》いて攻め掛かった。馬場・山縣が、「心得た」と渡り合い戦う処へ、城中からも是を見て喚き叫んで打って掛かった。名に負《お》う馬場・山縣も前後を敵に取り囲まれ、大いに乱れて引き退《の》いた。此《こ》の隙に諸将が皆々城中へ引き入ったので源君《げんくん》も大いに悦んで、

「今日の合戦は危いことが多かったが、無難に帰城出来た。斯様斯様《かようかよう》の謀計にて敵を防いだのだ」

と述べた。皆々が顔を見合せ、

「実《まこと》に君の洪福《こうふく》（大きな幸せ）には限りが有りません」

と何《いず》れも万歳を唱えた。此の時馬場・山縣は漸々《ようよう》に軍を収め、敗兵を集めて五丁（約五五〇メートル）程退いた。其処《そこ》へ、武田勢が我も我もと馳せ来たった。中でも真田昌幸《まさゆき》は真っ先に進み、

「馬場・山縣の両将、必ずや敵の大将を討ち取ったことでしょう」

と尋ねた。両将は、

「吉田の城へ追い退けて、付け入ろうした。処《ところ》が早くも城中へ入って橋をも引かず、門をも閉じずに、大将は高き矢倉に登り欣然《きんぜん》として控えているので、我々は謀略のあることを疑い時を移していた。其処へ思い掛けなくも岡崎の諸将が立ち帰って、後ろの方から攻め掛けた。是を見て城中からも打って出たので、前後の敵に当たり難く心ならずも引き退いた」

と語った。真田は、

「是は敵の謀《はかりごと》である。我々ならば疑いなく切り入って、城中の大将始め一人も遁《のが》す間敷《まじ》き

者を残念な次第だ」

と大いに歎《なげ》いた。馬場・山縣も俄《にわ》かに気付き、

「孔明《こうめい》が仲達《ちゅうたつ》を退かせた類いの計略であるのを、遠慮したのは実に残念だ」

と歯がみをして悔やんだ。

武田勢は二月から四月迄長陣《ながじん》を張っていたが、何の成果もなかった。そんな或日《あるひ》、昌幸は信玄《しんげん》に向かって、

「一旦御帰陣有って、再度攻められるのが宜しいでしょう」

と進言した。信玄も、

「道理《もっとも》である」

とて、それより陣払いをして甲府に帰陣した。そして、此《こ》の度《たび》の合戦に軍功のあった真田を始め諸将へ恩賞を行った。

徳川家康《いえやす》公は追い討ちをも掛けずに、

「此の度甲府勢が一旦引き取るとは言え、必ず再度攻めて来るであろう。よって只来と飯田（註①）に砦《とりで》を構えて守らせよう」

と言った。そして、毛利《もうり》新七成宗《しげむね》・毛谷《けや》七之介康国《やすくに》等に命じ二千余騎にて固めさせ、且つ又二俣《ふたまた》の城（註②）には中根平左衛門《へいざえもん》を籠らせ、要害堅固に構えた。

斯《か》くて同年十二月上旬、武田信玄は再度軍《いくさ》を発し、徳川を攻め潰そうと出馬した。その先陣は、望みによって天野宮内右衛門《くない》と芦田下野守《しもつけのかみ》が務めた。二軍は、北條《ほうじょう》家よりの加勢清水太郎左衛門と笠原兵衛尉《ひょうえのじょう》であった。毛谷七之介は武田勢の寄せ来るのを、今や今やと待ち受けていた。其処《そこ》へ敵が押し寄せて来たので、大敵をもことともせずに無二無三に切って廻った。武田勢も同じく火花を散らして、半時ばかり戦ったが、相引きにして暫《しばら》く息を入れた。そして程なく鐘を打ち鳴らし、双方より鉄砲を少し放つや否や鎗を振るって渡り合い、又入り乱れて戦った。毛利成宗《しげむね》の次男の成定《しげさだ》は大勇剛《たいゆう》の聞こえのある者なので、大太刀《おおたち》を真っ甲に翳《かざ》し群がる敵中へ駆け入って、当たるを幸い雑兵《ぞうひょう》士卒《しそつ》の会釈《えしゃく》もなく瓜割り・胴切り・腰車《こしぐるま》と四方八方を薙《な》ぎ立て打ち立て切り捲《まく》った。此の勇戦に当たり難く、芦田下野守等は散々《さんざん》になってサッと引いた。笠原・清水は、

「我々は主命によって、武田家の加勢に来た。何の成果もなくおめおめと帰るのは残念だ。良き敵の首を取って国許《くにもと》への土産にせよ」

と諸卒に下知《げち》し、楯の陰より鉄砲五百挺《ちょう》を連べ《つる》撃ちに撃ち掛けた。毛利成定は勇を奮って馳せ廻っていたが、鉄砲が雨霰《あめあられ》の如くなので面《おもて》を向けることも出来なかった。けれども厭《いと》わずに進む処へ、一個の玉が飛び来たって頬先に当たったので、何で堪《たま》ろうか、馬から落ちた。毛利新七は是を見て大いに怒り、

「寵愛《ちょうあい》の忰《せがれ》を目《ま》の当たりに討たれて、何が叶おうか。続けや者共《ものども》」

と北條勢に切って入り、終《つい》に乱軍の中で討死《うちじに》した。しかし、是によって只来の砦は北條勢に落とされた。

　又毛谷七之介は未だ飯田の砦を守っていたが、既に只来が攻め落とされたので、

「今は防いでも詮《せん》がない」

と言って砦を捨てて逃げ失せた。武田勢は大いに利を得て、「手始め好し」と勝《か》ち鬨《どき》を上げた。

　苦戦のことが三河へ注進されたので、源君は、

「イザ、後詰《ごづめ》しよう」

と言って、本多・酒井・榊原・大久保・石川等を始め、その勢《せい》四千余騎を従え三日野川《みかのがわ》迄出馬した。其処で、「早両砦《はや》は攻め落とされた」と聞き、

「今と成っては無益である。併《しか》しながら此所《ここ》迄出張したのであるから、有無《うむ》の一戦を遂げよう」

と言った。酒井左衛門尉《さえもんのじょう》が、

「此の儀は宜しくありません。敵は大軍であり、殊《こと》に相手は信玄です。且つ又、先日の合戦に敗した味方なので、諸卒の心は未だ勇みません。敵は先に戦い勝って、勢い甚だ壮《さか》ん

です。此の度の御一戦は実《まこと》に以《もっ》て危《あや》ういことです。先々《まずまず》お引き取り有って、織田家の援兵を乞い受け、その後快く合戦を遂げられるのが宜しいでしょう」

と諫めた。源君は篤《とく》と聞き、

「其《そ》の方《ほう》が申す処に理があるとは言え、敵の旗の手をも見ずに引き取るのは卑怯《ひきょう》の至りである」

と聞き入れようとしなかった。忠次は謹んで、

「是は君の仰《おお》せとも存じられません。臨機応変は兵家の常です。退くことも、進むこともあります。此所《ここ》を能《よ》く御分別《ごふんべつ》下さい。此の度は何分《なにぶん》お引き取り下さい」

と強《しい》て諫《いさ》めた。

源君は、

「実に道理である」

と応じて、本多忠勝を後殿《しんがり》として遠州浜松に引き上げた。

　此の時甲府勢は我も我もと馳せ来たって、中根平左衛門が守る二俣の城へ攻め掛かった。諏訪四郎勝頼《すわしろうかつより》・穴山入道梅雪《ばいせつ》・武田左馬之助《さまのすけ》は、五千余騎で大手より揉みに揉んで攻め立てた。けれ共防禦《どもぼうぎょ》の備えを厳重にして城兵が隙間《すきま》もなく防いだので、何時果《いつは》てるとも見えなかった。処《ところ》が今度降参した鈴木越後守は、「此の度の合戦に勇々《ゆゆ》しき手柄を顕《あらわ》して、

誉れを為そう」と思っていたので、手勢三百余人にて搦手《からめて》へ向かい味方を離れて、

「城将中根平左衛門に申したいことがある」

と呼ばわった。城将の中根は矢倉に登り、

「我に物言おうとは、抑々《そもそも》何者であるか」

と問うた。鈴木越後守は馬上より、

「今其の方に一言告げたいことがある。其の方は某《それがし》と共に当国の幕下《ばくか》であるとは言え、格別恩顧を受けた訳でもない。然《しか》るに由なき力立てをして真田と戦い、累代の家名を失うより早々城を開き降参せよ。我是迄の好《よ》みにより命は助けよう。若《も》し我が言葉に逆らうならば直《ただ》ちに其の方が首を取るぞ」

と高声《こうしょう》に呼ばわった。中根は大いに笑い、

「何者かと思ったに、不義を構え降参した臆病者の鈴木であるか。其の方恥ずかしいとも思わず、厚顔《こうがん》にも某《それがし》に対面しようとは良くも言った。凡《およ》そ武門に於いては、不忠不義を以て第一の汚名《おめい》とする。其の方が臆病に引き当てて、某をも同様に不義に引き入れようと為すこそ奇怪《きっかい》である。如何《いか》にして論ずることがあろうか」

と言い返した。そして、

「逆賊を射落とせ」

と直ちに下知した。河原重兵衛《かわはらじゅうべえ》と言う究竟《くっきょう》の剛兵《ごうへい》が、

「心得ました」

と三人張りの弓に十五束三ツ伏の大雁股《おおかりまた》の矢を番《つが》い、満月に引き絞《しぼ》って切って放った。矢は過《あやま》たずに鈴木を真っ甲より射貫いたので、何かは以て堪《こら》えられよう、鈴木は馬より真《ま》っ逆様《さかさま》に落ちて死んでしまった。城兵は一度にドッと笑い、

「逆賊の鈴木の有様《ありさま》を見よ」

と言って箙《えびら》を叩き鬨《とき》を作って切って出た。後陣《こうじん》に控えていた芦田・山縣・馬場・相木は、

「負けるものか」と城兵に向かい合わせ、馬を進めて鎗・刀を交《まじ》え双方勇を顕《あら》わし、痿《ひる》まず去らず大いに挑み戦った。

(註)

① 「只来」は遠江国豊田郡《とおとうみのくにとよだのこおり》只来（現浜松市天竜区）、「飯田」は遠江国周智郡《すちのこおり》飯田（現周智《しゅうち》郡《ぐん》森町）。

② 「二俣の城」は、豊田郡二俣（現浜松市天竜区二俣）にあった山城。

八十九　二俣《ふたまた》落城の事並びに武田勢三方ヶ原《みかたがはら》出張《しゅっちょう》の事

真田信綱《のぶつな》・同昌輝《まさてる》は此《こ》の度《たび》の合戦に指したる高名《こうみょう》もなかったので、「何か人に勝《すぐ》れた手柄を立てよう」と思い、弟昌幸《まさゆき》を呼んで相談した。昌幸は、

「某《それがし》熟々《つらつら》考えるに、此の城は元から山城で水に乏しい。唯西南の山手から三日野川《みかのがわ》の水を引き入れるのみなので、今宵《こよい》右の水の手を断ち切って攻める時は戦わずして落城するでしょう」

と言った。信綱・昌輝兄弟は大いに悦び、

「さらば、その用意をしよう」

と急ぎ陣所へ帰った。

折しも武田勢は新手《あらて》を入れ替え、短兵急に攻めたが、城兵は勇み誇って容易に攻め落とすことは叶《かな》い難かった。兎《と》や角《かく》と時刻を移したが早日《はや》も西山に傾いたので、互いに軍《いくさ》を収めて引き取った。寄手《よせて》の諸将は攻め倦《あぐ》み、「明日は如何して戦おうか」と色々評議したが、

さしたる手術《てだて》もなく、それぞれに工夫を凝《こら》していた。時に真田兄弟は士卒に鋤鍬《すきくわ》を持たせて、西南の山手に到った。昌幸は篤《とく》と地の理を考え掘らせると、果たして一丈（約三メートル）ばかりにして水を取るための筧《かけひ》（樋）があったので、「さて是で良し」と、その筧を取り出し水の手を遮《た》ち切って、「遣ったぞ」と悦びつつ陣中へ帰って何知らぬ体《てい》をして翌朝諸将へ、

「今日の戦いには、火矢《ひや》を以《もっ》て敵の矢倉に射掛けよう。遠からず城の水が尽き、禦《ふせ》ぐことが叶わず落城に及ぶだろう」

と触れを出し、軈《やが》て用意を整え火矢を打ち掛けた。敵城では急に水が一合すら来ないので中々防ぐことが出来ず、矢倉を三ケ所迄焼き落とされてしまった。中根は大いに呆《あき》れ果て、「さては水の手を取り切られたか。残念だ。是は正《まさ》しく武田家にて智将と呼ばれる真田昌幸が計《はか》ったことであろう。斯《か》くなる上はとても籠城叶い難い」と心を決し、三日目夜に紛《まぎ》れて搦手《からめて》より落ち失せた。武田勢は斯《か》かることとは夢にも知らず例《いつも》の如く攻め寄せた。しかし、城中は静まり返って音もしなかった。人気《ひとけ》があるとも見えなかったので、「さては城兵、夜に紛れて落ち失せたか」と堀を飛び越し塀を乗り越えて我先にと踏み入ると、武具・馬具など取り散らし城兵は一人もなく落ち失せていた。信玄は不審に思って、

「当城は何故に、斯くも俄《にわか》に落城したのか」

と尋ねた。諸将は、

「城中を見るに、水の手絶えて水が乏しくなったので落ち失せたものと思われます」

と申し述べた。信玄は、

「誰が水の手を取り切ったのか。是は正《まさ》しく火矢を勧めた真田であろう。さてさて物に抜かりのない勇士である」

と大いに感じ入った。

　既に二俣の城が落去したので、

「イザヤ。浜松の城を攻めよう」

とて諸手《しょて》弥々《いよいよ》勇み天にも昇る如く、元亀《げんき》三年（一五七三）十二月二十二日に浜松より一里此方《こなた》の三方ケ原（註①）に出張し、大菩薩山《だいぼさつさん》（註②）に本陣を据え浜松勢を見下ろした。その勢いは広大にして、朝日の昇るが如くであった。それに引き替え浜松は蛍火の微々《びび》たるに異ならなかったが、皆々心を鉄石のようにして少しも動ぜず、勇気を抱いて待ち受けていた。しかし、如何《いか》んせん、その勢《せい》が少なかったので、急ぎ織田家へ援兵を乞うた。信長は此《こ》の由《よし》を聞き、

「急ぎ加勢を遣わせ」

と言って、佐久間右衛門尉信盛《うえもんのじょうのぶもり》・平手甚左衛門《ひらてじんざえもん》・林佐渡守《さどのかみ》・水野下野守《しもつけのかみ》・毛利河内守《かわちのかみ》

秀頼《ひでより》等を将とし一万三千余騎を従えさせ、その上に梁田出羽守《やなだでわのかみ》に三千余騎を差し添えて、都合一万六千余騎を遣わした。源君《げんくん》は大いに悦び、「此の勢ならば、武田を禦《ふせ》ぐのに何ぞ難があろうか」と早々出陣の用意をし対陣した。

（註）

①「三方ケ原」は、遠江国《とおとうみのくに》敷知郡《ふちのこおり》（現浜松市北区）に広がる台地。『三代記』には「味方ケ原」とも「三方ケ原」とも出てくる。訳者が「三方ケ原」に統一した。

②「大菩薩山」は、三方ケ原に続く急勾配の大菩薩坂付近の山。欠下城《かけしたじょう》付近。

九十　三方ケ原《みかたがはら》合戦三河《みかわ》勢敗軍の事 並びに織田・徳川の諸士戦死の事

真田安房守《あわのかみ》は信玄《しんげん》に向かい、

「此《こ》の度《たび》の合戦は某《それがし》が熟々《つらつら》考えるのに、徳川を亡ぼすのは此の一挙《いっきょ》にあるので、味方は必死に力戦すべき時です。就《つ》いては、その方便《てだて》がなければ叶《かな》いません。先《ま》ず、先鋒には小山《おやま》田《だ》・馬場・山縣《やまがた》を進めましょう。徳川勢は素《もと》より剛勇《ごうゆう》の者なので、必ず此の手を破ろうと進むでしょう。その時味方が態《わざ》と引き退《の》けば、若手の大将家康《いえやす》は一番に進み来る筈です。その機を外《はず》さず、横鎗《よこやり》を以《もっ》て旗本《はたもと》に切り入れば、如何《いか》なる徳川勢であっても、唯《ただ》一戦に破ることが出来ましょう。とは言え、是偏《これひと》えに諸士の働きによります。戦いは謀《はかりごと》を先にするものだと言います。此の度の合戦にこそ、それが大事です」

と申し述べた。信玄は大いに感じ、

「実に其《そ》の方《ほう》が軍略《ぐんりゃく》、我が意に叶《かな》う」

と言って、それより軍《いくさ》を始めた。一番には、小山田兵衛《ひょうえ》信茂《のぶしげ》の千五百騎ばかりが黒煙りを立てて徳川勢に切って入った。続いて、馬場美濃守信房《のぶふさ》が諸卒を励まし驀地《まっしぐら》に小笠原与《おがさわらよ》八郎氏祐《はちろううじすけ》の手に切って入り、火花を散らして戦った。馬場は聞こえる智勇兼備の大将なので、鎗を取って真っ先に進み氏祐に突いて掛かった。氏祐も名に負《お》う勇将なので、同じく鎗を合わせて此所《ここ》を専途《せんど》と戦った。しかし、馬場の武術に当たり難く馬を返して引き退いた。馬場は怒って、

「汚なし。返せ」

と追い掛けた。何かは以《もっ》て堪《たま》るであろうか。氏祐の勢は右往左往に切り崩され、既に本陣

に雪崩《なだ》れ掛かろうとした。徳川源君《げんくん》は諸将に、

「中根はいないか。内藤はいないか。早く武田勢の小山田の備えを切り崩せ。然《さ》すれば馬場の勢も自然と崩れるだろう」

と鞍上《くらかみ》に立って下知《げち》した。内藤三左衛門《さんざえもん》・中根平左衛門《へいざえもん》が、

「畏《かしこ》まりました」

と五百余騎で無二無三に突き入った。その勢いが破竹の如くであったので、さしもの小山田も終《つい》に内藤・中根に切り崩されて、散々《さんざん》に成って敗走した。馬場信房が是を見て、小山田を助けようとした。徳川勢が遮《さえぎ》り遮《さえぎ》り止《とど》めようとしたが、馬場は是を物の数ともせずに踏み散らして駆け通り、中根・内藤の備えに横鎗と成って突いて入った。そして、難なく中根・内藤を一捲《ひとまく》りに駆け散らして小山田と一手と成り、徳川の本陣を目掛けて切り入った。本多平八郎忠勝《へいはちろうただかつ》・鳥居彦右衛門《とりいひこえもん》は五千余騎にて打って出て、馬場と小山田とに立ち別《わ》かれて散々に戦った。此の時徳川源君は真っ先に討ち出て、縦横無碍《じゅうおうむげ》に切り立てたので、武田勢は算を乱して敗走した。徳川勢は大いに勝ち誇って、武田の旗本を切り崩そうと駆け入った。山縣三郎兵衛《やまがたさぶろうひょうえ》は徳川の旗本と見るより、「望む処の敵である」と小踊《こおど》りして会《え》釈《しゃく》もなく切って入り、酒井左衛門尉忠次《さえもんのじょうただつぐ》と馬を交《まじ》え戦った。折から諏訪四郎勝頼《すわしろうかつより》・真田源太左衛門信綱《げんたざえもんのぶつな》・同兵部丞昌輝《ひょうぶのじょうまさてる》が横鎗と成って徳川の旗本に突き入った。徳川勢は支え

ることが出来ずに乱れ騒ぐ処を、土屋惣蔵《そうぞう》・安部加賀守・内藤修理《しゅり》・高坂弾正《こうさかだんじょう》が又横鎗と成って突き崩した。徳川勢は三方に敵を請け、狼狽《うろた》え騒ぎ大いに敗して已《すで》に危うく見えた。其処《そこ》へ本多平八郎・鳥居彦右衛門并《なら》びに織田家の援兵の平手甚左衛門《ひらてじんざえもん》・佐久間右衛《うえ》門尉《もんのじょう》・林佐渡守《さどのかみ》・水野下野守《しもつけのかみ》・毛利河内守《かわちのかみ》が取って返し、防ぎ戦った。之によって南北に旗旌《はた》が靡《なび》き、東西に汗馬《かんば》が馳せ違い、屍《かばね》は積《つ》んで丘となり、血は流れて川となったが、勝負は更に見え分かたなかった。中でも土屋惣蔵昌恒《まさつね》（註①）は若武者の上に勇猛の士なので、「今日の合戦に良き大将の首を得よう」と手勢を離れて唯一騎で、黄糸縅《きいとおどし》の鎧《よろい》に白星の冑《かぶと》を戴き、大身の鎗を横たえて彼方《かなた》・此方《こなた》と馳せ廻っていた。偶々《たまたま》、黒糸の鎧に赤母衣《あかほろ》を懸けて金の采配を打ち振り打ち振り諸将に下知《げち》なす者に会った。その有様《ありさま》は天晴《あっぱれ》の大将と見えたので、土屋は心中に、「是こそ徳川殿であろう」と思った。そして、「それに控えておられるのは天晴の大将とお見うけする。身は不肖《ふしょう》なれども武田の臣土屋信近《のぶちか》の舎弟同苗《どうみょう》惣蔵昌恒（註②）と申す者。イザ参るぞ」

と声を掛けつつ鎗を捻《ひね》って突き掛かった。彼《か》の大将は打ち笑って、

「サア、是へ来い」

と太刀を抜き翳《かざ》し、

「我こそは、織田家より徳川家の援兵として来た平手甚左衛門成種《しげたね》なり」

と名乗るや否《いな》や駆け合わせて、龍虎の如く秘術を尽《つく》して戦った。土屋が付け入って突く鎗を、平手は請け損ねて鎧の隙間をグサッと突かれた。さしもの平手も馬上に堪《たま》らず真っ逆《さか》様《さま》に落ちる処を、惣蔵が馬より飛んで下《お》り、押《おさ》えて首を掻き落とした。そして、首を鎗の塩首《しおくび》に括《くく》り付け采配を添えて勝頼の前に差し出した。勝頼は大いに感じて、

「イザ、此の勢いに乗って駆け散らせ」

と下知した。武田勢は大いに勇み縦横無碍に切り立てたので、徳川勢は大いに敗し、蜘蛛《くも》の子を散らすが如くに犀村或《さいむらあるい》は犀《さい》ガ崖《がけ》(註③)へと逃げ迷い、源君の旗本も終《つい》に乱れて犀ガ崖へと退いた。それを見て、

「スハヤ。徳川勢は色めくぞ。それ追い詰めよ」

と勝ち誇った武田勢の馬場・山縣・内藤・真田・小山田・土屋・跡部《あとべ》・長坂《ながさか》が潮《うしお》の湧くが如く追い掛けた。徳川勢は終に大敗軍と成って右往左往に散乱し、源君も今は危うく武田勢に取り籠まれ已《すで》に討たれるように見えた。其処《そこ》へ、鳥居彦右衛《ひこえ》門元忠《もんもとただ》が唯一騎取って返し、必死と成って防ぎ戦った。けれども数ケ所の浅手・深手に馬にも堪《たま》らず、心は弥猛《やたけ》にはやれ共《ども》身心労《つか》れ已に危《あや》うくなった折柄《おりから》、鳥居四郎左衛門元春《もとはる》が二十騎ばかりで取って返し兄元忠を助け踏み止《とど》まって戦った。しかし如何《いか》に勇なりとは言え、多勢に少勢叶わずして郎等《ろうとう》十四人と同じ枕に討死《うちじに》した。

信長に勘気を受けた長谷川橋助《きょうすけ》・山口飛騨守・加藤弥次郎・佐脇藤八郎《さわきとうはちろう》の四人の者共は、浪々《ろうろう》の身となり久しく徳川源君の方で客同然にして養われていた。此の度の合戦にお供をしていたが、徳川勢が大いに敗し、平手甚左衛門・鳥居四郎左衛門が討死して已に旗本が危うく見えたので、長谷川は三人に向かい、

「如何に方々、我々既に主君の勘気を受けたが、早晩《いつか》はお免《ゆる》しもあるだろうと待っていたが未だその沙汰もなく、思い懸《が》けず永々徳川公の恩沢《おんたく》を受けた。然《しか》るに今公《きみ》の危うきこと累卵《るいらん》の如くである。此《こ》の期《ご》に及んでは命は義よりも軽い。我々四人の屍《かばね》を三方ケ原に曝《さら》し、名を後世に残そうではないか」

と言った。山口・佐脇・加藤の三人も、

「実《まこと》に道理《もっとも》である」

と、それより四人取って返し、山縣の備えに切って入り、枕を並べて討死した。此の時尾《び》州《しゅう》清洲《きよす》の甲冑匠玉越小十郎《ぐそくしたまこしこじゅうろう》と言う者は、予《かね》て長谷川橋助とは朋友《ほうゆう》の交わりをしていたので見廻りの為に来ていた。此の四人が討死したことを聞いて大いに歎《たん》じ、「我《われ》朋友の討死を聞きながら、おめおめと清洲に帰るのは町人と雖《いえど》も恥《はず》る処である」と唯一人で長谷川・山口等四人の屍《かばね》の許《もと》に来たって、一足も引かずに討死したのは町人ながら、天晴頼母敷《あっぱれたのもし》く又珍《めず》らしき振る舞いであった。

（註）

①『三代記』には「土屋惣蔵」の名が「信恒」とあったり、「昌恒」とあったりするが、「昌恒」が正しいので訳者が「昌恒」に訂正統一した。「土屋惣蔵昌恒」は「片手千人斬り」の異名を持つ人物である。

②『三代記』には「武田の臣土屋信近が家嫡、同苗惣蔵信恒」とあるが、訳者が「武田の臣土屋昌続の舎弟、同苗惣蔵昌恒」に訂正した。「土屋昌続」は武田二十四将の一人である。なお、「昌続」や「昌恒」の父は「金丸筑前守虎義」という。

③『三代記』には、「犀村或は犀ガ嶽へ」と書かれている。犀村については、調べてみたがはっきりしない。「犀ガ嶽」は「犀ガ崖」の誤りなので、訳者が訂正統一した。犀ガ崖は、三方ケ原台地が陥没して出来た崖だと言う。

九十一　将軍義昭《よしあき》公より御教書を賜《たま》わる事並びに武田勢諸城を落とす事

斯《こ》うして徳川源君《げんくん》は三方ケ原《みかたがはら》の合戦に敗軍し、漸々《ようよう》にして浜松の城に帰陣した。一方、武田勢は勝ち鬨《どき》を作り、勇《いさ》み猛《たけ》って甲府へ帰陣した。此の一戦は武田方が勝ちに乗じて浜松へ押し寄せたならば、然《しか》るべき勝利が有る筈の処、高坂弾正《こうさかだんじょう》が偏《ひとえ》に織田家の援兵を怖れて信玄《しんげん》へ帰陣を勧めた。是は武田家の不運であって、徳川家に取っては遂に天下を掌握する為の好運であったと言えよう。けれども、徳川勢は犀ガ崖《さいががけ》の難所に掛かり敵の追い打ちを懼《おそ》れ我先にと急いだ為に、思わず谷間に落ち入り死する者は数知れなかった。是によって、主従は離れ離れに成って敗走した。是は真田の智謀によるものであって、実《まこと》に凡将の及ばない処であった。

さて、武田信玄は「今は天下に恐れる敵がない。早々上洛して望みの如く征夷大将軍の任に昇り、足利将軍并《なら》びに織田信長《のぶなが》をも誅《ちゅう》して武田の天下と為そう」と思っていた。折しも足利将軍義昭公より上使が来たって、「織田・徳川・武田の三家は和睦するように」との趣きであった。真田昌幸《まさゆき》は信玄に向かって、

「此《こ》の度《たび》将軍より上使が来たのは、天が武田家に運を授けたのです。その故は此の度将軍

家のお扱いがあったのを幸い、此の下知《げち》に従って速やかに織田・徳川と和睦し、人質を取り置いて後日違背《いはい》の有るを待ちましょう。そして将軍を擁し楯《たて》と為して、直ちに二家を亡ぼされれば、多くの軍兵なくして天下を取ることは誠に掌《て》を返すよりも易しいことです」

と申し述べた。しかし、信玄は如何《いかが》思ったのか昌幸の諫言《かんげん》を用いなかった。上使の上野中《なか》務大輔《つかさのたいふ》秀政《ひでまさ》に和睦のことを断り、却《かえ》って織田・徳川を讒《ざん》ずる訴状を捧げた。是によって、信長からも訴状を差し上げて信玄を非難した。


秋山伯耆守《ほうきのかみ》は我が手勢を以《もっ》て濃州《のうしゅう》岩村の城（註①）を攻め落とし、城将信長の六男御坊《ごぼう》丸《まる》（註②）を生け捕って信玄に奉った。信玄は大いに悦び、

「我が日頃の望みが成就するは、此の時である。早く上洛を遂げ天下を取ろう」

と軈《やが》て、それぞれの用意を整え、先《ま》ず吉田の城を攻め落とそうと心懸ける中《うち》に、早《はや》馬場・山縣《やまがた》が、

「手勢を以て野田の城を攻め落とし、城主の菅沼新八郎《すがぬましんぱちろう》・松原与一郎《よいちろう》は逃げ失《う》せました」

と告げて来た。弥々《いよいよ》武田家の武威は破竹の如く遠近に轟き、尾州《びしゅう》平尾玄蕃《げんば》・駒場丹後・孕石主殿《はらみいしとのも》（註③）・由井市之丞・同弥兵衛・小林正珠《しょうじゅ》・鶴ケ瀬安左衛門・波合備前守《なみあいびぜんのかみ》・木《き》造《づくり》道寿《どうじゅ》・高岡寺重弥《たかおかでらじゅうや》等聞こえる郷士が四百騎・五百騎と引率し、思い思いに降参したので、武田勢は益々加わった。時に元亀《げんき》四年（一五七三）四月十一日未《ひつじ》の刻《こく》（午後二

時頃）に至り、信玄は俄《にわか》に病気を発し、大いに重くなって苦しんだ。恩顧の医師が肺肝《はいかん》を砕いて色々に手を尽くして治療したが、その甲斐なく次第次第に重く成って行った。

（註）

① 「岩村の城」は、美濃国《みののくに》恵那郡《えなのこおり》岩村（現恵那市岩村町）の山城。
② 「御坊丸」は織田信長の五男（四男）で、織田勝長《かつなが》（信房《のぶふさ》）のこと。
③ 『三代記』には「孕石主殿」とあるが、「孕石主水《もんど》（元泰）」の誤りかと思われる。

九十二　武田信玄《しんげん》病死の事並びに諸将へ遺命の事

信玄は病が弥々《いよいよ》重くなり、今は心身共に悩み乱れていた。諸将は大いに心を痛め、色々と評議していた。真田昌幸《まさゆき》は本陣にいたが、夜に成って君の寝所へ参向し、篤《とく》と病体を伺った。歯が二枚抜けて、口中に腫物《しゅもつ》を生じ痛みは甚《はなは》だしかったが信玄は、昌幸が来たと聞き、病を押して起き直った。そして、然《さ》も嬉《うれ》し気《げ》に昌幸に対面し、

「其《そ》の方《ほう》、能《よ》く来て呉《く》れた。数多《あまた》ある諸将の内でも真の忠義と謂《い》うべき者は馬場・山縣《やまがた》の両人と其《そ》の方《ほう》の三将である。その中でも、常に片腕と頼んでいたのは其の方である。我此《こ》の度《たび》の病気で迚《とて》も存命は心元ない。我若《も》し死ねば数年来の怨敵《おんてき》が国々より蜂の如く群《むら》がり攻め入ることは必定である。我死んだ後三ケ年の間は深く秘《かく》し置き、四郎勝頼《しろうかつより》を守り立て天晴《あっぱれ》天下の武将となして、信玄の日頃の大望を遂げさせて呉れ。全て其の方に頼む。然《しか》れ共《ども》、運拙《つたな》くして滅亡の時が来たならば是非もない。その時は其の方殉死せずに命を永らえ、武田家の血脈が後世に絶えないように頼む。新羅三郎《しんらさぶろう》より数代伝わる当家の浮沈は一切其の方の心に任せる。此の義呉々《くれぐれ》も頼み入る」

と両眼に涙を浮かめ昌幸の手を把《と》って遺言した。昌幸もそぞろ涙に暮れはてて、暫《しば》し言葉もなかった。良《やや》有って頭を上げ、

「譜代重恩《じゅうおん》の昌幸、此のお答えを何と申し上げたら宜しいのでしょうか。不肖のお叱りなきのみならず、身に余る大事の御遺託《ごいたく》、争《いか》で心神《しんじん》を尽《つく》して、之に次《つ》ぐに死を以《もっ》てしないことが有りましょうか。臣倩々《つらつら》と日頃天文を見て昼夜心安くない処に、此の度御発病とのことにつき、さてはと驚き、御心中をお伺いしようと伺候《しこう》した処です。若しも君が百年の御《おん》

後《のち》と成らせられるとも、昌幸が何ぞ麁略《そりゃく》に計らうことが有りましょうか。窃《ひそ》かに考えるに御舎弟の孫六入道《まごろく》殿は正《まさ》しく君に似ておいでです。是を幸いとして、君に仕立て敵を欺《あざむ》きましょう。北條《ほうじょう》は今味方に合体していますが、君御逝去《ごせいきょ》と聞けば必ず敵となるのは鏡のように明らかです。然《しか》る時は先《ま》ず君の遺命なりと申し立て、上杉と交わりを結んで之を禦《ふせ》ぐ積もりです。謙信《けんしん》は固《もと》より義勇の将なので、斯《か》くと聞けば忽《たちま》ち無二の仲と成ることは疑いありません。然《さ》ある時は、北條・織田も少しも懼《おそ》れるに足りません」

と申し述べた。信玄は是を聞いて、

「如何にも、我は上杉を敵として戦って来た。今其の方が申す如く、我死んだ後は謙信を頼まなければ、大いなる禍いが目前に起ころう。能《よ》くも義計《ぎけい》を案じて呉れた」

と賞した。昌幸は押し返して、

「君が此の義を良しと思われるならば、明日諸将を召して御遺命《ごいめい》をお示し下さるのが宜しいでしょう」

と申し述べた。信玄は打ち笑って、安心した様子で又病床に伏した。昌幸は、その夜は我が陣に帰らず館に詰めていた。

　翌日信玄は、子息四郎勝頼・葛山《かつらやま》三郎信貞《のぶさだ》・仁科五郎信盛《にしなごろうのぶもり》・舎弟孫六入道・一條右衛《うえ》門大夫信龍《もんのだいぶのぶたつ》・兵庫之介信実《ひょうごのすけのぶざね》・穴山入道梅雪《ばいせつ》・武田上野介《こうずけのすけ》を始め一門の人々や譜代の重臣

を枕元に呼び集めて、

「さても諸将等よ。我《われ》は是まで長《なが》の年月《としつき》天下を縦横に駆け回り奸賊《かんぞく》・兇徒《きょうと》を攻め亡ぼそうとした。万民の塗炭《とたん》の苦しみを救い、上《かみ》は万乗《ばんじょう》の君《きみ》（註①）（大諸侯）より、下《しも》は卑賤《ひせん》の者に至る迄平定しようとの大望にて、上杉・北條・織田等と毎度勝敗を決しようと努めて来た。その功が未だ立たないのに、此の度病《やまい》に罹《かか》り命が既に旦夕《たんせき》に迫ってしまった。是は天《てん》が年を我に貸さないのであるから、実《まこと》に是非もない次第である。我が死んでも、三年の間は必ず深く秘して世間に知らせては成らない。謙信は義に堅い大将なので、我が遺命なりと申して和睦を申し入れる時は必ず合体《がったい》出来るだろう。上杉さえ和睦できれば、その余の敵将は恐れるに足らない。此のことに背《そむ》けば、武田家の滅亡は旦夕に迫ろう。さて又、我が死んだならば甲冑を着け兵杖《へいじょう》を持たせ、諏訪の湖水に沈めて置き、三カ年過ぎて後に恵《え》林寺《りんじ》（註②）に改葬せよ。水葬することは必ず一座の外《ほか》へ洩らしては成らぬ。且つ又勝頼は是より我に代《かわ》って武田の家を襲《つ》ぐのであるから、忠臣を父兄の如く尊《たっと》み、佞臣《ねいしん》を埃《あくた》の如く軽んじ、必ず賞罰を謹んで行い、家系を汚《けが》してはならぬ。諸将も勝頼を我と思って忠を尽《つく》して呉れ。然《さ》すれば武田の後栄《こうえい》も各々《おのおの》の力によって衰えないことになる。此の儀偏《ひとえ》に頼み入る」

と遺言した。恩顧の重臣は皆々頭《こうべ》を垂れて涙で袖を潤し、

「臣等仮令《たとえ》死んでも、何ぞ積恩《せきおん》に報じないことがありましょうか。武田家のある限りは忠を尽くし、聊《いささ》かの二心も抱きません」

と異口同音にお請けした。信玄は殊《こと》に嬉し気《げ》にて、

「山縣・馬場・真田・土屋・長坂・跡部・小山田・初鹿野《はじかの》等は取り分け有功の将なので、互いに心を一《いつ》にして不和を引き出すことのないように。惣じて国家の滅亡するのは皆不和より起こるものである。早《はや》遺言も是迄」

と言うも果てずに眠るが如くに目を閉じた。諸将が皆々抱き付くと、信玄はハッと目を開き、

「口惜《くちお》しい。日頃の大望が叶わずに命数が此所《ここ》に終わるとは。真田はなきか。昌幸、其の方武田に刃向かう敵共は皆撃ち亡ぼして我が亡魂《ぼうこん》を慰めよ。ア、口惜しい」

と言う侭《まま》に又絶え入った。すると、

「それ薬よ。それ水よ」

と医師の山本法印玄流《げんりゅう》・半井法眼《なからいほうげん》が進み出て、介抱に及んだ。信玄は又も目を開き、

「硯《すずり》を持て」

と言った。急いで用意し、料紙《りょうし》を渡すと信玄は筆を執って、
　大抵任地肌骨好不塗紅粉自風流

（大抵は地に任せて肌骨《きこつ》好し　紅粉を塗らず自ら風流）

と書き了《おわ》って天正《てんしょう》元年（一五七三）四月十二日申《さる》の下刻《げこく》、五十三歳を一期《いちご》として落命した。一門・譜代の面々に至るまで暗夜に燈火《ともしび》を失う如く、皆一同悲歎《ひたん》に沈んだ。斯《こ》うして諸将は残らず陣払いして甲府に帰陣し、信玄の喪を深く秘していたので知る者は更になかった。

（註）

①「万乗の君」とは、天子や君主のほか大諸侯を言う。ここでは「大諸侯」くらいが適当と思われる。

②「恵林寺」は、武田家の菩提寺である。創建は元徳《げんとく》二年（一三三〇）で、開基は夢窓疎石《むそうそせき》という。武田晴信《はるのぶ》（信玄）によって再興され、臨済宗妙心寺派の寺となった。

九十三　北條《ほうじょう》家の諸将評議の事並びに杉浦甲府へ使者の事

北條氏政《うじまさ》は信玄《しんげん》の武威《ぶい》に恐れ、先達《せんだっ》てより幕下《ばくか》同然に従っていたが、此の頃誰言うとなく、信玄が病死したとの噂が頻《しき》りなので大いに悦び、

「時が来たぞ。早々《そうそう》甲府へ乱入し備えのない内に討ち破って、父祖の旧領である甲信を回復し日頃の望みを成就しよう」

と急ぎ諸将を集め評議した。大道寺《だいどうじ》が進み出て、

「信玄が仮令《たとえ》病死しても、甲府には御舎弟（註①）を人質に遣《つか》わしてあるので、無碍《むげ》に攻め寄せることは出来ません。その上武田家には智謀《ちぼう》の臣が多いので、信玄が病死したと披露し他国の敵に之を聞かせ、悦んで乱入する処を奇計《きけい》を以《もっ》て討とうとの謀略とも計り難い。風聞のみで軍《いくさ》を出されるのは宜しくありません。篤《とく》と虚実を明らかにすることが肝要です」

と申し述べた。松田（註②）は聞いて、

「駿河殿《するがどの》の御意見は道理《もっとも》です。とは言え万一信玄が弥々《いよいよ》病死したのならば、此の虚は捨て置き難い。先《ま》ず見舞いの使者を送り、信玄に対面して帰るように致すべきです。その時、

病気ならば対面するでしょう。若《も》しも、対面を断るならば必ずや病死でしょう。此の議如何《いかが》か」

と言った。老功《ろうこう》の松田の一言に諸将は、「是《こ》れは妙論《みょうろん》である」と感じた。それより杉浦中《なか》務《つかさのしょう》少輔を使者として、音物《いんもつ》などを多く取り持たせて甲府へと遣わした。

此の時甲府では信玄が病死した後、四郎勝頼《しろうかつより》を武田家の棟梁と仰いで、諸将は信玄に仕える如くに尊敬していた。跡部大炊介《あとべおおいのすけ》・長坂釣閑《ながさかちょうかん》・今福和泉守《いずみのかみ》等の佞臣《ねいしん》共は勝頼に諂《へつら》い、威勢増長して諸事の計《はか》いも此の者共の扱いと成っていた。其処《そこ》へ、未《いまだ》一ケ月も過ぎないのに、

「北條家より信玄の病気見舞いとして、使者の杉浦中務少輔が来ました」

と知らせがあった。勝頼は大いに驚いて、

「是は必ず父君《ちちぎみ》の病死を聞いて窺いに来たのに相違ない。此の使者に如何《いかが》返答しようか」

と長坂に尋ねた。長坂は、

「唯《ただ》何となく慇懃《いんぎん》に待遇し、返答して下さい。仮令《たとえ》病死したことを知って、北條が攻め来たとしても何程のことが有るでしょうか。当家の手並みを予《かね》て知っているので、攻め来る程のことには成らないでしょう」

とこともなげに申し述べた。勝頼は、

「それで良い」

と応じた。其処《そこ》へ、真田兄弟・山縣昌景《やまがたまさかげ》・馬場信房《のぶふさ》が遽《あわただ》しく登城して、

「此の度、北條家の使者へ何と返答されるのか」

と長坂に尋ねた。長坂はしたり顔で、

「斯《か》く斯くである」

と語った。すると、山縣は大いに怒り、

「真田を始め我々にも知らせずに、大事を専断《せんだん》しようとするのは以《もっ》ての外《ほか》である。其許達《そこもとたち》のする処ではない」

と言い捨てた。そして四将は勝頼に密計を告げた後、杉浦を勝頼の御前に出した。勝頼は、

「珍《めず》らしや、杉浦殿。能《よ》く来られた。北條殿より親切のお見舞 忝《かたじけな》く存ずる。父信玄は岡部の陣所で病《やまい》に罹《かか》ったが、その後種々《しゅじゅ》治療に手を尽《つく》したので此の節は大方全快した。此の体《てい》ならば頓《やが》て織田信長と有無の一戦をも遂げられるだろう。その節は北條殿へも援兵を頼む積もりである。その旨を主君へ宜しく達し呉《く》れられよ」

と何気《なにげ》もなく挨拶した。杉浦は案に相違してハハアと平伏したが、「此処で対面を願って見よう」と弥々《いよいよ》ひれ伏し、

「氏政は父君の御病気如何と、某《それがし》を以て使者として遣わされました。追々御快癒《ごかいゆ》とのこ

と、先ず以てお悦び申し上げます。就《つ》いては恐れながら御病苦を扶《たす》けられ、中務に御対面下されるならば重々有り難く、国元へ帰って主人へ御尊体《ごそんたい》の様子を篤と申し聞かせ度《た》く存じます。右の段お取り成しをお頼みします」

と謹んで申し述べた。勝頼は、「さてこそ」と心に頷《うなず》き、

「杉浦殿には、御念《ごねん》を入れられる段道理《もっとも》に存ずる。土屋惣蔵《そうぞう》、父君に伺って参れ」

と命じた。杉浦は益々不審に思い、胸を痛めていた。暫くして土屋惣蔵は、

「唯今の趣きを信玄公へ申し上げた処、其処へ参って対面すべきなれども、病中のことなので、杉浦殿を病床へ伴い来るようにとの仰せでした」

と述べた。杉浦は大いに疑って病床へ行って見ると、信玄は未だ存命と見えた。そして、

「危《あや》うし、危うし。うっかり軍を出したならば、飛んだ辛《から》き目に逢う処であった。ア、、腸《はらわた》が動揺する」と心深く恐れつつ別間に引かれて行った。馬場・山縣等が立ち出て、

「御使者、御苦労」

との挨拶が終了した。頓《やが》て山海の珍味を出して酒を勧め、穴山・内藤其《そ》の外《ほか》の諸将が皆々立ち出て種々に饗応した。杉浦は思いも寄らず沈酔《ちんすい》して、彼《か》れ是《こ》れと数刻を移した。

（註）
① 甲府へ人質として送られているのは、北條氏康《うじやす》の弟の左衛門佐氏堯《さえもんのすけうじたか》である。
② 「松田」とは、北條家の家臣「松田尾張守憲秀《のりひで》」のことと思われる。

九十四　真田偽計北條《ほうじょう》の使者を欺《あざむ》くの事並びに徳川源君長篠《ながしの》攻めの事

杉浦中務少輔《なかつかさのしょう》はや酒も分を過ごしたので頻《しき》りに辞退したが、諸将がなおも勧めるので「辞するのは却《かえ》って無礼」と思い、又も数盃を傾けた。早《はや》夕日に傾き、殿中に燭台を照らすこと白昼の如くであった。暫《しばら》くして、信玄《しんげん》公が御面会すると告げられた。杉浦が案内されて馬場・山縣《やまがた》・真田の歴々に随《したが》い深殿に至り一間を隔てて伺うと、信玄は紫頭巾に鈍《どん》子《す》の小袖を着し、二重錦の夜具の上に座し、後ろには小姓の相木采女《うねめ》・増田幸松《ゆきまつ》、左右の座には穴山梅雪《ばいせつ》入道・一條右衛門大夫《うえもんのだいぶ》・武田左馬之助《さまのすけ》・同下野介《しもつけのすけ》（註①）等を始め一門一族譜代の重臣が列座していたので、杉浦はハッと平伏した。信玄は、それを見て、「杉浦であるか。北條殿には、能《よ》くも予が病を訪《おとな》われた。老病《ろうびょう》なので是限りであろうかと予《かね》て覚悟していた処、未だ尽きざる命数《めいすう》なのか、此の程は大方全快した。此の体《てい》ならば、頓《やが》て徳川との一戦も快く致そうと思う。立ち帰ったならば、此《こ》の由《よし》を主君へ宜しく取り成して呉《く》れ。大儀《たいぎ》、大儀」

と寛然《かんぜん》たる有様《ありさま》で言った。杉浦は酔いを押えて平伏しながら之を見ると、紛れもなく武田信玄であった。その為、「欺かれた」とは夢にも知らず恐れ入って、

「先《ま》ず以《もっ》て御全快の体《てい》を拝し、恐悦に存じ奉ります。徳川征伐の為に出陣あれば、不調法《ぶちょうほう》ながら相応の御用を仰せ付け下されたい」

と応じた。信玄は、

「過分である。兎角《とかく》病中なので是にて辞する間《あいだ》、其《そ》の方《ほう》も退出有って休息されよ」

と言葉少なに挨拶した。杉浦も拝伏して退出し、その夜は甲府に宿し、翌朝暇《いとま》を告げて小《お》田原《だわら》に帰った。

一方北條家では杉浦が帰るのを、「今か今か」と待っていた。其処《そこ》へ杉浦が帰り来たって氏政《うじまさ》の前に出て、

「信玄病死と申すのは全く間違っています。某正《それがしまさ》しく対面した処、病気も早《はや》全快に向かっているので、近々徳川へ軍を向ける積もりであると語られました」

と申し述べた。北條氏政は大いに驚き、

「我大道寺《だいどうじ》や松田の教えに随《したが》わなければ、信玄の為に恐ろしき目に逢う処であった」と驚懼《きょうく》一方でなかった。そして、是からは武田家に無二の心底を尽《つく》した。

さて、徳川源君《げんくん》は信玄の病死を聞いて大いに悦び、「此の機を外《はず》さず甲府へ攻め入ろう」と議している処へ、「此《こ》の度《たび》北條より使者を送って窺うと、信玄病死と言うのは全くの偽りで、存命している」との沙汰が頻《しき》りであった。その真偽《しんぎ》を糺《ただ》そうと、

「武田の領内、駿河国《するがのくに》岡部を放火せよ」

と言って、源君自ら出張《しゅっちょう》した。そして、五百余人の足軽に申し付け、岡部の風上より火を掛け焼き立てさせ、其《そ》の侭《まま》浜松の城に帰った。すると榊原《さかきばら》・本多が、

「君、この度岡部を放火して早速引き退《の》かれたのは何事ですか」

と尋ねた。源君は笑って、

「我信玄の病死を知ると雖《いえど》も、なお其の虚実を糺す為に岡部を放火した。実に信玄が存命ならば、軍は出さないであろう。若《も》し病死ならば、勝頼《かつより》は智浅き大将なので必ずや軍を出すであろう。武田勢が弥々《いよいよ》討って出ることがあれば、斯様斯様《かようかよう》に致せ。自分は是から、長《なが》篠《しの》に籠っている小泉源次郎・室賀一葉軒《いちようけん》の両人を攻める積もりだ」

と言った。そして、大須賀五郎左衛門《おおすがごろうざえもん》・本多平八郎《へいはちろう》・同作左衛門《さくざえもん》・榊原康政《やすまさ》・菅沼小大《こたい》膳《ぜん》・土肥豊後守《どひぶんごのかみ》等に当城を守らせ、酒井左衛門尉《さえもんのじょう》・大久保七郎右衛門《しちろうえもん》・石川伯耆守《ほうきのかみ》・菅

沼新八郎《しんぱちろう》・小笠原《おがさわら》与八郎氏助《うじすけ》等を引き連れ長篠の城（註②）へ押し寄せた。然《しか》るに城将の小泉源次郎・室賀一葉軒（註③）が防禦の備えをし固く守ったので籠城数日に及んだけれども、容易《たやす》く落ちる体《てい》も見えなかった。然《さ》る程《ほど》に勝頼は徳川勢が長篠を攻めると聞いて大いに怒り、速やかに後援しようと諸将を集め軍議をした。馬場美濃守が進み出て、

「先君が亡くなられて未《いま》だ間もないのに、軍を出されるのは宜しく有りません。既に父公病中であると披露に及んでいる処なので、仮令《たとえ》徳川勢が傍若無人《ぼうじゃくぶじん》に働くと雖も捨て置かれるに何程のことか有るでしょう。城を明け渡して甲府へ退くようにと、小泉・室賀の両将へ仰せ渡し下さい」

と諫めた。しかし、血気壮んな勝頼は大いに怒り、

「左様《さよう》なる手緩《てぬる》きことが有ろうか。我は一戦に家康《いえやす》の首を取って、父の手向《たむ》けとしてやるぞ」

と居丈高《いたけだか》に言った。真田信綱《のぶつな》は猶《なお》も諫《いさ》めて、

「是《これ》は如何《いか》なることでしょうか。馬場の申す処は、実《まこと》に理に当たっています。先君の遺命にも上杉謙信《けんしん》を頼めとあるのですから、徳川は捨て置かれて急ぎ上杉へ使者を立てて和議を調《ととの》えられるべきです。然《しか》る時は徳川であれ、織田であれ御当家を恐れることは鬼神《おにがみ》の如く、指《ゆび》さすことさえも叶わないでしょう。然るを、その根組《ねぐ》みをも堅めずに唯血気に逸《はや》る

のは大将のすべき処では有りません」

と理を尽《つく》して述べた。勝頼は初めて心付き、

「実《まこと》に真田が諫言《かんげん》がなければ、一大事を過《あやま》る処であった。然らば先ず上杉と交わりを結び、その後で軍を出そう」

と評議した。其処《そこ》へ、

「長篠の囲みが甚だ急で、援軍が延引《えんいん》すれば落城は近きにあります」

と告げ来たった。長坂釣閑《ながさかちょうかん》が進み出で、

「馬場・真田の申す処は忠諫《ちゅうかん》に似ていますが、眼前で味方の城を敵に攻め落とされるのを見過ごして良いでしょうか。急ぎ軍を出すのが宜しいでしょう。その手立てとしては、一手は武田逍遙軒《しょうようけん》に馬場・穴山を差し添えて浜松の城を攻める形容《ふり》にて出軍させ、一手は左馬之助に山縣・小山田《おやまだ》を添えて長篠の援軍として差し向け、此の両手を以て前後より徳川勢を取り込めば、家康が勇なりと雖も首を授けること掌《て》の中にあるが如くでしょう」

と申し述べた。浅知《せんち》の勝頼は又心を翻《ひるがえ》し、

「長坂が言う処道理《もっとも》である」

と言って、遂に此の議に一決した。そして、孫六《まごろく》入道に千五百余人・左馬之助に三千五百余人を差し添え二手に別《わ》かれて向《む》かわせた。馬場・山縣・真田は今は諫《いさ》むべきようなく眉を

顰《ひそ》めて帰館した。真田信綱は何とも心進まず、昌幸《まさゆき》が方に至って此の由を物語った。昌幸は聞くより大いに歎《たん》じ、

「如何なれば斯《か》く成ったのか。甲府より軍を出せば、敗軍するのは明らかです。その上、旧君御病死のこと迄敵に知らせると言うものです。何故に諌められなかったのですか」

と言った。信綱は、

「我此のことを只管《ひたすら》諌めたが、聞き入れられなかった。是非もない」

と応じた。昌幸は大いに怒って、

「長坂は何故に由なき舌を振《ふる》って、君の心を迷わすのか。我再度諌言を申そう」

と已に登城しようとした。其処へ、「早孫六入道・左馬之助が出陣した」と報告があったので、真田兄弟三人は、「今となっては仕方ない。此の上は我々浜松の方に向かって、味方の敗軍を援けよう」と手勢三百余騎で直《ただ》ちに甲府を打ち立った。

（註）

① 「同下野介」とあるが、調べてみたが武田下野介を名乗る人物はいない。

② 当時の長篠の城将は菅沼新九郎《しんくろう》（正貞）と同伊豆守（満直《みつなお》）と考えられるが、『三代記』はまっ

たくそのことに触れていない。

③『三代記』のこの箇所には「城将の小泉源次郎・諸家一葉軒」とあるが「諸家」については訳者が「室賀」に訂正した。小泉も室賀も城将には違いないが、甲州からの加勢として長篠の城に入った信濃衆である。

九十五　武田勢敗軍の事並びに真田兄弟忠諫《ちゅうかん》の事

徳川勢は長篠《ながしの》の城を十重二十重《とえはたえ》に取り囲み、昼夜の別なく攻め立てた。城中の武田勢は堅く守り能《よ》く防ぐと雖《いえど》も、既に信玄《しんげん》が死去して了《しま》っているので心怯《おく》れて、援軍の来るのを待てども待てども来なかった。小泉源次郎が室賀《むろが》に、

「所詮、当城に久しく籠城することは叶い難い。潔く敵に降参し、命を全うしようと思うが如何《いかが》か」

と言った。室賀は大いに怒り、

「我等忝《かたじけ》なくも今日迄君恩《くんおん》を受け、老命《ろうめい》に及びながらも一方《いっぽう》の将に撰《えら》ばれた。その身を以《もっ》て、如何しておめおめと降参し、末代迄汚名を残すことが出来ようか。腹掻き切って死ぬことこそ、武士の本意と言うものだ」

と応じた。小泉は恥入《はじい》って、何の応答《いらえ》もなくいたが、思い返して言葉も掛けず抜き打ちに室賀に切って掛かった。室賀が、「心得たり」と刀に手を掛けようとする処を、小泉は突き入り、首をチョウと打ち落とした。そして、片手を指し上げ、

「我に背《そむ》く者は斯《か》くの如し」

と大音声《だいおんじょう》に呼ばわった。城中の皆々は懼《おそ》れ慄《ふる》え、誰一人叛《そむ》く者はなかった。小泉は悦び、軈《やが》て城門を開き室賀の首を指し上げて出た。城兵が不審を懐《いだ》いて見ていると、小泉は、その侭《まま》降参に及んだ。家康《いえやす》公は大いに悦んで、早速城に入った。すると、室賀の郎等《ろうとう》八人が家康公の前に出て、小泉が室賀を討ったことを訴えた。家康公は笑って、

「然《さ》こそ有るだろう。我は素《もと》から小泉の心を知っているので、用いる積もりはない。頓《やが》て首を切って渡そう。然《しか》れ共《ども》直《す》ぐにとは行かない。然《さ》あらぬ体《てい》にて我に従っておれ」

との寛大な言葉に室賀の郎等四十余人も、今は是非なく徳川に従った。

斯《か》かる処に、武田左馬之助《さまのすけ》・馬場美濃守・小山田《おやまだ》兵衛尉《ひょうえのじょう》が二千五百余騎を率い援軍として向かって来た。そして、「早《はや》城将は徳川方に降参した」と聞いて、今は由《よし》なしと、そ

の侭《まま》甲府へ引き取った。

一方、逍遙軒《しょうようけん》の一手は、「徳川の後ろを遮ろう」と浜松の城方面から引き返し向かって来た。すると、徳川勢の大須賀五郎左衛門《おおすがごろうざえもん》・本多平八郎《へいはちろう》・同作左衛門《さくざえもん》・榊原小平太《さかきばらこへいた》等が控えているのを見た。逍遙軒は何の思慮もなく、手勢五百余騎で鬨《とき》を作って攻め入った。本多作左衛門重次《しげつぐ》（註①）は大いに怒り、「憎き武田方の振る舞いである。率《いざ》徳川勢の刃の切れ味を知らせてやろう」と大太刀《おおたち》を抜いて片手薙ぎに切って廻り、矢庭《やにわ》に七・八騎まで切って落とし、十三人に手傷を負わせた。是を見た本多平八郎忠勝《ただかつ》・榊原小平太康政《やすまさ》・鳥居元《もと》忠《ただ》・土井豊後守《ぶんごのかみ》は、我も我もと馬を並べて薙ぎ廻った。元より思慮のない逍遙軒は大いに敗して、右往左往に引き退いた。山縣《やまがた》・穴山が馳せ来たって防ぎ戦うと雖も叶《かな》わず、敗軍に引き立てられ四途路《しどろ》に成って敗した。本多等の面々が跡を追い掛けて来て、武田勢は散々《さんざん》に成った。其処《そこ》へ雁金《かりがね》の紋を付けた旗を押し立てて、真田兄弟・布下弥四郎《ぬのしたやしろう》・増田・相木・筧《かけい》・荒川等が三百余騎にて馳せ来たって徳川勢に切って掛かった。今迄敗していた武田勢は忽《たちま》ち気を得て、鬨を作り喚《おめ》き叫んで戦った。勇み猛っていた徳川勢はドッと崩れて、浜松指して退《しりぞ》いた。甲府方は思わず真田に危《あや》うきを助けられ、勝ち軍《いくさ》となって引き取った。真田源太左衛門信綱《げんたざえもんのぶつな》・兵部丞昌輝《ひょうぶのじょうまさてる》・安房守昌幸《あわのかみまさゆき》は鎧《よろい》をも脱がずに、直《ただ》ちに登城した。そして、勝頼《かつより》に目見《めみ》え、

「武田家は新羅《しんら》三郎《さぶろう》公より数代、甲斐源氏と称して天下に汚名を受けることのない名家です。今君の代《よ》と成って武運が先君に及ばないのは、実《まこと》に忍びない処です」

と落涙して申し述べた。勝頼は、

「軍《いくさ》の勝敗は時の運である。此の度長篠で敗したと雖も、何故某《それがし》の武運が先君に及ばないと言うのか」

と大いに怒った。安房守昌幸は、

「長篠での敗軍は合戦の慣《なら》いでは有りますが、兵書（註②）にも彼《かれ》を知り己《おのれ》を知る時は百度戦って百度勝つと有ります。浅智恵の為に敗けを取るのは浅はかなことです」

と述べた。勝頼は弥々《いよいよ》怒《いか》って、佩刀《はいとう》に手を掛け既に斬ろうとした。昌幸は少しも懼《おそ》れず、

「諫《いさめ》を入れるのは臣の道です。忌《い》み憚《はば》からずに申し上げたのに、それを聴かれずに殺そうとするのならば、臣は如何して命《めい》を惜《お》しむでしょうか。然《さ》りながら、先祖代々の家を忘れ軍法に疎《うと》く、先君よりの重臣の諫言をも用いず、佞臣《ねいしん》の長坂《ながさか》・跡部《あとべ》等を愛し、酒色《しゅしょく》に沈湎《ちんめん》されては武田家の滅亡も早近づいたかと歎《なげ》かわしく存じます」

と、或《ある》いは諫め或いは歎き、勝頼の袖に取り着いて諫めたのは、実に絶類《ぜつるい》の忠貞《ちゅうてい》と見えた。

（註）

① 「本多作左衛門重次」は、長篠の戦場から妻に宛てて「一筆啓上　火の用心　お仙泣かすな　馬肥やせ」の短い手紙を出した武将として知られる。

② 「兵書」とは『孫子』で、同書には「彼を知り己を知れば百戦殆《あやう》からず」とある。

九十六　武田勝頼《かつより》長篠《ながしの》出張《しゅっちょう》の事並びに大須賀《おおすが》・小谷《おだに》逆心の事

作手《つくで》の城主（註①）奥平《おくだいら》美作守《みまさかのかみ》父子《ふし》は、武田家に背《そむ》き徳川源君《げんくん》に従った。勝頼《かつより》が大いに怒《いか》って、人質の仙千代丸《せんちよまる》（註②）を鳳来寺《ほうらいじ》（註③）の金剛堂に於いて磔《はりつけ》にしたのは情のないことであった。そのようなことから、今の世迄も夏山の遊仙寺《ゆうせんじ》（註④）に仙千代丸の墓が残り、諸人の袖を濡らすとか言う。然《さ》る程に、長坂《ながさか》・跡部《あとべ》の両人は勝頼の座下《ざか》にあって昼夜奸佞《かんねい》を専《もっぱ》らとし、酒色《しゅしょく》を勧め勝頼を誑《たぶら》かし、己《おのれ》に諛《へつら》う者には恩賞を与え、逆う者には罪を誣《し》い、無二の忠臣である小宮山内膳《ないぜん》を始め数多《あまた》の人々を放逐《ほうちく》するなど我侭《わがまま》の振る舞いが増長して、是《これ》が為《た》めに馬場・山縣《やまがた》・内藤・甘利・真田等と不和を起こし、度々《たびたび》殿中に於いて口論に及んだ。真田兄弟は種々《しゅじゅ》勝頼へ諫言し、

「早く長坂・跡部を退けて、浪人した小宮山内膳等を元の如く召し返し下さい」

と勧めたが、勝頼は一向に用いなかった。真田兄弟は大いに歎《たん》じ、武田の滅亡が近付いた。然《しか》れ共《ども》、臣として君の不義を余所《よそ》に見ていて良いのだろうか。七度諫めても聴かなければ、臣死すと言うのは此のことかと又も勝頼の御前へ出て、先《ま》ず昌幸が、

「先達《せんだっ》てより、臣等は種々《いろいろ》申し上げました。しかし、お聞き入れないばかりか、我々が登城すれば又諫言であろうと一向に御対面なく、是は如何《いか》なることでしょうか。御祖父の信《のぶ》虎《とら》公が御一族と不和になられたので、時の老臣達が武田家の滅する時節《じせつ》に至ったと安からぬ思いをしましたが、偏《ひとえ》に忠臣の諫言を用いられませんでした。そればかりか、今井・内藤・馬場・山縣を御手に掛けられ、悪逆《あくぎゃく》が日々に増長したので先君信玄《しんげん》公は老臣の勧めにより信虎公を廃し、再度《ふたたび》武田家の繁栄を実現されました。その千辛万苦《せんしんばんく》は譬《たと》えようもありません。然《しか》るに君はいながらにして武田家を襲《つ》がれ、国郡も夥しく、忠良の臣も多く保たれました。それにも関わらず、長坂・跡部などと言う小人を愛して、忠良の臣を猥《みだ》りに疎《うと》んじられるのは、実に臣等の理解できない処です。早く長坂・跡部の両人の首を刎《は》ね、小宮山等を召し返されなければ、武田家の滅亡は近きにあります」

と忠義に凝《こっ》た諫言をした。勝頼が暫《しばら》く茫然としていたので真田兄弟は、「聞き入れられたな」と心に喜び、なおも種々《いろいろ》に心を尽《つく》して諫言し退出した。

勝頼は真田兄弟が帰ったので、長坂・跡部の両人を召して、

「今日真田兄弟が頻《しき》りに諫言し、其《そ》の方等《ほうら》両人の首を刎ねて小宮山を呼び戻せと迄言った。是は如何なることか」

と言った。長坂・跡部は此の由を聞いて涙を流し、

「実に林中の高木《こうぼく》は風の為に折れるとか。我等が君の寵《ちょう》を蒙《こうむ》る故に諸将は皆羨《うらや》み某《それがし》等を無実の罪に沈めようとするのです。某《それがし》等不忠の名を得て誅せられるより、寧《むし》ろ今から御暇《おいとま》を願い何方《いずかた》へなりとも身を退きましょう。是非もありません。此の儀偏《ひとえ》にお願いします」

とさも大人《おとな》しげな容貌《おもだて》にて真田の諫めを阻《はば》んだ。浅智《せんち》の勝頼は是を聞き大いに驚き、

「我、其の方等が忠義を何ぞ疑おうか。真田が小宮山を勧めるのは、贔屓《ひいき》の沙汰である」

と言って、弥々《いよいよ》長坂・跡部を愛し、真田が諫言を聞き入れなかった。是は武田家が滅亡する前兆とこそ知られた。

一方、奥平美濃守と同九八郎が武田家に背いて、長篠の城中に立《た》て籠《こ》もった。勝頼は、「之を攻めよう」と、天正《てんしょう》三年（一五七五）五月中旬に甲府を出陣した。此の時、真田昌幸《まさゆき》は病気で居城の上田に帰り、居合わせなかった。随《したが》う人々には、武田孫六《まごろく》入道信連《のぶつら》・穴

山入道梅雪《ばいせつ》・一條右衛門大夫信龍《うえもんのだいぶのぶたつ》・武田左馬之助信豊《さまのすけのぶとよ》・同兵部丞信実《ひょうぶのじょうのぶざね》・馬場美濃守信《のぶ》房《ふさ》・山縣三郎兵衛昌景《さぶろうひょうえまさかげ》・内藤修理亮《しゅりのすけ》昌豊・小山田兵衛丞信茂《ひょうえのじょうのぶしげ》・原隼人佐《はやとのすけ》・跡部大炊介《おおいのすけ》勝資《かつすけ》・真田源太左衛門信綱《げんたざえもんのぶつな》・同兵部丞昌輝《ひょうぶのじょうまさてる》・土屋右衛門尉信近《うえもんのじょうのぶちか》・小山田備中守《おやまだびっちゅうのかみ》・小《お》幡左衛門尉《ばたさえもんのじょう》・甘利三郎四郎・望月甚八郎《もちづきじんぱちろう》・安中左近《あんなかさこん》・高坂《こうさか》源五郎・長坂左金吾《さきんご》を始め、その勢《せい》二万五千余騎。遠州平山を越え浜松・本坂《もとさか》を経て、長篠表《おもて》へと出張した。此のことが長篠の城中に聞こえて来たが、奥平九八郎《くはちろう》信昌は素《もと》より大剛《だいごう》の勇将なので少しも動ぜず、天晴《あっぱれ》武田方に我が勇猛の程を見せて呉《く》れようと心を鉄石の如く固め待ち掛けた。此の時岡崎の大須賀五郎左衛門の一族の弥十郎《やじゅうろう》と言う者は、元来大膽不敵《だいたんふてき》の曲者《くせもの》であったが、倩々《つらつら》思いけるに、「我立身《りっしん》の望みがあると雖《いえど》も、禄《ろく》が低く年来の大望《たいもう》はなり難い。今武田家に内通して裏切りをすれば、勝頼は何ぞ重く用いないことがあろうか」と逆心を起こし、内意の者を語り合い類を以《もっ》て友を集め既に小谷甚左衛門《じんざえもん》・山田八蔵《はちぞう》等と心を合わせ、早《はや》一味する者が合体した。弥十郎は大いに悦び、急ぎ此のことを武田方の穴山梅雪方へ申し送った。穴山は大いに悦び、直様《すぐさま》此の旨を勝頼に通じた。勝頼は、右の書面を倩々《つらつら》見終《おわ》り手を拍《う》って悦び、「此の度の軍《いくさ》で敵将の首を見るのは嬉しいことだ。大須賀が裏切りをするのであれば、合戦の後三河《のちみかわ》一国を宛行《あてが》う積《つ》もりだ」と書いて弥十郎方へ遣わした。此のことを聞くと真田勢は、「此の度の合戦で敵を破るのは我々の功にある」と大いに勇んだ。又真田信綱は、此の旨を上田にいる昌幸の方へ申し送った。

（註）

①「作手の城」は、「亀山城」とも言い、三河国設楽郡《したらのこおり》作手（現新城市作手《しんしろしつくで》）にあった平山城《ひらやまじろ》。

②「仙千代丸」は奥平美作守（貞能《さだよし》）の二男であり、人質として武田家に送られていた。

③「鳳来寺」は、三河国設楽郡鳳来（現新城市門谷）の真言宗寺院。

④「遊仙寺」は、三河国額田郡《ぬかたのこおり》岡崎（現岡崎市夏山町）の臨済宗寺院。

九十七　真田信幸《のぶゆき》初陣《ういじん》の事並びに大須賀《おおすが》隠謀《いんぼう》露顕《ろけん》の事

上田に引き籠《こ》もって病気の療養中の真田安房守《あわのかみ》昌幸《まさゆき》は、此《こ》の度《たび》長篠勢《ながしのぜい》攻めが始まったとのことを聞き、「如何《いかが》であろうか」と案じ暮らしていた。けれども、病の為に身体が自由にならず、種々《いろいろ》に手を尽《つく》している処へ長篠の戦場から兄信綱《のぶつな》の書簡が到来した。それには、「此《こ》の度《たび》岡崎の大須賀弥十郎《やじゅうろう》が武田方に内通して、長篠の城将の奥平《おくだいら》を裏切るとのことなので、必ずや味方の勝利になるだろう」と書いてあった。昌幸は一見して大いに笑い、「大須賀は思慮なき者なので、ことは成功しないだろう。その為に味方の敗軍が心配だ」と大いに歎息《たんそく》し、両手を組んで此の度の合戦を案じていた。其処《そこ》へ源三郎《げんざぶろう》信幸（当年十六歳）が立ち出でて、

「父君には此の度の長篠の勝敗を案じておいでですか」

と問うた。昌幸が、

「是は其《そ》の方《ほう》が知る処ではない」

と言うと、信幸は、

「願わくは某《それがし》布下《ぬのした》・荒川を従え、此の度の合戦に参り度《た》く思います。何卒《なにとぞ》お許し下さい」

と乞うた。昌幸は大いに悦び、

「斯《か》かる勇士が我が家に出ようとは思わなかった。然《しか》らば千五百余人にて長篠へ向かえ」

と即時に荒川内匠《たくみ》・根津新兵衛《しんべえ》・布下等を添えて長篠へと向かわせた。その翌日、昌幸は少しく快《こころ》よく庭園に出て杖に縋《すが》り水辺《すいへん》を眺めていると、後堂《こうどう》から孫呉《そんご》の兵書（註①）を読む小児の声が聞こえて来たので、怪しみながら障子の隙より覗《のぞ》いて見ると源次郎であった。

大いに驚き、「彼は病弱だったので成長の程は如何かと思っていたが、我日頃源三郎に教えているのを余所《よそ》ながら聞き覚えたと見える。斯《か》く聡明なれば後に必ず高名《こうみょう》を顕《あらわ》すに違いない」と独り手を拍《う》って感じ入り、「斯くも兄弟共に勝れているのは末頼母《たのも》しい」と思った。

一方、真田源三郎信幸は手勢千五百人を率いて長篠へ参着した。勝頼《かつより》は陣所から出て是を厚く賞し、それより大須賀の相図を、「今か今か」と待っていた。此の時大須賀弥十郎は小谷甚左衛門《おだにじんざえもん》・山田八蔵《はちぞう》等と諜《しめ》し合わせ「一時も早く裏切って勝頼に勝利させ、三遠（三河《みかわ》・遠江《とおとうみ》）の両国を我が物にしよう」と、なおも我が一族の大須賀五郎左衛門《ごろうざえもん》が功が有るのに賞が少なく主君を恨む心あるのを幸い、「是を勧めて同意させよう」と考え、山田八蔵に相談した。八蔵は大いに制して、

「無用、無用。五郎左衛門は元来徳川家開国の元功《げんこう》の忠臣なので、如何して二心が有ろうか。之に一味になるのを勧めるのは謀計《ぼうけい》を洩らすのと同じである」

と押し止めた。弥十郎は打ち笑って、

「如何して、そのようなことがあろうか。五郎左衛門は我が伯父なので、是非に勧めて一味させる」

と山田の言葉を聞き入れなかった。此の時山田は、「此のような大事を企てながら、猥《みだ》りに他へ内事《ないじ》を洩らすようでは結局こと顕《あらわ》れて、我等に罪が与えられるのは間違いない。彼

が斯《か》くばかり浅智《せんち》なのでは与《くみ》し難い。寧《むし》ろ心を飜《ひるが》えして、此の由を告げ知らせて恩賞に預かろう」と後は何も言わなかった。そして早々に、岡崎三郎信康《のぶやす》（註②）へ注進した。信康は大いに驚き源君《げんくん》へ、斯くと言上した。源君は聞いて少しも騒がず、大須賀五郎左衛門を召して、

「その方の甥の弥十郎は内応《うらぎり》を企てた。其の方が心は如何であるか」

と問うた。五郎左衛門は大いに驚き、

「さても甥の弥十郎に斯くも浅ましいことがあるとは、某《それがし》一向に存じませんでした」

と答えた。源君は、

「そうであろう。併《しか》し此のこと必ず洩《もら》してはならぬ。漏らせば此の者共逃げ去るであろう」

と言った、五郎左衛門は、

「畏《かしこ》まりました」

と言って御前を下った。そして、軈《やが》て弥十郎を呼び寄せ酒などを出して四方山話《よもやまばなし》をしていると、弥十郎は我が謀《はかりごと》の漏《もれ》たとは夢にも知らず、幸いの酒宴と思い酔いに乗じて、

「伯父君には此の度の合戦何《いず》れが勝ち、何れが負けと思われるか」

と言った。五郎左衛門は笑って、

「臨機応変、如何して勝敗を前以《まえもっ》て知ることが出来ようか」

と応じた。弥十郎は、

「此の度の勝敗は某《それがし》篤《とく》と考えるに、御当家こそ勝利するであろうと思います」

と言った。五郎左衛門は、

「否々《いやいや》武田家は兵多く粮《かて》足り、威勢遠近に振るい、その上諸将に富んでいる。御当家の恩賞は少なく君を恨み君臣一和《いちわ》しないのに比べれば、味方の勝利は勿々覚束《なかなかおぼつか》ない」

と何やら主を恨む体《てい》に申し述べた。弥十郎は、「是は良いぞ」と大いに悦び、

「伯父君よ。実は某《それがし》既に武田家に内通して、内応《うらぎり》をしようと謀っています。然《しか》れば伯父君も某《それがし》に同意下されば、遠州一ケ国を乞い受けて必《かな》らず差し上げます」

と言った。五郎左衛門は、「さては」と思って、その侭《まま》取って押えた。弥十郎が大いに驚き、

「是は何をされるか」

と言わせもせず、五郎左衛門は面色《めんしょく》を変じ声を荒らげ、

「憎《にっく》し奴《やつ》め、斯かる大悪心を起こして高恩を破ろうとすること、我最前より之を知っていたが偽って主君を恨む体をしたのに、果《はた》して汝《なんじ》此の言を吐き出した。いざ伯父が縄目に掛かって、主君の御前へ出よ」

と直《すぐ》に生け捕って御前に出た。折柄《おりから》本多忠勝《ただかつ》も小谷甚左衛門《おだにじんざえもん》を生け捕って来たので、源君は此の者共の一族十六人を竹鋸《たけのこぎり》の刑に処した。

（註）

①「孫呉の兵書」とは、中国春秋時代の兵法家・孫武と呉越の書いた兵書『孫子』と『呉子』のこと。

②「岡崎三郎信康」は家康の長男で、松平信康のこと。

九十八　織田信長長篠《のぶながながしの》出張《しゅっちょう》の事並びに真田・馬場・山縣《やまがた》忠諫《ちゅうかん》の事

大須賀弥十郎《おおすがやじゅうろう》・小谷甚左衛門《おだにじんざえもん》の両人が生け捕られて、敵方の見える前に引き出され竹《たけ》鋸《のこぎり》の惨刑《さんけい》に処せられたのは、奥平仙千代《おくだいらせんちよ》を誅《ちゅう》した酬《むく》いと言う。武田勝頼《かつより》は大須賀が内通を聞き、「敵を破るのは掌中に有る」と悦んでいたが、弥十郎が陣前に於いて竹鋸の刑に処せられるのを見て、「さては逆謀《むほん》が顕《あらわ》れたか」と大いに驚いていた。

此《こ》の時《とき》源君《げんくん》は信長へ後詰《ごづめ》の勢《せい》を再度《ふたたび》申し送っていたが、その沙汰がなかったので、

「信長の心底は心得難《がた》い。先の姉川の軍《いくさ》には此方《こちら》より数度加勢したのに、此《こ》の度《たび》我長篠に於いて一大事の合戦に及ぼうとしているのに、彼が加勢を出さないのは以《もっ》ての外《ほか》の振る舞いである。信長が斯《か》かる反覆《はんぷく》の者ならば、是からは武田と一味して織田の一類を亡ぼしてやろう」

と大いに怒った。小栗《おぐり》大六郎・本多《ほんだ》作左衛門の両人が、

「御怒りは尤《もっと》もながら、何分《なにぶん》今一度仰《おお》せ遣《つか》わされるのが宜しいでしょう」

と申し述べた。源君は、

「然《しか》らば其《そ》の方等《ほうら》能《よ》きに計らえ」

と言った。本多・小栗は直ちに早打ちを以て岐阜に到って、後詰の儀を乞《こ》うた。そして、なお矢部善七《やべぜんしち》に内意を語った。それを聞いた信長は、「然《しか》らば早々出張しよう」と嫡子中《ちゅう》将《じょう》信忠《のぶただ》・次男北畠信雄《きたばたけのぶかつ》・神戸《かんべ》三七郎信孝《のぶたか》・柴田修理進勝家《しゅりのしんかついえ》・佐久間右衛門尉信盛《うえもんのじょうのぶもり》・明《あけ》智《ち》日向守光秀《ひゅうがのかみみつひで》・羽柴筑前守秀吉《はしばちくぜんのかみひでよし》・滝川左近将監一益《さこんしょうげんかずます》・徳山五兵衛《ごへえ》・丹羽《にわ》五郎左衛門長《なが》秀《ひで》・池田紀伊守・金森五郎八《かなもりごろはち》・水野下野守《しもつけのかみ》・三好宗兵衛《みよしそうべえ》・鯰江若狭守《なまずえわかさのかみ》・蒲生《がもう》飛騨守父《ふ》子《し》・森勝蔵長一《かつぞうながかず》・不破河内守・丹下《たんげ》備前守・稲葉伊予守・前田又左衛門・野々村三十郎・川尻与兵衛・佐藤六左衛門・青山新七・佐藤市左衛門の面々に、五畿内の勢十一万五千余

人を率して出軍に及んだ。源君は深く悦び、

「此の勢いならば、敵陣を破ることは掌中にある」

と言った。すると信長は、

「調伏《ちょうぶく》の連歌を催そう」

と言って、諸将の外俳諧師《ほかはいかいし》を召《め》した。

松高く竹たぐいなき五月哉　　信長公
白くは見えぬ卯の花重ね　　夕　庵
入る月も山がたうすく消え果てて　　紹　巴
おだを盛りと見ゆる秋風　　信長公

そして、

「源君にも一句」

と言った。けれども、源君は何とも詠《えい》じなかった。是は深い考えがあってのことであった。

折りしも五月は種々《いろいろ》と合戦があった。此の時に酒井左衛門尉忠次《さえもんのじょうただつぐ》が進み出て、

「甲府勢は大軍とは言え、長篠の押《おさ》えとして勢二千余人を一手に纏《まと》めて鳶ケ巣山《とびがすやま》（註①）に陣を据え籠城しています。今宵密《こよいひそ》かに間道を経て向かうならば、一騎も洩らさず討ち取ることが出来ましょう。是こそ韓信《かんしん》が三秦《さんしん》を取った謀《はかりごと》（註②）です」

と申し述べた。信長は、

「其の方何で知らないのか。今日の謀《はかりごと》は某《それがし》と徳川殿との胸中に有る。其の方如何なれば我々を軽んじて、斯かる非計《ひけい》を猥《みだ》りに申し出て諸卒の心を迷わすのか。不届きである」

と大いに怒った。酒井は答える言辞《ことば》もなく、閉口して控えた。その日の評議は一決せずに、皆々は退出した。その後で信長は木下を召して、

「さて秀吉、今日酒井が申した謀は如何であるか」

と問うた。秀吉は、

「此の謀は窮《きわ》めて宜しいと存じます。彼は地理を能《よ》く知る者なので、彼に精兵を加えて鳶ケ巣山へ向わせるのが然《しか》るべきかと思います」

と答えた。信長は打ち笑って、

「我も然《さ》は思ったが、諸卒が洩れ聞くであろうことを怖《おそ》れ斯《か》く計らったのだ」

と言って酒井を召し、

「今日其の方が申した謀は実に優れたものであるが、衆聞《しゅうぶん》を恐れて叱《しか》り止めたのだ。其の方は定めて地理を詳しく知っているであろう。然《さ》れば六千の兵を率いて勝頼の後ろを押さえよ」

と申し付けた。忠次は、

「畏《かしこ》まりました」

と応じた。斯《こ》うして、金森五郎には佐藤六郎左衛門・青山新七・加藤市左衛門を差し添え、五千人にて間道より鳶ケ巣山へ廻らせ、それより五月二十一日の黎明《しののめ》に織田・徳川の両家は軍備《いくさそな》えを堅めた。その次第は、徳川方の先手《さきて》には大久保七郎《しちろう》右衛門《えもん》・同次右衛門《じえもん》・松平周防守《すおうのかみ》を、二の手には松平主殿助《とのものすけ》・松平和泉守《いずみのかみ》・菅沼小大膳《こたいぜん》・松平玄蕃頭《げんばのかみ》・土肥豊後守《ぶんごのかみ》を、八剣《やつるぎ》の右の手には鳥居彦右衛門元忠《ひこえもんもとただ》・大須賀五郎左衛門《ごろうざえもん》・本多作左衛門《ほんださくざえもん》を、本陣には四郎左衛門・植村出羽守・榊原小平太《さかきばらこへいた》・本多平八郎《へいはちろう》をと、それぞれに備えを立てた。織田方では、左の先手には佐久間右衛門尉・滝川左近将監・羽柴筑前守・明智日向守を、右の先手には前田又左衛門尉《さえもんのじょう》・佐々内蔵助《さっさくらのすけ》・福富平左衛門《へいざえもん》・塙《はなわ》九郎左衛門・柴田修理進を備えさせた。

甲府方は鳶ケ巣山には武田兵庫助《ひょうごのすけ》を大将として、三枝勘解由左衛門《さえぐさかげゆざえもん》・飯尾弥太右衛門《いいおやたえもん》・五味与兵衛《ごみよへえ》・名和無理之助《なわむりのすけ》・真田兄弟を残し置き、長篠の押《おさ》えには高坂源五郎《こうさかげんごろう》・小山《おやま》田備中守《だびっちゅうのかみ》・小泉源次郎が二千余人で備えた。此の三方の固めに兵を分け遣わしたので、勝頼の本陣は甚だ小勢であった。重臣の馬場・山縣《やまがた》が、

「達《た》って御帰陣下さい」

と諫言した。勇気盛んな勝頼は一向に聞き入れず、

「大軍を懼《おそ》れず、小敵を侮《あなど》らないのは軍法の極意である。如何《いかが》して斯《か》くばかりの軍を恐れるに足ろうか。我一番に打ち崩して見せようぞ」

と勢い込んで見えた。跡部《あとべ》・長坂《ながさか》等が側《かたわ》らより、

「実に此の敵、何程のことが有ろうか」

などと頻《しき》りに油を濯《そそ》ぎ掛けたので弥々《いよいよ》勝頼は勇み立った。鳶ケ巣山にいた真田信綱《のぶつな》・同昌輝《まさてる》がやって来て、

「某《それがし》、此の度敵の備えを見るに、必ず間道より我が後ろを取り切る模様です。その訳は、強いて軍を進めず陽《おもて》に弱さを示していながら、陰《うち》に勇気が自《おのず》から顕《あらわ》れています。是偏《ひとえ》に遠計がある所以《ゆえん》です。然《しか》れば味方は小勢でもあり、殊《こと》に三方の固めに一致して当たらない時は、味方は死地に陥《おちい》るでしょう」

と申し述べた。すると、長坂が進み出て、

「死地に入って戦うならば、大軍をも打ち破ることが出来ます。その上我が君の威光《いこう》は四《し》海《かい》に輝いています。何ぞ恐れるに足りましょう」

とこともなげに言った。勝頼は大いに悦び、

「能《よ》くも申した。長坂が言う処、我が心に適《かな》う。再び諫めては成らぬ」

と述べた。信綱は大いに歎《たん》じ、

「是非もなき次第。君の威光が四海に輝く程ならば、今帰陣しても如何して敵が追い討ちするであろうか」

と呟《つぶや》きつつ、猶《なお》も種々《いろいろ》に諫めた。けれども、勝頼は不興気《ふきょうげ》の体《てい》で、

「帰陣のことは、武田家が敵を懼《おそ》れるに似ている」

と言って用いなかった。馬場・山縣《やまがた》・真田等は、「今は詮方《せんかた》ない」と思い、

「此の上は我々、此の度の合戦に一命を擲《なげう》って、名を後世に止めよう。跡部・長坂の佞人《ねいじん》共、忠臣の討死《うちじに》を見て得心せよ」

と皆々口に広言して、それぞれの持ち口へ立ち帰って行く勇士の心こそ比類のないものであった。


（註）

① 『三代記』には「鳶巣山《とびのすやま》」とあるが、訳者が「鳶ケ巣山」に訂正統一した。

② 「韓信」は中国秦末から前漢初期にかけての武将であり、数々の合戦に勝利し、劉邦《りゅうほう》の覇権を助けた。「三秦」は項羽《こうう》が中国の関中《かんちゅう》を三分割して秦の降将を奉じた雍《よう》・塞《さい》・翟《てき》の三国であり、「韓信」は様々な謀を用いて敵を欺《あざむ》き三秦を平定した。

九十九　馬場信房《のぶふさ》勇戦の事並びに山縣昌景《やまがたまさかげ》力戦の事

天正《てんしょう》三年（一五七五）五月二十一日両軍が相対し、旌旗《せいき》（註①）は天に翻《ひるがえ》り鎗《やり》・長刀《なぎなた》は秋の薄《すすき》の穂のようであった。両軍がドッと鬨《とき》を作ったのは恰《あたか》も百千の雷《いかずち》が一時に落ち掛かる如くであった。武田勢の先手《さきて》馬場美濃守は予《かね》て討死《うちじに》と覚悟していたので、卯《う》の花縅《はなおどし》の鎧《よろい》に鍬形《くわがた》の冑《かぶと》を着し、手勢五百人を率いて閑房山《かんぼうさん》（註②）の前に出で遥かに向こうを見た。すると、佐久間右衛門尉《うえもんのじょう》が五千余人で吹き抜きの馬験《うまじるし》を押し立て厳然として控えていた。馬場は、「能《よ》き敵である」と無二無三に突いて入り、四方八方に薙《な》ぎ立《た》て、瞬く間に百余人を討ち取り、勇を奮って駆け立てた。名の知られた馬場の必死の鋒先《ほこさき》に、さしもの佐久間もしどろに成って見えた。其処《そこ》へ、滝川左近将監《さこんしょうげん》が六千余人で、「是を救おう」と馬場の兵に突き掛かった。武田方の内藤修理《しゅり》も、それと見るより八百余人を一手に纏《まと》め、勇を奮って駆け入った。三河勢の小栗大六郎《おぐりだいろくろう》・浅井六之助・麻布次郎右衛門《あざぶじろうえもん》の三百余人は進もうとしていたが、馬場内膳の勇戦を見て気後れし引き退《の》いた。滝川の陣からは柴山五作・浅井雁之助《かりのすけ》・香村《こうむら》善七等が、内藤修理に討って掛かった。内藤は怒《いか》って、

「物々しいぞ」

と言う侭《まま》に鎗《やり》を捻《ひね》って柴山を突き落とし、返す石突きで浅井を撥《は》ね返し、又香村を刺し殺した。此の勇に当たり難く、さすがの滝川も突き立てられ柵の内へ引き入った。佐久間の兵も馬場に切り立てられ、右往左往に敗走し命辛々《からがら》引き取った。

山縣昌景は、「生きて再び主君に対面するのは益《えき》がない」と心を固め、赤糸縅《あかいとおどし》の鎧に桃形《ももなり》の冑・緋鈍子《ひどんす》の陣羽織を着し銀の麾扇《さいはい》を取って、手勢を選《すぐ》り五百余人で真一文字に大久保七郎右衛門《しちろうえもん》の六千余人の真ん中へ面《おもて》も振らずに切り入った。大久保兄弟は鎗を追っ取り戦ったが、その勇気に敵《てき》し難《がた》く、鎗を中より切り折られて周章《あわて》ふためき躊躇《ためら》った。山縣が、「得たり」と太刀《たち》を指し翳《かざ》し一喝一声《いっかついっせい》して切り付けたので、次郎右衛門の着けた厚鉄《あつがね》の冑は一寸ばかり切り込まれた。是により心が消々《きえぎえ》となり、馬にも堪《たま》らず既に落ちようとする処へ、名和一学《なわいちがく》と糟屋与一兵衛《かすやよいちべえ》が馳せ来たって、主人を助け戦った。山縣昌景は大きな眼《まなこ》でハッタと睨《にら》み、

「憎き奴めらが振る舞い。大事の敵を討ち漏らしたのは心安からぬ。乞己等《いざおのれら》、此の世の暇《いとま》を取らせてやろう。観念せよ」

と言う侭に名和一学を唯一刀《ただ》に切って落とし、返す太刀にて糟屋を切り捨て、なおも次郎右衛門を追い掛けた。大久保は二人の家来の討死の間に危《あや》うい処を免《まぬが》れ、我が陣に引き取った。山縣は獅子の如くに怒って、無二無三に大久保の備えに切り入ろうと諸卒に下知《げち》して乱入した。

（註）

①「旌旗」とは、旗《はた》や幟《のぼり》のこと。

②「閑房山」については調べてみたが、はっきりしない。

百　武田家勇将討死《うちじに》の事並びに真田兄弟戦死の事

山縣三郎兵衛昌景《やまがたさぶろうひょうえまさかげ》は大久保の備えに突いて入り勇を奮って戦ったので、大久保の備え

は遂に敗して我先《われさき》にと柵内《さくない》へ引き入った。山縣は勇んで、

「敵は退《しりぞ》くぞ。付け入って駆け崩せ。彼《あれ》に見える敵を追い払え」

と下知《げち》した。すると、山縣家に於いて一・二を争う勇士の広瀬郷右衛門《ごうえもん》と小菅五郎兵衛《こすげごろべえ》の両人が無二無三に柵の内へ切り入った。三河《みかわ》勢は敵《てき》し難《がた》く這々《ほうほう》になって正楽寺《しょうがくじ》（註①）の方へ引き退いた。それを追っ掛け追っ掛け、已《すで》に本陣近くに到ったので、榊原小平太康政《さかきばらこへいたやすまさ》・本多平八郎忠勝《ほんだへいはちろうただかつ》・同作左衛門《さくざえもん》・大久保七郎右衛門忠世《しちろうえもんただよ》は備えを堅め防いだ。山縣は死に物狂いで彼方此方《あちらこちら》と駆け廻った。折りから、榊原康政が鎗《やり》を以《もっ》て突いて掛かった。山縣は
「得たり」と渡り合い、散々《さんざん》に戦いつつ続いて本多作左衛門に打って掛かった。山縣は両方に敵を受けながら物の数ともせず受けつ流しつ上段・下段と猛威を顕《あらわ》し、「劣るものか。負けるものか」と力戦した。本多・榊原が戦い倦《あぐ》んで見える処へ、本多忠勝・大久保忠世が山縣を目掛け打って掛かった。山縣は四方に敵を受け、今は危《あやう》く見えたが少しも痿《ひる》まず戦っていた。処《ところ》が思いも寄らず、敵方から鉄砲二百挺《ちょう》で撃ち出した。是《これ》に依《よ》って山縣の勢は大いに乱れ、右往左往に逃げ走った。勝ち誇った三河勢は大いに笑い、

「汚《きた》ないぞ山縣。返せ。返せ」

と声々に呼ばわりつつ追い掛けた。中でも菅沼太郎兵衛《たろべえ》・安井彦太郎の両人が、真っ先に追い掛けた。山縣昌景は敵に声を掛けられ、「如何《いかが》して猶予することが出来ようか」と即

時に取って返し渡り合うと見えたが、終《つい》に菅沼を切って落とし、返す刀で安井を打った。安井は「叶《かな》わない」と思ったのであろう、一支《ひとささ》えにも及ばずに退《ひ》こうとした。山縣は透《すか》さず追い掛けて無二無三に切って落とした。是を見て大久保の勢《せい》が此処《ここ》を先途《せんど》と撃ち掛ける鉄砲に山縣は臍《へそ》の下を打ち貫かれた。急所なので堪《たま》らず馬より真《ま》っ逆様《さかさま》に落ちる処へ、大久保方の植村太蔵《たぞう》が走り寄って首を掻き切った。そして、立ち上がろうとするのを志村又《しむらまた》兵衛《べえ》が、「得たりや。遁《のが》さないぞ」と駆け寄って終《つい》に植村を切り伏せ難なく首を取り返した。山縣が既に討たれたので、武田の先鋒《さきて》は散々に敗北した。武田左馬之助《さまのすけ》・跡部大炊《あとべおおいの》介《すけ》・小幡左衛門尉《おばたさえもんのじょう》・望月甚右衛門《もちづきじんえもん》・甘利三郎次郎・飛田左京《ひださきょう》が踏み止《とど》まって戦うと雖《いえど》も叶わず、唯一駆《ひとか》けに切り捲《まく》られ立つ足もなく逃げて行った。望月信家《のぶいえ》は一人踏み止まり、

「何ぞ危うきを見て遁《のが》れるのか。山縣の討たれた処で同じように死ぬこそ武士の本意である」

とて、その場を一寸も去らず討死《うちじに》した。

一方、梁田《やなだ》前の内藤修理《しゅり》・原隼人《はやと》・安井左近・武田孫六入道・和田森右衛門《もりえもん》・五甘掃部《ごかんかもん》(註②)・永根頼母之助《たのものすけ》・松本一悦《かずえつ》等は織田方に向かった。羽柴秀吉《はしばひでよし》と滝川一益《かずます》が六千余人にて打って出て、双方入り乱れて戦った。中でも五甘掃部が羽柴秀吉の陣に突いて入ると、浅野弥兵衛長政《やへえながまさ》が打って出て勇を奮って戦っていたが、何の苦もなく五甘を切って落

とし、首を掻き切って揚げた。それを見た内藤が大いに怒って浅野を目掛けて駆け寄る処を三河の勇将朝比奈弥太郎が見て、「彼《あれ》こそ内藤。サア来い」と楯《たて》の陰より狙い寄って火蓋を切れば過《あや》またず左の眼《まなこ》を撃ち貫いた。さしもの内藤も堪《こら》えられず馬より落ちる処を、弥太郎は首を取って指し上げた。原隼人は大剛《だいごう》の勇士であったが運の尽きた悲しさ、敵方より厳しく撃ち出す鉄砲に太刀《たち》に手も掛けることが出来ずに撃ち落とされた。安井左近も乱軍の中で討死し、武田方は大敗軍と成った。真田源太左衛門信綱《げんたざえもんのぶつな》と同昌輝《まさてる》は手勢二百余人で打って出防ぎ戦う折柄《おりから》、森武蔵守長一《むさしのかみながかず》・明智日向守《あけちひゅうがのかみ》・不破河内守《ふわかわちのかみ》・徳山五兵衛《ごへえ》が八千余騎で、真田勢と勝頼《かつより》勢の中を取り切った。是《これ》に依って真田兄弟は、「今は是迄」と心を固め、勇気日頃に十倍して薙《な》ぎ伏せ捲《まく》り、立ち向かう者を突き落とし、人なき処を行くが如く最期の一戦は目醒《めざま》しく見えた。昌輝は黒糸縅《くろいとおどし》に金の雁金《かりがね》を繁《しげ》く打った鎧《よろい》を着し、鎗《やり》を馬の平首《ひらくび》に打ち掛け大音を揚げ、

「人皇《にんのう》五十六代清和《せいわ》天皇第一の皇子滋野《しげの》の末流海野《うんの》小太郎幸氏《ゆきうじ》が後裔《こうえい》、真田弾正忠幸隆《だんじょうのちゅうゆきたか》が次男、同苗兵部丞《どうびょうひょうぶのじょう》昌輝の最期の程を見て、汝等《なんじら》が運尽き死する時の手本にせよ」

と群がり立った敵中へ駆け入り突き入った。続く郎等《ろうとう》には望月卯兵衛《もちづきうひょうえ》・根津小吉弥《こきちや》・玉井兵助・筧金五郎《かけいきんごろう》・海野六郎兵衛《ろくろべえ》・森兵之助《へいのすけ》・早見瀬左衛門等百余人、森武蔵守の備えを目掛けて打ち掛かった。森も暫《しば》しは戦ったが、終《つい》に崩れて佐久間の備えに雪崩《なだ》れ掛かっ

た。織田中将《ちゅうじょう》信忠《のぶただ》は馬を出し、

「此の敵何程のことがあろうか。丹羽《にわ》・柴田・浅野等よ、早く鉄砲にて撃ち縮め、痿《ひる》む処を一揉《ひとも》みに駆け敗れ」

と鞍上《くらかみ》に立って下知した。三人の備えから手練《てだれ》の者三千余人が筒先を揃《そろ》えて撃ち立てたので、真田勢は望月を始め皆乱軍《らんぐん》の中で討死した。昌輝は唯一騎なおも敵中に切り入り切り入り、森を目掛けて戦っていたが鎗を切り折られて了《しま》った。その為、太刀を打ち振《ふる》って渡り合い火花を散らして戦っていた。其処《そこ》を真杉喜市右衛門《ますぎきいちえもん》と言う者が物陰げより狙《ねら》い済してドッと鉄砲を放った。血煙り立てて昌輝が馬から真っ逆様に落ちるのを、真杉が走り寄って遂に首を揚げた。是を見た根津新兵衛が駆け来たって真杉を突き伏せ、首を取り戻して引き返した。斯《か》くとも知らずに真田信綱は浅黄糸《あさぎいと》の鎧に白星の冑《かぶと》を着し大太刀《おおだち》を片手に引っ提げて、羽柴と明智の陣に切って入った。その様は恰《あたか》も猛虎《もうこ》の怒れる如くで向かう者は一人も助からなかった。此の時明智方から、

「我こそは、四王天《しおうてん》又兵衛政実《まさざね》（註③）なり」

と名乗って、大鉄棒を軽々と引っ提げ信綱を目掛けて来たった。信綱は大いに笑い、

「汝《なんじ》は信綱を知らないか」

と言う侭《まま》に戦った。終《つい》に正実が危《あやう》く見える処へ、溝尾勝兵衛《みぞおかつべえ》・進士《しんじ》作左衛門・明智左馬之《さまの》

助《すけ》等が来たって信綱に打って掛かった。信綱は大敵に取り巻かれ、「是を先途《せんど》」と防ぐ処へ、「弟昌輝が既に討死」との知らせがあった。是を聞いて、「今は存《なが》えて如何《いかが》しようか」と敵中へ喚《さけ》び入った。それに続いて、相木森右衛門《あいきもりえもん》・根津門平《もんぺい》・鷲峯《わしみね》六蔵・望月亘《わたり》・乾玄札《いぬいげんさつ》・岡部三十郎が勇を振《ふる》い我も我もと戦ったので、柴田・滝川の勢は切り立てられ既に敗れようとした。しかし、脇坂甚内と平野権平《ごんぺい》が力を尽《つく》して戦ったので、之が為に真田方は多く討たれ、信綱が頼み切った郎等共は皆々討死して、今は主従十三騎と成ってしまった。源太左衛門は、「今は是迄なり」と、一簇《ひとむら》繁った森の中へ駆け入って、右十三人の者どもと腹掻き切って死んだのは、天晴《あっぱれ》勇々《ゆゆ》しき振る舞いであった。

（註）

① 「正楽寺」は、三河国額田郡大草《ぬかたのこおりおおくさ》（現愛知県額田郡幸田町《こうたちょう》）の浄土真宗の寺院。

② 『三代記』には「五甘左近《ごかんさこん》」とあるが、すぐ後に「五甘掃部《ごかんかもん》」が出てくるのでこちらに訂正統一した。あるいはすぐ前の「安井左近」と混同したものか。

③ 『三代記』には「四天王《してんのう》又兵衛正実《まさざね》」とあるが、訳者が「四王天又兵衛政実」に訂正した。

百一　馬場信房《のぶふさ》勇戦討死《うちじに》の事並びに笠井筑後守《ちくごのかみ》忠死《ちゅうし》の事

真田源太左衛門《げんたざえもん》・同兵部丞《ひょうぶのじょう》兄弟は、比類《ひるい》なき勇戦をして華々しく討死した。敵方は勇み誇って潮《うしお》の湧くが如く勢い猛く攻め立てたので、武田勢は瓦の解《と》けた如くに本陣へ雪崩《なだ》れ込んだ。土屋右衛門尉《うえもんのじょう》信近《のぶちか》は是を見て、一條右衛門大夫《うえもんのだいぶ》信龍《のぶたつ》に、

「信玄《しんげん》公御逝去の砌《みぎり》、某《それがし》は殉死しようと思った。惜《お》しくもない命を今日迄存《ながら》えたのに、今は武田方危急の一戦と成った。此の上は我は討死して御恩に酬《むく》いようと思う」

と言うと、直ちに池田紀伊守・蒲生《がもう》忠三郎《ちゅうざぶろう》の備えに打って入り切り崩し、なおも明智《あけち》と丹羽《にわ》の備えに駆け入った。続いて金丸《かなまる》十郎・猶井作兵衛《なおいさくべえ》等も勇を奮って戦ったが、敵方より撃ち出す鉄砲により信近を始め皆々一処《ひとところ》に討ち倒されて討死した。斯《か》くして武田方の諸将は数多《あまた》討たれ、大敗軍となった。しかし、馬場美濃守は少しも動ぜず備えを厳重に堅く守り防いでいた。その形相《ぎょうそう》は流石《さすが》老功の勇士と見えて天晴《あっぱれ》であった。

此の時酒井左衛門尉《さえもんのじょう》忠次《ただつぐ》は主君並びに信長《のぶなが》の命を受け、閑房山《かんぼうざん》から山手の間道を越え

て武田の要害鳶ケ巣山《とびがすやま》に打って出、勇を奮い駆け立てた。勝頼《かつより》は前後に敵を引き受け今は危《あや》うく見えた。その上鳶ケ巣山の大将武田兵庫之助（註①）・三枝勘解由左衛門《さえぐさかげゆざえもん》も討死したので、此の手も砕け散乱し既に本陣も危うくなり、勝頼は捨て鞭を打って甲府を指して逃げ走った。是を見て両家の勢は勝ち鬨《かどき》を揚げ、勢いに乗って追い掛けた。勝頼が今は討たれると見える処へ山縣右衛門《やまがたうえもん》・笠井掃部《かもん》等四百余人が踏み止《とど》まって、主人を落とそうと命の限り防ぎ戦った。勝ち誇った敵兵なので、どうして堪《たま》るであろうか。切り発《はじ》かれ一人も残らず討たれてしまった。此の隙に初鹿野伝右衛門《はじかのでんえもん》・笠井筑後守・土屋惣蔵《そうぞう》等は漸々《ようよう》二百騎ばかりで、蹶《こけ》つ転《まろ》びつ我先にと道を奪って逃げ走るのは見苦しい次第であった。

両家の勢は大文字の馬験《うまじるし》・武田菱《たけだびし》の旗を見て、

「彼《あれ》は勝頼だぞ。一人も余さず討ち取れ」

と声々に鞭を揚げて追い掛けた。馬場美濃守は是を見て、「今こそ討死して主人を落とそう」と引き返して大音を揚げて、

「我は六孫王経基《ろくそんおうつねもと》（註②）の嫡孫摂津守源頼光《よりみつ》より四代源三位頼政《げんさんみよりまさ》が後胤《こういん》、馬場美濃守信房なるぞ。討ち取って高名《こうみょう》せよ」

と名乗り掛け名乗り掛け、追い来る敵中へ割って入った。最期の一戦華々しく、敵味方の目を驚かし終《つい》に討死を遂げた。時に享年六十三歳と言う。

真田源三郎信幸《のぶゆき》は布下《ぬのした》・荒川・根津等手勢千余人で長篠《ながしの》の押《おさ》えをしていたが、引き払って鳶ケ巣山にやって来た。そして、伯父信綱《のぶつな》・昌輝《まさてる》の両人の討死を聞いて大いに驚いて本陣に行って見ると、早散々《さんざん》に打ち崩され勝頼を始め皆落ち去っていた。その跡を慕って甲府へ退こうとしたが、柳田《やなだ》出羽守の勢に取り込められ大いに戦った。しかし、多勢に無勢《ぶぜい》敵《てき》し難く遂に根津新兵衛《しんべえ》は討たれ、荒川・布下等は漸々《ようよう》切り抜け、信幸共々三百余人散々に敗してやっと勝頼に追い着いた。

さて、長篠の城中からは奥平九八郎信昌《おくだいらくはちろうのぶまさ》が七百余人で打《うっ》て出、武田方の押え高坂源太郎信秀《こうさかげんたろうのぶひで》と戦ったが、高坂は終《つい》に討死して諸卒は散々《ちりぢり》に敗走した。此の時勝頼が甲府を指して退く処へ、羽柴筑前守秀吉《はしばちくぜんのかみひでよし》が千五百余人を率い追い掛けて来た。そして大声で、

「それへ退かれるのは勝頼公か。見苦しくも敵に後ろを見せるのか。羽柴秀吉是にあり。返せ、見参しようぞ」

と呼ばわった。勝頼は聞くと直ちに馬の頭《かしら》を返して、羽柴の郎等蜂須賀彦右衛門《ろうとうはちすかひこえもん》と赤野左兵衛《さひょうえ》等に討って掛かった。初鹿野伝右衛門と土屋惣蔵が掛け隔てて勇を奮って戦い、秀吉も猛虎のように怒って自ら討って出た。勝頼は、「討ってやるぞ」と思ったが勿々《なかなか》当たり難く、初鹿野・土屋に防がせ真田等を従えて引き退いた。それを見た秀吉が弓に矢をつがえ、引き絞って切って放すと勝頼の馬の真ん中を射通《いとお》した。馬は屏風《びょうぶ》を倒すが如くに打

ち倒れ、勝頼は堪《たま》らず真《ま》っ逆様《さかさま》に落ちた。立《た》ち上《あが》ろうとする処を十二・三人が取り囲み、既に危《あや》うく見える折から笠井筑後守と真田源三郎が取って返し、此の敵共を追い立てた。筑後守は勝頼を自分の馬に乗せ、自身は歩行《かち》立ちと成って秀吉の陣へ切って入り、散々に防ぎ戦ったが大勢に取り込められ終《つい》に討死を遂げた。勝頼は危うい命を助り、漸々《ようよう》十丁（約一一〇〇メートル）許《ばか》り落ち延びた。斯《こ》うして、秀吉も、「射損じた上は追い討ちしても仕方がない」と引き返し、勝頼も命辛々《からがら》甲府を指して帰陣した。

（註）

① 『三代記』には、「武田兵庫之介」とあるが、「武田兵庫之助」に訂正した。兵庫之助は武田信玄の異母弟、すなわち勝頼の叔父で、名を信実《のぶざね》と言う。

② 「六孫王経基」とは「源経基」のことで、清和《せいわ》源氏の初代だという。

百二　真田安房守《あわのかみ》甲府へ来たる事並びに真田・長坂《ながさか》口論の事

長篠《ながしの》の合戦で武田勢は惣敗軍《そうはいぐん》したのみならず、諸将が数多《あまた》討死《うちじに》したので勝頼は悄々《しおしお》と甲府へ帰った。そして、心の中で大いに悔み、

「我、真田信綱《のぶつな》の諫言を用いなかったので、父信玄《しんげん》が在《おわ》す時にさえも全く覚えのない敗軍をして数多の勇将を失ったことは返す返すも口惜《くちお》しい。我を諫めた者共が皆々討死《うちじに》し武田家の武威《ぶい》がすっかり衰えたことを思うと、実《まこと》に討死した真田信綱のことが格別にも不憫《ふびん》である」

と言って、なお又高坂弾正《こうさかだんじょう》と一條右衛門大夫《うえもんのだいぶ》等を呼んで、「彼《か》の兄弟の跡を弔い、敗軍の恥じを雪《すす》ごう」との評議に及んだ。

此の頃真田安房守は上田の城中にあって、病《やまい》は未だ癒えないでいた。しかし、兎角《とかく》戦争のことが心に掛かって、病床を出て障子を開き遙かに長篠の方を望んで天文を観ると多くの星が粟《あわ》を蒔いたように四方に光を輝かして見えた。昌幸《まさゆき》は暫《しば》し眉を顰《ひそ》めて眺めていたが、「嗚呼《ああ》味方は早くも敗れ、我が兄達始め数多の諸将が討死したことは疑いない。我は病とは言え、斯《か》かる大切な合戦に出ることが出来なかった。諸将に対して何の面目が有ろ

うか。寧《むし》ろ快《こころ》よく切腹しよう」と思い込み、一気に心が疲れて横にカッパと倒れた。侍臣共が大いに驚いて、「ソレ、気付《きつ》けだ。薬だ」と取《と》り取《ど》りに介抱《かいほう》すると漸《ようや》く正気付《しょうきづ》き、唯々此の度の合戦に外れたことのみを悔んでいた。

果たして長篠の戦場から、長男源三郎信幸《げんざぶろうのぶゆき》の使者がやって来て、三枝《さえぐさ》・馬場・山縣《やまがた》・内藤・土屋・笠井・安中《あんなか》・原等を始めとする諸将が討死したこと、殊《こと》に伯父の信綱・昌輝《まさてる》も戦死したことを注進した。昌幸は使者に向かって、

「我が兄君等が討死したのならば、悴《せがれ》源三郎も何故君の馬前に於いて討死しなかったのか。それなのに、皆から外れておめおめと注進等に及ぶのは以《もっ》ての外《ほか》である。平生《へいぜい》武術・文学を好むので人並みに生い立っていると悦び、我代《わがかわ》りとして長篠表《おもて》へ遣わしたのに、雑《ぞう》兵《ひょう》の首さえ一ツも取らずに、戦場に於いて伯父を見殺にして自己《おのれ》一人助かったとて、昌幸が何として是を悦ぼうか。抑々《そもそも》戦場に赴くからは命は草露《そうろ》の風に均《ひと》しく死んだ後の誉れをこそ覚悟すべきなのに、斯《か》くも不心得の悴を我が子などと後世に言われるのは実に残念である。此の後何方《いずかた》へなりとも行って、我が城中へは一切帰って来ないように申し聞かせよ」

と、以ての外に腹を立てて言った。その為、使者は悄々《しおしお》と帰って行った。

その後で、昌幸は身を揉み、「兄上等が此の度長篠に於いて討死したのに、弟の昌幸は

仮病を装って上田の城中で安閑《あんかん》と身を遁《のが》れていたのであろうなどと、世の噂に掛けられるのは口惜しいことだ。ヨシ、空《むな》しく病いの床で切腹するよりも、是から甲府に赴いて兄上達の弔い軍《いくさ》をして、華々しく我も討死しよう」と急ぎ用意を調えた。諸臣は大いに驚いて、「長患い後の御身で、遙々《はるばる》甲府に赴かれるのは宜しく有りません」と止めたが、昌幸は少しも聞き入れずに甲府を指して打ち立った。

然《しか》るに長病の後なので路次に於いて気絶することが度々あったので、皆々又も諫めて頻《しき》りに止めたけれども昌幸は聞き入れずに、長篠の方を見遣《みや》って、信綱・昌輝の討死を口にし、そぞろに涙を催しつつ進まぬ道を辿《たど》り辿《たど》って漸々《ようよう》甲府に到って直ちに登城した。

勝頼は、「昌幸がやって来た」と聞くと、兄の信綱・昌輝に逢う心地がして、「如何《いか》に安房守、病苦を厭《いと》わず能《よ》く来て呉《く》れた。さても面目ない此の度の敗軍、後悔しても詮なき次第である」

と涙に暮れて語った。昌幸は言葉もなく、同じく涙に暮れて胸を撫で下ろし、「先々《まずまず》御安泰にて御帰国の段恐悦《きょうえつ》に存じます。然《しか》れ共《ども》、山縣・馬場等の討死を君は嘸《さぞ》や無念に思われていることでしょう。昌幸も病気でなければ、此の度兄等と共に討死すべきなのに生き残ったのは、何程か口惜しく存じます」

と申し述べた。勝頼は答えもなく、唯々赤面していた。

長坂釣閑《ながさかちょうかん》が進み出て、

「合戦の慣《なら》いとして、勝敗と言うものは定め難い。漢《かん》と楚《そ》（註①）は七十余度の戦いで高祖劉邦《りゅうほう》は一度も利がなかったが、終《つい》に項羽《こうう》を烏江《うこう》で討ち亡ぼし四百余年の基業《きぎょう》を開いたと聞く。然《さ》れば、此の度長篠の一戦に味方が敗れはしたが、真田殿と高坂《こうさか》殿等があられる。何で死んだ小児の年を数えるが如くに、敗軍を悔《くや》むことが有ろうか。唯々良い計略こそ、欲しいものだ」

と申し述べた。昌幸は長坂に向かって、

「如何《いか》さま貴殿の一言は面白い。所詮《しょせん》長篠の一戦のことを言ってみても、今更是非もない。とは言え、貴殿に問い度《た》いことがある。抑々《そもそも》此の度の戦いでは、我が兄を始め外の諸将も勝てないのを知って帰国を勧めた。それにも拘《かかわ》らず、誰が是を妨げて戦いを勧めたのか」

と言った。長坂と跡部《あとべ》は此の返答に行き詰《づま》って、顔を赤らめて口を閉じた。斯《か》くと見るより、昌幸は大いに怒り刀に手を掛け両人に向かって、

「馬場・山縣・内藤・原・安中・我が兄を始め諸将士の討死したのは畢竟《ひっきょう》貴殿等の仕業《しわざ》である。此の昌幸には耳あり目あり、長篠の陣中のことは皆々承知している。それなのに何であるか。斯《か》かる大きな過《あやま》ちを引き起こしながら恥ずかしいとも思わず口を開くとは、言

語に絶している。如何《いか》に返答されるか」

と詰め寄った。長坂・跡部は一言の答えもせずに、急いで奥へ逃げ入った。昌幸はなおも怒って、

「君の明を暗ます佞人《ねいじん》達め。切って捨てるぞ」

と拳を握り勢い込んで立ち上がった。一條右衛門大夫と高坂弾正忠《だんじょうのちゅう》が中に立ち入って種々《しゅじゅ》と真田を鎮め、それより評議に及んだ。昌幸は、

「先《ま》ず根本《もと》を治めた後で軍を発《おこ》すならば、織田家を攻めることも易いでしょう。然《さ》りとは言え、今国には病があります。その病根を除かない内は、合戦をすることは難しいでしょう。病根と言うのは、北條氏政《ほうじょううじまさ》と上杉謙信《けんしん》です。此の両家は動《やや》もすれば勢いに乗って此の国を取ろうと謀《はか》るので、先《ま》ず此の両家と厚く交わりを結んで、その後で三河《みかわ》へ軍《いくさ》を掛けるのが良いでしょう。急に長篠の讐《あだ》を報じようとすると、却《かえ》って敗《やぶ》れを引き出だす基《もとい》とも成りましょう」

と言葉さわやかに申し述べた。勝頼は長篠の敗軍から大いに心後《おく》れ、

「如何様《いかよう》にも能《よ》きように計らえ」

と言った。そこで高坂は、

「此の両家と、如何にして合体《がったい》しようか」

と問うた。

真田は、

「実《じつ》に心安いことです。謙信は仁義の心ある大将なので、情《じょう》をしいて父子《ふし》の約を結びましょう。又北條は氏政の妹（註②）が未だ何方《いずかた》へも嫁《か》していません。幸い君には御簾中《ごれんちゅう》（奥方）がおいでにならないので是を迎えて一家の好《よし》みを固めましょう。斯《か》くの如くにすれば、織田勢が何万騎で向かって来ても恐れるには足りません。又三河からも深々《ふかぶか》と当国迄は軍を入れようとはしないでしょう。是が根本を治める理《ことわり》です。斯くしてから、天下の隙《すき》を伺って一度に発すれば、運によっては天下を定めることが出来ましょう。運がなく共、甲信両国を保つことは易しいでしょう」

と語った。高坂始め皆々膝を打って、「此の儀は妙計である」と評議は忽《たちま》ち一決した。


（註）
① 秦王朝滅亡後の政権をめぐって、紀元前二〇六年から同二〇二年にかけて、漢の劉邦（高祖）と楚の項羽（覇王）の間で戦いが繰り広げられた。結果として劉邦が勝利を収め、漢王朝（前漢）を打ち立てた。

② 「氏政の妹」とは、北條氏康《うじやす》の六女と言う。武田勝頼の最初の妻（龍勝院）は織田信長の姪で、勝頼の嫡男・信勝《のぶかつ》を生んだが若くして亡くなった。北條夫人は継室として迎えられ、十九歳の若さで勝頼と共に自害することになった。

百三　武田・北條《ほうじょう》婚姻を結ぶ事並びに昌幸《まさゆき》奇謀を立てる事

真田昌幸の一言によって、早々越後へ使者を差し向けた。それと共に、北條へも使者を送って妹を乞うた。氏政《うじまさ》は大いに悦び相談は忽《たちま》ち整って、終《つい》に妹を甲府へ送り勝頼《かつより》の妻女とした。謙信《けんしん》は嫡男の景虎《かげとら》が氏政の弟であり北條家と交わりが深いので、「父子《ふし》の交わりをしよう」とのことを早速承知し和平が調《ととの》った。是により、長篠《ながしの》の軍《いくさ》で諸将を数多《あまた》討たれ衰えていた武田家は再び勢いを取り戻し安堵の思いをした。人々は、「是は真田昌幸が一国の安危《あんき》存亡を思って一言で民を安からしめ、武田の威勢が落ちないように計って呉《く》れたのだ」と悦び合ったと言う。

斯《こ》うして三ケ年程は合戦もなく、国家が安泰だったので甲信の人民は大いに富み栄え、剰《あまつさ》え豊年がうち続いて兵粮《ひょうろう》も多く備わった。勝頼は、「長篠の鬱憤《うっぷん》を晴らすは、この時である」と頃は天正《てんしょう》六年（一五七八）の正月、真田・高坂《こうさか》等を招いて評議した。

昌幸は先年病気の為、長篠の大事の軍《いくさ》に向かうことが叶わなかったので、早晩に先敗の恥を雪《すす》ごうと思っていた。そこで、

「何時迄《いつまで》も安閑と手を束《つか》ねているよりも、急ぎ兵を発し長篠で討死《うちじに》した諸将の仇《あだ》を報じましょう」

と勧めた。高坂も、

「早《はや》三ケ年の間合戦もなく、兵粮・兵卒共に足りています。就《つい》ては早々出軍するのが宜しいでしょう。先《ま》ずは長篠の城にいる奥平九八郎《おくだいらくはちろう》（註①）を攻めて落とし、直《す》ぐ様《さま》浜松に押し寄せましょう。信長が援兵として向かって来たなら上杉家に後ろを遮《さえぎ》らせ、信長の後詰《ごづめ》が延引《えんいん》する間に浜松を攻めるのは如何か」

と勇み切って申し述べた。昌幸は是を聞いて、

「実に弾正殿《だんじょうどの》の御言葉は道理《もっとも》です。然《しか》れ共《ども》浜松の城主は先君も名将と怖《おそ》れられた程なので如何《いかが》だろうか。容易に攻め落とせるだろうか。某《それがし》が考えるに、浜松の頼みとするのは信長です。よって、その織田を亡ぼしてから浜松へ取り掛かれば戦わずして降《くだ》るでしょう」

と言った。高坂は、

「どのようにして織田を攻めるのか」

と問うた。昌幸は、

「先《ま》ず上杉家に軍《いくさ》を勧め、越後《えちご》・佐渡《さど》・飛騨《ひだ》・能登《のと》・加賀《かが》・上野《こうずけ》等の国々の大軍を興させて信長を攻めさせれば、信長が何程勇であっても是には当たり難い。その後、北條家と勢を合わせて浜松へ押し寄せましょう。然《しか》る時は浜松勢は恐懼《きょうく》して必ず小田原《おだわら》に加勢を乞うでしょう。その時味方は上杉の勝敗を篤《とく》と見定め、或《あるい》は進み又は退《しりぞ》き敵の鋭気を挫《くじ》きましょう。是は孔明《こうめい》が呉《ご》の兵を以《もっ》て魏《ぎ》を敗った計策《けいさく》（註②）です」

と弁舌爽やかに申し述べた。満座の人々は大いに悦び、「真田殿の遠計《えんけい》は、味方に矢一本をも捨てさせないで敵を破る良計である」と感じ入った。斯《こ》うして、「越後へ使者を立てて、謙信に軍《いくさ》を起こさせようぞ。就《つ》いては誰を使者にするか」を評議した。すると、一條右衛門大夫《うえもんのだいぶ》が進み出て、

「某《それがし》が案ずるに、此の使者は尋常でない大切の場所なので、憖《なまじ》の者では覚束《おぼつか》ない。然る上は真田殿でなくては成りません。労を厭《いと》わず越後へ赴き上杉に軍を起こさせ、織田家を破る謀《はかりごと》を行って下され」

と勧めた。座中挙《こぞ》って、「尤《もっと》もである」と一決した。そして、皆々で昌幸を上杉方へ赴か

そうと勧めた。

（註）

① 「奥平九八郎」とは、「美作守定能《みまさかのかみさだよし》」かと思われる。

② 「呉の兵を以て魏を敗った計策」とは、蜀《しょく》の劉備《りゅうび》の軍師諸葛《しょかつ》孔明が、呉の孫権《そんけん》との同盟を成立させ、二〇八年の赤壁《せきへき》の戦いで魏の曹操《そうそう》軍を破ったことと思われる。

百四　真田、上杉謙信《けんしん》に説く事並びに春日山城《かすがやまじょう》中《ちゅう》騒動の事

真田昌幸《まさゆき》は諸人の勧めによって越後《えちご》への使者を辞することができず、直ちに越後に赴いた。春日山の城に至って案内を請うと、謙信は早速に面会し、

「珍しいな、真田昌幸。此《こ》の度《たび》は如何《いか》なることがあって来たのであるか」

と問うた。昌幸は謹んで遥か末座に平伏し、

「某《それがし》が参上したのは余の儀では有りません。君も既にご存じの如く先達《せんだっ》て長篠《ながしの》の一戦で武田の諸将が数多《あまた》討死《うちじに》し、勢いは日を追って薄く、殊更《ことさら》織田とは互いに恨みを含む仲です。しかし、武田方は微《び》にして且つ兵粮《ひょうろう》乏しく是を討つことが出来ません。願わくは御当家の威を借りて、敵を亡《ほろ》ぼしたいと思う処です。就《つ》いては君の大軍を以《もっ》て織田を攻め降《くだ》して戴ければ、味方は北條家《ほうじょうけ》と合体して三州を（註①）攻めたく思います。此の儀御承知下さるなら、武田家の仕合せは此の上御座いません」

と述べた。謙信は聞いて笑《えみ》を含み、

「甲州には三ケ年合戦もなく、殊に豊年が続いた。然《しか》るに何を以て兵粮が乏しいと申すのか。その上、穴山梅雪《ばいせつ》・一條右衛門大夫《うえもんのだいぶ》・小山田信茂《おやまだのぶしげ》・跡部信資《あとべのぶすけ》・長坂釣閑《ながさかちょうかん》等の勇士がいる。旗下には木曽義昌《よしまさ》等もいるので威勢が薄いとも言えまい。然《しか》るを我に軍《いくさ》を発《おこ》させて織田を討たせようとは、その意を得ないではないか」

と言った。昌幸は、

「御不審の儀は御尤《ごもっと》もですが、抑々《そもそも》浜松の後楯《うしろだて》は信長《のぶなが》です。よって是を三方より攻めるならば、浜松勢は織田を救うことが出来ません。そして、遂には両家が滅亡するでしょう」

と答えた。謙信は笑って、

「其《そ》の方《ほう》は軍略に勝《すぐ》れた者と聞いているが、何故《なにゆえ》に斯《か》く敵を欺《あざむ》くのか。虚実定めなく臨機応変なのは合戦の常にして、予《あらかじ》め勝敗を計るべきではない。然るを三方より敵を挟み討てば、敵が滅亡するに違いない等とは何事ぞ。謙信を如何成る者と思って斯様《かよう》な浅はかなことを言って、大切の軍《いくさ》を発《おこ》させようとするのか」

と言った。真田は是を聞いて謙信の顔を熟々《つくづく》眺め、莞爾《にっこ》と笑った。謙信は、

「其の方、何を笑うか」

と怒った。昌幸は、

「某《それがし》外に笑うことが有りません。唯君に智勇がないのを……」

と言った。謙信は、

「信玄《しんげん》を始め、諸国の武将に至る迄懼《おそ》れを懐《いだ》く此の謙信を、何ぞ智勇なしと言うか」

と弥々《いよいよ》怒った。真田はなおも打ち笑い、

「君、然程《さほど》に智勇の才をお持ちなら、何故に斯くも信長を恐れられるのか。君には既に加《か》賀《が》・能登《のと》・越中《えっちゅう》・越後《えちご》・飛騨《ひだ》・上野《こうずけ》を領しながら、信長を亡ぼすことが出来ません。手を空《むな》しくして居《お》られるのは、正《まさ》しく信長に当り難いと思われているからでしょう」

と弁に任せて述べた。謙信は、

「其の方、我を嘲《あざけ》ること何で甚だしいのか。イザ、我自身信長を撃って思い知らせようぞ」

と居丈高《いたけだか》になって言った。真田は、

「然《しか》らば此の由を主人に申し聞かせ、北條家と語らって大軍で出馬の手当《てあて》をしましょう」

と返答した。謙信は點頭《うなず》いて、

「其の方が国に帰ったら、必ず共に時日《じじつ》を費やしてはならない」

と言った。それから真田は御前を立って、甲府へと帰って行った。

　その後、謙信が唯一人で熟々《つらつら》と思案を廻らせていると、直江山城守《やましろのかみ》・柿崎和泉守《いずみのかみ》・甘粕近江守《あまかすおうみのかみ》等がやって来た。そして、

「真田が来たのは、味方の兵を以《もっ》て敵を敗ることでは有りませんか」

と問うた。謙信は、

「如何《いか》にも、その通りだ。我是《これ》を知るとは言え、今迄織田と合戦をしようとは思っても、浜松勢が後詰《ごづめ》することを恐れて控えていた。此の度計らずも北條・武田が浜松を攻めるとのこと、是は天が織田を亡ぼさせようとしているのである。それなのに如何して軍馬を発しないことが有ろうか」

と応えた。甘粕・柿崎・直江等は、

「君の謀《はかりごと》は、刎々《なかなか》以て某《それがし》等の及ぶ処では有りません」

と言った。それから急いで出軍《しゅつぐん》の用意をしたので、上杉の軍勢は大いに勇み、国々の大軍

が我も我もと春日山へ集まった。

一方昌幸は甲府へ立ち帰ってことの由《よし》を言上すると共に、北條氏政《うじまさ》と諜《しめ》し合わせ、浜松を攻める態勢を整えた。浜松の城では此の旨を聞き、信長と合体《がったい》して已に用意ある処へ、謙信が大軍を催し織田を攻めるとのことなので大いに驚き、「如何《いかが》して防ごうか」と評議に日数を過ごす中《うち》に、早くも北條・武田は長篠《ながしの》表《おもて》迄出張し、謙信は陣代《じんだい》として直江山城守を美濃口迄出張させ、自身は春日山にいた。折しも天正《てんしょう》六年（一五七八）三月九日、「率《いざ》、明朝出陣するぞ」と触れさせて、その用意ある折柄《おりから》、謙信は厠《かわや》に行ってふと病《やまい》を受け、身体が安らかでなかった。侍臣等は大いに驚いて、種々《しゅじゅ》介抱し医療を尽《つく》したが、終《つい》に天命の期する処で有ったのか、それから病床に臥して十三日の巳《み》の刻《こく》（午前十時頃）に至り四十九歳を一期として空しく果てたのは、是非もない次第で有った。是によって越後勢は大いに周章《あわて》て、春日山へと引き取った。

謙信の甥の喜平治景勝《きへいじかげかつ》が倩々《つらつら》思うには、「伯父謙信が病死した上は上杉の家督は三郎景《かげ》虎《とら》のものとなるで有ろう。けれども景虎は元々は北條氏政の弟であり、管領《かんれい》の上杉家を譲るのは口惜《くちお》しいことである。我は正しく謙信の甥であり、長尾の出である。然《しか》らば我こそ上杉家を統率したいものだ」と直江山城守・柿崎和泉守を語らって本丸に楯籠《たてこも》った。三郎景虎は大いに怒り、北條《きたじょう》丹後守（註②）・宇佐見弥太郎等と共に一の曲輪《くるわ》に籠った。是から騒動となって上杉の家中は二ツに分かれ戦いを交える内に、三郎景虎は遂に戦に負けて越後の府中に引き退《の》こうとした。それを、「遁《のが》さないぞ」と安田上総介《かずさのすけ》・甘粕近江守等が追い討った。景虎は、宇佐見弥太郎・北條丹後守等が越後の新善光寺（註③）に陣を据えて追い来たる敵を防ぐ合間に、辛《かろ》うじて府中の城に逃げ入った。そして、急ぎ北條《ほうじょう》家へ使者を馳せて援兵を乞うた。

折柄武田勢は長篠表に出張し、高坂《こうさか》・一條・真田等が種々《しゅじゅ》に軍議を廻らしていた。真田昌幸は陣中にある杉の大木が風もないのに中程より折れるのを見て、「アッ」と倒れ臥した。諸卒は周章《あわて》騒ぎ、

「是は如何《いかが》されましたか」

と助け起こした。昌幸は漸々《ようよう》元に復し、

「ア、、武田家の運命も尽きてしまったか。我是まで心を砕き種々に謀《はかりごと》を廻らして来たが、その甲斐もなく上杉謙信は亡くなったと見える。是が天命か」

と頻《しき》りに嘆息した。中々嘆息が止《や》まないので郎等共《ろうとうども》は不審に思って、「何故、謙信が亡くなったと言われるのだろうか」と寄り寄り囁《ささや》き合っている処へ上杉方から早馬で、

「謙信は三月九日より病床に臥して、同じく十三日に病死しました」

と言って来た。北條・武田の面々は大いに驚き、

「此のようなことが有ろうか。斯く成っては味方が此所《ここ》へ寄せ集まっても詮がない」と、先達ての長篠の敗軍に懲《こり》た武田勢は我先きにと甲府を指して引き退き、北條《ほうじょう》勢も、「今は是非もない」と、小田原《おだわら》へと帰って行った。天運の尽きる処とは言いながら、此の時上杉謙信の病死がなく大軍を以て双方より攻め掛かったなら、織田と徳川は唯一戦に攻め敗られたであろうに、武田家滅亡の時が来てしまった。斯かる変事が起こったのは実に是非もないことであった。

（註）

①「三州を」とは、「三河《みかわ》の徳川家康《いえやす》を」の意味である。

②「北條《きたじょう》丹後守」は名を「高広」と言い、越後国刈羽郡《かりわのこおり》北條（現柏崎市北条）の城主である。小田原の北條氏《ほうじょうし》とは違う。

③「越後の新善光寺」は、東蒲原郡《ひがしかんばらぐん》阿賀町《あがまち》津川にある浄土宗の寺院。

百五　武田勝頼越後表《かつよりえちごおもて》発向の事並びに直江山城守《やましろのかみ》対陣の事

甲府に帰陣した武田四郎勝頼が軍議をしている処へ、北条家《ほうじょうけ》から使者を以《もっ》て、「此《こ》の度《たび》、上杉謙信《けんしん》が病死した。我が弟の三郎景虎《かげとら》が家督するべき処、謙信の甥の喜平次《きへいじ》景勝《かげかつ》が俄《にわか》に逆心を起こし上杉家を横領した。そして、景虎《かげとら》を府中の城（註①）に追い籠めた。北条《きたじょう》丹後守と宇佐見弥太郎が新善光寺で防ぎ戦っており、偏《ひとえ》に某《それがし》の加勢を待っている。しかし、氏政《うじまさ》は国政が多端《たたん》で加勢することが出来ない。願わくは、勝頼公が加勢として越後へ向かって景勝を亡ぼし、景虎に上杉の家を相続させて欲しい」

と申し送って来た。勝頼は使者を留め置き、早々諸将を集め評議した。高坂《こうさか》が前に出て、「此の儀は何分北条家《ほうじょうけ》の願いに任せて、上杉に攻め掛かるのが宜しいでしょう。その訳は、景勝が兄と定められている景虎を害そうとするのは不義です。就《つ》いては急ぎ御用意下さい」

と言った。一同が、「此のこと然《しか》るべきだ」と承知して、その旨を返答した。使者が帰って、「斯《か》く」と報告すると氏政は大いに悦び、加勢として北条治部大輔《ほうじょうじぶのたいふ》・富永三河守《みかわのかみ》・太田大膳《だいぜん》等を始め一万余人を甲府表へ遣《つか》わした。勝頼は此の勢《せい》を後陣《こうじん》へ控えさせ、小山田《おやまだ》兵《ひょう》衛尉《えのじょう》・一條右衛門大夫《うえもんのだいぶ》信龍・跡部大炊介《あとべおおいのすけ》・土屋惣蔵《そうぞう》・長坂釣閑《ながさかちょうかん》・真田安房守《あわのかみ》等二万五千余人で越後へ発向した。時は、天正《てんしょう》七年（一五七九）三月十五日であった。

一方、北條《きたじょう》丹後守は新善光寺に於いて景勝の兵と合戦していたが、双方劣らぬ勇士なのではかばかしい軍《いくさ》もなかった。その内に、「景虎方へは北條家《ほうじょうけ》や甲州武田家から援兵が来る」との由《よし》が聞こえて来た。直江山城守兼続《かねつぐ》は、「先《ま》ず、此の陣を早く敗らなければ成らない」と須田大炊之介《おおいのすけ》・杉田主馬《しゅめ》等に五千余騎を差し添え、夜中に新善光寺へ遣わし、双方から攻め掛かった。北條《きたじょう》と宇佐美が不意を討たれ大いに狼狽《うろた》え騒ぐ処へ、須田大炊之介・杉田主馬は命を軽んじて戦った。その為北條《きたじょう》丹後守は終《つい》に討死《うちじに》した。是によって景勝勢は勇み猛り、散々《さんざん》に切り崩したので、宇佐美も大いに敗れ府中の城へ逃げ入った。直江・柿崎は大いに勇み、城を十重《とえ》二十重《はたえ》に取り囲み即時に攻め落とそうとした。しかし、城中の長岡式部・宇佐美弥太郎・安田采女《うねめ》・北條《きたじょう》越後守等が厳しく防戦したので、中々攻め落とすことが出来なかった。そして、「如何《いかが》しようか」と軍議を運《めぐ》らす折柄《おりから》、「甲府勢が信濃の飯山（註②）に出張《しゅっちょう》して来た」と聞こえて来た。景勝は大いに驚き急ぎ直江を呼んで此の儀を談じた。直江は、
「府中の城は落とし難いとは言っても恐れるに足りません。此の城の落ちないのは北條《ほうじょう》の後詰を頼みに思っている為です。然《しか》れば先ず当城には押さえを置き、某《それがし》は是から須田大炊

之介・安田上総之介《かずさのすけ》・杉原常陸介《ひたちのすけ》を率いて飯山に立ち向かい甲府勢を破りましょう。然る時は当城は戦わずに落ちるでしょう」

と申し述べた。是を聞いて景勝は大いに悦び、

「其《そ》の方《ほう》が言は我が心に適《かな》った。早く甲府勢を破って呉《く》れ」

と言った。直江山城守は三万余騎を引き具《ぐ》し、飯山へと向かった。武田勢は「斯く」と聞くより大いに勇んで、「直江、何程の事が有ろうか。唯一駆けに踏み破って、春日山の城を攻め落とし高名《こうみょう》しよう」と手に唾《つばき》して待ち掛けた。直江は飯山より三里此方に陣を取った。武田の先手《さきて》土屋惣蔵・初鹿野伝右衛門《はじかのでんえもん》が急ぎ勝頼の御前に出て、

「上杉勢の直江山城守は三万余騎で陣を出しました。何卒《なにとぞ》我々今宵《こよい》夜討ちを致し度《た》く思います。御許し戴ければ、敵を一時に攻め敗ります」

と願った。

（註）

① 越後の「府中の城」は、現上越市春日山町《かすがやままち》にあった「春日山城」のこと。

② 『三代記』には、「越後の飯山」とあるが「信濃の飯山」に訂正した。

百六　土屋・初鹿野《はじかの》夜討ちの事並びに真田昌幸《まさゆき》即謀の事

　土屋惣蔵と初鹿野伝右衛門《でんえもん》の両人が、直江山城守《やましろのかみ》に「今宵《こよい》夜討ちを掛け度《た》い」と願うのを聞いた勝頼《かつより》は、

「敵の備えが不充分な内に是を討つのは、軍法の奥義《おうぎ》である。早く用意を致せ」

と命じた。土屋と初鹿野の両人は悦んで退出した。その後へ真田が来たので勝頼は、

「今宵夜討ちをする」

と物語った。真田は大いに笑い、

「直江兼続《かねつぐ》は尋常の敵では有りません。夜討ちをしても、その用意があるでしょう」

と言った。勝頼は、

「其《そ》の方《ほう》が言うことは甚だ過《あやま》っている。直江がどうして今宵用意するだろうか」

と怒った。真田は答えもせずに、笑いながら退出した。

土屋と初鹿野の両人は、その夜初更《しょこう》（註①）から手勢三千五百余人で用意をした。そして、飯山から直江の陣に押し寄せた。しかし、直江の陣は篝火《かがりび》を少々焚いているばかりで用意の体《てい》も見えなかった。土屋と初鹿野は大いに悦び、「さては、敵は合戦は明朝と油断しているので有ろう。いざ駆け入ろう」と三千五百の精兵がドッと鬨《とき》を作って攻め掛かったが、陣中には人影さえなく真っ暗であった。土屋や初鹿野を始めとして、皆が不審に思っている処へ、一声の鉄砲が響くと一緒に、此方《こなた》からは柿崎隼人《はやと》が五百余人で、彼方《かなた》からは安田下総守《しもうさのかみ》が同じく五百余人で、後ろからは甘粕近江守《あまかすおうみのかみ》が、前からは直江山城守と須田大炊之介《おおいのすけ》・杉原常陸之介《ひたちのすけ》が、総勢三千余騎で各々潮《うしお》の湧くが如く打って出た。何かは以《もっ》て堪《たま》るであろうか。土屋と初鹿野の勢《せい》は大いに討たれ、辛《かろ》うじて飯山の陣に逃げ帰った。直江の勢は是を見て、謀《はかりごと》のあるであろう事を気遣って長追いもせずに元の陣に引き返した。

土屋と初鹿野が敗軍を率いて本陣に帰ったので、勝頼は初めて真田が言ったことの意味を感じた。

昌幸が、

「土屋殿、初鹿野殿、今一度直江の陣に夜討ちを掛けられよ」

と言うと、初鹿野は、

「いや我々は大いに敗られたので、今一度参れば今度は生きて帰る事が叶《かな》わないだろう」

と応じた。土屋は、

「然《さ》に非《あら》ず。何は共あれ、今一度夜討ちを掛けて見よう」

と言った。初鹿野は心ならずも、又三千五百人の新手《あらて》を率いて押し寄せた。然《さ》る程《ほど》に直江の陣では夜討ちが成功して、「手始めよし」と悦んで陣中で酒宴を催し、「明朝は早く押し出そう」と用意をしていた。再度夜討ちが来ようとは思いも寄らない処へ鬨の声が聞こえたので、「アッ、ハヤ又夜討ちが来たぞ」と上を下へと騒動し、「太刀《たち》よ。鎗《やり》よ」と犇《ひし》いた。土屋惣蔵と初鹿野伝右衛門が勇を奮って攻め懸かったので、瞬《また》く間に大敗して春日山《かすがやま》を指して引き退《の》いた。直江山城守が馬を返して、

「者共、返し戦え」

と下知《げち》した。しかし、敗軍の習いで聞き入れる者は一人もなく、主人《あるじ》を見捨て子をも顧みず、我先に逃げる中に討たれる者は数知れなかった。右往左往に敗すのは、見苦しい有様《ありさま》であった。

中でも土屋は勇猛の若武者なので、「直江だ」と見ると大いに悦んで追い駆け来たって、

「それへ引かれるのは直江兼続であるか。土屋惣蔵是に在り。見苦しくも、敵に後ろを見せるとは何事か。引き返して、昌恒《まさつね》の太刀の切れ味を試されよ」

と片手薙《な》ぎに薙ぎ廻った。直江は是非なく取って返し、二・三合戦った。昌恒の太刀が鋭く、直江の冑《かぶと》の吹き返しをしたたかに切り付けた。その尖頭《きっさき》が余って、左の目皆《まなじり》に切り込んだ。流れる血しおが眼に入ったので、さしもの直江も既に危うく見えた。其処《そこ》へ柿崎隼人が百五十余人で取って返し、土屋を目掛けて戦った。土屋の力が勝ったので、柿崎は終《つい》に討たれてしまった。

甲府勢は思いの侭《まま》に勝ちを得て、難なく飯山に引き取った。これは、「真田の智謀が寸分違わなかったからだ」と人々は感じ入った。そして、本陣に至って勝軍《かちいくさ》の由《よし》を言上すると、勝頼は大いに悦んで諸将を賞し、

「就中《なかんずく》、真田昌幸は臨機応変の智将である」

と感賞《かんしょう》一方でなかった。

直江山城守は成すことも無く負けて、春日山の城に引き退いた。倩々《つらつら》工夫を廻《めぐ》らすに、

「この度味方が大敗したので、此の機に乗じて景虎が府中の城から、勝頼が飯山の城から打って出て攻めて来るならば、此の城は落ちるかも知れない。然《しか》れば先《ま》ず一旦勝頼へ和睦を乞い、上野《こうずけ》半国を遣わして眼前の禍いを脱《のが》れよう。勝頼は是を悦び、北條《ほうじょう》家と手切れするであろう。そうしてから、三郎景虎《かげとら》を亡ぼそう」

と景勝《かげかつ》に此の事を達した。軈《やが》て弁舌よき者に数多《あまた》の金銀を持たせて、長坂釣閑《ながさかちょうかん》・跡部大《あとべおお》

炊介《いのすけ》等に賄賂《わいろ》を贈って和睦の事を頼んだ。元来欲深な両人は大いに悦び、賄賂の金銀を納め和睦の事を只管《ひたすら》勝頼に勧めた。お気に入りの長坂と跡部の言うことなので諸将に相談する事なく、早速承知の返答に及んだ。是に依って越後《えちご》より再度直江山城守を以て、越後布三千反《たん》・黄金一万両・兵粮《ひょうろう》五千石を送り、「永く敵対しない」と言う誓紙を差し出した。その上に兼続は、

「景勝は未だ内室が居りません。何卒《なにとぞ》君の御妹君《おんいもうとぎみ》（註②）を主人へ下されるならば、猶々《なおなお》力を尽くして四海《しかい》の賊徒を平定し、天下を二個《ふたつ》に分けて東将軍《とうしょうぐん》・西将軍《さいしょうぐん》と天下に仰がれるように致しましょう」

と言葉を巧みに申し述べた。素《もと》より浅智《せんち》の勝頼は大いに悦び、

「我が妹を景勝に送って共に一家の好みを結び、その後で義兵を起こそう」

と互いに約束し、それから盃盞《さかづき》をくれた。兼続は有り難く頂戴し、その後で土屋惣蔵に向かって、

「此の間の夜軍《よいくさ》での貴殿の武勇は、天晴《あっぱれ》に感じた」

と言ったので、土屋は面目を施した。それから、兼続は春日山の城に帰って行った。

　此の度の和睦は昌幸少しも知らず、直江が帰った後で是を聞いて、「武田家の運命も尽きたな。北條《ほうじょう》と又も不和になっては、一大事を引き出すぞ」と一人心を悩ましていた。し

かし、「早和睦《はや》が調《ととの》った上は是非もない」と、その侭《まま》打ち捨てていた。北條《ほうじょう》治部大輔《じぶのたいふ》・太田大膳《だいぜん》の両将は、勝頼が上杉景勝と和睦を調えたので、

「今ははや此の陣に在っても益がない」

と言って、一万五千の勢を率いて本国小田原《おだわら》へと帰って行った。


（註）
① 「初更」とは、戌《いぬ》の刻《こく》のことで、今の午後七時から九時頃に当たる。
② 上杉景勝の内室となった武田勝頼の妹は、菊姫（信玄の五女）で「御菊御寮人」「甲斐御前」とも言う。

百七　武田・上杉両家和睦の事並びに三郎景虎《かげとら》切腹の事

武田四郎勝頼《かつより》は上杉景勝《かげかつ》と和睦が調《ととの》ったので、直ちに諸将を引き連れ春日山《かすがやま》に赴いた。

そして、盟約を結び、

「府中の城に向かって、三郎景虎を攻めよう」

と言った。景勝は大いに悦び、

「然《しか》らば出陣致そう」

と手勢三万五千余人で府中の城へ押し寄せた。城将の三郎景虎は大いに怒り、

「勝頼は身寄りなのに某《それがし》を見捨て、利欲《りよく》に迷って景虎に助力するとは実に武門に恥ずべき振る舞いである。人とは言えない。我此《こ》の城を枕とし骸骨《かばね》は原野の露と消えても、魂魄《こんぱく》を此の世に止《とど》め、勝頼の積悪《せきあく》を懲《こら》さない訳には行かない。其《そ》の方等《ほうら》、英名を四海《しかい》に残そうと思う者は我に従え。命が惜《おし》ければ捨てて落ちよ。我は少しも恨まない」

と勢い立って下知《げち》した。宇佐美弥太郎・本庄清七郎・北條《きたじょう》安房守《あわのかみ》・増尾頼母《たのも》等は城中に残り、二心《ふたごころ》なき者共二千余人で籠城した。

一方、武田・上杉の軍勢は府中の城を十重《とえ》二十重《はたえ》に取り囲み、昼夜の別なく攻め立て

た。城中は必死を尽《つく》し、是を先途《せんど》と防いだので、寄せ手の方で死する者が数多く、城中は弱った気色《けしき》も見えず、寄せ手は攻め倦《あぐ》んで見えた。北條《きたじょう》安房守は先達《せんだつ》て丹後守が討死《うちじに》したのを安からず思い、城門を押し開いて手勢百余人を率い、大太刀《おおたち》を水車《みずぐるま》に廻し敵中に切り入って思う侭《まま》に戦った。しかし、撃ち出す鉄砲に当たって終《つい》に討死した。是によって、寄手は城の塀を乗り越え乗り越え攻め上った。城兵の宇佐美弥太郎は、「今は防ぎ難い」と郎等《ろうとう》一族千余人で戦った。城将景虎も手足と頼む家の子・郎等が皆々討死したので、「今は是迄」と本丸に駆け入り腹掻き切って死んだ。是によって残兵も思い思いに討死し、即時に府中は落城した。

　上杉景勝と武田勝頼は春日山の城に帰った。勝頼は一両日逗留し、その後甲府に帰陣した。

　何者かが、此の度の和睦は、長坂《ながさか》・跡部《あとべ》が賄賂《わいろ》を受けて調ったと言い触らしたのも虚《うそ》ではない。両人は常に邪欲《じゃよく》を恣《ほし》いままにして民を虐《しいた》げ色を貪《むさぼ》ったので、甲府の庶民は憎み誹《そし》り、此の度越後《えちご》より帰陣する道の傍らに、一首の狂歌を立てた。

　　無量やな　国を寂滅《じゃくめつ》する事は　越後のかねの（註①）　ひびきなりけり

　此の時甲府では高坂弾正《こうさかだんじょう》が病に臥していたが、終に癒《いえ》ずして死んでしまった。その外《ほか》の良臣も次第に亡くなり、残るは真田一人のみとなった。長坂・跡部等が我侭《わがまま》を振《ふる》って居るので、中には北條《ほうじょう》や徳川に内通する者も有って、皆々一致しようとする心がなかった。その為、家臣等は互いに疑惑を生み、彼《か》を誹《そし》り是《これ》を讒《ざん》じる内に、是が破滅の基となったのは浅ましいことであった。

北條氏政《ほうじょううじまさ》は先に、「上杉景勝を撃とうと勝頼方へ言い送ったのに、勝頼は景勝に一味し、舎弟景虎を府中の城で攻め亡ぼした」と聞いた。そこで、「急ぎ和を破り、武田を亡ぼしてやるぞ」と大いに怒った。松田・大道寺《だいどうじ》・北條右衛門大夫《ほうじょううえもんのだいぶ》・同陸奥守《むつのかみ》と示し合わせて呼びかけると、我も我もと軍勢が小田原《おだわら》に集まり甲府へ出陣の用意をした。その時松田尾張守（註②）が、

「某《それがし》甲府方の諸将の様子を聞くのに、長篠《ながしの》で数多《あまた》の大将が討たれ、その後高坂弾正は病死し、残るは唯真田安房守と小山田兵部尉《おやまだひょうぶのじょう》二人である。然《しか》れ共《ども》大敵を懼《おそ》れず小敵を侮《あなど》らず、奇謀《きぼう》を以《もっ》て少しも屈せざる者は真田一人だけである。先《ま》ずは是を退け、その後で大軍を以て向かえば戦わずに甲信の両国は手に入るでしょう」

と申し述べた。氏政は、

「実に其の方が申す処は理に叶っている。しかし、真田は勿々《なかなか》謀《はかりごと》多き者なので是を退けるのは難しかろう」

と言った。松田は、

「先ず反間《はんかん》の謀《はかりごと》（註③）を以て勝頼と真田の間を隔て、勝頼の手を借りて真田を亡ぼし、その後軍《いくさ》を発し給え。然《さ》すれば武田家を亡ぼすことは、嚢《ふくろ》の物を探るよりも容易です」

と勧めた。氏政は限りなく悦んで、

「然《しか》らば、その謀《はかりごと》を急ぎ行え」

と命じた。尾張守は、

「畏《かしこ》まりました」

と答えて、御前から退出した。

（註）

①「越後のかね」は、「鐘」と「金（賄賂）」とを掛けている。

②「松田尾張守」は、名を「憲秀」と言い、北條家の重臣の一人である。

③「反間の謀」とは、中国の兵法書『兵法三十六計』の三十四番目の兵法で、味方が劣勢な時に敵を欺くために用いられる戦法である。

百八　真田沼津《ぬまづ》に新城を築く事並びに徳川・北條《ほうじょう》両家発向の事

評議の席を退出した松田は、岡部忠兵衛《ちゅうべえ》と言う者に謀《はかりごと》を授け、甲府に赴かせた。岡部は直ちに小山田兵衛尉信茂《おやまだひょうえのじょうのぶしげ》方を訪れ、対面を乞うた。そして、

「御当家の一大事について、主人松田尾張守から注進致します。此の度真田安房守昌幸《あわのかみまさゆき》が内々で北條家へ申し送って来た書簡によると、『武田勝頼《かつより》は無道にして既に上杉と合体し、長坂釣閑《ながさかちょうかん》・跡部大炊介《あとべおおいのすけ》・小山田兵衛尉等は権力を握って我侭《わがまま》に振る舞い、諸将を塵芥《ちりあくた》の如くに為しています。是を考えると、武田家の運は正に尽きる処です。然《しか》るによって所詮斯《か》かる暗君《あんくん》に仕《つか》えるより、寧《むし》ろ心を御当家に寄《よ》せ様《よう》と存じます。速やかに大軍を以《もっ》て、甲府へ乱入下さい。昌幸は内より発して、武田を亡ぼしましょう。就《つ》きましては恩賞として信州一国を賜わりたい』と書簡を以て、詳細に申して来ました。然《しか》れ共《ども》北條家は妹君《いもうとぎみ》を送られ、武田家とは御親族です。それ故主人松田尾張守が某《それがし》を以てお知らせする処ですので、偏《ひとえ》に事を穏便に御計《おはか》らい下さい」

と実《まこと》しやかに申し述べた。小山田は、

「然《さ》らば、その真田の送った書簡を所持致しているか」

と問うた。

忠兵衛は、

「如何《いか》にも」

と偽りの書簡を差し出した。小山田は忠兵衛を客室に止め置き、直《すぐ》に此の由《よし》を言上した。長坂と跡部は是を聞いて、「折も好し」と側《そば》から種々《さまざま》に讒言《ざんげん》した。勝頼は大いに怒って、

「急ぎ真田を呼べ」

と使いを馳せた。昌幸は、何事であろうと周章《あわ》て登城した。勝頼は普段とは違った顔色で、

「昌幸、其《そ》の方《ほう》は何故に此の勝頼を滅亡させようと謀るのか。その侭《まま》には差し置き難い。何故か。何故か」

と問い詰めた。昌幸は大いに驚き、

「何故斯《か》かる事を言われるのか。由なき讒者《ざんしゃ》の勧めによって、此の昌幸を疑われるのか」

と応えた。勝頼は弥々《いよいよ》怒り、

「汝《なんじ》の隠謀は既に露顕《ろけん》し、隠すことが出来ない。然《しか》るを讒者の業《わざ》であると、なおも己が罪を隠そうとするのか」

と言った。真田は、

「何で此の昌幸に二心《ふたごころ》が有りましょうか。然るを御当家を亡ぼす等とのことは思いも寄り

ません。何ぞ証拠でも有りますのか」

と問うた。勝頼は、

「証拠呼ばわりをするとは物嗅《ぐさ》い」

と言った。昌幸は打ち笑って、

「君、無根《たね》のないことを斯く疑う時は、却《かえ》って内より害を生じます。証拠もないのに何故昌幸を疑われるのか」

と述べた。勝頼は、

「証拠を見たくば、ソレ」

と小山田を視《み》た。小山田は懐中から書簡を取り出し、

「如何に昌幸、是に覚えが有ろう」

と言った。真田は取り上げて一見し冷笑《あざわら》い、

「是は反間《はんかん》の謀《はかりごと》です。是式《これしき》の謀に迷って忠臣の胸中を疑われるならば、君の御為に忠を尽《つ》す家臣は一人も残らず敵の為に退けられ、国家を盗む讒者に横領されるでしょう。然《さ》ある時は、武田家の滅亡を如何《いか》にして防ぐのですか。今若《も》しも徳川・織田の両勢が甲府へ乱入したら、誰か防禦《ぼうぎょ》の任に当たるのでしょうか。先君御在世の時は諸将多く、自然と武威も盛んでした。しかし、君の御代《みよ》となって如何にして斯《か》く武威が衰えたのですか。僅かに

残った真田迄、敵方の謀計に落ち入って失おうとしています。さてさて、先君にすっかり劣った御所存です」

と両眼に涙を浮かべ実《まこと》を顕《あら》わし諫《いさ》めた。勝頼は忽《たちま》ち悟って、手を拍《う》って大いに感じ、

「天晴《あっぱれ》、流石《さすが》は昌幸。北條氏政《うじまさ》は舎弟の景虎《かげとら》を此の勝頼に殺されたので、先《ま》ず其の方を殺させて、その後で大軍を以て甲府へ乱入し恨みを報じようと、偽状《てがみ》を以て申し来たったのであろう。憎《にく》き氏政が振る舞いである。勝頼を是程のことを知らざる者と見くびったか。然《しか》らば此方より軍を発し、小田原《おだわら》へ乱入して我が武威の程を見せて呉《く》れようぞ」

と躍り上がりて怒った。昌幸は弥々《いよいよ》落涙し、

「流石信玄《しんげん》公の御子息、明智《めいち》の程驚きました。唯口惜《くちお》しいのは奸佞《かんねい》の讒者共が君の左右に在って、暗弱《あんじゃく》に為していることです」

と憚《はばか》りもなく述べた。長坂と跡部は、すっかり赤面して控えていた。勝頼は重ねて小山田に、

「北條家から来た使者の首を刎《はね》よ」

と下知《げち》した。昌幸は、

「必ず麁忽《そこつ》なことはされますな。某《それがし》に計らうべきことが有ります」

と止めて、軈《やが》て使者を搦《から》めさせ真田の前に引き出した。真田は是に向かって、

「其の方は松田の家臣であるか。松田は実《まこと》に大いなる愚か者である。斯かる浅はかな謀《はかりごと》を以て、此の昌幸を退けようとするのは可笑《おかし》な事だ。主君の勝頼公をかほどの暗君と思うか。甲府では三尺（約〇・九メートル）の童子《どうじ》も反間の謀計位は能《よ》く知っている。其の方を今殺す処ではあるが、某《それがし》が取り成して一命を助けて返す。立ち帰って尾張守に言え、今少し兵書を読んで軍《いくさ》を発せよと。其の方を今此処《ここ》で懲《こら》しめて遣わそう」

と、忠兵衛の縄を解かせ、乱暴に打ち倒した。忠兵衛は頭を抱え、鼠の逃げるが如くに小《お》田原《だわら》指して帰って行った。

斯《か》くして昌幸は勝頼に、

「今伊豆・駿河《するが》の境に一城を築けば、味方に取って頗《すこ》ぶる便利が好いでしょう」

と申し述べた。勝頼は、実《げ》にもと思った。そこで、

「其の方、宜しく計らえ」

と言った。昌幸は急いで、伊豆と駿河の境の沼津《ぬまづ》に新城を築いた。天正《てんしょう》八年（一五八〇）五月から普請《ふしん》を始め既に大方成就したので、甲府から勝頼が長坂・跡部・土屋・小山田・初鹿野《はじかの》を従え見分にやって来た。昌幸が城中に迎え入れ、一行は二・三日逗留した。此の時、勝頼を深く恨んでいる北條氏政は、攻め亡ぼそうとは思ったが、真田の奇計《きけい》を恐れて軍《いくさ》を出す事が出来なかった。そして、唯々評議に月日を送っていた。其処《そこ》へ、「武田方が

此の度沼津に新城を築いて居る」と聞こえて来たので、「是こそ天の与えだ。普請が調《ととの》わない内に大軍を以て攻め寄せれば、真田が如何《いか》に智深き者で有っても争《いか》でか禦《ふせ》ぐ事が叶おうか」と軍勢を催すことにした。

北條《ほうじょう》陸奥守《むつのかみ》が、

「仮令《たとえ》真田は小勢《こぜい》では有っても、等閑《なおざり》の敵では有りません。今徳川は正《まさ》しく武田を滅ぼそうと思っている処ですので、先《ま》ずは徳川と和睦し、その後両家で一度に攻め掛かるのが宜しいでしょう」

と諫めた。一座の者は「此の儀は道理《もっとも》である」と同《どう》じ、徳川家へ使者を送ってことの由を申し述べた。源君《げんくん》は深く思慮し、早速得心して用意を整えた。

北條氏政は大いに悦び、薩摩守《さつまのかみ》（註①）を先陣として、その勢《せい》四万五千余騎で小田原を進発し沼津へと出張した。

此の時沼津の城では昌幸が勝頼を饗応し、一両日逗留している処だった。勝頼は大いに勇み、「北條、何程のことが有ろうか。我が旗本を以て打ち敗ろう」と直ちに対陣に及んだ。その為、北條勢には案に相違して見えた。徳川源君は、「然《しか》らば我も発向しよう」と言って、石川・大久保・平岡・本多《ほんだ》・酒井・榊原《さかきばら》を従え、その勢五千余騎で浜松の城を発した。道すがら諸城を陥《おとしい》れ、「手始めよし」と早くも由井《ゆい》・倉沢《くらさわ》（註②）迄出張し、火を放ちつつ沼津へと発向した。

（註）

① 北條氏政の家臣で、「薩摩守」とは誰なのか調べてみたがはっきりしない。

② 「由井・倉沢」は、共に現静岡市清水区。

百九　武田勝頼《かつより》富士川《ふじがわ》を渡る事並びに源君《げんくん》即智の事

真田安房守昌幸《あわのかみまさゆき》は陣中に在って諸方を打ち眺めていたが、遥か由井《ゆい》・倉沢《くらさわ》の方に当たって火の手が見えたので、「如何《いかな》成る事が有るのか」と思っている処へ、「徳川勢が五千余騎で由井・倉沢迄乱入しました」と知らせて来た。昌幸は、「そうであったか。好《よ》し」と悦んで、「此《こ》の度沼津《たびぬまづ》に城を築いたのは、徳川を引き出だそうと思ってのことである。北條《ほうじょう》

の差図《さしず》に依《よ》って、徳川は是迄出て来たか。長篠《ながしの》の返報をするのは此の時である」と急ぎ勝頼に向かって、

「徳川が、由井・倉沢迄出て来ました。某《それがし》は向《む》かわぬ訳には行きません。君は此の城を固め、北條を押さえて下さい。某《それがし》は徳川を破って、長篠の鬱憤《うっぷん》を晴らして参ります」

と申し述べた。勝頼は、

「我等が徳川に当たるので、其《そ》の方《ほう》は北條を喰い止めよ」

と命じた。昌幸は、

「然《しか》らば君は三千余騎を率いて向かって下さい。某《それがし》は手勢三百余人で北條を破ります」

と応じた。勝頼は、

「北條は四万五千の大軍である。其の方は僅かに三百余人で、是を敗ろうとは如何なる事か」

と問うた。昌幸は、

「それは某《それがし》の胸中にある事、決して御気遣い下されますな」

と言った。勝頼は訝《いぶか》しくは思ったが、三千余騎を率いて徳川勢に向かおうと富士川までやって来た。頃は五月二十日、霖雨《りんう》が降り続き白浪《しらなみ》が岸を洗い、渡りようもなかった。勝頼は、

「昔、佐々木・梶原《かじわら》の両人は宇治川《うじがわ》の先陣（註①）に名を輝かせた。誰かある。瀬踏《せぶ》みせよ」と下知《げち》した。桜井源吾兵衛《げんごべえ》・和田太郎・粕屋逸平《かすやいっぺい》は直ちに、「今日、富士川の瀬踏みをするのは我々である」と一度にドッと渡ったので、引き続いて百余人が我も我もと乗り入った。けれども、逆巻《さかま》く水に押し流され一人も残らず底の水屑《みくず》と成ってしまった。勝頼は少しも怯《ひる》まず、

「土屋はいないか。初鹿野《はじかの》はいないか。渡れ。渡れ」

と下知した。両人が馬に鞭打って跳《おど》り込むと、千五百人が我も我もと渡った。勝頼が已《すで》に馬を乗り入れようとすると、長坂《ながさか》は大いに驚き轡《くつわ》に縋《すが》って、

「前車《ぜんしゃ》の覆《くつが》えるは、後車《こうしゃ》の戒《いまし》めです。最前桜井・和田は溺れてしまいました。先々《まずまず》お控え下さい」

と止めた。勝頼は鞭を揚げて長坂の頭《こうべ》を打ち、

「何で是式《これしき》の川を恐れることがあろうか」

と押し切って渡った。是によって我も我もと乗り入って、難なく向こうの岸へ打ち上り直ちに徳川の陣へと急いだ。しかし、富士川に遮られ彼是《あれこれ》と時を過ごしたので日も西山に傾いてしまった。

此《こ》の時《とき》徳川勢は、由井・倉沢から峠を打ち越えて伊良《いら》（註②）に陣を移した。しかし、早

くも夕陽《せきよう》となった。折りしも源君は大久保忠世《ただよ》に向かって、

「其の方は早く軍勢を引き揚げ、浜松へ退く用意をせよ」

と命じた。忠世は驚いて、

「味方が既に勇み立っているのに、今帰国せよとは実《まこと》に残念です」

と言った。源君は、

「其の方の知る処ではない。速《すみや》かに引き揚げよ」

と叱り付けた。大久保は是非なく兵を率いて退いた。時に平松老齊近吉《ひらまつろうさいちかよし》（註③）が源君に向かって、

「味方は地の利を知りません。此処《ここ》に深々と陣を据えても、恐らく敵が寄せて来たならば支える術《すべ》が有りません。早々御帰陣するのが大事です」

と言った。源君は、

「実《まこと》に其の方は我が胸中を能《よ》く知っている。我もそのように思い、直ちに大久保に陣払いを申し付けた。其の方も急ぎ用意せよ」

と命じた。平松は畏《かしこ》まって用意をし、頓《やが》て源君も浜松へ退いた。諸卒は不思議に思いつつ、我も我もと陣払いして引き退いた。

然《しか》るに武田勢は徳川勢が引いたとは夢にも知らず、道を急ぎ既に伊良の陣に来たって見

れば敵は一人もいなかった。勝頼は不思議に思って、「若《も》しかして敵の謀《はかりごと》ではなかろうか」と怪しみ、小山田兵衛尉《おやまだひょうえのじょう》に此のことを問うた。小山田は、

「徳川は不思議な智恵を持つ大将なので、うかうかと進むことは止めましょう」

と止め、長坂・跡部《あとべ》等も共に止めた。勝頼が迷っている間に、兎《と》や角《かく》と時が過ぎた。折《おり》柄《から》、此の土地の者が、

「徳川勢は慌ただしく帰陣しました」

と言った。これを聞いた勝頼は、

「然らば追い掛けて打ち取れ」

と下知したので、三千余騎の精兵どもは勇み進んで追い掛けた。


（註）

① 「宇治川の先陣」とは、寿永《じゅえい》三年（一一八四）一月二十日の木曽義仲《よしなか》追討の宇治川の戦いで佐々木高綱《たかつな》と梶原景季《かげすえ》が先陣を争った故事のこと。

② 『三代記』には「伊豆」とあるが、武田軍が既に富士川を越えているのに、逆に徳川軍が富士川を越えて伊豆に布陣するとは考えられない。この後『三代記』には「伊良」と書かれて

いるので、「伊良」に統一した。しかし、伊良という場所がはっきりしない。あるいは蒲原《かんばら》の辺りか。

③「平松老齊近吉」については、調べてみたがはっきりしない。あるいは「平岩親吉《ひらいわしんきち》」の誤りとも考えたが、平岩は「主計頭《かずえのかみ》」であり「老齊」とは名乗っていない。

百十　三河《みかわ》勢敗軍の事並びに昌幸《まさゆき》、北條《ほうじょう》勢を敗る事

武田勝頼《かつより》は長坂釣閑《ながさかちょうかん》・跡部大炊介《あとべおおいのすけ》・土屋惣蔵《そうぞう》・林平六《へいろく》・原隼人《はやと》・初鹿野伝右衛門《はじかのでんえもん》・小山田兵衛尉《おやまだひょうえのじょう》等を従え、伊良《いら》へ寄せ来たった。しかし、「徳川勢は既に浜松指して引き退いた」と聞き、猶《なお》も三千余騎を励まし勇み進んで跡を追わせた。徳川源君《げんくん》は、「陣払いして退《しりぞ》けば、必ず勝頼が追い討ちを掛けるだろう。誰か後殿《しんがり》を」と催《うな》がすと、本多平八郎忠勝《ほんだへいはちろうただかつ》・榊原小平太康政《さかきばらこへいたやすまさ》の両人が、

「願わくは某《それがしら》等が後殿を仕《つかま》つりましょう」

と申し出て、その殿後陣《ままこうじん》に控えた。

其処《そこ》へ、遙か向こうの方より数多《あまた》の松明《たいまつ》を灯して武田勢が大波の如く寄せて来た。両人は馬を立て、備えを固めて待っていた。武田の先陣の初鹿野伝右衛門が雷《らい》の如くの勢いで、本多平八郎に打って掛かった。本多が是と渡り合い暫《しば》し戦う内に、土屋惣蔵が榊原《さかきばら》康政に打って掛かった。康政は、「心得たり」と抜き合わせ火花を散らして戦った。何《いず》れとも勝負の行方《ゆくえ》の見えない処へ、小山田信茂《のぶしげ》も康政に打って掛かった。此の勢いに本多・榊原は堪《たま》り兼ねて大いに敗して引き退こうとした。武田勢は、「遁《のが》さないぞ」と追い掛け来たって終《つい》に旗本へ切り入った。勝頼は遥かに是を見て大いに悦び、「スハ、家康《いえやす》の首を取って、日頃の恨みである長篠《ながしの》のお返しをして遣《や》るぞ」と無二無三に追い掛けた。徳川勢は大いに敗し、右往左往に散乱した。土屋・初鹿野・小山田が我も我もと旗本へ突いて入ったので、徳川方はすっかり危《あやう》く見えた。諸将は、「此処が大事」と身命を惜しまず戦った。中でも初鹿野は難なく旗本へ突いて入り、大将を目掛けて切って掛かった。源君が驚き逃げると、初鹿野は大いに怒り、

「大将には何処へ逃げられるか。首を早く渡されよ」

と呼ばわった。源君は耳にも入れずに、馬に任せて逃げた。初鹿野が追い着き振り回す太《た》刀《ち》の切っ先が馬の鞍壺《くらつぼ》に当たる事三度、源君今は生きた心地もなく既に危《あや》うく見えた。其《そ》

処《こ》へ夏目次郎右衛門《えもん》と言う者が馳せ来たって、初鹿野を目掛け打って掛かった。初鹿野は大いに怒り、夏目を唯一刀に切って落とした。その隙《ひま》に源君は一丁余り（約一一〇メートル）逃げ延び、漸々《ようよう》危急を遁《のが》れた。是によって徳川勢は大いに乱れたが、武田勢も討死《うちじに》・手負いは数知れなかった。血が流れて川をなし、骸《かばね》が積んで山をなす程であった。勝頼は勝利を大いに悦んだが、夜軍《よいくさ》でもあり敵地の案内を知らないので、「長追いは無用」と急に軍兵を引き揚げた。此《こ》の軍《いくさ》で徳川方は、積み上げた卵の如く危うかったが、富士川《ふじがわ》が障《さわ》りとなって甲州勢が一歩後れたことは、天が徳川に祚《むく》いる兆《きざ》しとこそ知られた。武田勢は伊良の陣で夜を明かし、翌朝直ちに沼津《ぬまづ》へ引き返した。

此の時昌幸は三百余騎で、北条の四万五千余騎に向かった。その備え立ては、荒川・布《ぬの》下《した》・望月《もちづき》等を始め鉄砲の手練《てだれ》五十人を撰《え》り出し謀《はかりごと》を授けて打ち立たせ、残る二百余騎で黄瀬川《きせがわ》（註①）に出陣した。北条勢は是を見て、「さて真田勢は此方へ向かったと見えるぞ。是ばかりの小勢《こぜい》で向かうとは、蟷螂《かまきり》の斧に等しい」と打ち笑いつつ、逸《はや》り切って我も我もと黄瀬川を打ち渡り喚《おめ》き叫んで打って掛かった。真田勢が一支《ひとささ》えもせずに敗走するので、北条勢は勝ちに乗って進んだ。陸奥守《むつのかみ》も勇み猛って追い掛けたが既に日も夕陽《せきよう》に傾いたので、松田は制して、

「真田は恐ろしい智将である。引き退《の》くのは極めて深い謀《はかりごと》があるに違いない。早進むこと

勿《なか》れ」

と止めた。陸奥守は打ち笑い、「仮令《たとえ》謀《はかりごと》が有ろうとも何程のことが有ろうか。我、真田の首を取って見せようぞ」となおも進んで行った。すると何処《どこ》から共なく鉄砲の玉が飛来たって陸奥守の頬を打ち貫き、治部少輔《じぶのしょう》の胸板を砕いた。何かは以《もっ》て堪《たま》るであろうか、両人共に馬から落ちて死んでしまった。是を見ると北條の大軍は大崩れして、黄瀬川で堪《た》えることも出来ずに小田原《おだわら》指して引き退いたのは実《まこと》に見苦しい有様《ありさま》であった。真田の深謀が図に当たり、小勢を以て大敵を破ることは是真田家極意の軍術《ぐんじゅつ》にして窺い知ることが中々出来ないものであった。

　斯《か》くて真田は沼津へ引き退き、翌朝直ちに勝頼の許《もと》に到って合戦の次第を逐一語った。勝頼は大いに悦び、酒宴を催して祝った。勝頼は、

「富士川の難がなければ、家康を討つことは掌中に在ったのに口惜《くちお》しい。時が移って討ち漏らしてしまった。其《そ》の方《ほう》は如何なる謀計を以て大軍を敗ったのか。さてさて驚き入った武略である」

と歎息した。昌幸は、

「北條家の大軍を敗ったのは、某《それがし》の功では有りません。君が徳川に当たって下さったからです。それに就《つ》けても恐ろしいのは徳川です。彼が地理を知り、機を察して未だ戦わない

内に帰陣したのは、臨機応変の方術《ほうじゅつ》に当たります。敵ながらも感ずべき処です。信玄《しんげん》公も東海一の名将と恐れておられましたが、実《まこと》に御道理至極《ごどうりしごく》です」と申し述べた。斯くて数日逗留して甲府へと帰陣した。

真田は沼津の築城が成就すると武田左馬之助《さまのすけ》を籠《こも》らせ置いて、その身は上田へと帰った。

九月上旬に至って勝頼は、

「東上野《ひがしこうずけ》大胡《おおこ》の城と山上の城・膳《ぜん》の城（註②）の三ケ所を攻めるぞ」

と言って、一條右衛門大夫《うえもんのだいぶ》信龍《のぶたつ》・小山田兵衛尉・武田上総介《かずさのすけ》・土屋惣蔵・真田安房守・原隼人・跡部大炊之助・安中《あんなか》・林等一万余騎で発向した。そして、先《ま》ず膳の城を攻め落とせと取り囲んだ。此の城には膳四郎左衛門・同伯耆守《ほうきのかみ》を大将として三千余騎が籠っていた。武田勢が犇々《ひしひし》と攻め掛かったが、城は匆々《なかなか》の要害で兵粮《ひょうろう》・矢玉《やだま》も多く攻め落とし難かった。勝頼は、「是式《これしき》の小城《こじろ》を攻めるのに何程のことが有ろうか。唯一揉みに攻め敗れ」と総勢一度に攻め懸かったので、城は防ぎ兼ねて見えた。

（註）

①「黄瀬川」は御殿場《ごてんば》を源流とする河川で、狩野川《かのがわ》の最大の支流である。

② 「大胡の城」は前橋市河原浜町、「山上の城」は桐生市《きりゅうし》新里町、「膳の城」は前橋市粕川町にあった城。

百十一　膳《ぜん》の城素肌《すはだ》攻めの事並びに高天神《たかてんじん》落城の事

膳の城が武田勢に取り囲まれ已《すで》に危《あや》うく見えた時、城門を開いて、「北條左京大夫《ほうじょうさきょうのだいぶ》の郎等《ろうとう》、田中政之丞《まさのじょう》・飯山十郎兵衛《じゅうろべえ》なるぞ」と名乗り鎗《やり》を捻《ひね》って突き入《い》ったので、武田勢は大いに討たれ引き退《の》いた。

その翌日、武田勝頼《かつより》は大いに怒り、「是式《これしき》の小城を攻め兼ねるのは口惜《くちお》しい。今日は我を始め皆で素肌（註①）と成って攻め立てようぞ」と言って、鎖帷子《くさりかたびら》（註②）に鈍子《どんす》の陣羽織《じんばおり》だけを着《ちゃく》して向かった。土屋・初鹿野《はじかの》を始め、その外《ほか》の者共《ものども》も我も我もと素肌で続いた。昌幸《まさゆき》は、

「是は何事ですか。大将たる者が、素肌で城を攻めると言う事が有りましょうか。御無用です」

と君を諫《いさ》めた。しかし、勝頼は少しも聞き入れず一番に進んだ。土屋・初鹿野・原等の逸《はや》り切った若武者が、無二無三に攻め立てた。城兵は敵の素肌であるのを侮《あなど》って、「ヨシ、我こそ討ち取ってやろう」と進んだ。土屋惣蔵《そうぞう》は力量を顕《あら》わし、大太刀《おおたち》を打ち振《ふる》って薙《な》ぎたて薙ぎ立て切り廻った。城中から飯山十郎兵衛が鎗を取って突いて掛かると、惣蔵は少しも瘻《ひる》まずに太刀を翳《かざ》して渡り合った。飯山も聞《きこ》える勇士なので暫《しば》し戦ったが、勝負の行《ゆく》方《え》は更に見えなかった。惣蔵が声を掛け、

「いざ組もう」

と言う侭《まま》、互いに鎗・太刀を捨てて無手《むず》と組み、「エイヤ。エイヤ」と揉み合った。土屋の力が勝っていたのか、難なく飯山を取り伏せ首を掻き切って立ち上《あが》り、

「土屋惣蔵昌恒《まさつね》、今日の一番乗り」

と高らかに呼ばわったのは天晴《あっぱれ》勇ましき次第であった。

初鹿野は土屋に先を越され無念に思って、夜叉《やしゃ》の荒れたる如くに敵兵を駆け散り、太刀《たち》疵《きず》を受け朱に染まりながら城中に切り入った。それに引き続いて、林平六郎《へいろくろう》も駆け入ったが素肌の哀しさ三騎の中に取り込められ、終《つい》に討たれて果てた。その外、甲府方では名を

得た勇士が七十四人討死《うちじに》した。此《こ》の合戦は、「全く勝頼の不覚である」と噂にのぼった。

一方、真田昌幸は荒川・布下《ぬのした》を従え搦手《からめて》から進み、水の手曲輪《ぐるわ》より一度に城中へ攻め入った。城兵は思いも寄らぬことなので大いに驚き狼狽《うろた》え騒ぐ処へ、我も我もと攻め入ったので、城将の膳《ぜん》四郎《しろう》左衛門《ざえもん》・同伯耆守《ほうきのかみ》は終に防ぐ事が出来ず、本丸に入って腹を掻き切って死んだ。然《さ》る程に城兵は解体し、忽《たちま》ちに落城した。勝頼は甲府へ帰陣したが、味方の手負・死人が余りにも多いので殊《こと》の外《ほか》に歎《なげ》いたとか言う。

此の折《おり》から跡部《あとべ》・長坂《ながさか》等の我意を憎み武田家を見限った者が数多《あまた》有ったので、勝頼の武《ぶ》威《い》は自然と衰え、北條・徳川の勢いは朝日の如く盛んと成った。是は正《まさ》に武田家の運が、尽きる兆《きざ》しと言えよう。

穴山入道梅雪《ばいせつ》と一條右衛門大夫の両人は如何《いかが》思ったのであろうか、徳川家に心を通じ武田家を亡ぼそうと企てた。又初鹿野伝右衛門《でんえもん》は数度の武功が有ったのに長坂・跡部に讒言《ざんげん》され、さしたる恩賞もなかったので恨《うら》みを含んで君臣の仲が不和と成った。徳川源君《げんくん》は此のことを聞いて大いに悦び、「然《しか》らば此の隙に高天神の城（註③）を攻めよう」と、頓《やが》て本《ほん》多《だ》・榊原《さかきばら》・大久保・酒井・大須賀《おおすが》等を従え一万余騎で押し寄せた。城将の岡部丹後守・横田甚五郎等は防ぎ戦うことが出来ず、甲府へ援兵を言い送ったが、甲府では君臣の間が安くなかったので、援兵の沙汰が無かった。岡部丹後守が、「今は是非もない」と自害して果てたので、高天神は落城してしまった。徳川家が勝ちを得て悦び勇んで浜松へと引き退いたのは、実《まこと》に勇ましく見えた。

（註）

①「素肌」とは、甲冑《かっちゅう》を着けないで、②の「鎖帷子だけを着けて」という意味である。

②「鎖帷子」は鉄製の鎖で作られた単衣のことで、衣服の下に着用する防具である。

③「高天神の城」は、遠江国《とおとうみのくに》城東郡《きとうのこおり》土方《ひじかた》（現掛川市上土方・下土方）にあった山城である。

百十二　木曽義昌謀叛《よしまさむほん》の事並びに武田の将変心の事

古《いにしえ》の聖人《せいじん》（註①）の詞《ことば》に、「君は船なり、臣は水なり。水能《よ》く船を泛《うか》むと雖《いえど》も、又能く船を覆《くつがえ》す」と有る。武田勝頼は酒色に耽《ふけ》り、佞臣《ねいしん》を愛して忠臣を疎《うと》んじ、功有る者も敢《あえ》て賞しもせず、己《おのれ》の武威を恃《たの》んで万民が眉を顰《ひそ》めるのをも顧みなかった。諸将士は心を離し、只管《ひたすら》退《しりぞ》き去ることを考えていた。そこで、真田・一條・穴山等は、

「斯《こ》うしては如何《いかが》か」

と種々諫言《しゅじゅかんげん》をした。しかし、勝頼は一向に用いようとしなかった。一條と穴山が、「所詮武田の運も是迄《これまで》」と心を合わせ密《ひそ》かに浜松に内通し、後栄《こうえい》を図ったのも詮方《せんかた》がなかった。

　折しも天正《てんしょう》九年（一五八二）七月、勝頼は長坂《ながさか》や跡部《あとべ》の勧めによって、韮崎《にらさき》へ一城を築いて新府《しんぷ》（註②）と名付けようと奉行《ぶぎょう》を真田昌幸《まさゆき》に命じた。昌幸は大いに驚き、

「是は如何《いか》成《な》ることですか。武田家は数代、甲府を本拠として来たのに、君には何故韮崎に一城を築かれるのか。別に深慮があってのことですか」

と尋ねた。勝頼は、

「我倩々《つらつら》思うのに、織田・徳川は日々に威勢が強大と成って、数度我が領地へ乱入した。然《しか》るに当家は馬場・山縣《やまがた》・内藤を始め勇臣が数多《あまた》討死《うちじに》し、その上高天神《たかてんじん》・用宗《もちむね》（註③）の二ケ所も落城した。剰《あまつさ》え浜松勢は近国に威を振い、北條《ほうじょう》も同じく威勢盛んなので、甲州でも要害の城を築かなければ、敵に侮《あなど》りを受ける。その事が口惜《くちお》しいので、韮崎へ城を築こうと思うのだ。三方の敵が乱入したなら、此《こ》の城に籠《こも》って防戦して敵を敗ろうと思う。是は国の安危《あんき》を慮《おもんぱか》って、永く社稷《しゃしょく》（国）を保つ為である。其《そ》の方《ほう》、怪しむこと勿《なか》れ」

と応じた。真田は此の由《よし》を聞いて涙を流し、

「昔、楠正成《くすのきまさしげ》は『城を以《もっ》て城とせず、思慮を以て城とす』と言ったと聞きます。然《しか》れば今韮崎に堅城《けんじょう》を構えるよりも、佞臣《ねいしん》を遠ざけ忠臣を愛されるならば、如何なる強敵であっても恐れるに足りません。真田に新府の奉行をさせるのは、お許し下されたい」と固く辞退して帰った。是は諫言しても勝頼が聞き入れないことを察し、今は禍《わざわい》を避けようと辞退に及んだのである。仕方なく、勝頼は曽根内匠之助《たくみのすけ》に奉行を命じた。

その後長坂が、

「濃州《のうしゅう》岩村の城で生け捕った信長の六男・御坊丸を返して和睦下さい」と勧めたので、勝頼は真田・小山田《おやまだ》には相談なく、御坊丸を返した。信長は大いに悦び、慇懃《いんぎん》に返答して使者を帰した。勝頼は、信長が悦んだと聞いて、「早《はや》織田家とは和睦が調《ととの》った」と思い、心を弛《ゆる》め昼夜酒宴を催して居た。そして、新府の城を築造するので甲府の城を破却して、一條信龍《のぶたつ》の屋敷に住していた。

木曽左馬頭《さまのかみ》義昌は信玄《しんげん》の頃よりの幕下《ばくか》ではあったが、勝頼とは何となく不和であった。倩々《つらつら》武田の運を察し見るのに、「勝頼は忠臣を斥《しりぞ》けて奸臣《かんしん》を用い、国政を乱す愚将なので滅亡する事は近きに有る。我、汚面汚面《おめおめ》此所《ここ》にいて共に家系を失うのは残念である」と、頓《やが》て濃州苗木の城主苗木久兵衛尉《きゅうべえのじょう》を以て織田中将信忠《ちゅうじょうのぶただ》へ申し送った。その様は、

「主人勝頼は暴悪《ぼうあく》にして重臣等の諫言を用いず、我意《がい》に誇り上《かみ》を軽んじ下《しも》を苦しめ、是に依《よ》って家運傾き滅亡の時に至って居ます。既に老臣も二心《ふたごころ》を起こしているのに勝頼は之を意ともせず、佞臣《ねいしん》長坂・跡部等の勧めに依って韮崎に新城を築き始め、是迄の甲府城を破却しました。然《しか》れば、此の機を逃さず大軍を以て攻め入られるに於いては、義昌が内より手引き仕《つかまつ》りましょう」

と言うことであった。信忠は大いに悦び、急ぎ此の由を信長へ伝えた。信長も大いに悦び、

「然らば、速やかに大軍を以て発向しよう」と、その用意を頻《しき》りに行った。此の由が忽《たちま》ち甲府へ聞《きこ》えて来たので、勝頼は大いに驚き、「如何しようか」と評議した。長坂が進み出て、

「是は木曽左馬頭義昌が内通したのでしょう。捨て置き難い事です。早々討手《うって》を差し向け、味方の見せしめに誅《ちゅう》しましょう」

と申し述べた。勝頼は聞いて、

「急ぎ、召し取れ」

と命じた。武田左馬之助《さまのすけ》信豊《のぶとよ》が、

「某《それがし》が参って誅しましょう」

と乞うた。勝頼は悦んで、

「然らば神保治部《じんぼしぶ》を差し添え遣わす間、早々義昌を誅せ」

と言って三千余騎を向けられた。義昌は大いに怒って、

「何程の事があろう。唯一駆《ひとか》けに踏み殺してやる」

と鳥居峠《とりいとうげ》（註④）に五百余人で陣を張らせ、熊井源五兵衛《げんごべえ》・成瀬岩之進《いわのしん》等に鉄砲の手練《てだ》れの者五百余人を撰《えら》ばせ峠に並べ置いて、武田方の寄せて来るのを待ちかけた。そして、一度にドッと打ち下ろし、打ち下ろし防いだ。一つとして外《はず》れる玉はなく、将棋倒しに打ち据《すえ》られ死する者は数知れなかった。左馬之助は散々《さんざん》に敗して引き取った。義昌は思いの侭《まま》に勝ち軍《いくさ》して、討ち取る処の首級《くび》を織田方へ送って、「急ぎ御出馬あれ」と催促した。信忠は七万余騎を率いて進発し、浜松よりも三万五千余騎が駿河口《するがくち》へ発向した。北條氏康《うじやす》は四万五千余騎、飛騨口へは金森五郎八《かなもりごろはち》三千余人、伊那口へは信長十一万二千余騎、総勢二十六万余騎と聞こえた。斯《か》くて諸方の大軍が雲の如くに攻め来たった。武田方の者共は大いに驚き、勇者も勇を施こす事能《あた》わず。智者も智を回《めぐ》らさず。唯呆《あき》れて一言をも出す者なく、その中一條右衛門大夫《うえもんのだいぶ》・穴山梅雪《ばいせつ》・武田左馬之助等は予《かね》て敵と心を通じて居たので、此の評議にも出合わなかった。勝頼は言うべき言葉もなく、一人茫然として居た。小山田兵衛尉《ひょうえのじょう》が進み出て、

「由《よし》なきことに隙《ひま》を取るよりも、敵を防ぐ手当こそが肝要です」

と勧めた。勝頼は、然《しか》らばと伊那高遠《たかとお》の城（註⑤）へは仁科五郎晴清《にしなごろうはるきよ》（註⑥）・小山田備中《びっちゅうの》

守《かみ》・羽田《はた》九郎次郎・渡辺金太夫《きんだゆう》・小菅《こすげ》五郎兵衛を籠《こ》め、深志の城には馬場民部少輔《みんぶのしょう》信頼《のぶより》（信頼は信房《のぶふさ》の甥。義父討死の後、家督した）・多目《ため》治部右衛門《じぶえもん》、鞠子《まりこ》の城には諸角兵部・屋代越中守《しろえっちゅうのかみ》、田中の城には蘆田下野守《あしだしもつけのかみ》を向かわせた。

勝頼は僅か二万計《ばか》りの勢《せい》で、「快く勝負を決しよう」と勇んだが、一族・臣下に至る迄俄《にわか》に心を変じ逃げ失《う》せたので、今は旗本三千人ばかりと成ってしまった。勝頼は大いに驚き、「此の小勢《こぜい》で如何《いか》にして敵の大軍を防ごうか。先《ま》ずは新府に楯籠《たてこも》ろう」と来て見たが、未だ普請《ふしん》が調わないので此の城にも入ることが出来ず、「如何しようか」と途方に暮れていた。すると、長坂釣閑《ちょうかん》が、

「昨日迄二万内外の勢だったのに、今は三千に過ぎない寡兵《かへい》と成ってしまった。実《まこと》に是非もないことなので、此の上は信州一国を織田へ遣《つか》わして和睦を調え、君は是より甲州一国を保ち御家が滅亡しないように為して下さい」

と只管《ひたすら》に勧めた。けれども、勝頼は何の答えもなく指し俯向《うつむ》いていた。嫡子太郎信勝《のぶかつ》は未だ十六歳であるが、長坂が申すのを聞いて大いに怒り、

「如何に長坂、其の方は巧言《こうげん》を以て忠臣を讒《ざん》し退け、穴山と言う腰抜けと心を合わせ武田家が十九代に渡って相続して来た甲府の城を破却して新府に城を築かせ、その普請も未だ調わずに此の時宜《じぎ》に及び、永く天下に父君を愚将と言わせることは皆其の方等《ら》が計らいで

ある。武家が運尽きて、一族・一門に見限られた上は何ぞおめおめ織田へ降参することが有ろうか。よしや降参するとも、今に至って何で織田が降参を聴こうか。其の方、再び言う事勿《なか》れ」

と言い捨てた。それより父に向かい、

「名もなき者の手に懸かるより、早々《そうそう》御自害下さい」

と勧めた。並居る諸将は、真田を始めとして皆々鎧《よろい》の袖を濡《ぬら》した。昌幸は暫《しば》し口を閉じていたが稍《やや》あって信勝に向かい、

「流石《さすが》は名将の孫君、潔《いさぎよ》い仰せ。某《それがし》も斯《か》くなることと知っていたので、是まで度々諫言申し上げて参りましたが少しも御聞き入れなく、今更と成っては実《まこと》に是非も有りません。それに付き某が考えを廻《めぐ》らすに、死は一旦にして易く、生は難し。御自害は何時《いつ》でも出来ます。もう一度御運定めの為に、要害堅固な上州吾妻《あがつま》の城（註⑦）に御籠城されては如何でしょうか」

と言った。それを聞いていた勝頼は、

「実に其の方が申す事は、我が心に叶う。如何にも吾妻の城に退き防戦致そう。然《しか》らば其の方は是より上田（註⑧）に帰り、兵粮《ひょうろう》の用意をし万事宜《よろ》しく計《はか》って呉《く》れ」

と言った。真田は畏《かしこ》まって、それより上田へと帰って行った。

（註）

①「古の聖人」とは、中国戦国時代末の思想家・儒学者の「荀子《じゅんし》」のことである。

②『三代記』には「新甲府」とあるが、訳者が「新府」に訂正した。

③「用宗の城」は、現静岡市駿河《するが》区《く》用宗町の丘陵に築かれた山城で、別名「持船城」と言う。

④ここに言う鳥居峠は、木曽街道の藪原《やぶはら》（現木曽郡木曽町）と奈良井《ならい》（現塩尻市奈良井）を結ぶ峠である。

⑤「高遠の城」は現伊那市高遠町にあった城で、別名「兜山城《かぶとやまじょう》」とも言う。

⑥「仁科五郎晴清」は、武田信玄の五男で仁科氏の名跡を嗣いだ。名を「盛信」とも、「信盛」とも言う。なお、受領名は薩摩守《さつまのかみ》である。

⑦「上州吾妻の城」とは、岩櫃《いわびつ》城（現吾妻郡東吾妻町）のことである。

⑧『三代記』には「上田に帰り、兵粮の用意をし云々」とあるが、昌幸の本城である上田の城に帰り、更に吾妻の城（岩櫃城）の兵粮の用意をするように命じたものと解したい。

百十三　小山田《おやまだ》、岩殿《いわどの》に籠城を勧める事並びに勝頼《かつより》人質を焼き殺す事

真田昌幸《まさゆき》は上田に帰って、勝頼は吾妻《あがつま》へ引き退《の》く用意をしていた。小山田兵衛尉《ひょうえのじょう》が、

「某《それがし》が考えますのに、御一族・重臣迄逆心を起こす中なので、遥々《はるばる》と上州へ引き退かれるのは宜しく有りません。万一昌幸が俄《にわか》に心を変じたなら、如何されますか。何卒篤《とく》と御賢慮を廻《めぐ》らされ、某《それがし》の郡内岩殿の城（註①）は要害の上に兵粮《ひょうろう》・矢玉《やだま》の用意も沢山ですので、一先《ひとま》ず是へお退き下さい」

と忠義顔で勧めた。勝頼は又々心迷って、「如何しようか」と思案の体《てい》をした。予《かね》て真田と不和の長坂《ながさか》と跡部《あとべ》は、

「小山田が申す通りにするのが宜しいでしょう」

と口を揃え頻《しき》りに勧めた。勝頼は遂に小山田の言うのに従い、

「然《しか》らば小山田は早々郡内に帰って、その用意に取りかかれ」

と命じたので、小山田は急ぎ我が城へと帰って行った。

折しも天正《てんしょう》十年（一五八二）三月朔日《ついたち》、家臣の小山田彦三郎（註②）が何国《いずく》共《とも》なく逃走した。勝頼は大いに怒り、「所詮是まで取り置いた人質は、この侭《まま》差し置いても無益であ

る」と木曽義昌《よしまさ》の人質の老母並びに妹を引き出して磔刑《はりつけ》に懸けた。その外《ほか》所々の人質九百余人を焼き殺し、僅かに忠義無比《むひ》の臣下より取り置いた者ばかりへは金子《きんす》を与えて帰した。その後、阿部加賀守・土屋惣蔵《そうぞう》・長坂釣閑《ちょうかん》・跡部大炊之介《おおいのすけ》を始め三千余人を率いて、美麗《びれい》を極めた甲府の金殿・玉宇《ぎょくう》を一朝の烟《けぶり》と焼き捨てて、岩殿へ赴くのを見る人達はそぞろに袂《たもと》を潤《うるお》したとか言う。

（註）

① 「岩殿の城」は、現大月市賑岡町《にぎおかまち》に築かれていた山城で、「岩殿山城」とも言う。

② 「小山田彦三郎」は、武田勝頼の側近の一人で、郡内の小山田氏の系統というが、詳しいことは不明。

百十四　小山田《おやまだ》兵衛尉《ひょうえのじょう》逆心の事並びに小宮山内膳《ないぜん》兄弟の事

勝頼《かつより》が小山田信茂《のぶしげ》の勧めにより、「郡内岩殿《いわどの》に楯籠《たてこも》ろう」と数代続いた甲府の城を焼き払って、打ち立ったのは儚《はかな》いことであった。然《さ》る程に松尾の城主信濃守（註①）は小笠原《おがさわら》に、飯田の城主保科弾正忠《ほしなだんじょうのちゅう》（註②）は徳川に降参し、深志《ふかし》の城主馬場民部少輔《みんぶのしょう》（註③）は城を捨て落ち失せ、大島の城主日向主膳《ひなたしゅぜん》（註④）は暇《いとま》を乞《こ》うて退散した。その外《ほか》の小城や砦《とりで》は敵が攻めないのに退き、残ったのは高遠《たかとお》の城ばかりであった。

織田信忠《のぶただ》は、「イザヤ。此《こ》の城を攻め落とせ」と小笠原掃部大夫《おがさわらかもんのだいぶ》・森武蔵守《むさしのかみ》・団平八郎・河尻肥後守等の勢《せい》、二万余人を従え押し寄せた。城将仁科薩摩守《にしなさつまのかみ》は予《かね》て期したることなので、小山田備中守《びっちゅうのかみ》・渡辺金太夫《きんだゆう》・羽切九郎次郎《はぎりくろうじろう》・春日河内守《かわちのかみ》・今福又右衛門《またえもん》・畑野源左《げんざ》衛門《えもん》・今福筑前守《ちくぜんのかみ》・神林十兵衛《かんばやしじゅうべえ》等三千余人の勢にて楯籠り、必死になって防戦した。けれども寄手《よせて》は大軍を以《もっ》て入れ代わり入れ代わり攻め戦ったので、小勢《こぜい》の城兵は防ぐことが出来なかった。仁科薩摩守は、「今は是まで」と本丸に入って自害して果てた。残る軍卒は是を見て、小山田を始め城中一同腹掻き切って死に、忽《たちま》ち落城に及んだ。信忠は、「さい先が宜《い》いぞ」と悦んだ。

一方、勝頼は天正《てんしょう》十年(一五八二)三月三日、郡内岩殿を指して急いでいた。折りしも、「高遠は落城し、仁科は自害しました」と告げ来たった。勝頼は、「さては高遠も早《はや》落城してしまったか」と頻《しき》りに心を悩まし歎《なげ》いた。下方彦作《しもがたひこさく》と言う者が勝頼に向かって、「先君信玄《しんげん》公が今川氏真《うじざね》と合戦した時、氏真は味方の旗色も見ずに引き退きました。そのことが、今も世の物笑いとなっています。君が此《こ》の度《たび》敵の旗色も見ずに退かれれば、氏真に等しい御振る舞いと成りましょう。若君の信勝君《のぶかつぎみ》が仰せられる如く、潔《いさぎよ》く御生害《ごしょうがい》されるのが宜しいでしょう」

と憚《はばか》りもなく諫めた。長坂釣閑《ながさかちょうかん》は是を聞いて大いに怒り、「其《そ》の方《ほう》、何故に無用のことを言い出して、君を嘲《あざけ》るか。それ打ち殺せ」と命じた。長坂の郎等共《ろうとうども》が直ちに駆け寄って、彦作を打ち殺してしまった。是は、実に浅ましいことに見えた。

それから、勝頼は柏尾《かしお》(註⑤)を経て鶴瀬《つるせ》(註⑥)に馬を向け、小松郷《こまつごう》(註⑦)に着いて小山田の知らせを、「今か。今か」と待っていた。しかし、何とも音沙汰がなく日数五日が過ぎた。処が鶴瀬から岩殿の通路へ、逆茂木《さかもぎ》が設けられた。勝頼は之を見て、「此の逆茂木は敵を防ぐ為なのか。某《それがし》が此処《ここ》にいるのを、知らないことはないはずだ」と不審に思い土屋物蔵を使者として、「早く岩殿に伴い入れよ」との命を伝えさせようとした。土屋が畏《かしこ》

まって逆茂木の前に行って、

「君は既に此処に来られています。早く岩殿に伴われよ」

と申し入れた。処が、逆茂木の蔭から忽ち鉄砲を打ち出した。土屋惣蔵は大いに怒って、

「憎き小山田が振る舞い。当家譜代《ふだい》の重臣なのに、早《はや》心を変じ我が君を此処へ釣り寄せて討とうとするのか。天罰の程、今思い知らせて遣るぞ」

と小山田の柵に切り入ろうした。しかし、「命を私《わたくし》に捨てるのは忠ではない」と思い返して、憤《いきどお》りを押《おさ》え取って返した。そして、「小山田が変心しました」と勝頼へ報告した。勝頼は大いに怒って頭髪を逆立て、

「さては小山田兵衛尉め、謀叛したか。我日頃彼には他を超えて恩を与えたのに、我が衰運に付け込んで背《そむ》くとは、さてさて見限り果てた人畜《じんちく》め。昌幸《まさゆき》は上田で、嘸《さぞ》や待って居《お》るであろう。アヽ、天道に見離された哀しさ。今は真田に対面も成り難い。所詮我が運の尽きる処、是非もない次第である」

と拳《こぶし》を握り歯噛《はが》みをして歎《なげ》いた。其処《そこ》へ兵衛尉の甥の小山田八左衛門《はちざえもん》が三十人の郎等を卒して勝頼の馬前に来たって、

「伯父兵衛尉は君に叛き不義の振る舞いに及びましたが、某《それがし》は是に同心することは勿々《なかなか》に思いも寄りません。抜け出して是まで来ました。然《しか》るべく思慮を廻らして、最期の御供を

仰せ付け下さい」

と真実面《おもて》に顕《あらわ》れて申し述べたので、勝頼は志《こころざし》を感じて、先陣に加えた。然《しか》るに八左衛門は何時《いつ》しか隙《すき》を伺い、信茂の人質を盗んで逃げ失せた。伯父にも増《ま》さる逆賊と言えよう。

さて、その翌日小山田勢は逆茂木の間より頻《しき》りに鉄砲を打ち掛けた。勝頼は今は早、何《いず》方《かた》へ落ちる手立てもなかった。運を見限った者共、長坂・跡部《あとべ》を始めとして我先にと落ち失せ、残った者は僅かに四十三人となってしまった。勝頼は弥々《いよいよ》怒って、

「長坂・跡部の両人は逃がしては成らぬ。追い掛けよ」

と命じた。安西平左衛門《あんざいへいざえもん》と土屋惣蔵の両人が矢庭《やにわ》に追い掛け、土屋惣蔵が跡部に追い付き、唯《ただ》一矢に射落とし首を取って帰って来た。斯《こ》うして勝頼は、「今は是まで。華々しい一戦をして、その後で自害しよう」と心を決し、三月十日鶴瀬の奥の田野《たの》の庄へ潜んだ。之に従う面々には秋山紀伊守・同源蔵・土屋惣蔵・福井豊後守《ぶんごのかみ》・安西平左衛門・小笠原下《おがさわらしも》野守《つけのかみ》等、僅かに四十三人であった。

小宮山内膳は予《かね》て長坂釣閑の讒言《ざんげん》に依って浪人となっていたが、此の度君の敗軍を聞いて、「せめて最期の御供をしよう」と思い舎弟数馬《かずま》を引き連れて、勝頼のいる田野の庄へ来て、

「勘気を御免《おゆる》し下さい」

と願った。勝頼は内膳を近くに招き、「内膳・数馬の両人で有るか。我過《あやま》って佞臣《ねいしん》の讒言を信じ、其の方等両人を遠ざけたのは返す返すも面目ない。其の方等を讒《ざん》した者共は落ち失せたのに、其の方等兄弟は君臣の好みを思い、斯《か》くまで運の尽きた勝頼を捨てずに最期の供をしようとは神妙と言うも余り有る。其の方等が志《こころざし》は早是にて勝頼は能《よ》く知った。然《しか》る上は其の方等には老母も有る由なので、是より故郷に帰って予《よ》に尽《つく》す忠の心を以て老母に孝養を尽《つく》して呉《く》れ。志の程は過分に思うぞ」

と両眼に涙を浮かべて言った。小宮山兄弟は言葉を揃え、

「我々君の御先途《ごせんど》を見届けさせて頂きます。最期の御供こそお願いします。老母は今年七十五歳と成りましたが、皆是君より賜った恩禄《おんろく》によります。我々兄弟が殉死し、その為に老母が餓死する事が有っても、同じく忠に死するの道理に当たります。少しも、惜しむ処では有りません。是非、是非、御供をこそお願いします」

と只管《ひたすら》に申し述べた。勝頼は何の返答もなく、唯々落涙していた。

(註)

① 「松尾の城主信濃守」とは、小笠原信嶺《のぶみね》と思われる。しかし、信嶺は「掃部大夫」で「信濃守」

ではない。なお、松尾の城は現飯田市毛賀《けが》にあった平山城《ひらやまじろ》である。

②「飯田の城主保科弾正忠」とは、保科正直《まさなお》である。なお、飯田の城は現飯田市育良町《いくらちょう》にあった平山城である。

③「深志の城主馬場民部少輔」とは、馬場正房《まさふさ》である。なお、深志の城は現松本市丸の内にあった城で、松本城の元になった平城《ひらじろ》である。

④「大島の城主日向主膳」とは、日向虎頭《とらあき》と思われる。なお、大島の城は現下伊那郡松川町にあった平山城である。

⑤『三代記』には「梶尾《かじお》」とあるが、「柏尾」に訂正した。柏尾は、現甲州市勝沼町《かつぬまちょう》である。

⑥「鶴瀬」は、現甲州市大和町《やまとちょう》鶴瀬である。近世に入って、甲州街道の宿場となった。

⑦「小松郷」については調べてみたが、はっきりしない。

百十五　小宮山数馬《かずま》上田に赴く事　並びに勝頼《かつより》父子《ふし》天目山《てんもくざん》に籠《こも》る事

武田勝頼《かつより》は小宮山兄弟の忠を感じ涙に沈んでいたが、良有《やや》って涙を払って、

「数多《あまた》ある臣下の内にも忠を思う者が少ないのに、此《こ》の勝頼を主人と思って呉《く》れる両人の心底が嬉しい。就《つ》いては兄弟の内一人は最期の供をし、一人は我が末子勝千代《ばっしかつちよ》（註①）を翼《たす》け真田昌幸《まさゆき》の上田の城に赴き、我が最期をも告げ、昌幸と心を合わせて武田の血脈が絶えないように取り計らって呉れ。此のこと呉々《くれぐれ》も頼み入る」

と言って、後は涙に暮れていた。兄の内膳《ないぜん》は、

「実に有難き仰せです。是から弟数馬に勝千代君のお供をさせて上田に赴かせ、尊命《そんめい》を伝えさせましょう」

と言った。数馬は之を聞き、

「成るほど御道理《ごもっとも》なことですが、此の御使者には兄上が参られよ。某《それがし》は御最期のお供を仕《つかまつ》りましょう」

と応じた。内膳が、

「其の方は兄の言葉に背《そむ》くか。某《それがし》こそが君のお供に立つのが至当《しとう》である」

と怒って言うと、数馬は、

「否《いや》、某《それがし》です」

と互いに口論が絶えなかった。勝頼が制して、

「両人共劣らぬ忠臣と感じ入った。併《しか》しながら両人が斯《か》く争っていては際限がないので、

籤《くじ》引きにしては如何《いかが》か」
と言った。そこで籤を引くと、数馬が籤に当たった。数馬は是非なく、勝千代君を伴って上田をさして出発した。勝頼並びに兄の内膳は、「是ぞ今生《こんじょう》の別れ」とてしばし涙に泣き沈んでいたのは、理《ことわり》とは言え哀れであった。一方、数馬は間道を越え、上田へと赴いた。勝頼は、今は心易《こころやす》いと天目山へ籠った。

斯くて織田信長は、織田七兵衛尉信澄《しちべえのじょうのぶずみ》・矢部善七郎・菅谷九右衛門《すがやきゅうえもん》・堀久太郎《きゅうたろう》・長谷川藤五郎《とうごろう》・福富平左衛門《へいざえもん》・長岡与一郎・蒲生忠三郎氏郷《がもうただざぶろううじさと》・蜂須賀兵庫頭《はちすかひょうごのかみ》・池田紀伊守《きいのかみ》・同三左衛門《さんざえもん》・明智日向守《あけちひゅうがのかみ》・筒井順慶《じゅんけい》・氏家源太郎《うじいえげんたろう》・竹内久作・武藤助十郎・原彦三郎・不破《ふわ》河内守・高山右近《うこん》・阿閉《あとじ》淡路守・中川瀬兵衛尉《せへえのじょう》以下十一万余の兵を調《ととの》え、根羽《ねば》に着した。中将信忠《ちゅうじょうのぶただ》は甲府に着して対陣した。勝頼は天目山に在って、「信長父子と戦い潔く討死《うちじに》し、骸《かばね》を巌頭《がんとう》に曝《さら》し、名を万天《まんてん》に揚げようぞ」と言って、最期の酒宴を催した。その人々には武田太郎信勝《のぶかつ》・阿部河内守・土屋惣蔵《そうぞう》・秋山源八親久《げんぱちちかひさ》（十六歳）・金丸助太郎《かなまるすけたろう》（土屋惣蔵の弟）・秋山紀伊守・同三十郎（十六歳）・小原《おばら》丹後守・嫡子忠五郎・秋山民部少輔《みんぶのしょう》・同弥十郎・沼井常陸介《ひたちのすけ》・小宮山内膳《ないぜん》・小山田弥助・小原下野《しもつけの》守《かみ》・同惣十郎《そうじゅうろう》・多田新蔵《ただしんぞう》・同覚助《かくすけ》・岩下右近・同左膳《さぜん》・小山田大学・寺島藤蔵《とうぞう》・甘利彦五郎・曽根内膳・雨森織部丞《あめもりおりべのじょう》・同平左衛門・同十左衛門《じゅうざえもん》・同源五郎・川村又右衛門・小《こ》

丸五郎助《まるごろすけ》・同十郎兵衛《じゅうろべえ》・同吉次郎《きちじろう》・浅羽右近《あさば》・榎並新蔵《えなみ》・山本杢助《もくすけ》・皆井小助《みない》・岩井源蔵・齊藤作兵衛《さくべえ》・大滝寺鱗岳和尚《だいりゅうじりんがく》・同弟子円座主《えんざす》・小山田平左衛門《へいざえもん》、都合四十余人であった。

然《さ》るほどに織田方の大軍は既に甲府に集まり、先《ま》ず此の度武田家に背いて降《くだ》った小山田兵衛尉信茂《のぶしげ》・同八左衛門の両人を、「大悪逆者は生《い》かして置いてはならぬ」と即時に首を刎ねた。そして、

「イザ、天目山に押し寄せ、勝頼父子を誅《ちゅう》せ」

と河尻肥後守（註②）を先陣として、織田の大軍が我も我もと天目山へ押し寄せた。勝頼は今最期の酒宴が盛んな時に、織田の先陣河尻肥後守の釣鐘《つりがね》の馬印《うまじるし》を見たので、

「スハ、者共華々しく一戦して死後の高名《こうみょう》を顕《あらわ》せよ」

と勇気当《まさ》に十倍《いやまし》して下知《げち》した。秋山民部少輔・同弥十郎・小山田平左衛門・同弥助《やすけ》・齊藤作蔵《さくぞう》等の面々は、

「我々が此の敵を駆け敗ります。暫時《ざんじ》御見物下され」

と言い捨て勇み進んで天目山を下り、信長の大敵を、「今や。今や」と待ち掛けているのは勇々《ゆゆ》しくも又華々しかった。

（註）

①「勝千代」は武田勝頼の三男。信勝《のぶかつ》の異母弟で、名を「信親」と言う。

②「河尻肥後守」は名を「秀隆」と言い、織田信忠の補佐役を務めた。

百十六　勝頼父子《かつよりふし》最期の事並びに真田、上田より発向の事

河尻肥後守は天目山《てんもくざん》の麓に近付き、武田勢が僅か六騎ばかりで馬を控えて待ち掛けているのを見て、カラカラと打ち笑い、

「是ほどの者、何としようぞ。皆打ち取れ」

と下知《げち》した。千六百余人が我も我もと進んで来たので、小山田平左衛門《おやまだへいざえもん》と同弥助の両人が弓を抱え込み、杉の木を小楯《こだて》に取って射立てると、空矢《あだや》は一筋もなく瞬く間に十三騎まで射落とした。是によって河尻勢が進み兼ねて見える処へ、秋山・齊藤等の四人が一時に河尻勢に切って入り勇を奮《ふる》って戦った。しかし、衆寡敵《しゅうかてき》し難く終《つい》に四人共敵中に討たれて果

てた。小山田平左衛門・同弥助の両人は猶《なお》も射立て、心は弥猛《やたけ》に逸《はや》れ共射る矢が尽き、「今は是迄なり」と刺し違えて死んだ。そこで、河尻肥後守は大いに勇んで本陣を目掛けて進んで行った。勝頼は黒糸の胴丸《どうまる》に吉弘の太刀《たち》を佩《はき》、冑《かぶと》は態《わざ》と脱《ぬ》いだまま、右には土屋惣蔵《ぞう》、左には太郎信勝《のぶかつ》を従え、三十余人の兵を前後に備えて河尻勢に切って入り四方八面に薙《な》ぎ立て切り立て、獅子奮迅に荒れ廻った。何かは以《もっ》て堪《たま》るべき、河尻勢は大いに乱れて終に麓へ捲《まく》られた。

甲州の降人《こうじん》の辻弥兵衛が密《ひそ》かに天目山の後ろに廻り鉄砲を厳しく撃ち立てたので、本陣に留まっていた小原《おばら》丹後守・金丸《かなまる》助太郎等は敢《あえ》なく撃たれて死んでしまった。勝頼は敵兵を数多《あまた》討ち取り、「今は是迄なり」と帰って見れば味方は僅か十二・三人。再び敵に当たって又来て見れば、今は早《はや》八騎に成っていた。是によって、勝頼は嫡男信勝と妻君北條氏《さいくんほうじょうし》、その外《ほか》諸将士共差し違えて果てた。時に天正《てんしょう》十年（一五八二）三月十一日、勝頼行年《ぎょうねん》三十七歳。太郎信勝十六歳。ア、名家と聞こえた武田の家も名残《なご》り諸共一朝の烟《けむ》りと消え、討たれた末路の程こそ哀れと言うも余りあることであった。

斯《か》くて、勝頼父子の首級《しゅきゅう》を滝川が本陣に持参し大将の実検に備えた。信長《のぶなが》は大いに喜悦《きえつ》して、

「勝頼の首に対面致そう」

とて床机《しょうぎ》にも凭《かか》らず平座《へいざ》にて実検するのは実《まこと》に無礼に見えた。河尻が勝頼父子の首を持って出ると、首の相貌《そうぼう》は常の如く両眼を開いて睨んでいた。その有様《ありさま》は、干将《かんしょう》・莫邪《ばくや》（註①）が子の眉間尺《みけんじゃく》（註②）も斯《か》くばかりかと思われた。信長は首を手近く取り寄せ、

「如何《いか》に勝頼珍しや。其《そ》の方《ほう》の父信玄《しんげん》は予々《かねがね》上洛の望みありと雖《いえど》も、その志《こころざし》を遂げずに病死した。然《しか》るに其の方が代となって今信長に討たれたのは嘸口惜《さぞくちお》しく思うであろう。然《さ》りながら、是も又天運の然《しか》らしむることなので恨むこと勿《なか》れ。父子が首は京に上《のぼ》せ、我も跡から上洛して対面しよう」

と言うと、首は莞爾《にっこ》と笑って両眼を閉じたとか言う。それから、首を長谷川宗信《むねのぶ》に持たせて京都へ遣わした。中将信忠《ちゅうじょうのぶただ》は甲府に止《とど》まっていた。

　一方、小宮山数馬《かずま》は君の安否、兄の動静を瞬く隙《ひま》も忘れかね進まぬ道を悄々《すごすご》と田道・畦道を辿りつつ行くと、後ろから敵の声噪《さわ》がしく河尻肥後守が手勢を引き具し追い掛けて来て、

「落武者、遁《のが》さないぞ」

と切って掛かった。小宮山は予《かね》て期したることなので少しも恐れず、僅か六人で必死と成って切り掛かると、さしもの敵勢も、叶わないと引き退《の》いた。小宮山が倩々《つらつら》案ずるに、

「今敵勢が一旦は退く共、又追い来る事は必定。然《しか》る時は、此の小勢《こぜい》では叶わない。我々

が死ねば我が君の御存念を失い、兄者の義をも破ることにもなる。忍ぶ身の忠義を神は助けては呉《く》れないだろうか」と辺りを見ると幸い辻堂が有った。是は究竟《くっきょう》の処と思って、勝《かつ》千代君《ちよぎみ》を蓮台の下へ隠し、其の身は縁の下に潜んでいた。案に違わず河尻の勢は我も我もと馳せ来たったが辻堂に心づく者は一人もなく、遙か向こうへと追い行ってしまった。

此の時上田では昌幸《まさゆき》が、君を吾妻《あがつま》の城に引き入れようと兵粮《ひょうろう》・矢玉《やだま》を城中へ運び甲府の様子を確かめさせると、「君は小山田・長坂《ながさか》・跡部《あとべ》等の勧めに従い、岩殿《いわどの》に籠城された」と報告が有った。真田は大いに怒って、

「ア、、如何《いか》なれば君は昌幸が言を用いられずに岩殿に入られたのか。一族さえも心を変ずる此の際に、たとえ岩殿に入られても小山田等は必ず心を変じ、君を欺《あざむ》き討つ事は必《ひっ》定《じょう》である」

と呟《つぶや》いた。其処《そこ》へ、「既に小山田が謀叛《むほん》し、勝頼君は鶴瀬《つるせ》から天目山へ籠《こも》られた」との注進が有った。真田は、

「さて、一大事が出来《しゅったい》した。率《いざ》や君を救おうぞ」

と上田を立ち天目山へと向かった。従う者には嫡子源三郎信幸《げんざぶろうのぶゆき》・次男源次郎幸村《げんじろうゆきむら》・望月《もちづき》卯右衛門《うえもん》・根津新兵衛《しんべえ》・海野六郎兵衛《うんのろくろべえ》・別木勝蔵《べつぎかつぞう》・沼田小新《こしん》・分部勝兵衛《わけべかつべえ》、その勢《せい》四百余人であった。城中には、隠岐守信尹《おきのかみのぶただ》（註③）に六百人を添えて守らせた。

（註）

①「干将・莫邪」は、中国の春秋時代に、楚王《そおう》の命でつくられた陽陰二振りの宝剣であり、それを製作した刀工「干将」と妻「莫邪」の名前でもある。干将は陰剣を王のもとに届けたが、陽剣は隠して置いた。製作に手間取ったこと、陽剣を隠して置いたことなどを理由に処刑されてしまった。

②「眉間尺」は刀工夫婦の間に生まれた子で、正式な名は「赤《せき》」という。成人した眉間尺は父の隠し置いた陽剣を見つけ出し親の敵《かたき》を討つ旅に出た。夢で眉間尺のことを知った楚王は、眉間尺の首に多額の懸賞金を掛けると共に、多くの刺客を放った。山に逃げ込んだ眉間尺が涙に暮れていると、たまたま逢った旅人が、首と剣とを渡せば、それを持って王に会い代わりに敵を討つことを約束した。眉間尺は、旅人にすべてを任せ敵を討ったという。

③「隠岐守信尹」は真田昌幸の弟で、後に旗本真田家の祖となった。

百十七　小宮山数馬《かずま》、真田昌幸《まさゆき》に逢う事並びに三国峠《みくにとうげ》合戦の事

真田安房守《あわのかみ》昌幸が天目山《てんもくざん》へ向かって行くと、河尻肥後守の勢《せい》が五百余人で勝ちに乗って馳せ来たった。真田の旗の手を見た肥後守は馬を進め大声で、

「其処《そこ》に来たのは、真田昌幸と見受ける。其《そ》の方《ほう》が主《しゅ》勝頼は既に天目山で討死《うちじに》した。然《しか》るに其の方は誰《たれ》の為に戦おうとするのか。斯《か》かる無益の戦いをするよりも、早く我に降参せよ。命ばかりは助けてやろう。辞《いな》むに於いては討ち取るぞ」

と呼ばわった。真田は莞爾《にっこ》と笑い、

「命は義の為には軽い。蝿の如き其の方等《ら》を懼《おそ》れる真田ではない。目に物見せて呉《く》れようぞ」

と言うと同時に、真田勢は一度にドッと切って掛かった。言葉にも似ず、河尻勢は大いに崩れて這々《ほうほう》に敗走した。真田勢は、「遁《のが》さないぞ」と彼《か》の辻堂の辺り迄追いかけ敵を数多《あまた》討ち取って、兵粮《ひょうろう》を遣《つか》っていた。

一方、小宮山数馬は辻堂で息を詰めていたが、此《こ》の体《てい》を見て大いに悦び、勝千代君《かつちよぎみ》を伴い昌幸の前に到って、勝頼の遺言《いごん》のこと等を落ちなく物語った。昌幸は驚き伏して、

「勝頼公には勇に誇って忠臣を夥多《あまた》失い、国を亡ぼしてしまった。今更何とすべきようもなく、実《まこと》に是非なきことである。此の上は、我遺命《いめい》を奉じ若君を守《も》り立て、武田家を再興させようと思う」

と言った。そして、上田の城へ帰るべく四百余人を前後に従え三国峠（註①）へ掛かった。その折柄《おりから》、何《なん》としことだろうか上杉景勝《かげかつ》が此処《ここ》に出張《しゅっちょう》し、上田へ帰る真田を妨げようと直江山城守《やましろのかみ》・柿崎和泉守《いずみのかみ》・甘粕近江守《あまかすおうみのかみ》等三千余人で鉄砲・弓矢を構えて待ち掛けていた。真田の先手《さきて》別木勝蔵・沼田小新は、「這《これ》は一大事」と急いで昌幸に告げた。安房守は大いに怒って、

「何程のことが有ろうか。一揉みに打ち破れ」

と言う程もなく、別木と沼田がドッと譟《おめ》いて切り入ろうと峠を争い登った。其処《そこ》へ、甘粕の備えから予《かね》て用意の大木や大石を投げ掛けた。その為、真田勢はすっかり色めいた。是を見た上杉勢五百余人が打って出て切り立てた。沼田小新と別木勝蔵は踏み留《とど》まって戦ったが、遂に堪《たま》らず大いに敗して逃げ下った。昌幸は驚いて、

「斯《か》かる小勢をも敗ることが出来ないなら、争《いか》でか織田・北條《ほうじょう》の大軍に当たることが出来ようか。我仮令《たとえ》死する共、此の敵を敗らない訳には行かないぞ」

と言った。そして、遥かに見上げると、上杉の旗指物が山風に吹き靡《なび》き、楯の陰には鎧《よろい》の

袖を引き違え、弓・鉄砲の備えを乱さず控えていた。その姿は、恰《さなが》ら謙信《けんしん》の陣に異ならなかった。昌幸は後ろは織田の大軍、前は上杉の軍に支えられ、進退茲《ここ》に谷《きわ》まり天を仰いで、

「如何《いかが》しようか」

と歎息した。其処へ次男源次郎幸村が進み出で、

「斯くばかりの敵、恐れるに足りません。某《それがし》弁舌を以《もっ》て此の囲みを敗りましょう」

と言った。昌幸が驚いて、

「其の方、如何成る謀《はかりごと》が有って斯く申すか」

と問うた。幸村は、

「某《それがし》、三寸の舌を以て味方の矢を一筋も損ぜずに、此の敵を退けましょう」

と応じた。重ねて昌幸が、

「その謀《はかりごと》を聞こう」

と言うと、幸村は父の耳に口を近づけ囁《ささや》いた。昌幸は手を拍《う》って大いに悦び、

「実に其の方は英才《えいさい》である。急ぎ、その謀を行え」

と許した。源次郎は穴山岩千代《いわちよ》を引き連れ、黒糸の腹巻きに萌黄繻子《もえぎしゅす》（註②）の陣羽織《じんばおり》を着して身軽に立ち出て、頓て《やが》徐々《しずしず》と峠を登って上杉の陣前に到り大音にて、

「我こそは、信州上田の城主真田安房守の次男源次郎幸村である。景勝公に見参したい。

暫時《ざんじ》筒先を除《の》けられよ」

と呼びかけた。上杉勢は是を聞いて、急ぎ本陣へと報告した。景勝は直江を呼んで、此の旨を告げた。直江は、

「是は必ずや、敵方が弁舌を以て此の囲みを解こうとして来たのでしょう。早く追い返しましょう」

と答えた。すると甘粕近江守が、

「否々《いやいや》幸村を追い返すのは、甚《はなは》だ臆したのに似ています。兎《と》も角《かく》も呼び入れ味方の勇気を示し、彼が申すのを一切用いないようにするのが宜しいでしょう」

と申し述べた。景勝は、

「然《しか》らば、幸村を此方《こなた》へ通せ」

と言って頓《やが》て之を呼び入れた。直江山城守《やましろのかみ》・杉原常陸介《ひたちのすけ》・甘粕近江守・柿崎和泉守・本庄越前守を始め甲冑《かっちゅう》を帯して座し、左右には鎗《やり》・長刀《なぎなた》・弓・鉄砲を構え備えを厳重にして待っていた。幸村は案内を聞いて岩千代に向かい、

「其の方は此所《ここ》で待つように。我は一人で通るぞ」

と太刀を脱《ぬ》いて渡した。岩千代は、

「是は甚だ危《あやう》いことです。某《それがし》がお供致します」

と言った。幸村は笑って、

「生死は某《それがし》が胸中にある。其の方が知る処ではない」

と悠々として陣中へと入った。岩千代は訝《いぶか》しながらも、陣の外に留まった。


（註）

①「三国峠」については調べてみたが、もう一つはっきりしない。あるいは長野県南佐久郡川上村と群馬県多野郡《たのぐん》上野村・埼玉県秩父市《ちちぶし》大滝の境にある三国山から少し下った峠かもしれない。

②「萌黄繻子」の、「萌黄」は若葉のような黄緑色のことで、「繻子」は縦糸・横糸共に五本以上を使って、縦横どちらかを浮き立たせるように織った織物のことである。

百十八　真田源次郎幸村《げんじろうゆきむら》明智《めいち》の事
並びに幸村、直江・杉浦を伏する事

真田源次郎幸村が陣中に入って様子を見ると、景勝《かげかつ》は緋縅《ひおどし》の鎧《よろい》に龍頭《りゅうず》の冑《かぶと》を着し床机《しょうぎ》に凭《もた》れていた。そして、さも寛然として幸村を遙かに見遣《みや》り、

「安房守《あわのかみ》の悴《せがれ》幸村であるか。何用有って此処《ここ》へ来たか」

と尋ねた。幸村は答えもせずに、ただ冷笑《あざわら》っていた。気早《きばや》の景勝は大いに怒って、

「其《そ》の方《ほう》、何を笑うか」

と言った。幸村は、

「そもそも、景勝公は謙信公《けんしん》の御甥《おんおい》にして智勇兼備と承《うけたまわ》る。それなのに、何故斯《か》くも無礼を為されるのか。鎗《やり》・長刀《なぎなた》の刃を見せ、弓・鉄砲の筒先を揃えて厳《おごそ》かに備えられるのは、唯一人の幸村を恐れる故と見受けられる。実《まこと》に卑怯《ひきょう》なる御扱い。見給え、某《それがし》は太刀《たち》・刀も帯せず参向《さんこう》しているのに何故に恐れられるのか」

と言った。景勝は大いに赤面し、それから真田を近くに招き言葉を和《やわ》らげ、

「其の方が此処に来たのは何用あってか」

と尋ねた。幸村は謹んで、

「某《それがし》が此処に参りましたのは、余の義では有りません。主人勝頼《かつより》公が天目山《てんもくざん》に楯籠《たてこも》り織田の大軍を引き受けて戦い、既に危《あや》ういと聞きました。大いに驚き、何とかして之を救おうと急ぎ上田を発向しました。それにも係《かかわ》らず、早《はや》亡びられたと聞き無念骨髄に徹《てっ》し臍《ほぞ》を噛《か》んでも、その詮《せん》が有りません。そこで、一先《ひとま》ず上田に帰って旗を揚げようと、此処まで引き返して来ました。それなのに、斯くの如くに遮《さえぎ》られては上田に帰ることが出来ません。然《しか》るによって、此処を御通し下され度《た》いとの儀を申す為に推参しました。武門の習いとして、然《しか》るべく御配慮下されたい」

と言葉巧みに述べた。直江山城守《やましろのかみ》は冷笑《あざわら》って、

「真田安房守は天晴《あっぱれ》の智将と聞いていたが、大いなる偽物である。その故は己《おのれ》は上田にいて、主人勝頼が小山田《おやまだ》に欺《あざむ》かれ、郡内岩殿《いわどの》にも入ることが叶わず天目山へ籠《こも》ったと聞き驚いて城を出た。そして、勝頼が亡びたと知って殉死もせず、再び上田に帰って安楽に世を送ろうとするのは、実《まこと》に武門の恥とする処である。我が君が此処に在って其《そ》の方等《ほうら》が帰るのを妨げ、一人も遁《のが》さないと為されるのに驚き、其の方が如き小倅《こせがれ》を以《もっ》て欺き通ろうとは、さてさて浅はか成る工《たく》みである。早《はや》何も聞くには及ばない。早々《そうそう》に帰れ。首を取って捨てる処だが、今日は助け返す。戦場では許さんぞ」

と傍若無人に言った。幸村は笑って、

「ことの訳を知らないので、そのように思われるのか。しかし、深い仔細が有ってのこと。そもそも我が君は信玄《しんげん》公にも劣らない智勇兼備で在られたが、長坂釣閑《ながさかちょうかん》・跡部大炊之助《あとべおおいのすけ》・穴山入道・一條右衛門大夫《うえもんのだいぶ》・小山田兵衛丞《ひょうえのじょう》・武田左馬之助《さまのすけ》等奸佞《かんねい》の輩《やから》が阿《おもね》り諂《へつら》って君を蔑《ないがし》ろにし、忠臣を退ける等言語《ごんご》に絶《たえ》た振る舞いが有るによって心を乱されていた。そこで、我が父昌幸《まさゆき》が種々《いろいろ》に諫言《かんげん》したが聞き入れなく、剰《あまつさ》え君臣不和となって対面もなく、余儀なく控えていた処、諸将皆逆心を起こしてことが甚だ差し迫ってしまった。その為、我が父が吾妻《あがつま》に籠城の儀を勧めたのに従って、『然《さ》らば其の方は上田に帰り、兵粮《ひょうろう》の用意せよ』と言う命《めい》が有った。上田に帰って、その用意を調《ととの》えていると、早くも小山田・跡部・長坂等が吾妻に入ることを妨げ、岩殿に籠城を勧めた。是によって勝頼公は鶴瀬《つるせ》に到り、小山田が迎え入れるのを待っていた。処が小山田は忽《たちま》ち逆心を起こし君を討とうと計ったので、我が君は天目山に籠《こも》らねば成らない程の難儀に及ぶこととなった。父昌幸は之を知る由《よし》もなく、今日の始末と成ってしまった。然《しか》るを不忠のように言われるのは、実《まこと》に言う人の知らない為の過《あやま》ちである。斯《か》く申すと言って、君を嘲《あざけ》るのでは有りません。実に我が君が岩殿に籠ろうとされたのも、道理《どうり》がない訳でも有りません。岩殿は天下無双の名城にて上州吾妻・駿州久能《すんしゅうくのう》の城にさして劣らないので、その機に当たっての思慮です。且つ又我が父が殉死しない訳合いは、尋常《じんじょう》の者の知る処では有りません。古語《こご》に、『死は一旦にして易《やす》く、生は難《かた》し』（註①）と有ります。父昌幸が殉死しない所謂《ゆえん》は、勝頼公の三男勝千代君《かつちよぎみ》を守《も》り立て上田に帰り、織田・徳川・北條《ほうじょう》の大軍を取り挫《ひし》ぎ、武田の家系を再び取り返し、甲信の太守と為そうと思うが故です。是こそ実に為し難い忠では有りませんか。然《しか》るを未練がましきことのように言われるのは、奇怪のことに思います。直江殿には執権の職に在りながら、何故斯《か》かる匹夫《ひっぷ》に均《ひと》しいことを言われるか。返答は如何《いか》に」

と問い詰めた。流石《さすが》の直江兼続《かねつぐ》も、答えるべき言葉もなく閉口して控えていた。杉原常陸《ひたちの》介《すけ》が進み出て、

「如何に源次郎、其の方弁舌を以《もっ》て囲みを解こうとしても、上杉の陣は弁舌では通れないぞ。唯々戦って通れ。上杉家には能《よ》く研ぎ澄ました名剣がある。其の方が身を以て試《こころ》みよう」

と言った。幸村は笑って、

「その名剣を是非お見せ願い度い」

と応じた。杉原は怒って、金剛兵衛《こんごうひょうえ》（註②）が鍛錬した氷の如き一刀をズバと引き抜き幸村が前に差し付けた。幸村は見向きもせずに、

「此の剣は誰を切る剣ですか」

と言った。杉原は、

「天道《てんどう》に背《そむ》く者を切る剣である」

答えた。幸村は、

「天道に背くとは誰ぞ」

と重ねて問うた。杉原は、

「武田四郎勝頼の類《たぐ》いである」

と答えた。幸村は、

「何故に我が君を天道に背くと言うか。天道に背く者は勝頼公ではない。外《ほか》に在る。上杉の臣杉原常陸介が是である」

と応じた。杉原は大いに怒り、

「譫言《ぬかし》たな幸村。何とて我を天道に背くと言うのか」

と言った。幸村は、

「然《さ》れば、その故を聞かせよう。我が父昌幸は、謙信公に勧めて織田を討とうと軍勢を催した。既に用意が調い発向に定まった処で、謙信公が急に病《やまい》を発して亡《なく》なられたので軍《いくさ》は、その侭《まま》に止《や》んだ。景虎君《かげとらぎみ》は御養子ではあるが、景勝殿は一旦弟と成られたのだから、景虎君こそ御代《おんだい》を襲《つ》がれるべきなのに、然《さ》はなくして景勝殿が恣《ほしいまま》に景虎君を追い出されたのは実《まこと》に天道に背いている。我が君勝頼は北條氏政《うじまさ》の妹《いもうと》聟《むこ》たるを以て景虎殿の頼みを承《う》け、吾が父等を従え春日山《かすがやま》に向かい飯山に出軍した。景勝殿は数度戦って負けたので、直江山城守を以て武田へ和睦を請われ、その後兄を誅《ちゅう》して上杉の家督を継いだのは実《まこと》に言語同断のことでは有りませんか。然《しか》れども勝頼公は仁慈《じんじ》の厚き大将なれば強《あなが》ち之を責めずに、請いを聴《き》いて北條方を離れて上杉方に和談された。是によって景勝殿の威名《いめい》は広大と成った。若《も》し、その時我が君の聞き入れがなければ、春日山は攻め落とされ、景勝殿は何を以て上杉の家督を襲《つ》ぐことが出来たであろうか。然《さ》らば武田は景勝殿には大恩ある間柄であるのに、勝頼公が滅亡したからと言って、その恩をも省りみず、此処に出張《しゅっちょう》して父等を遮るとは何事ぞ。是は景勝殿の心より出たことに有らず、皆其許《そこもと》等が勧めたのであろう。然れば則ち天道に背くとは其許等のこと。イザ此の剣にて其許が首を切って謙信公に奉《たてま》つれ。是が似合った忠義である。如何に、如何に」

と申し述べた。杉原は唯茫然と閉口し控えていた。斯くと聞くより景勝大いに感じ、

「天晴《あっぱれ》であるぞ、幸村。其の方が来て我に説《と》かなければ、我は天下に笑われる処であった。其の方早く帰れ。我も直《ただ》ちに陣払いして、春日山に引き取ろう」

と言った。幸村は大いに悦び、

「実に君は仁才《じんさい》智勇の大将です。何時《いつ》か此の恩に報《むく》います」

と言って再拝し直様《すぐさま》陣外に出た。表に待っていた穴山岩千代《いわちよ》は、幸村の帰りの遅いのを大

いに案じ、「如何《いか》か」と思っている処へ源次郎が立ち帰ってので、両人直《ただ》ちに昌幸の陣所へ戻った。

（註）

① 古語の「死は一旦にして易く、生は難し」の出典がはっきりしないが、孔子《こうし》の弟子曽子《そうし》の言葉ともいう。

② 「金剛兵衛」は永仁《えいにん》年間（一二九三～一二九九）から天文《てんぶん》年間（一五三二～一五五五）にかけての筑前国《ちくぜんのくに》（福岡県）秋月《あきづき》の刀工で、代々金剛兵衛を名乗ったという。

百十九　幸村《ゆきむら》、北條《ほうじょう》の大軍を破る事並びに上田籠城の事

昌幸《まさゆき》は幸村が帰るを今や遅しと待って居ると、漸々《ようよう》にして帰って来たので、

「様子は如何に」

と尋ねた。幸村が「云々」と物語ると昌幸は大いに感じ、直ちに四百余人の軍勢を従え峠に赴いた。すると、景勝の軍勢が次第次第に越後《えちご》をさして退いて行くのが見えた。昌幸は、「さてこそ」と悦び、三国峠《みくにとうげ》を難なく過ぎて笠ケ城《かさがじょう》（註①）へと急いだ。道すがら敵の動静を案じつつ已《すで》に城近くに到《いた》ると、此処《ここ》には北條右京大夫氏政《うきょうのだいぶうじまさ》が四万五千余人で出張《ちょう》して、「真田を打ち止めよう」と控えていた。昌幸は少しも知らなかったので大いに驚き、「是は如何に、漸《よう》く上杉の大軍を遁《のが》れたのに、今又北條勢が控えている。さても難儀なことかな。その勢四万五千と聞くからには、仮令孔明《たとえこうめい》・張良《ちょうりょう》の才が有っても此の囲みを解くことが出来ようか。遂に討死《うちじに》の期《とき》が到ったか。ア、、是非もなし。武田の微運《びうん》人力の及ぶ処にあらず」

と大いに歎《なげ》いた。幸村は是を聞いて、

「父君には如何して斯《か》くも懼《おそ》れられるのか。某《それがし》が観るには上杉は小勢《こぜい》なれども破り難く、北條は多勢と雖《いえど》も群がる虫の如し。唯一戦に破りましょう」

と申し述べた。昌幸は打ち笑って、

「然《しか》らば、その謀《はかりごと》を聞こう」

と言った。源次郎は、

「斯様斯様《かよう》です」

と言った。昌幸は大いに悦び、それから無紋の旗を六流取り出して、北條方の松田尾張守の紋所永楽通宝《えいらくつうほう》の銭形を画《えが》かせた。先《ま》ず一手は荒川内匠《たくみ》に七十人を差し添えて件《くだん》の旗を指させ、その外布下弥四郎《ほかぬのしたやしろう》・真田源三郎・穴山岩千代《いわちよ》・真田源次郎等に皆同じ旗を指させ、その夜子《ね》の刻《こく》（十二時頃）にドッと鬨《とき》を揚げて北條の陣へ夜討ちを掛けた。北條方は大いに驚き、「驚破《すわ》や夜討ちだ」と見れば松田の定紋なので、さては尾張守が謀叛《むほん》したかと犇《ひしめ》く内に陣々大いに騒動し同士討ち・相討ちを上を下へと繰り返した。真田は「仕済《しす》ましたり」と兵を纏《まと》め、此の紛《まぎ》れに乗じて道を開き、上田を指して引き退いた。北條勢は真田の謀《はかりごと》とは夢にも知らず、狼狽《うろた》え廻って小田原《おだわら》へと引き取ったのは愚《おろ》かなことで有った。

さて、昌幸は年若《としわか》の幸村の智謀を以《もっ》て上杉・北條の大軍の囲みを解《と》いて易々《やすやす》と上田へ引き帰す事が出来たので大いに感じ、

「源次郎《げんじろう》が初陣《ういじん》で僅か四百余人にて北條の四万五千を破ったのは、前代未聞の功である。此《こ》の吉縁《きちえん》に因《ちな》んで持ち出した六流の旗の永楽銭を象《かたど》って、是までの我が真田家の定紋（註②）である雁金《かりがね》の外《ほか》に六連銭《ろくれんせん》の紋を使おう」

と言って新たな家紋とした。

一方織田信長《のぶなが》は甲府にいたが、河尻肥後守方から、

「此の度真田昌幸が天目山《てんもくざん》の勝頼《かつより》を助けようと半途《はんど》まで出た処で、天目山が落ちたと聞いて上田に籠城しました。捨て置けば由々しき大事とも成りましょう」

と申し送って来た。信長は笑って、

「真田が僅かの小勢で上田に籠城したからとて何程のことがあろうか。我一揉《ひとも》みに打ち破って呉《く》れよう」

と、それから信州上田へと発向した。そして、同国松本には右大臣《うだいじん》信長・同中将信忠《ちゅうじょうのぶただ》・明智《あけち》日向守《ひゅうがのかみ》・丹羽《にわ》五郎左衛門《ごろうざえもん》・河尻肥後守・織田源五郎《げんごろう》・滝川左近《さこん》・金森五郎八《かなもりごろはち》・梁田《やなだ》出羽守を始め十五万余騎、軽井沢には徳川勢が酒井・榊原《さかきばら》・大須賀《おおすが》・本多《ほんだ》・鳥居・大久保・一柳《ひとつやなぎ》・奥平《おくだいら》等五万余人にて押し寄せた。笠ケ城口には北條右京大夫《うきょうのだいぶ》氏政・松田尾張守・北條民部少輔《みんぶのしょう》・沼井下野守《しもつけのかみ》等が四万五千余人で押し寄せた。大手・搦手《からめて》都合其《そ》の勢《せい》二十五万七千余人と聞こえたので、真田にいくら智謀《ちぼう》が有っても千騎に足らない小勢での籠城は全く危《あや》うく見えた。


（註）

①「笠ケ城」については百二十〜百二十二にも出てくるが、該当しそうな城跡が見当たらない。

② 「真田家の定紋」は、雁金紋と六連銭紋と海野家ゆかりの洲浜《すはま》紋である。

百二十　信州上田合戦（註①）の事並びに滝川・明智《あけち》両将諌言《かんげん》の事

一盛一衰《いっせいいっすい》は春秋の廻《めぐ》るが如く、新羅三郎《しんらさぶろう》より数代続き甲信に武威《ぶい》を輝かせた武田家も勝《かつ》頼《より》の代と成って逆臣小山田《おやまだ》に欺《あざむ》かれ、天目山《てんもくざん》にて滅亡したのは是非もないことであった。

小宮山数馬《かずま》は主君並びに兄の遺命に寄って、勝千代君《かつちよぎみ》を助け信州上田へと落ち行く処を、図らずも追っ手の大軍に囲まれ既に危《あや》うく見えた。しかし、未だ天道《てんどう》が見棄てなかったので有ろう。端《はし》なくも真田父子《ふし》に出逢い、それより上田に向かおうとするのを上杉・北《ほう》條《じょう》の大軍に遮《さえぎ》られた。しかし、真田幸村《ゆきむら》の希代《きたい》の謀略に助けられ終《つい》に上田へと達することが出来た。斯《か》くして徳川・織田・北條は、「真田が上田に籠城した」と聞いて、

「何程のことが有ろうか。一揉《ひとも》みに踏み破れ」

と言う侭《まま》に、大手《おおて》の方へは織田信長《のぶなが》・同信忠《のぶただ》が、搦手《からめて》へは北條氏政《うじまさ》が笠ケ城《かさがじょう》から攻め掛

かった。更に、徳川勢は安中《あんなか》・軽井沢口より攻め寄せた。寄せ手の軍勢二十余万騎が蟻の如く攻め掛かったので、城中も俄《にわか》に勢千二百余騎を押し立てて、大軍を少しも恐れず籠城した。真田父子の勇気の程こそ、凄《すさ》まじいものであった。

大手・搦手の大軍が我も我もと城際に押し寄せ城中を見てやれば、思いの外《ほか》に用意薄く、唯北の方越後《えちご》の山続きに少しく乱杭《らんぐい》・逆茂木《さかもぎ》（註②）を敷いたのみで、勿々《なかなか》一日も持ち堪《こた》える体《てい》もなかった。血気盛んな織田勢は是を見て、梁田《やなだ》出羽守・金森《かなもり》五郎八《ごろはち》が五千余人を率い鬨《とき》を作って攻めのぼった。頃は天正《てんしょう》十年（一五八二）三月二十三日の早朝。中将《ちゅうじょう》信忠は是を見て、

「梁田・金森が先き掛けするぞ。続けや者共」

と自身真っ先に進んだので、滝川左近・明智日向守《ひゅうがのかみ》・丹羽《にわ》五郎左衛門《ごろうざえもん》・降将蘆田下野守《あしだしもつけのかみ》は、「此《こ》の城を攻め落とし、我が軍功に為そう」と先を争い塀下に集まった。その勢《せい》二万五千余人。梁田・金森が三百余人と同時に掛かって、塀に手を掛け登ろうとする有様《ありさま》に、「あわや、此の城は攻め落とされるだろう」と見えた。昌幸《まさゆき》は兼《かね》て籠城の用意に城の後ろの山を伐《き》らせ、大木を積み置いたので、

「時分は好し」

と言う侭《まま》に一度に切って落とした。何かは以《もっ》て堪《たま》るべき、三百余人を始めとして此の大木

に押し倒され一人も残らず打ち殺されたので、先手《さきて》に進む金森・梁田は案に相違し足下《あしもと》が乱れ立った。真田方は、「仕済《しす》ましたり」と櫓《やぐら》より雨霰《あめあられ》の如く弓・鉄砲を以て射すくめ撃ちすくめた。そして、大手の門をサッと開くと、六連銭の旗一流を靡《なび》かせ真田隠岐守信《おきのかみのぶ》尹《ただ》・甥源三郎信幸《げんざぶろうのぶゆき》・郎等《ろうとう》松浦七郎・荒川勝蔵・畔柳九蔵《あぜやなぎきゅうぞう》・望月太郎左衛門《もちづきたろうざえもん》等二百余人が一度に喚《おめ》いて攻め掛かった。金森・梁田が驚きながら戦っていると、相図と覚《おぼ》しき一声の鉄砲が響くや否や、後ろの山手に六連銭の旗が顕《あらわ》れ出て、緋縅《ひおどし》の鎧《よろい》・鍬形《くわがた》の冑《かぶと》・金の采配を打ち振《ふる》って三百余騎が打って出た。更に真田安房守《あわのかみ》昌幸に酒井甚助《じんすけ》・筧金五郎《かけいきんごろう》・海野六《うんのろく》郎兵衛《ろべえ》・田沼喜兵衛《きへえ》・高木芙允《ふいん》等が我も我もと鬨を作り同じく打って出た。是によって先手は大いに乱れ、梁田・金森は終《つい》に切り崩されて引き退《の》いた。中将信忠は大いに怒り、

「是程の小勢、何程のことが有るか。一人も遁《のが》すな」

と真田勢を討とうとしたが、早《はや》城中に引き入ってしまった。信忠は弥々《いよいよ》怒って打ち破ろうとしたが、又大木の落ちることを恐れて誰として近付く者もなく城を睨んで立っていた。

此の時真田安房守昌幸は兼て木辻別右衛門《きつじべつえもん》と言う鉄砲の達人に言い付け、

「大将と見たら撰《えら》み討ちに致せ」

と十匁筒《じゅうもんめづつ》を与えて置いた。木辻は未申《ひつじさる》（南西）の櫓より遥かに中将信忠を狙い、鎧の隙間を撃ち貫こうと火蓋《ひぶた》を切ってドッと放った。信忠の運が強かったのであろう、玉は外《そ》れ

て右の腕《かいな》の小手の隙間を掠《かす》った。人々は大いに驚き、

「斯かる小城と侮《あなど》ったのは不覚でした。真田の智謀はいか成ることが有るかも計り難い。一先《ひとま》ずは引き揚げましょう」

と勧めた。信忠も、

「尤《もっと》もなり」

と応じて、それより陣を払わせた。

此の軍《いくさ》で寄せ手は手負い・死人三百七十余人と聞こえたが、城中には一人の浅手の者もなかったと言う。斯《か》くて信忠は本陣に帰って、今日の真田の振る舞いを父信長に物語った。信長は、

「何故《なにゆえ》真田が如き者が、此の信長を侮るのか。イデヤ、我自身明日こそ向かって真田父子が首を討ち取って遣る」

と以《もっ》ての外《ほか》に怒った。明智日向守光秀《みつひで》は大いに制し、

「真田は通例の将に非《あら》ず。智謀・計略の多き者です。然《しか》るを然様《さよう》に軽んじることは大い成る間違いです。御思慮下さい」

と述べた。信長はカラカラと笑って、

「我が向かう処、天下に敵なし。武田勝頼《かつより》は甲信の両国を保ち武勇の臣に富み、兵粮《ひょうろう》山の

如しと雖《いえど》も、それさえ天目山《てんもくざん》にて攻め亡ぼした。その幕下《ばくか》たる昌幸等の如きは何ぞ怖《おそ》れるに足ろうか」

と明智の言を聴かなかった。滝川も側《かたわ》らより、

「恐れながら我が君の仰せは誤りです。昌幸は智謀深く、又次男源次郎《げんじろう》と申す者は僅かに十四歳ですが、先達《せんだっ》て上杉景勝《かげかつ》の三千余人の囲みをも弁舌にて押し通り、又北條氏政の四万余の大軍も難なく謀計《ぼうけい》にて駆け通る程の恐ろしい者です。決して軽んじられませんように」

と繰り返し諫《いさ》めた。信長は弥々《いよいよ》笑って聴こうとせず、

「其《そ》の方等《ほうら》は、十四歳の源次郎が恐ろしいのか。さてさて臆病な者共かな。我今宵《こよい》搦手の笠ケ城の北條・軽井沢の徳川等と諜《ちょう》じ合わせて、明朝卯《う》の刻《こく》（午前六時頃）から此の上田を二十万の大軍を以て総攻めにする。真田に智謀が有っても如何《いかが》して堪《こら》えることが出来ようか。真田の首を得ることは、早近きに有る」

とこともなげに言ったので、滝川・明智の両将は赤面して退出した。

（註）

① ここで語られている「上田合戦」は史実では無く、『三代記』の作者の創作である。

② 「乱杭」は不規則に打ち込んだ杭、「逆茂木」は先端を尖らせた木の枝。戦場や防衛の拠点に設置して、敵を防ぐのに用いた。

百二十一　織田・徳川・北條《ほうじょう》上田城総攻《そうぜ》めの事 並びに鶏卵《けいらん》の謀計寄せ手大敗軍の事

信長《のぶなが》は滝川左近《さこん》・明智《あけち》日向守《ひゅうがのかみ》の諫言《かんげん》を聞き入れず、青山与惣《よそう》を軍使として笠ケ城《かさがじょう》の北條方へ遣《つか》わし、

「明朝卯《う》の刻《こく》（午前六時頃）に総攻めをしよう」

と申し送り、又森蘭丸長安《らんまるながやす》を軽井沢口の徳川源君《げんくん》方へ遣わし、

「北條と同時に総攻めに及ぼう」

と言い送った。両将共に「承知」の旨の返答が有ったので信長は大いに悦んだ。先陣には丹羽五郎左衛門長秀《にわごろうざえもんながひで》・柴田修理亮勝家《しゅりのすけかついえ》・金森五郎八《かなもりごろはち》・芦田下野守《しもつけのかみ》（註①）・明智日向守・滝

川左近将監《しょうげん》・平手中務少輔《なかつかさのしょう》・前田又左衛門利家《またざえもんとしいえ》・森勝蔵長一《ながかず》・中将信忠《ちゅうじょうのぶただ》・織田源五郎信益《のぶます》・同赤千代・長谷川於竹《おたけ》・前田玄以法印《げんいほういん》・蒲生忠三郎氏郷《がもうちゅうざぶろううじさと》・浅井周防守《あさいすおうのかみ》・安中玄蕃頭《あんなかげんばのかみ》・鈴木杢頭《もくのかみ》、中陣には織田右府《うふ》信長、その勢《せい》十三万二千七百余人。軽井沢口よりは徳川勢、先手《さきて》は大久保七郎右衛門忠世《しちろうえもんただよ》・同新八郎忠教《ただたか》（註②）・大須賀五郎左衛門《おおすがごろうざえもん》康政・本多《ほんだ》佐左衛門重次《すけざえもんしげつぐ》・平岩七之助親吉《ちかよし》・酒井左衛門尉忠次《さえもんのじょうただつぐ》・本多平八郎忠勝《へいはちろうただかつ》・榊原小平太《さかきばらこへいた》康正・井伊兵部少輔《ひょうぶのしょう》直政・菅沼新八郎定且《さだかつ》・小笠原與八郎氏助《おがさわらよはちろううじすけ》・奥平美作守信昌《おくだいらみまさかのかみのぶまさ》・松平下総《しもうさの》守康重《かみやすしげ》・三村右京・真壁藤弥《まかべふじや》・日野源八等を始めとして、その勢《せい》三万二千二百餘騎。さて又笠ケ城よりは北條左京大夫氏政《さきょのだいぶうじまさ》・同陸奥守氏照《むつのかみうじてる》・同右京大夫氏房《うきょうのだいぶうじふさ》・同兵部少輔氏《ひょうぶのしょううじ》規《のり》・同玄蕃丞氏光《げんばのじょううじみつ》・松田尾張守入道・大道寺駿河守《だいどうじするがのかみ》・北條竜温齊《りゅううんさい》入道・今山喜平次義《きへいじよし》忠《ただ》・日比備中守《びっちゅうのかみ》・大悲《だいひ》筑前・向井将監・長沼源左衛門・望月《もちづき》伊勢・梶川平馬《へいま》・鞠子《まりこ》兵庫・土塚齊宮《いつぐう》・北條新四郎氏清《うじきよ》・中根松千代・同軍兵衛《ぐんべえ》・大井田日向守・別府兵太夫《べっぷへいだゆう》等、その勢五万人。総勢二十一万五千余人三月二十四日卯の刻に上田の城へと押し掛けた。その有《あり》様《さま》は古唐土《いにしえもろこし》の張巡《ちょうじゅん》（註③）が睢陽《すいよう》に囲まれたのも斯《か》くばかりかと見えた。

此《こ》の時《とき》城中では二十三日の夜に到《いた》り、昌幸は一族郎党を集めて、

「我不肖なりと雖《いえど》も主君勝頼《かつより》公の遺託《いたく》を蒙り、幼君勝千代君《かつちよぎみ》を守《も》り立てて、武田家を再興致そうと当城に籠《こも》った処、徳川・織田・北條の三家が大軍をもって前後を囲んで、既に今

日織田方の梁田《やなだ》・金森の両将が打ち出《い》でた。然《しか》る上は元来堅固とは言えない当城なので、敵の為に打ち破られ亡君の望みも達せず、我々も獄門の木に首を曝《さら》すことが有るかも知れない。実に口惜《くちお》しき次第ではあるが、武門の家に生まれたのであるから歎《なげ》くべき処ではない。方々《かたがた》にも、人は一代名は末代《まつだい》少しも未練の振る舞いなく、勇ましく防戦して英名を四《し》海《かい》に轟かされよ」

とさも潔《いさぎよ》く申し述べた。一座の者共は誰一人臆する者なく、勇み猛って皆此の義に同意した。然《しか》るに源次郎幸村《げんじろうゆきむら》が進み出で、

「実に武門の家に生まれた者なので、忠によっては死するのは珍しくないことではあります。しかし、父君には命二ツ有って明朝死のうと言われるのか」

と言った。昌幸は怒《いか》って、

「其《そ》の方《ほう》、幼年の身にありながら何で父の言を嘲《あざけ》るのか。命が二ツ有るかとは奇怪《きかい》の一言である」

と言った。幸村は、

「然《しか》れば、今父君が討死《うちじに》すれば武田家の再興は誰が引き受けるのでしょう。然るによって、命二ツ有るのかと尋ねました」

と応じた。昌幸は暫《しば》し打ち案じ、

「其の方が申すところ一理あるには似ているが、今三方から大軍が蟻の如く当城を囲んでいるので、仮令孫《たとえそん》・呉《ご》（註④）の術があっても争《いか》でか此の囲みを解くことが出来ようか。よって死を覚悟したのである」

と言った。幸村は笑って、

「大敵も恐《おそ》れるに及ばず。小敵も侮《あなど》り難きことあり。父君には如何なれば斯《か》くばかりの大敵を恐れられるのか」

と重ねて問うた。昌幸は、

「我、既に防戦の術《すべ》が尽きた」

と言った。幸村は、

「某《それがし》が防戦仕《つかま》つりましょう」

と応じた。昌幸は驚いて、

「どのようにして防ぐのか」

と問うた。すると、幸村は郎等に命じて数万の籠《かご》を前に置かせた。昌幸は不審に思いながら是を見れば、皆鶏卵が容《い》れてあった。昌幸は、

「是小児の戯れ、何故此の大敵を破る術に用いることが出来ようか」

と笑って言った。幸村は、

「某《それがし》、予《かね》て此の鶏卵の謀《はかりごと》を思い付き、領内より取り寄せて置きました」

と言った。昌幸は、

「鶏卵の謀《はかりごと》とは如何《いか》なるものか」

と問うた。幸村は頓《やが》て鶏卵一ツを採《と》って、小刀にて之を割り、中の黄身・白身を去って、此の中へ煎り砂を入れて合わせ、紙を水に浸して割り口を巻いた。そして、昌幸の前に出し、

「敵勢が城下に寄せ来たる時、此の目潰しを以て敵に擲《なげ》つければ皆目が見えなくなり、役に立つ者はないでしょう」

と言った。昌幸は悦んで、

「其の方が奇才、我感ずるに余りある」

と言った。それより直《す》ぐ様《さま》鶏卵を大将・雑兵《ぞうひょう》の別なく与えて謀計を授けたので、数刻を経ずして数万の目潰しが出来上がった。それを櫓毎《やぐらごと》に十籠・二十籠ずつ取り備え置き、「寄せ手は遅い」と待ち掛けた。

　三月二十五日の早朝より三方の寄せ手はドッと鬨《とき》を作って押し寄せ、鍵縄を打ち掛け勇みに勇んで攻め立てた。城中よりは、「時分は好し」と件《くだん》の鶏卵を相図と一緒に投げ出した。何かは以て堪《たま》るべき、冑《かぶと》・面頬《めんぽお》のきらいなく当たり次第に砕け、煎り砂は兵士の眼に

入った。さしもの勇者も暗夜をたどるに異ならなかった。城中からは之を見済《みす》まし、「時分は良し」と松本口へは真田源三郎《げんざぶろう》、軽井沢口へは隠岐守信尹《おきのかみのぶただ》、笠ケ城へは源次郎幸村が何《いず》れも三百余人を率いて鬨を作って攻め掛けた。目の見えない寄せ手の面々は働くことが出来ずに、我も我もと敗走した。そして、同士打ちする者もあり、踏まれて死する者もあって、凡《およ》そ一万五千余の軍卒が雪崩《なだ》れかかって落とされたのは見苦しい有様であった。

（註）

① 「芦田下野守」は武田二十四将の一人「信守《のぶもり》」かと思われる。ここでは織田勢の武将の一人として書かれているが違和感がある。

② 『三代記』には「同新八郎忠教《ただのり》」とあるが「大久保忠教《ただたか》（彦左衛門）」のことかと思われる。しかし、彦左衛門は「新八郎」を名乗ってはいない。

③ 「張巡」は中国唐代の武将で、睢陽の城に籠《こも》り安禄山《あんろくざん》の子・安慶緒《あんけいしょ》の大軍と粘り強く戦ったが、ついに落城に至り捕らえられて処刑された。

④ 「孫・呉」は中国春秋時代の兵法家の孫武《そんぶ》と呉起《ごき》のこと。また、二人の兵法書『孫子《そんし》』と『呉子《ごし》』を言うこともある。

百二十二　真田幸村《ゆきむら》智謀の事並びに寄せ手火攻め敗走の事

源次郎《げんじろう》幸村が僅か十四歳にして寄せ手の大軍を一計に敗ったので、城中の者は鬨《とき》を作って引き退いた。寄せ手は死ぬ程の者は少なかったが、大いに敗走して帰ったので、信長《のぶなが》は心安からず不興気《ふきょうげ》であった。又徳川源君《げんくん》は敗軍により陣々に、「暫《しば》らく城攻めは停止する」と触れを伝えた。その為織田・北条《ほうじょう》方も同じく攻め寄せることを止《や》め、遠攻《とおぜ》め（註①）にした。城中では遠攻めとの由《よし》を聞き、昌幸は大いに難儀して種々《いろいろ》と工夫を懲《こら》していた。其《そ》処《こ》へ幸村が来て、

「三方の敵兵が遠攻めにするのを、父君は何故煩《わずら》われるか」

と父昌幸《まさゆき》に言った。昌幸は、

「遠攻めに逢っては、兵粮《ひょうろう》にことを欠く。されば、籠城は心元なくなるので憂えているのだ」

と応じた。幸村は笑いながら、

「今宵《こよい》某《それがし》敵兵を欺《あざ》むき、必ず一汗《ひとあせ》流させます。父君には本丸に在《あ》って篤《とく》と幸村が計らいを御覧下さい」

と言った。昌幸は、

「然《さ》れば其《そ》の方《ほう》、宜しく計らえ」

と応じた。昌幸は大胆《だいたん》、幸村は不敵、何《いず》れも類い稀な英智の人と言えよう。

それから、幸村は松浦七郎・荒川勝蔵《かつぞう》・畔柳《あぜやなぎ》九蔵・海野六郎兵衛《うんのろくろべえ》・望月《もちづき》太郎左衛門等に命じて、城の後《うし》ろの山続きへ炎々と松明《たいまつ》を点《とぼ》させ、上田の城から越後路《えちごじ》へ落ち行く体《てい》を為した。北條勢は是を見て、

「さては真田昌幸は籠城の叶い難きを察し、越後路へ落ち行くに違いない。イザヤ追い駆けて武具を剥ぎ取ってやろう」

と、一犬虚《いっけんきょ》に吠《ほゆ》れば万犬《ばんけん》実を伝う（註②）の諺《ことわざ》の通りに、一人が斯《か》くと言い出せば聞く者これに附会《ふかい》し、「真田は上杉が方へ落ち行くと覚える。追い駆けて高名《こうみょう》し様《よう》ぞ」と思慮浅き面々、我も我もと笠ケ城《かさがじょう》の後ろより松明を目当てに進んだ。北條陸奥守氏照《ほうじょうむつのかみうじてる》・大道寺駿河守《だいどうじするがのかみ》・松田尾張守等は、「他に先を越されては成らない」と押し合い押し合い追い駆けて行った。三・四里を過ぎて遥かに見れば、松明の明かりは四方《あたり》に満ちて峯々昼の如くであっ

た。松田がフッと心づき、諸将に向かって、

「若《も》しや真田の偽計《ぎけい》ではないか。人を遣《つか》わして見させよう」

と言ったので、斥候《ものみ》の者を出して確かめさせると、大松明を峯々《みねみね》の杭に結い付けて有る計りであった。斥候《ものみ》の者が、

「斯《か》く」

と告げた。北條勢が大いに怪しんでいる処へ三千余の軍勢がやって来たので、「不審《いぶか》しいぞ」と能々《よくよく》是を見れば、織田勢の芦田下野守《しもつけのかみ》・平手右衛門《ひらてうえもん》・金森五郎八《かなもりごろはち》・浅井周防守《すおうのかみ》の軍勢であった。大道寺と松田が、

「各々方《おのおのがた》は何故に夜中《やちゅう》此処《ここ》へ来られたのか」

と尋ねた。織田勢は、

「我々が真田勢の動静を日夜窺っていると、夜々松明を灯し連ね越後路へ落ち行く故に、討ち止めようとして来たのである。然《しか》るに軍兵とて一人も見えず、唯松明が此処彼処《ここかしこ》に結び付けてあるのみなので不審に思い窺っていた。そして、思いも寄らず貴軍に逢ったのである」

と答えた。大道寺と松田は、

「某《それがし》等も同然である」

と言って共に不思議と眉を顰《ひそ》めていた。其処《そこ》へ、徳川勢の菅沼新八郎《しんぱちろう》・小笠原与八郎《おがさわらよはちろう》等が二千余人で馳せて来た。是も同じく、右の趣きで不審《いぶかし》がった。そこで、「斯くしては長居も無益である」と、諸勢が陣に立ち帰ろうとして今来た道へ差し掛かると、這《こ》は如何に、道は一面火炎となって帰るべきようもなかった。諸勢は大いに仰天して、「如何《いかが》しようか」と狼狽《うろた》え騒ぎ、峰を伝い谷を彷徨《さまよ》い、人馬上を下へと騒動して猛火の中に苦しむ様は、「地獄の責《せ》めも斯くや有らん。恐ろしい」等と言う計《ばか》りであった。その内に杭に結び付けた松明が燃え尽き地に落ちると、予《かね》て伏せてあった地雷火《じらいか》が一度にドッと爆発した。何かは以《もっ》て堪《たま》るべき、山は皆火炎と成って燃え上がった。是によって、徳川・織田・北條の軍勢で焼死する者は数知れなかった。僅かに大将分の者ばかりが、漸々《ようよう》にして遁《のが》れ出た。此の謀《ぼう》計《けい》に罹《かか》って死する者八百余人、手負二千六百余人と言う。誠に稀有《けう》の謀略であった。幸村は巧《たく》んだ謀計が図に当たり、思いの侭《まま》に勝ち軍《いくさ》して城中に引き退《の》いた。一方、寄せ手は充分に欺《あざむ》かれ、味方を数多《あまた》焼き殺されたので弥々《いよいよ》恐れて、城を攻めようとする者は一人もなく、唯《ただ》身構え用心して遠攻めをしていた。此の時徳川源君は熟々《つらつら》と此の体を見て、「此の小城に久しく大軍で滞留するのは、此の上ない天下の恥辱《ちじょく》。その上本国で主《あるじ》なきを窺って諸国の逆徒が蜂起し後ろを攻めるならば、是こそ天下の一大事となるであろう」と深く心を廻《めぐ》らした。そして、「今一度惣攻めをして、快く勝ちを決しよう」と、軈《やが》て織田信長の陣所へと赴いた。

（註）

①「遠攻め」は、大軍で遠巻きにして遠方から攻めることである。

②「一犬虚に吠れば万犬実を伝う」とは、一人がいい加減なことを言うと、多くの人がそれを真実としてしまうことの例え。

百二十三　徳川・織田両将軍議の事並びに寄せ手再度総敗軍の事

信長《のぶなが》と信忠《のぶただ》は味方が大軍なのを頼んで、上田の城を小城と侮《あなど》って両度《りょうど》迄攻めた。しかし、真田父子《ふし》の奇計《きけい》の為に攻め落とすことが出来ずに、唯遠攻《ただとおぜ》めに数日を費やしていた。その上、芦田・金森《かなもり》・平手《ひらて》等が地雷火《じらいか》の為に散々《さんざん》打ちすくめられたので、大いに恐怖して

居た。其処《そこ》へ徳川源君《げんくん》がやって来たので大いに悦び、直ちに請《しょう》じ入れて、色々と軍議をした。源君は、

「某《それがし》が熟々《つらつら》考えるのに、武田勝頼《かつより》が滅亡した後、残っているのは唯此《こ》の上田だけである。然《しか》るに是程の小城を数日攻めて落とすことが出来ないのでは、天下の人に笑われ、我々は武威《ぶい》を失ってしまいます。とは言え、打ち捨てて帰れば功を一気《いっき》（註①）に欠く事に成ります。然るによって、今一度有無《うむ》の一戦を試みて当城を攻め落とそうと思います。就《つ》いては再び総攻めを致しましょう」

と申し述べた。信長は、

「実《じつ》に尤《もっと》もである。某《それがし》も然《しか》と思《おも》うぞ。然《さ》れ共《ども》惣攻めをしたなら、又々鶏卵《けいらん》を擲《な》げ出すことが気づかわしい」

と言った。源君は、

「此の度は竹束《たけたば》を以《もっ》て楯とし、鎧《よろい》の袖を額《ひたい》に翳《かざ》して是を防ぎ、塀に乗り入るならば、何を恐れることが有りましょうか」

とこともなげに言った。信長は、

「如何様《いかさま》、此の儀は然《しか》るべきである。長滞留《ながたいりゅう》は本意ではない。攻め掛かるより外《ほか》ない」

と応じた。

徳川源君が軽井沢の陣へ帰ったので、その旨を信長は直《す》ぐ様笠ケ城《さまかさがじょう》の北條氏政《ほうじょううじまさ》方へ申し送り、四月朔日《ついたちとら》寅の一刻《いっこく》（午前三時頃）より攻め掛かろうと用意をした。

さて又城中では敵陣が彼是《かれこれ》騒動するのを見て、再び惣攻めが有るだろうと急ぎ此の由《よし》を源次郎幸村《げんじろうゆきむら》に告げた。幸村は聞くと直ちに櫓《やぐら》に上り、敵陣を見渡し筧金五郎《かけいきんごろう》を呼んで、

「其《そ》の方《ほう》、五・六人の軍卒を引き連れ徳川・織田・北條の陣中の様子を窺って来い」

と命じた。筧が畏《かしこ》まって出て行くと、真田源三郎信幸《げんざぶろうのぶゆき》が弟幸村に、

「先日は鶏卵の謀《はかりごと》を以《もっ》て敵を破ったが、再び用いることは叶わないであろう。此の度は、其の方何を以て大軍を防ぐのか」

と尋ねた。幸村は笑って、

「虚《きょ》成る時は実《じつ》となり、実成る時は虚を以てする。是は兵家の活法《かっぽう》（註②）です。先日の煎り砂に懲りた敵兵は今度は必ず、その用意をして来るでしょう。ですから、今度は松明《たいまつ》を投げ出すより外《ほか》は有りません。その訳は、敵は必《かな》らず目潰《めつぶ》しを恐れ竹束の楯を用意する筈です。其処で擲《な》げ松明を用いようと思います」

と未だ言い終わらない内に、筧金五郎が立ち帰った。そして、

「敵軍は備えとして、今度は竹束を夥《おびただ》しく用意しています」

と報告した。一座の者は皆、幸村の言語《ごんご》の違わないのに感じ入った。

城中では松明を数多《あまた》用意し、櫓々へ積み置いて、今か今かと待っていた。四月朔日《ついたち》寅の一刻に及んで、徳川勢は軽井沢より、織田勢は松本、北條勢は笠ケ城より上田の城下に犇々《ひしひし》と押し寄せ、一度に鬨《とき》を作って攻め掛かった。その勢いに、孤城は唯一潰《ひとつぶ》しと見えた。徳川源君は、

「スハ、打ち掛かれ」

と下知《げち》した。先手は竹束を荷《にな》い、その後ろには太い棒を引っ提げ、目潰しの鶏卵が降って来るのを待っていたが城中は鎮《しず》まり返って音もしなかった。寄せ手が十分に城に近づいた頃、一声の鉄砲が響くと同時に三方の櫓より松明を投げ出した。油を注いだ如くの竹束は見る見る炎々と燃え上《あが》り、寄せ手の者共は驚き騒いで消そうとすれども消えず、散々《さんざん》に成って我先にと本陣に逃げ帰った。その為、此の度もまた敗軍と成ってしまった。是によって寄せ手は安からぬ事と思い切って、すべきようもなく歯噛みをし拳《こぶし》を握って城を睨んで、再び遠攻《とおぜ》めをすることと成った。

織田勢の大和国《やまとのくに》の住人古田次郎兵衛《じろべえ》正久《まさひさ》と言う者は、元来勇気劇《はげ》しき者で有った。味方が真田の小勢《こぜい》に悩まされ、数度敗軍するのを、我一人の恥辱《ちじょく》と思い、日頃の朋友《ほうゆう》である同国の住人依尾《よりお》伝右衛門《でんえもん》秀三《ひでみつ》と言う者の陣所に到《いた》って、

「此の度徳川・織田・北條の大軍が斯《か》かる小城を攻め様《よう》として数日を費やし、その上真田

の智計に悩まされ、度々敗軍する事は誠に口惜《くちお》しいことである。是は偏《ひとえ》に武門の恥辱であり、天下の嘲《あざけ》り此の上も無い。然《しか》るによって、拙者は当城に抜け駆けして潔《いさぎよ》く討死《うちじに》し様《よう》と思う。貴殿とは日頃より兄弟の誼《よしみ》が有るので、此のことを告げようと此処《ここ》まで来た」

と語った。伝右衛門は打ち笑って、

「さても珍らしきことを聞くものだ。徳川・織田・北條の大軍、是程の勢《せい》さえも真田父子《ふし》が智謀に及ばず斯く数度敗軍する中で、我等一両人が討死しないからと言って何の恥辱と言うことが有ろうか。貴殿の申される処は甚だ過ぎている。斯く申すから迚《とて》某《それがし》命を惜《おし》むのではない。殊《こと》に貴殿とは兄弟の交わりを結ぶ間柄なので討死と言えば共に死すべきでは有るが、此の度の貴殿の仰《おお》せは全く犬死《いぬじに》同様に思われる」

と言った。次郎兵衛は心中大いに憤《いきどお》り、一言の挨拶もなく直ちに座を立ち我が陣へと帰って行った。


(註)

① 『三代記』には「一簣《いっき》」とあるが、訳者が「一気」に訂正した。「一簣」とは一つのもっこや、それに盛った土のことで、「わずかなもの」の譬《たと》えであるからである。

②「活法」とは、活用する方法のことで、「有効な手段」を意味する。

百二十四　古田・依尾《よりお》上田へ抜け懸けの事
並びに古田次郎兵衛《じろべえ》討死《うちじに》の事

古田次郎兵衛正久《まさひさ》は日頃兄弟の交《まじ》わりを結ぶ依尾伝右衛門《でんえもん》秀三《ひでみつ》に、我が存念を嘲《あざけ》られ無念を懐《いだ》いて陣所に帰った。その後で依尾は熟々《つらつら》思い廻《めぐ》らすのに、「我は古田が言を打ち消して帰したが、若《も》しや彼は此の秀三を命惜《おし》さに日頃の好《よしみ》を打ち破ったばかりか、却《かえ》って人を嘲った等と恨《うら》みはしないか」と心付いた。そして、「慭《なま》じ解ったようなことを言って帰したのは、我が誤りであった。元来律儀な古田である故、明朝は必ず城下へ抜け駆けして討死するに違いない。然《しか》れば、今宵《こよい》古田より先に抜け駆けし潔《いさぎよ》く討死して、我が誠心《せいしん》を見せよう」と郎等《ろうとう》にも知らせず密《ひそ》かに用意を調《ととの》えた。

一方、古田次郎兵衛正久は依尾の一言《いちごん》に、「日頃兄弟の交わりを厚くして来たのは、全く彼を武功の者と思っていたからである。某《それがし》が明朝討死しようと言うのを、犬死であると笑ったのは全く己が命惜しさに我を嘲笑《あざわら》ったので有ろう。斯《か》くも腰抜《こしぬ》けとも知らずに、是迄親しんだことは残念だ」と立腹しながら最期の用意を調えた。

然《さ》る程に、夜も丑《うし》の刻頃《こく》（午前二時頃）に成ったので、依尾伝右衛門は密かに己が陣屋を抜け出して上田の城へ赴いた。その夜の出で立ちは、今日を最期と黄糸縅《きいとおどし》の鎧《よろい》に紅《くれない》の母衣《ほ》を背負って、白柄《しらえ》の長刀《なぎなた》を引っ提げ、宿月毛《さびつきげ》（註①）の荒馬に跨《また》がり、紫の厚総《あつぶさ》を徐々《しずしず》と掻《か》い繰《く》り、唯一騎上田の城下に到《いた》って、脇目もふらずに立っていた。斯《か》かる処へ古田次郎兵衛が白葦毛《しらあしげ》（註②）の馬に跨がり、黒糸縅《くろいとおどし》の鎧を着し、浅黄《あさぎ》の母衣を背負って、大太刀《おおたち》を帯《たい》して同じく城下に到った。そして、古田と見ると後ろから声を掛け、

「待ち兼ねたぞ、古田殿。昨日申したことは必ず心に掛けて呉《く》れるな。最前より此処《ここ》に待ち合わせ、共に討死と覚悟致していた。いざ此方《こなた》へ」

と呼ばわった。古田は大いに驚き、

「さては依尾殿であるか。斯かることとは夢にも知らず、今まで恨んでいたのは面目ない。然《さ》れば名乗ろう諸共に」

と、両人鞍上《くらかみ》に突っ立ち上がって、

「大和国《やまとのくに》の住人依尾伝右衛門秀三・古田次郎兵衛正久、他に抜け駆けして此処に討死し、屍《かばね》を戦場に曝《さら》して名を万世に伝えるぞ。我と思わん者は首を取って功名せよ」

と同音《どうおん》に名乗った。城中からは是を聞き、「スハヤ。寄せたるぞ。打ち取れ」と櫓《やぐら》の狭間《はざま》

より見下ろすと、郎等をも連れない二人の騎馬武者であった。城兵等は、「意ともしない葉武者《はむしゃ》である。唯鉄砲で打ち殺せ」とあわや銃口《つつぐち》を向けようとするのを望月太郎左衛門《もちづきたろうざえもん》が押し止め、

「麁忽《そこつ》なことをするな。若武者達。某《それがし》が案ずるのに是程多き敵の内より唯二人抜け掛けて来たのは天晴《あっぱれ》の者と思う。何で殺すのを忍ぼうか。その侭《まま》にして置け」

と潜《ひそ》まり返っていた。古田と依尾は大いに怒り、

「最前より呼ばわるに、城中には聞こえないのか。或《ある》いは此の両人を懼《おそ》れるのか。早々《そうそう》打って出よ。如何《いか》に。如何に」

と呼び立てたが城中よりは更に何等《なんら》の答えもなかった。両人は、今は堪忍《かんにん》なり難しと馬乗り放ち堀に飛び入り高塀に跳《おど》り入《い》ろうとする処を、城中より、「スハヤ。払い落とせ」と鎗《やり》・長刀《なぎなた》を追っ取って払おうとするのを古田は、「得たり」と柄《つか》に取り着いて終《つい》に内へと飛び入った。続いて依尾伝右衛門も飛入り、両人声々に呼ばわり、呼ばわり切って廻《まわ》った。城兵共は大いに驚き、中に取り込んで討とうとしたが、当たるを幸い切り捲《まく》り薙《な》ぎ廻り、矢庭《やにわ》に城兵六人までを切り伏せた。是を見て、畦柳《あぜやなぎ》九蔵《きゅうぞう》・根津又九郎《またくろう》・海野六郎兵衛《うんのろくろべえ》・荒川九郎等が切って出た。両人はことともせず、此の者共と渡り合い火花を散らして戦う内に、九蔵の力が増《ま》さっていたのであろう、古田は太刀をポッキと計《ばか》りに打ち落とさ

れた。飛び退《の》いて差し添えに手を掛ける処を、九蔵が拝み打ちに切りつけ胸板《むないた》迄割り下げたので、古田は討たれて果てた。一方、依尾は根津又九郎と戦っていたが同じく討たれて果てたのは哀れなことで有った。寄せ手の大軍の内で城内へ切り入ったのは此の両人だけであった。諸将は之を聞き、「実に武勇の振る舞いである」と賞《ほ》めない者はなかった。

（註）

①「宿月毛」とは、錆のようにやや黒みを帯びた茶色のこと。

②「白葦毛」とは、白の混じった灰色のこと。

百二十五　上田城の寄せ手軍令を定める事並びに穴山安治《やすはる》、幸村《ゆきむら》に諫言《かんげん》の事

義を見て為《せ》ざるは勇なきなり。依尾《よりお》が古田の心中を察し遣《や》り、両人諸共城中に切り入って討死《うちじに》したのは、実《まこと》に勇気の振る舞いであった。此《こ》のことが依尾の郎等《ろうとう》に聞こえたので、

皆で大いに驚き、「主君を討たれて、何で後栄《こうえい》を望もうか。共に戦場に出て潔《いさぎよ》く討死するぞ」と我も我もと用意をした。古田の嫡男で今年十七歳の右衛門七郎正栄《えもんしちろうまさひで》は、此《こ》の度《たび》父に後《おく》れたのを深く恨み、郎等二十六人を引き連れ、身には卯《う》の花縅《はなおどし》の鎧《よろい》を着し白絹《しらぎぬ》にて鉢巻をし、片鎌《かたかま》の鎗《やり》（註①）を引っ提げ城下に到《いた》った。そして、遙《はる》か城の辺りに、父と依尾の両人が先に駆けた駒の跡が見えた。正栄は、是ぞ父の紀念《かたみ》かと見て涙を振り払い、大音《だいおん》にて、

「某《それがし》は当城に抜け駆けした古田次郎兵衛正久《じろべえまさひさ》の嫡男、右衛門七郎正栄なり。父正久が討死と聞きやって来た。早く城門を開いて合戦あれ。我が首をお渡ししようぞ」

と莞爾《にっこ》と笑い立つ姿は天晴《あっぱれ》の勇士と見えた。是を聞いて城中より海野六郎兵衛《うんのろくろべえ》が正久と秀三《ひでみつ》の首を取り出し、

「如何《いか》に古田殿の御子息か。父が討死と聞き当城に抜け駆けして、同じく討死しようとは天晴健気《けなげ》である。しかし、討死した父の心を察するに、其《そ》の方《ほう》を後に残したのは、再び其の方を以《もっ》て君の用に立てようと思ったからで有ろう。然れば今此所《ここ》で空《むな》しく果てるよりは、後日君の馬前にて潔く命を捨てることこそ、一ツには父の心にも叶い、二ツには忠義の道を全《まっと》うすることとも成ろう。イザ引き取れ」

と言う侭《まま》に古田と依尾の首を投げ出した。右衛門七郎は思わずハッとして父の首を取り上げ、

「如何に父君、何故に最期の御供にお連れ下さらなんだ。一日も孝の道を立てることが叶わずに、今は斯《か》く浅ましき御顔《おんかお》を拝するのは悲しいこと。何ぞ生き存《なが》らえて楽しいでしょうか。追っつけ三途《さんず》の川の瀬踏《せぶ》みを仕《つかま》つります」

と歎《なげ》き悲しんだ。そして、鎗を取り直して、

「何故、城門を開かないのか。開かなければ打ち砕いて通るぞ」

と威猛高《いたけだか》に呼ばわった。郎等の和田久右衛門《きゅうえもん》と言う者が轡《くつわ》に縋《すが》り、

「御怒りは御尤《ごもっと》もですが、城中より申す処も尤もです。先々《まずまず》御心を宥《なだ》められ、後日君の馬前にて御討死《おうちじに》下さい」

と理を尽《つく》して申し述べた。血気に逸《はや》る正栄も道理《どうり》に感じ、歯噛みをしながら退いた。

　此の時徳川源君《げんくん》は織田の陣に在ったが、「依尾・古田が討死」と聞いて落涙し、信長《のぶなが》公に、

「今朝、依尾伝右衛門《よりおでんえもん》と古田次郎兵衛《じろべえ》が上田の城に向かって討死しました。是は味方が大軍なのに此の小城を攻める勇気が全くないと、天下の噂になると考えてのことと思われます。此の侭《まま》攻めているならば、次第次第に勢いが衰え、諸卒《しょそつ》の勇気は悉《ことごと》く挫《くじ》け、四方に逆徒が蜂起することでしょう。後で悔いても甲斐《かい》が有りません。何とか再び諸卒の勇気を励まし、仮令《たとえ》城中より如何《いか》なる奇謀《きぼう》を用いて味方を悩ますとも、少しも痿《ひる》まず一度にドッと攻め寄せることこそ、今為すべき謀《はかりごと》でしょう」

と勇々しく申し述べた。信長公は「実《げ》にも」と思って、

「御辺の教えがなければ、争《いかで》か大功を遂《と》げられるで有ろうか。然《さ》りながら是迄の遣り方では、再び攻めても利はなかろう。此《こ》の度《たび》は、命を掛けて是非共城を攻め落とすか、我々が滅亡するか、二ツに一ツの手立てしかない」

と応じた。斯《こ》うして両将の軍《いくさ》評定《ひょうじょう》が一決したので、此の趣きを笠ケ城《かさがじょう》の北條《ほうじょう》方に達した。そして各陣へ、「此の度の城攻めで、武士《もののふ》を一人討ち取ったならば黄金五十枚を、物頭《ものがしら》の首を取ったならば同じく百枚を、大将の首を取ったならば百貫の地を宛《あて》がおう。その上、首を望むに付いては遣わそう。さて又敵に後ろを見せる者があれば、有無を問わず忽《たちま》ち首を刎《はね》る」と軍令を触れ示した。諸手の面々は、此の度こそ、天晴《あっぱれ》一番に乗り入るぞと勇まぬ者はなかった。

斯《か》くて此《こ》の由《よし》が城中へも聞こえて来たので、「さてさて、此の度は軍令が厳重だ。如何《いかに》して防ごうか」と城中眉を顰《ひそ》めて様々に評議したが一決せず、人々は途方に暮れていた。処が幸村《ゆきむら》は一人寛然《かんぜん》として少しも憂えず、酒等を酌《く》んで楽しんでいた。穴山小《こ》兵衛《へえ》安治が幸村に向かって、

「敵は是まで数度敗軍し、今度は必死になって惣攻めをしようとしています。一方、味方は長《なが》の籠城《ろうじょう》に疲《つか》れ心は倦《う》み、今は何共《なんとも》防戦の手立てが尽き、此の度の合戦には皆討死と覚

悟を極めています。それなのに、君には唯一人酒宴を楽しんでおられるのは何事ですか。若《も》しも敵の大軍に御心を奪われてしまわれたのなら浅ましいことです」

と諫《いさ》めた。幸村は打ち笑って、

「流石《さすが》は老巧《ろうこう》、能《よ》くも諫《いさ》めて呉《く》れた。然《しか》れ共《ども》我始めより斯様《かよう》のことが有ろうと思ったので、既に謀計《ぼうけい》を定めて有る。其の方少しも心配しなくて良い」

と言った。安治は進みより、

「大軍を防ぐ深計《しんけい》がお有りですか」

と尋ねた。幸村は手を拍《う》ち、

「良い謀計が有るぞ」

と応じた。安治は、

「さて、その謀計は如何なる事ですか。危険が迫って居るのに、侮《あなど》りの御振る舞いが有るのは由々しいことです」

と申し述べた。幸村が怒って、

「麒麟《きりん》（註②）も老いれば駑馬《どば》にも劣ると言う。其の方如きが如何《いかが》して我が心中を知ることが出来るか」

とハタと睨《にら》み付けたので、安治は一言の答えも無く退いた。その跡《あと》へ隠岐守信尹《のぶただ》が来たっ

て幸村に、

「三方の敵軍が既に惣攻めの支度を為すと聞く。是は当城の一大事である。是迄敵は当城を小勢なりと侮って度々敗けを取っていたが、此の度は諸卒に至る迄義を金鉄《きんてつ》に比し、死を鴻毛《こうもう》よりも軽《かろ》ろんじて攻め寄せて来るので、城兵が如何《いか》に勇で有っても、長《な》が籠城の疲れに防禦《ぼうぎょ》することは何共心許《なんともこころもと》ない。よって城中の者共は死を覚悟している。さて、其の方は如何《いか》に思うか」

とサモ悄々《しおしお》として尋ねた。幸村は是を聞き、

「否々《いやいや》、此の儀は左程怖れるに及びません。此の幸村に考え抜いた謀《はかりごと》が有りますので、御安心下さい」

と、更に危ぶむ気色《けしき》がなかった。信尹は大いに驚き、

「その謀計《ぼうけい》を是非聞きたい」

と言った。幸村は打ち笑って、

「謀計《ぼうけい》は鬼神へも洩《もら》しては成りません。追っ付け相知れるでしょう」

と応じた。後は余談に成り、信尹は心許《こころもと》なくは思ったが、言葉もなく我が持ち口へ帰って行った。

（註）
①「片鎌の鎗」とは、穂先に十文字に枝のある鎗で、枝の片方が短い鎗のことである。
②「麒麟」は、故事によると一日に千里を走る素晴らしい馬とされる。

百二十六　昌幸《まさゆき》、幸村《ゆきむら》が即智を感ずる事並びに幸村智計寄せ手を破る事

幸村は三方の寄せ手が総掛《そうがか》りで攻めて来ると聞き、弥々《いよいよ》悦び少しも驚く気色《けしき》もなかった。そして、小兵衛安治《こへえやすはる》や隠岐守信尹《おきのかみのぶただ》等の言を意ともせずに、唯大言《たいげん》を放っていた。其処《そこ》へ、今度は源三郎信幸《げんざぶろうのぶゆき》がやって来た。幸村は笑って、

「兄君も防戦の計議をお尋ねか」

と言った。信幸は、

「如何《いか》にも、その通り。其《そ》の方《ほう》は如何成《いかな》る謀計で、此《こ》の敵を防ごうと思うのか」

と問うた。幸村は唯頷《うなず》くばかりで答えなかった。信幸は威丈高《いたけだか》に成って、

「其の方は聊《いささ》かの謀略をもって敵を破ってから慢心を生じ、此の兄を軽んずるのか」

と怒った。幸村は笑って、

「何で兄君を軽《かろ》んずることが有りましょうか。唯敵を恐れるのを笑ったのです」

と応じた。信幸は怒って、

「此の大敵を恐れない者が有ろうか。其の方は何故に敵を恐れるのを笑うのか」

と言った。幸村が、

「蟻の如き寄せ手を、何で恐れることが有りましょうか。見ていて下さい。某《それがし》が屹度《きっと》敵を取り潰しましょう」

と答えると、その侭《まま》信幸は退出した。

夜は早亥《はやい》の刻《こく》（午後十時頃）に成ったので幸村は、「一休《ひとやす》みしよう」と枕を取り寄せて寝ようとすると、海野六郎兵衛《うんのろくろべえ》・望月太郎左衛門《もちづきたろうざえもん》が進み出て、

「今にも押し寄せんとする敵兵を控えながら、防戦の手立てもなく寝ようとされるのは誠《まこと》に危《あや》ういことです」

と諌《いさ》めた。幸村は大いに怒って、

「其《そ》の方等《ほうら》は、軍を出すのに吉凶の刻限あるを知らないのか」

と言いつつ又寝ようとする処へ本陣から父昌幸《まさゆき》がやって来た。昌幸は、

「幸村、明朝の防戦には如何なる手立てをするのか」

と尋ねた。幸村は、

「先《ま》ずは父君のお考えをお聞きしましょう」

と応じた。昌幸は暫《しばら》く思案してから、

「古楠正成《いにしえくすのきまさしげ》が千早《ちはや》（註①）に籠《こも》った折り、関八州《かんはっしゅう》の大軍が押し寄せた。しかし、落城しなかったのは智が然《しか》ら令《し》めたのである。当城も智を以《もっ》て守らなければ、恐らくは危ういで有ろう」

と言った。幸村は、

「父君の仰《おお》せられる処は、兵道《へいどう》の体《てい》では有ります。今愚息《ぐそく》は用《よう》（註②）を以て防ごうとしています」

と答えた。昌幸は、

「用とは何か」

と尋ねた。幸村は限りなく笑い、

「実《じつ》は斯様《かよう》斯様です」

と耳元によって囁《ささや》いた。昌幸は手を拍《う》って大いに感じ、

「実《まこと》に妙案である。急ぎ用意をせよ」

と言い棄てて立ち帰って行った。

夜が追々に更け渡ったので幸村は、海野六郎兵衛・増田荒次郎《あらじろう》・畔柳《あぜやなぎ》九蔵《きゅうぞう》・望月太郎左衛門・筧《かけい》金五郎・穴山岩千代《いわちよ》等に命じて陣処に人糞《じんぷん》を運ばせた。そして、馬の飼料を煮る鍋・釜を取って中へ汲み込み櫓々《やぐらやぐら》に持ち運ぶことを命じた。皆々は殊《こと》の外《ほか》に迷惑し、

「イヤイヤ、此の臭き物を運んで来られては堪《たま》らぬぞ。アア、胸悪《むねわる》しい。息も吐けない。でも我等が鼻には別条ないか」

などと呟《つぶや》きながら、主命なれば是非もなく、頭を掻き掻き大釜・鍋に汲み入れては櫓々に運んだ。そして更に、

「その糞を煮立てよ」

と命が有ったので皆々は仰天《ぎょうてん》し、

「是は、幸村君には狂気されたか。是迄にも数多《あまた》奇計があったが、斯《か》かる汚きことは思いも寄らず。誠に難儀だ」

と面《かお》を皺《しば》めて小言をブツブツと言い合った。幸村は耳にも聞き入れず、夜の明けるを今や今やと待っていた。寄せ手の大軍は、明朝こそは城に攻め入り、分取って高名《こうみょう》を為そうと手ぐすね引いて待っていた。夜も白々と明け渡ったので、寄せ手の方では、

「スハヤ、時刻に至ったぞ。エイヤ。エイヤ」

の声と一度に攻め登った。幸村は斯《か》くと見るより令を下して、声も立たせずにいた。寄せ手は暫《しば》し見合っていたが、軈《やが》て一度にドッと掛かって我先にと塀に取り付き、乗り破ろうとした。城中からは、今が相図と覚《おぼ》しく鉄砲を櫓々より百挺《ちょう》ばかり撃ち掛けたが、寄せ手は大軍なので少しも恐れず、「進めや、進め」と呼ばわって、人梯子《ひとばしご》を乗り越え乗り越え城中へ乱れ入ろうとする有様《ありさま》は凄《すさ》まじい次第であった。

（註）

① 「千早」とは「千早城」のことで、鎌倉時代末期の元弘《げんこう》三年（一三三三）に後醍醐《ごだいご》天皇方の楠正成が籠って戦ったことで知られている。

② 「用」には「役立つこと」の意味があるので、ここでは「役立つ策」を意味していると思われる。

百二十七　羽柴秀吉《はしばひでよし》中国より上田へ赴く事　並びに秀吉、信長《のぶなが》物語りの事

寄《よ》せ手《て》の面々は、此《こ》の度《たび》の合戦で、唯《ただ》此の城を枕に討死《うちじに》して名を天下に顕《あらわ》そうとて勇気日頃に百倍し、城中より射掛ける矢玉《やだま》を少しも懼《おそ》れず、「エイヤ。エイヤ」と攻め寄せたので、瞬《また》く間に塀は押し倒され、敵軍が乱れ入《い》るかと見える処に、源次郎幸村《げんじろうゆきむら》と海野六郎《うんのろくろ》兵衛《べえ》・穴山岩千代《いわちよ》が、何《いず》れも同様の出で立ちにて寄せ手の口々へ手分けをして現れた。寄せ手は、「スハヤ源次郎が出て来たぞ。謀《はかりごと》が有ろう。迂闊《うかつ》に攻めるな、攻めるな」と皆上を望んでいた。織田中将《ちゅうじょう》信忠《のぶただ》は大いに怒り、

「源次郎が現れたのは悦びである。それなのに、射て落とそうとはせずに眺めているとは何事ぞ。イザ信忠が弓勢《ゆんぜい》の程を見せてやる」

と三人張りの強弓《つよゆみ》を満月に引きしぼり、切って放せば矢は過たず幸村が胸板《むないた》に中《あた》ろうとするのを幸村は早くもヒラリと身を替わした。矢は胴の脇腹を削って飛び去った。寄せ手は是を見て力を得、今まで気が緩んでいた者共もドッと一度に乱れ掛かった。幸村が日の丸の扇子をサッと開いて相図すると、城兵共がばらばらと櫓《やぐら》に現れ、長い柄《え》の柄杓《ひしゃく》で彼の煮立てた糞《くそ》を汲んでは掛け、汲んでは掛けて防いだ。寄せ手の者は目・鼻・口の嫌《きら》いなくあ

びせられ、臭さは臭く、熱さは宛《さなが》ら焦熱地獄《しょうねつじごく》に異ならなかったので、今迄必死を極《きわ》めていた者共も勇気も精も失せ果てて、唯我先にと鎧《よろい》・武具を脱ぎ捨てて、押し合い圧《へ》し合い、馬に踏まれ刀に躓《つま》づき、前の目当ても真っ暗に三方へ逃げ出したのは、おかしくも又哀《あわ》れであった。

寄せ手は此の度も大いに敗軍して、元の陣中に引き退《の》いた。織田父子《ふし》と徳川源君《げんくん》は、一向に何の言葉もなく唯あきれ果てていた。然《さ》る程に此の後は、「攻めよう」と言う者は一人もなく、空《むな》しく時日を送る内、はや四月も中旬と成った。

一方、織田の功臣《こうしん》羽柴筑前守《ちくぜんのかみ》秀吉は中国の毛利《もうり》征伐として先達《せんだっ》てより下向《げこう》し、別所小三郎をはじめ数多《あまた》の逆徒を誅《ちゅう》して美作《みまさか》（岡山県北東部）迄切り入り、吉川駿河守《きっかわするがのかみ》と対陣していた。其処《そこ》へ甲州からの飛脚が到来し、「武田勝頼《かつより》と同太郎信勝《のぶかつ》が討死《うちじに》し、信州上田の城に真田父子が籠城《ろうじょう》した」との注進があった。秀吉は大いに悦び、「我昼夜安心出来ないのは武田家が在るせいであった。既に攻め破られて滅亡した上は、真田父子が上田に籠城しても何程の事が有ろうか。自《おの》ずと滅亡を招くであろう」と嘲《あざわら》笑っていた。其処《そこ》へ再び飛脚が到来し、「上田の城は徳川・織田・北條《ほうじょう》の三軍を以《もっ》て昼夜攻めたが、城兵が強《つよ》く未だに落城しない。その上、寄せ手が敗走する事が度々である」と告げて来た。秀吉は顔色を変え、「何故斯《か》く手ぬるいのであろうか。上田程の小城に然程《さほど》悩むとは、合点の出来ない次第だ。何日《いつ》までも斯《こ》うして居るなら、諸国に逆徒が蜂起し天下の一大事が生ずるだろう。然《しか》れば上田へ向かって是を平定し、その後で再び当城へ発向しよう」と考えた。そして、陣中には蜂須賀彦右衛門家政《はちすかひこえもんいえまさ》・竹中久作《きゅうさく》を留《とど》め置いて、我が身は浅野弥兵衛長政《やへえながまさ》・脇坂甚内安治《じんないやすはる》・平野権平長康《ごんぺいながやす》・糟谷助右衛門《かすやすけえもん》等を引き倶して発向した。

程なく信州上田へ着して、先《ま》ず信長公父子に対面して堅固を賀し、勝軍《かちいくさ》を悦び、それから合戦の様子を尋ねた。信長公が委細を語ると、秀吉は、

「信玄《しんげん》在世の時から英名の高い昌幸《まさゆき》の振る舞い、誠に智将である」

と大いに歎息《たんそく》した。信長公が、猶《なお》も幸村の是までのことどもを残りなく物語ると、秀吉は手を拍《う》ち、

「将門《しょうもん》、将《しょう》を出だすとは、是のことであろう。実に後世恐るべき者である」

と暫《しば》し感賞していた。稍《やや》有って、

「真田父子が此の大軍を引き受けて、少しも屈せずに籠城するのは何か望みが有ってのことに相違ない。仮令《たとえ》当分は籠城が叶う共、此の大軍を引き請《う》けていては、その智が張良《ちょうりょう》（註①）の如く、その勇が樊噲《はんかい》（註②）の如くで有っても、争《いか》で何日までも保つことが出来ようか。是程のことを知らない真田では無い。籠城致すには必ず仔細《しさい》が有ることでしょう。某《それがし》城中へ罷《まか》り越し、真田父子の心中を尋ねて参ります。その上で攻めるとも、和睦する

とも致しましょう」

と眉を顰《ひそ》めて申し述べた。信長公は、

「其《そ》の方《ほう》が城中に行くことは実に危《あや》うい。城中に行くことを止め、唯一日も早く攻め落とすことを計れ」

と言った。秀吉は、

「否々《いやいや》何は兎《と》も有《あ》れ、立ち越して実否《じっぴ》を糺《ただ》して参りましょう」

と応じた。信長公が頻《しき》に止め、

「城中に到ることは無用である」

と免《ゆる》そうとしなかった。秀吉は打ち笑い、

「真田は決して無法の振る舞いは致しません。某《それがし》必ず黒白を糺《ただ》して来ますので暫《しばら》く御暇《おいとま》を下さい。仇《あだ》に弓矢を損ずるよりも安全の計議《けいぎ》を成すことが望ましいのでは有りませんか」

と言って、軈《やが》て御前《ごぜん》を退去した。


(註)
①「張良」は、中国の秦《しん》末期から前漢初期にかけての軍師。劉邦《りゅうほう》に仕え、多くの作戦を立て劉

邦の覇業を助けた。

② 「樊噲」は、張良と同時期の武将。劉邦の下で数多くの軍功を上げた。

百二十八　羽柴秀吉《はしばひでよし》城中へ赴く事並びに真田父子《ふし》忠心を顕《あらわ》す事

羽柴筑前守《ちくぜんのかみ》秀吉は自身城中に入って父子が胸中を聞こうと、既に陣所で用意を調《ととの》えていた。滝川・柴田・丹羽《にわ》・金森《かなもり》等は此《こ》の由《よし》を聞き、「秀吉が城中に行けば、真田の為に殺されることは疑いない。犬死《いぬじに》することは歎《なげ》かわしい」と皆で止めた。けれども秀吉は聞き入れずに、城に行こうとした。城中では斯《か》くと聞くと大いに驚怖《きょうふ》し、「秀吉は天下に隠れなき智将である。此の者が新手《あらて》を率い来たのだから恐らくは厳しく攻め寄せ、味方は一揉《ひとも》みに押し潰されるだろう」等と取々《とりどり》に評定《ひょうじょう》していた。源次郎幸村《げんじろうゆきむら》は秀吉が来たのを、「我々父子の深い所存は秀吉でなくては解らない。秀吉が来た上は我々の本望成就《じょうじゅ》は疑いない」と独り悦んでいた。秀吉は家臣の浅野弥兵衛《やへえ》（註①）

を召し連れ、上田の城門に到《いた》って高らかに呼び掛け、

「織田右大臣信長《のぶなが》公より城中へ申し入れたいことが有って、羽柴筑前守秀吉が使者として参った。早く城門を開いて案内あれ」

と申し入れた。此の由が達せられたので、幸村は部卒《ぶそつ》に命じて城門を開かせ、通路の掃除を丁寧にさせると共に万事に心を用い、本丸で父と一緒に対面しようと、その用意を調えた。そして、

「いざ此方《こなた》へお通しせよ」

と命じると、増田荒次郎《あらじろう》が進み出て、

「羽柴筑前守秀吉は、元は松下嘉兵衛之綱《かへえゆきつな》（註②）の草履とりでした。それなのに、僅かの智恵で高禄を受け立身した者と聞きます。今日城中へ来たのは、必ず城内を見積《みつも》る為でしょう。決して入れられるな。若《も》し如何《いかが》しても御入れになるので有れば客間で切り殺されよ。是が後の憂いを取り除く早道です」

と勧めた。幸村は打ち笑って、

「其《そ》の方等《ほうら》は、そのように思うであろう。しかし、羽柴が城中に来ることは某《それがし》が望む処である。無礼のなきように取り計らい、出迎えて呉《く》れ」

と申し渡した。そして、その侭《まま》本丸に到って父昌幸《まさゆき》と同じく衣服を改め、威儀を糺《ただ》して

待っていた。斯《か》くて秀吉は城兵の案内に従い静々《しずしず》と城中に入って辺りを見れば、掃除万端丁寧に行き届き、諸卒が並びいて、規律も殊《こと》に厳重に見えた。秀吉は深く真田が処置を感じ、本丸に入った。穴山小兵衛《こへえ》・望月太郎左衛門《もちづきたろうざえもん》等が出迎え、直《す》ぐに奥へと請《しょう》じた。秀吉は怖れる体《てい》もなくズッと進んで遙かに向こうを見れば、真田昌幸・同舎弟隠岐守信尹《おきのかみのぶただ》・嫡男源三郎信幸《げんざぶろうのぶゆき》・同舎弟源次郎幸村が、皆武具を脱ぎ、時服《じふく》で着座していた。安房守《あわのかみ》は頓《やが》て秀吉に向かって、

「織田公よりの御使者御苦労に存じます。イザ是へ進まれよ」

と座を譲り礼儀を乱さず述べた。秀吉は謹んで、

「此の度主君信長が某《それがし》を以《もっ》て使者とし申し送られるのは、各々方《おのおのがた》の御主人勝頼《かつより》公御父子が天目山《てんもくざん》にて滅亡されたことは、嘸《さぞ》残念に思っておられるであろう。しかし、是も皆天運の然《しか》らしむ処なので、戦国の習いとして実《まこと》に已《やむ》を得ないことである。甲信の武士は、我も我もと膝を屈し命を請うて降参しない者はなく、或《あるい》は所領を自ら差し出し開城する者は数知れない。然《しか》るに貴殿父子は誰も後詰《ごづ》めを為《す》る者もないのに、此の小城に籠城《ろうじょう》して大軍を防ぐ事は実《まこと》に天晴《あっぱれ》の御振る舞いでは有る。しかし、已《すで》に孤軍援《たす》け無きに至っては、徒《いたずら》に倒れるを待つに過ぎないだけである。然《さ》れば此の籠城は畢竟《ひっきょう》何の為の籠城なのか、必ず仔細が有ろうから聞いて参れとのことで其《それがし》は参った。義の為の籠城であるならば、及ばずなが

ら秀吉如何様共望《いかようともの぀》みを叶わせ参らせよう。確《しっか》りとお語り下され」

と真実面《かお》に溢れて申し述べた。昌幸は聞くより大いに悦び、

「実《まこと》に足下《そっか》の御尋ね肝《きも》に銘じ、辱《かたじけな》く存じます。主君勝頼は佞臣《ねいしん》小山田《おやまだ》信茂《のぶしげ》の為に謀《たばか》られ、天目山にて自害致しました。我々及ばぬこととは思え共、当城に籠城するのは全く天下の大軍を引き受け合戦する所存ではなく、主人勝頼の遺命《いめい》を守ってのことです。遺命の道が立つので有れば、如何して猥《みだ》りに合戦を好《この》みましょうか。遺命の道が立たないのであれば、仮令《たとえ》我々如何様《いかよう》の身と成っても此の城を枕として忠に死するより外《ほか》有りません」

と精忠《せいちゅう》（純粋の忠義）の一言をさも立派に答えた。秀吉は手を拍《う》って大いに感じ、

「斯く有ろうと思っていたが、果たして我が察していたのに違わない」

と言った。そして言葉を改め、

「して、その遺命とは何事であろうか。委細仰《おお》せ下され。主人に達して宜しく計らい申そう」

と言った。昌幸は、

「申したいことが有ります」

と応じた、そして、今年七歳に成る勝千代君《かつちよぎみ》を伴い出して、

「是こそ勝頼公の三男勝千代君です。仮令《たとえ》武田家一旦滅亡に及ぶ共、何とか此の君成長の

後は元の如く甲府を給わって武田家の家督を仰せ付け下されるならば、勝頼公の遺命が叶います。是さえ叶えば、その後は我々父子の首を信長公へ進上《しんじょう》する共思い残すことは更に有りません。叶わないので有れば、此の上何百万騎を以て攻め来たっても引き受けて思う程に防戦し、その後討死《うちじに》と覚悟を極めた処です。願わくは貴殿、此の旨よしなに信長公へ御伝えの程頼み入ります」

と申し述べた。秀吉も昌幸の忠義の心中を聞いて、思わず悲歎落涙《ひたんらくるい》を催した。

（註）

①「浅野弥兵衛」とは浅野長政《ながまさ》のことであり、後に豊臣政権下で五奉行の一人と成った。

②『三代記』には「松下嘉兵衛元綱《もとつな》」とあるが、訳者が「之綱」に訂正した。

百二十九　羽柴《はしば》秀吉《ひでよし》和睦を調《ととの》う事並びに幸村《ゆきむら》寄せ手に武器を送る事

上田の城で昌幸《まさゆき》から、武田家再興のことを聞いた秀吉は稍《やや》有って、

「斯《か》く有ろうとは某《それがし》も察していたが、親しく胸中を承《うけたまわ》り了解した。斯《か》かる望みは相見互《あいみたが》いのことゆえ、某《それがし》が必ず主人信長《のぶなが》に申し伝えて如何様《いかよう》にも取り計らうので、心易《こころやす》くあれ」

と言った。それから種々《しゅじゅ》語り合って、羽柴は陣所に帰って行った。真田父子《ふし》は城門迄送り出し、その後本丸に戻った。すると、隠岐守《おきのかみ》が、

「今日羽柴が来たのは、城中を見透《みすか》して攻め寄せる為である。それなのに、何故に免《ゆる》して帰したのか」

と問うた。昌幸は、

「尋常《じんじょう》の心を以《もっ》て解《と》くべきではない。秀吉は身分の低い家より出た者ではあるが、智謀深く天下に威名《いめい》を轟かし、人皆彼の奇才《きさい》をよく知っている。我々が籠城《ろうじょう》するのを必《かな》らず望みが有ってのことと察して、敵の中をも懼《おそ》れずに城中に来たって委細を聞いて立ち戻って行った。実《まこと》に英雄の心が磊々落々《らいらいらくらく》として鬼神も壮烈に泣くばかりかと、我は感じ入った。斯《か》かる秀吉なれば、何で偽りを言うであろうか。必ず疑うこと勿《なか》れ」

と答えた。信尹《のぶただ》は、

「兄君の仰《おお》せは理があるに似ているが、秀吉の次の返答が疑わしい」

と小さく呟《つぶや》いた。

一方、羽柴秀吉は本陣に帰り、信長《のぶなが》公に対面して、

「拙者《せっしゃ》の推量に違わず、真田が籠城しているのは、全く故主《こしゅ》の遺命《いめい》を守ってのことです。彼は現に勝頼《かつより》の三男勝千代《かつちよ》を席へ直《なお》して、此《こ》の勝千代を成長させて甲州に於いて元の如く所領を給わり武田家を再興下さるに於いては、己が首は何時《いつ》でも君に献じますと申しました。流石尤《さすがもっと》もに相聞こえ、臣下たる者斯《か》く有《あ》り度《た》く感じました。是に引き替え、小山田《おやまだ》・長坂《ながさか》・跡部《あとべ》等は皆亡国の奸臣《かんしん》だと思います。真田は、無解《むげ》に誅戮《ちゅうりく》を加うべき者では御座いません。願わくは彼の精忠《せいちゅう》を察しられ請《こ》いを免《ゆる》して、武田家再興の誓詞《せいし》を遣わし和睦されるのが望ましく存じます。然《さ》ある時は真田は大恩《だいおん》を感じ、必ずや幕下《ばくか》の如く随臣するでしょう。君には早く当地を陣払いあって逆徒の起きないように兎角《とかく》の御仕置《おしお》きをされ、それから御上洛されるのが宜しいでしょう」

と理を尽《つく》して申し述べた。信長公は度々《たびたび》の智謀に懲《こ》りていた折りなので、

「如何《いか》にも真田が言うに任せ、其《そ》の方《ほう》宜しく計らえ」

と応じた。秀吉は、

「然《しか》らば君の御自筆を遣《つか》わし、真田父子に本領安堵《あんど》の義を仰せ付け下され度《た》い」

と請うた。信長公は、

「実にも《げ》」

とて軈《やが》て自筆を揮《ふる》って、「勝千代十五歳に成らば、甲州に於いて十万石を宛行《あておこな》う。且つ又真田は後見として当上田城に於いて五万石を遣わす」と認《したた》め朱印を捺《お》して秀吉に渡した。秀吉は是を懐中《かいちゅう》に入れて再び城中に到《いた》り、右の誓紙を出し、是を昌幸に渡した。昌幸は悦ぶこと限りなく、それより秀吉を上座へ請《しょう》じて源三郎《げんざぶろう》・源次郎《げんじろう》の両人に種々《しゅじゅ》と饗応させた。此《こ》の時《とき》源次郎が熟々《つくづく》と秀吉の人体を見るに、丈は五尺（約一・五メートル）に足らず、顔面《かんばせ》は猿の顔に似て、眼中に一ツ・二ツと頬端《ほおばた》に黒痣《くろほくろ》が七ツ有った。けれども、その容貌《ようぼう》は何となく英雄の気風が顕《あらわ》れて天晴《あっぱれ》天下をも握るべき骨柄《こつがら》だった。幸村《ゆきむら》は大いに感歎《かんたん》して、此の人は後に必《かな》らず四海《しかい》を保ち民の塗炭《とたん》を拯《すく》い武威《ぶい》を天下に轟《とどろ》かす大将と成るであろうと独り心に歓んで、その徳を深く慕い尊信《そんしん》した。秀吉も幸村の骨柄《こつがら》を見るに、いまだ十四歳の若者なのに、色白くして鼻筋高く、唇は紅《くれない》が染み出し、眉の間広く、尋常の人相ではなかった。秀吉は、是は奇童《きどう》である。必らず三略《さんりゃく》・六韜《りくとう》（註①）の兵道も学んだで有ろう。実《まこと》に古今絶類《ぜつるい》の相貌《そうぼう》であると暫《しば》し一人感賞し、末頼もしいと思った。

さて又、真田の郎等《ろうとう》の望月《もちづき》・穴山・別府《べっぷ》・海野《うんの》・筧《かけい》・青山・畔柳《あぜやなぎ》等も席に列《つら》なり、

各々《おのおの》秀吉に目見《めみ》えして和睦の賀を祝い、互いに盃盞《さかづき》を傾けた。軈《やが》て昌幸は秀吉に向かい、

「其許《そこもと》の奇才の御扱いがなければ、我々は何日迄《いつまで》も籠城して望みを達しられないばかりか、遂には城中で討死《うちじに》せざるを得なかった。天は未《いま》だ我々を捨てられないで、此《こ》の大悦《だいえつ》を下された。死んでも此の恩を忘却《ぼうきゃく》することは有りません」

と申し述べた。秀吉は、

「是は近頃にない御挨拶を承った。全く以《もっ》て某《それがし》の功ではない。貴公等が精忠の致す処である」

と互いに丹《あか》い心をしいて、いと懇《ねんご》ろに応対した。其処《そこ》には英雄の気質が自ずと顕《あらわ》れ、奥床《おくゆか》しく見えた。斯《か》くて秀吉は座を辞し、既に本陣に立ち帰ろうとした。昌幸父子等は送り出て慇懃《いんぎん》に挨拶して、

「頓《やが》て御礼の為、大将の御前へ参上します。その節は貴殿よしなに取り成し願いたい」

と城外に迄送り出て別れた。

秀吉の計らいで既に両陣の和睦が調《ととの》ったので城中は言うに及ばず、寄せ手の軍勢迄も悦びは一方でなかった。久々に軍労《ぐんろう》を休めようと、皆々《みなみな》帰国の用意をしていた。真田源次郎は、先達《せんだっ》ての戦いで人糞《じんぷん》を打ち懸け寄せ手の軍勢を防いだ時、敵の者共が脱ぎ捨てて行った武具や馬具を皆城中へ運び置き、其の手其の手の標《しるし》を付けて置いたのを取り出させ、徳

川・織田・北條《ほうじょう》と三方《さんぽう》の手へ是を贈った。寄せ手の兵卒等は、既に失《うし》なったと思っていたのに再び戻って来たので、「偖《さて》も真田は、能《よ》くぞ物を貯《たくわ》え置く人物である。既に汚れに染みた品物さえ斯くして取り置き返されるのは、心付きのこととは言いながら、我々に取っては是こそ恥の上塗《うわぬ》りと言えよう」と、中には真田を憎む者も有ったとか。此の後、城中からは此の度の礼を申し述べ、「今からは永く幕下《ばくか》となって、忠勤を励みます」と誓いを立てて信《しん》を表《ひょう》したので、信長公も大いに真田が誠忠《せいちゅう》を賞した。昌幸は更に、

「上州沼田の城は某《それがし》が嘗《かつ》て築き置いた城ですので、唯今から上田の城を開き、改めて沼田へ移り度《た》く思います。願わくは此の儀御聞き届け下さい」

と請うた。信長公は笑って、

「上州沼田の城には、武田家の降将竹由新兵衛保三《たけよししんべえやすみつ》（註②）と言う者が籠もっているので、強《あなが》ち当城を開いて立ち越すには及ばない。何なら攻め落として遷《うつ》られよ。嫡子源三郎は聡明なる骨柄なので上田は源三郎に譲り、其許《そこもと》は沼田を攻め取られよ」

と言った。昌幸は、

「委細承知致しました」

と申し述べ、それから城中へと帰った。

（註）

①「三略・六韜」は、中国古代の兵法書。太公望呂尚《たいこうぼうりょしょう》の書いたものという。

②「竹由新兵衛保三」については、調べてみたが全く分からない。

百三十　土屋九郎右衛門《くろうえもん》忠義の事　並びに明智光秀《あけちみつひで》逆意《ぎゃくい》を企てる事

昌幸《まさゆき》は忠を損ずることなく、秀吉の計らいで和睦が調《ととの》った。そして、寄せ手《よせて》の大軍は思い思いに陣払いして本国へ帰って行った。その中で、北條氏政《ほうじょううじまさ》は信長《のぶなが》公に暇《いとま》を告げて上田より小田原《おだわら》へと帰陣した。しかし、徳川源君《げんくん》は信長公の勧めによって本国には帰らずに、信長公父子《ふし》と共に上洛した。上田の城中からは、望月太郎左衛門《もちづきたろうざえもん》と穴山岩千代《いわちよ》が是に随従した。斯《こ》うして、終《つい》に寄せ手は皆陣払いとなり甲州が平定したので人々は悦びを唱え合った。

天目山《てんもくざん》に於いて勝頼《かつより》と討死《うちじに》した土屋惣蔵昌恒《そうぞうまさつね》の郎等《ろうとう》に、土屋九郎右衛門信次《のぶつぐ》と言う者がいた。性質は正直で思慮の深い者であったが、主将武田勝頼が天目山に籠《こも》った時には、主人と共に自害しようと天目山に行った。惣蔵が九郎右衛門を密《ひそ》かに招いて、「其《そ》の方《ほう》、今此処《ここ》で死ぬこと而巳《のみ》を忠義と思っては成らない。勝頼公の四男（註①）、彦太郎君《ぎみ》は甲府におられる。上田に落《おち》られた勝千代君《かつちよぎみ》とは同年であるが、妾腹《しょうふく》の故に四男とされた。我が君が此処で討死され、我々が殉死《じゅんし》すれば、彦太郎君は探し出されて必ず害せられることに成ろう。就《つ》いては其の方是より甲府に落ち行き、彦太郎君を守《も》り立て武田の家名を再び世に顕《あら》わして呉《く》れ。是こそ、討死するより抜群の手柄である。三男の勝千代君は今上田におられるので、身の上の気遣いはない。しかし、彦太郎君は危《あや》うい。偏《ひとえ》に身を尽《つく》して守護して呉れ」

とことを訳《わけ》た遺命《いめい》を受けた。九郎右衛門は是非もなく、直様《すぐさま》天目山を切り抜け甲府に来たって、彼《か》の彦太郎君、同じく母公《ぼこう》、並びに主人土屋惣蔵の妻女《さいじょ》、同《おな》じく子息の平三郎《へいざぶろう》（十歳）を伴って甲府を立《た》ち退《の》き、信州善光寺の辺《へん》なる御幣川村《おんべがわ》（註②）に住居した。九郎右衛門は世の治《おさ》まる迄人に知られることを恐れ、身を落として百姓となった。鎧《よろい》に替えて野畔衣《のらぎもの》を着け、雨露は冑《かぶと》ではなく菅笠《すげがさ》で、手には慣れない鋤鍬《すきくわ》を執って世を凌《しの》いでいた。時見る陰もない伏屋《ふせや》で、若君や女中を、我が子なり我が妻なりなどと世間に披露しつつ、時の至るを涙ながらに待っていた。

一方、織田信長公は徳川源君と共に上洛して参内《さんだい》し、朝敵退治の賀儀を奏聞《そうもん》した。そして、直様《すぐさま》安土《あづち》に帰り源君の饗応役《きょうおうやく》を明智日向守《ひゅうがのかみ》光秀に言い付けた。是より先に羽柴秀吉《はしばひでよし》は中国征伐が繁多《はんた》なので、信長公に暇《いとま》を告げ再び中国に発向していた。徳川源君の饗応役を仰《おお》せ付かった明智光秀は、信長公が、

「万事麁末《そまつ》なきように致せ」

と言ったので、何かと心を用い器物・道具に至る迄心を尽《つ》していた。それを信長公が内見すると、明智の持て成しが鄭重《ていちょう》で饗応の諸道具まで目を驚かせる程だった。信長公は明智を御前に召され、

「如何に徳川を饗応致すから迚《とて》、その法を知らないのか。徳川は客分にもせよ我が幕下《ばくか》である。その徳川を饗応しよう迚、余りに結構なのは何事か。若《も》し此《こ》の信長を招くのならば、如何成る饗応をするのか」

と以《もっ》ての外《ほか》の顔色《がんしょく》をして怒った。光秀は恐れ入っていたが軈《やが》て首を揚げ、

「是は思いも寄らない御憤《おいきどお》り。某《それがし》謹んで考えるに、客たる者を敬うは人倫《じんりん》の常です。然るを斯《か》く怒られるのは恐れながら、偏執《へんしゅう》（偏屈）な尊慮と思います」

と申し述べた。信長は大いに怒り、

「偏執とは何事ぞ。憎き一言《いちごんゆる》免し難い。誰《だれ》か在る。明智が面《めん》を打ち挫《ひし》げ」

と言った。誰も立つものなかったが、森蘭丸長康《もりらんまるながやす》がツカツカと進み出て、

「上意である」

と言う侭《まま》に、明智の襟髪《えりがみ》を引っ掴《つか》み鉄扇で額《ひたい》をしたたかに打ち据えた。額は破れて鮮血迸《ほと》ばしり、光秀は面目を失って退出した。是が明智が大恩《だいおん》を忘れ、謀叛《むほん》を起こす根元《たね》と成ったのである。


徳川源君は安土に一両日逗留していたが、何分本国の政道が心元なく思い、

「帰国致し度《た》い」

と御暇《おんいとま》を願った。信長公は、

「予《かね》て貴君《そなた》が望むことなので、信州一カ国は其許《そこもと》に進ぜよう」

とて誓紙《せいし》を渡され、

「就《つ》いては、本国への帰国のことは暫《しばら》く延引《えんいん》されよ」

と、その侭安土に留め置かれた。其処《そこ》へ四国の大将長宗我部《ちょうそかべ》（註③）宮内少輔元親《くないのしょうゆうもとちか》方より飛脚がやって来て、「誰にても一人大将を遣わし下されば四国を切り随えましょう」との書状が到来した。信長は大いに悦び、

「然《さ》らば、徳川源君を差し向けよう」

と言って、此の由《よし》を源君に仰《おお》せられた。源君は直《す》ぐさま安土を発行し泉州（和泉）堺《さかい》迄打

ち立った。

此の時中国では羽柴秀吉が高松の城を攻め、毛利《もうり》・吉川《きっかわ》・小早川《こばやかわ》等と戦いの最中であったが、「何としても右府公《うふこう》（信長公）の御出でをお待ちしています」と数度の催促が有った。その為信長公にも、「然《しか》らば、我も中国に発向しない訳にはいかない」と、その用意を調《ととの》え上洛あって本能寺《ほんのうじ》に旅宿《りょしゅく》された。其処《そこ》へ、明智光秀が丹州《たんしゅう》（丹波）亀山より京都へ乱入し本能寺《ほんのうじ》へ押しかけ、主君信長を殺害に及んだ。実《じつ》に天正《てんしょう》十年（一五八二）六月二日のことである。嗚呼《ああ》、明智の謀叛は天・人共に免《ゆる》す処ではなく、日を経ずに誅を蒙ることと成った。報いの速やかなのは、実《じつ》に懼《おそ》るべきことで有った。

明智光秀が徳川饗応の司《つかさ》を命ぜられてから信長公を怨んで、遂に本能寺に於いて弑逆《しぎゃく》（註④）の罪を犯した一件は此処では略す。


（註）
① 『三代記』には、彦太郎を三男としているが、三男は勝千代（勝親）なので訳者が「四男」に訂正したが、実在の人物かどうかについて疑問が残る。
② 「御幣川村」は、信濃国更級郡《さらしなのこおり》（現長野市篠ノ井）にあった村である。

③『三代記』には「長曽我部」とあるが、正しくは「長宗我部」なので訳者が訂正統一した。
④「弑逆」とは、主君や父親など目上の人を殺害すること。

百三十一　真田昌幸《まさゆき》、幸村《ゆきむら》が才智を試みる事並びに真田勢沼田城《ぬまたじょう》へ発向の事

明智《あけち》日向守《ひゅうがのかみ》光秀《みつひで》は聊《いささ》かの意趣《いしゅ》によって重恩《じゅうおん》の主君を討ち、剰《あまつさ》え禁廷《きんてい》へ逼《せま》って将軍の号を乞い請け、惟任《これとう》将軍（註①）の高位に昇った。そして、京都の町人共を我が手に靡《なび》かせ威勢を振《ふる》ったので、大和《やまと》・河内《かわち》・摂津《せっつ》・丹波《たんば》・近江《おうみ》の隣国より馳せ集まる大小名は京都に充ち満ちて夥《おびただ》しく見えた。

信州上田では真田安房守昌幸《あわのかみまさゆき》が諸卒を撫恤《ぶじゅつ》（憐れみ慈《いつく》しみ）し、民に仁慈《じんじ》（情け深く思いやり）を施して、長籠城《ながろうじょう》の労を慰《なぐ》さめていた。六月朔日《ついたち》の夜昌幸は閑居を出てふと天文を見ると、都の方に当たって将星《しょうせい》（大将を表す赤色の大きな星）が現《あら》われ、その光が皓々《こうこう》として見えた。処が、西の方から厄星《やくせい》（不吉な星）が来たって忽《たちま》ち将星を覆った。暫《しばら》くして、将星は厄星の為に光を失い、その形が全く消え失せた。昌幸は大いに驚き、「さては

京都にて異変が有ったか。将星こそ正しく右府信長公《うふのぶながこう》で有ろう」と暫く空を眺めている処へ源次郎幸村《げんじろうゆきむら》が立ち出でて、

「父君には天文を窺《うかが》われておられるように見受けましたが、今夕《こんせき》の天文では信長公の身の上に異変が起こったものと思われます。然《しか》れども、厄星は光を永く保つことが出来ないでしょう。是は、逆徒が忽《たちま》ちに亡ぶ兆《きざ》しです。父君には逆徒を何人《なんぴと》と思われますか」

と問うた。

安房守《あわのかみ》は、

「さては、其《そ》の方《ほう》も天文を見たのか」

と言った。幸村は、

「はい。客星《かくせい》は誰と御覧に成られるか」

と応じた。昌幸は手を組み、

「今天下に信長を討つべき程の者は恐らくは明智光秀で有ろう」

と答えた。幸村は、

「光秀は如何成れば君を討つと思われるのか」

と尋ねた。昌幸は、

「光秀は智謀深く、その上膽力《たんりょく》強大では有るが、心底の奸《かん》は勿々《なかなか》信長如きに仕えおる者で

はない。且《か》つ又常々不和なので逆心を貯《たくわ》えることが有るのに、信長は却《かえ》って光秀の大才を嫉《そね》む。是が、変を生ずる根元だと思う」

と答えた。幸村は手を拍《う》ち、

「実《まこと》に某《それがし》もそのように思いました。明智が主君を討った上は、その侭《まま》には捨て置かれません。如何《いかが》すべきでしょう」

と問うた。昌幸は、

「武将は名を以《もっ》て身を立てる者だ。主君を討った逆賊が、如何して一日も天下を保《たも》つことが出来ようか」

と言った。幸村は、

「然らば此《こ》の賊を討とうとする者は誰でしょうか」

と問うた。昌幸は、

「其の方は誰と思うか」

と逆に尋ねた。幸村は、

「某《それがし》熟々《つらつら》考えるに、此の折柄《おりから》に明智を討ち亡ぼし織田家を興し身を立てようとする者は、今中国に出陣している羽柴筑前守秀吉《はしばちくぜんのかみひでよし》こそが、その人と考えます」

と答えた。昌幸は笑って、

「信長に仕える将は、羽柴一人だけではない。柴田勝家《かついえ》・滝川一益《かずます》・佐々成政《さっさなりまさ》・丹羽長《にわなが》秀《ひで》・前田利家《としいえ》、その外数多《ほかあまた》の武将がある中で、羽柴一人が明智を討つべき大将と言うのは何故か。殊《こと》に秀吉は、今中国で高松の城攻めの最中である。柴田・滝川・佐々等は、手を束《つか》ねてはいないで有ろう。然《さ》らば、秀吉が如何《いかが》して明智を討つことが出来ようか。如何《いか》に」

と我が子の才知を図り見ようと尋ねた。幸村は、

「柴田・滝川・佐々等の面々は勇では有りますが、血気の勇で有って取るに足りません。如何して、光秀を討ち取ることが出来ましょうか。秀吉は今中国で合戦最中とは言っても、信長公が変死と聞けば直様奇謀《すぐさまきぼう》を廻らし、京都に攻め上《のぼ》って光秀を討つことは明らかです。その故は、先達《せんだっ》て当城を徳川・織田・北條《ほうじょう》の大軍が数度攻め掛かったが敗する而巳《のみ》でした。その中を、彼一人城中に来たって、我々が望みを叶えようとの一言《いちごん》を以て軍《いくさ》を取り鎮めた才智こそ、他の者に勝れる証《あかし》です。然《さ》れば光秀を討つ者は羽柴の外《ほか》にはないと思います」

と語った。昌幸は大いに感じ、

「其の方が奇才は既に我が心に等しい。恐らく違《たが》わないだろう」

と賞《ほめ》た。

果たして信長弑逆《しぎゃく》のことを中国で知った秀吉は、早くも安国寺《あんこくじ》と語らい、清水長左衛《ちょうざえ》門《もん》・難波伝兵衛《なんばでんべえ》等に切腹させ、高松の城を攻め落とした。その後、毛利《もうり》家と和睦して京都に攻め上り、明智光秀を山崎《やまざき》の一戦に討ち亡ぼして、京都を静謐《せいひつ》に治めた。真田幸村は未だ十四歳の年若で有ったが、斯《か》く迄先見の立つことで末頼母《すえたのも》し敷き頴才《えいさい》と知られることと成った。

沼田の城は真田昌幸が勝頼《かつより》に勧めて、徳川・北條を防ぎ支える為に心を込めて築いた城である。此《こ》の城には長坂《ながさか》の計らいで竹由新兵衛保三《たけよししんべえやすみつ》が籠《こも》っていた。竹由は元来奸曲《かんきょく》の者にして阿《おもね》り諂《へつら》い、小身《しょうしん》なれ共長坂釣閑《ちょうかん》に取り入り段々立身して沼田の城主と成った。然《しか》るに勝頼が天目山《てんもくざん》で亡んだ時も主君を助けようとはせず、敵の旗の手も見ない内に急ぎ織田の手に降参し身を遁《のが》れた。そこで、武田家の浪人共は皆此の竹由を頼んで、城に籠る者は五千余人に及んだ。中でも勝頼恩顧の初鹿野伝右衛門《はじかのでんえもん》・名和無理之助《なわむりのすけ》・中條勘右衛門《なかじょうかんえもん》（註②）・保科源右衛門《ほしなげんえもん》・赤坂才蔵《さいぞう》・近藤越後守《えちごのかみ》等は武勇烈《はげ》しきに似ず、敵に箭《や》を一筋さえも射掛けずにおめおめと沼田の城に逃げ籠ったのは苦々《にがにが》しいことで有った。真田安房守は予《かね》て信長に沼田の城を所望して置いたので、此の間に攻め落とし、我が物にしようと、京都へは弟隠岐守信尹《おきのかみのぶただ》を上《のぼ》らせ、秀吉に勝ち軍《いくさ》の賀儀を申し述べさせ、我が身は軍勢を率いて上田の城を発し、上州沼田へと押し寄せた。従う者共には、望月太郎左衛門《もちづきたろうざえもん》・別府若狭《べっぷわかさ》・

穴山岩千代《いわちよ》・海野六郎兵衛《うんのろくろべえ》・筧金五郎《かけいきんごろう》・穴山小兵衛《こへえ》・白山藤六《しろやまとうろく》・根津又九郎・畔柳九《あぜやなぎきゅう》蔵《ぞう》・荒川九郎《くろう》・高木貞吉《さだよし》を始めとして三千五百余人。何《いず》れも勇を鼓《なら》し沼田城の近くまで攻め寄せた。此のことが城中へ聞こえたので、竹由新兵衛は諸将に向かい、

「当城は先君勝頼公の代より、某《それがし》が城主として数年保って来たのに、勝頼公は不幸にして天目山で亡んでしまった。そこで直ちに織田家に降《くだ》って、本領安堵《あんど》の御書《ごしょ》を得て、武田兵衛尉信宗《ひょうえのじょうのぶむね》君（註③）を当城に守《も》り立て置いたが、真田昌幸は己《おのれ》が武威《ぶい》に誇り当城を攻め落とし我が物にしようと謀るのは悪《にく》き振る舞いである。然《しか》るに早くも近き川辺まで攻め寄せて来たとのことなので、今は由々しき大事である。率此方《いざこなた》より打ち出でて真田勢を折り挫《ひし》ぎ、彼《か》の父子《ふし》の首を取って、上田の城に押し寄せ攻め落として、我が物にしようと思うが如何《いかが》か」

と然《さ》も傍若無人に述べた。中條勘右衛門は、

「貴殿の言われる処は尤《もっと》もにも思われるが、甚だ違っている。抑々《そもそも》当城で武田兵衛尉《ひょうえのじょう》信宗を守り立てているとは言うが、此の人は鷲尾源吾《わしおげんご》（註②）の二男であり、孫六《まごろく》入道逍遙《しょうよう》軒《けん》の内室の弟である。それを信玄《しんげん》公の計らいで武田の苗字を賜ったので諸将も皆御家門《ごかもん》と称しているだけで、元々は別姓の人である。それは兎《と》も角《かく》も、彼《か》の真田は織田・徳川・北條三家の大軍が攻め立ててさえ少しも屈せず防戦したる程の名将なのに、軽々しく討ち取

ろう等とは実《まこと》に思慮のないことである。先《ま》ずは真田方へ使者を送って、城中の者決して罪《つみ》無《な》き由を告げて和睦し、潔《いさぎよ》く当城を明け渡して立《た》ち退《の》くのが穏当であろう。それ共、籠城して彼と戦おうと言うのならば、必ず我々は誅《ちゅう》せられることと成ろう」

と申し述べた。竹由保三は大いに怒り、

「其の方、如何《いか》なれば無用の舌を振《ふる》って諸軍の心を迷わすのか。勝頼公が亡びてから身を屈《かが》める処もなく当城に遁げ来たって、此の竹由に養われ助命の恩を受けながら斯《か》かる戯言《ぎげん》を吐くのは奇怪《きかい》である。誰か、勘左衛門の首を刎《はね》よ」

と呼ばわった。初鹿野伝右衛門は大いに制し、

「未だ軍《いくさ》をも始めない先に、味方の大将を切り殺すことは実《まこと》に門出《かどで》の不吉《ふきつ》です。暫く命を助けられよ」

と申し述べた。竹由は、

「然《さ》らば初鹿野の申すに任せ、此の場は命を助け置く。けれども、追っ付け真田父子を討ち取って帰陣したならば、首を刎《はね》るぞ。それまで命を預け置く。待っていよ」

と然《さ》も憎々しげに罵《ののし》り、それより軍事の評議に時間を移して、その手配りをした。

（註）

①「惟任将軍」とあるが、「惟任」は明智光秀が天皇家から名乗ることを許された苗字であり、将軍に成った事実はない。『三代記』の作者の創作と考えられる。

②『三代記』には「中條勘右衛門」について、「勘右衛門」と出てきたり、「勘左衛門」と出てきたりする。訳者が「勘右衛門」で統一した。

③この項に出てくる「武田兵衛尉信宗」「鷲尾源吾」について調べてみたが、全くわからない。

百三十二　真田沼田の兵と合戦の事　並びに初鹿野伝右衛門《はじかのでんえもん》勇戦の事

城中では中條勘右衛門《なかじょうかんえもん》の諫《いさ》めを聞かずに、竹由《たけよし》新兵衛が手配りをした。武田兵衛尉《ひょうえのじょう》を惣大将《そうだいしょう》として、初鹿野伝右衛門・名和無理之助《なわむりのすけ》・保科源右衛門《ほしなげんえもん》・高坂源五郎《こうさかげんごろう》の勢《せい》五千三百七十余人が一斉に打って出た。そして、鬨《とき》を作って馳せ向かい、真田の勢を見ると千人余りに見えた。皆が控えると、武田信宗《のぶむね》が陣頭に顕《あらわ》れ、

「如何《いか》に、其処《そこ》へ来たのは真田安房守昌幸《あわのかみまさゆき》ではないか。臣下の身にありながら如何にして

主君を討とうとするのか。武田家が滅亡したとは言え、当城には某《それがし》が在る。無道の振る舞い、その侭《まま》には捨て置きがたい。心を入れ替え、礼を以《もっ》て降参するならば永く領分を保証しよう。聞き入れずに刃向かうならば立ちどころに天誅《てんちゅう》を加えるぞ。如何に。如何に」と呼ばわった。真田勢は沼田方が討って出たのを得たりと喜んだ。そして、信宗の広言を憤《いきどお》りつつ昌幸が陣頭に出て、

「珍らしや信宗。其許《そこもと》は如何《いか》成《な》れば、此《こ》の真田を臣下と言うのか。抑々《そもそも》其許は鷲尾源吾《わしおげんご》の次男であって、武田の一族ではない。それなのに信玄《しんげん》公が深く憐《あわ》れんで連枝《れんし》（註①）の中へ組み入れ武田の姓を名乗るのを免《ゆる》したので、皆は御家門《ごかもん》と称して尊敬した。是は皆、信玄公の大恩《だいおん》ではないか。然《しか》るに勝頼公が天目山《てんもくざん》で討死《うちじに》の時でさえ、是を救おうともせず逃げ走って敵に降《くだ》り、当城に潜《ひそ》んだのは未練至極の振る舞いである。斯《か》かる卑怯《ひきょう》のことをしたのに恥《はず》かしいとも思わず、今又顕れ出て主君呼ばわりするのは全く理解出来ない。此の侭討死して、冥途《めいど》で信玄・勝頼の両公に何の面目あって対面するのか。逆賊は疾《はや》く退《の》け」と大いに怒り罵った。信宗は一言もなく、馬を返して陣中へと逃げ込んだ。真田勢は、「スハヤ。進め」と切って入った。先《ま》ず根津又九郎光任《みつとう》が真っ先に三尺五寸の大太刀《おおたち》を翳《かざ》して、沼田勢の真ん中へ割って入った。忽《たちま》ち騎馬武者三騎に手傷を負《お》わせて、なお勇を振《ふる》って働いた。続いて望月太郎左衛門《もちづきたろうざえもん》・別府若狭《べっぷわかさ》・海野六郎兵衛《うんのろくろべえ》・筧金五郎《かけいきんごろう》・増田荒次郎《あらじろう》・松

木庄兵衛《しょうべえ》・根津甚兵衛《じんべえ》・穴山小兵衛《こへえ》・畔柳九蔵《あぜやなぎきゅうぞう》・荒川九郎《くろう》が、我も我もと進んだ。沼田勢は唯一捲《ひとまく》りに切り立てられ西へ東へと敗走した。初鹿野伝右衛門唯一騎が止《とど》まって味方を制し、

「其《そ》の方等《ほうら》、大敵と見て恐れず小敵と見て侮《あなど》らずと言うことを忘れたか。斯《か》くばかりの敵に後ろを見せるとは何事ぞ。目釘（註②）の損じない限り思う存分に戦って討死せよ。我に続け」

と呼ばわり呼ばわり、真田勢を七・八騎まで切って落とし勇を励まし駆け来たった。真田勢は是を見て、「音に聞こえる初鹿野伝右衛門、我こそ討ち取ろう」と争った。中でも畔柳九蔵は鎗《やり》を奮って真っ先に突いて掛かった。初鹿野が、「得たり」と太刀《たち》を真っ甲に翳《かざ》し切って掛かると、畔柳は鎗を捻って受け流し、直ちに突き掛かった。初鹿野は手早く太刀で払い、鎗の鋒先《ほさき》を打ち折った。鎗を折られた九蔵は、「南無三宝《なむさんぽう》」と太刀に手を掛け抜こうとした。初鹿野は、「得たり」と大喝一声《だいかついっせい》、真っ甲から拝み打ちに切り付け冑《かぶと》の八幡座《はちまんざ》をしたたかに打った。九蔵が忽《たちま》ち血を吐いて馬から落ちる処を、初鹿野は又も切り付けた。是を見て荒川九郎・穴山小兵衛・白山藤六《しろやまとうろく》の三人が助けに来たって戦い、その隙に畔柳は漸々後陣《ようようこうじん》に退いた。斯《こ》うして、白山・穴山・荒川・増田等はなおも初鹿野を取り巻いて戦った。しかし、初鹿野は聞こえる勇将なので少しも屈せず、左右に引き受け請けつ

流しつつ戦う有様《ありさま》は実《じつ》に大勇《たいゆう》と見えた。なお、畔柳は手疵《てきず》が重く翌朝《よくちょう》終《つい》に果てたと言う。

（註）
①「連枝」とは、連なる枝のように元を同じくする兄弟姉妹を表す言葉である。
②「目釘」とは、刀や鎗などを柄《つか》や柄《え》に固定する竹釘のこと。

百三十三　武田兵衛尉《ひょうえのじょう》落馬の事並びに中條《なかじょう》勘右衛門《かんえもん》大言《たいげん》の事

沼田勢は真田方に切り立てられ、一旦敗走に及ぼうとした。初鹿野伝右衛門《はじかのでんえもん》は一人踏み止《とど》まって勇を振《ふる》って戦い、畔柳九蔵《あぜやなぎきゅうぞう》を始めとして八騎まで切って落とした。其処《そこ》へ、荒川九郎・穴山小兵衛《こへえ》・白山藤六《しろやまとうろく》等が来たって、初鹿野を中に取り込み、討ち漏らさぬぞと争い戦った。初鹿野はなおも怯《ひる》まず武勇を顕《あらわ》し、奮進《ふんしん》突撃し力を尽《つく》して戦っていたが已《すで》に危《あや》うく見えた。高坂源吾《こうさかげんご》・保科源左衛門《ほしなげんざえもん》・赤坂才蔵・近藤越後守《えちごのかみ》の四将が是を見て、如何《いかが》して初鹿野を見捨てられようかと三百余騎で取って返し、真田方に割って入り初鹿野を救い出し、急ぎ城の方を指して退《ひ》こうとした。真田方は、「遁《のが》すものか」と追い掛けた。高坂源吾信明《のぶあき》は、「今は是迄」と思ったので有ろうか、取って返し討死《うちじに》した。続いて赤坂才蔵も引き返して、穴山小兵衛と渡り合い勢い込んで戦った。しかし、穴山の怪力には当たり難く、才蔵は遂に生け捕られた。初鹿野は深手に堪《たま》らず軍勢に混《まじ》って落ちて行ったが軈《やが》て心を取り直し、「斯《か》くばかりの傷に、引き退《の》くのは残念である」と又々勇威を顕して、真田の旗本に切り入って、

「真田父子《ふし》の首を取ってやるぞ」

と喚《おめ》き叫んで働いた。穴山小兵衛は是を見て、「最前より武勇衆に超《こ》える初鹿野伝右衛門が、本陣を目掛けて切り入ろうとしている。是こそ、主君を窺《うかが》う曲者《くせもの》。イザ討ち取って手柄にしよう」と五人張《ごにんばり》の強弓《ごうきゅう》に鷲《わし》の羽の大雁股《おおかりまた》の矢をつがえ、杉を小楯《こだて》（註①）に引きしぼり狙《ねら》いを定めてヒョウと放った。初鹿野の運が強かったので有ろう、矢は前に立っていた赤松次郎の喉をグサと貫《つら》ぬいた。次郎は堪らず馬よりドッと転げ落ち、死んでしまった。初鹿野は是に驚いて、戦っては退き、退《ひ》いては戦い七・八度揉み合う中に、「近藤越前守《えちぜんのかみ》と保科源左衛門も討たれた」と聞き、「今は是迄」と一方を切り抜けて落ちて行き暫《しば》らく

は山林に身を隠していた。そして、後年に至って徳川源君《げんくん》に仕え、源君は初鹿野の武勇を愛し厚く召し使ったと言う。

沼田の方では頼み切った初鹿野伝右衛門が落ち失せ、高坂源吾・近藤越後守・保科源左衛門は討死し、赤坂才蔵は生け捕られ、惣敗軍と成って右往左往に落ちて行った。そのような中で、武田兵衛尉は名和無理之助《なわむりのすけ》一人と従者七・八騎を召し連れ、沼田の城に引き取ろうとしていた。其処《そこ》へ真田勢が急に追って来たので、信宗《のぶむね》は生きた心地もなく戦《ふる》え怖《おそ》れて、幾度か馬より落ちそうに成った。名和無理之助は大いに怒って、

「是は如何成ることぞ。是程の敵を恐れるならば、何で此《こ》の度《たび》惣大将に立たれたのか。斯《か》くまでの大敗を引き出したのも、余りに真田を軽く見た為で有る。その臆病と謀略のなさで、此《こ》の有様《ありさま》になったのを口惜《くちお》しくは思われぬか」

と言いながら、信宗が乗った馬の尻を鞭《むち》で叩いた。馬が駭《おどろ》き跳ね上《あが》ったので、信宗はアッとばかりに鞍《くら》から落ち血を吐いて、その侭《まま》息絶えた。これは浅ましいと言うも余りあることであった。名和無理之助も大いに驚いたが為すべきようなく、その侭味方に誘われ、漸々《ようよう》にして沼田の城中に逃げ入った。

城兵は始め五千三百七十余人と聞こえたが大いに討たれ、城中に帰ったのは僅かに千二百余人であった。それに引きかえ、真田勢は大いに勇んだ。武田信宗が落馬して死

に、高坂源吾・保科源左衛門・赤坂次郎・近藤越後守・高木貞吉《さだよし》の五人を始め数多《あまた》の敵兵を討ち取り、更に又穴山小兵衛が赤坂才蔵を生け捕ったからである。真田勢は皆々で悦び、「此の体《てい》成らば、沼田を攻め落とすのに何の差し支えが有るだろうか」と各々《おのおの》勝鬨《かちどき》をあげ野陣《のじん》を張って、その夜は休息した。

一方、城中では今日の軍《いくさ》で利を失い多くの大将を討たれ、城内は千二百余の軍兵と成っていた。竹由《たけよし》新兵衛は大いに驚き、「此の勢《せい》では敵兵を防ぐことは思いも寄らない。如何《いかが》しようか」と評議した。名和無理之助が、

「此の度の軍に付いては先達《せんだっ》て中條勘右衛門が諫言《かんげん》したのに、聞き入れないばかりか入牢《じゅろう》にまでした。今城中には才智の者がいないので中條勘右衛門を呼び出して、彼に計らわせられよ」

と申し述べた。竹由は元来無智・短才の者なので、無理之助が言うのに任せ、中條を呼び出して縄を解《と》いた。そして、恭《うやうや》しく、

「某《それがし》才智に乏しく、誤って足下《そっか》が諫《いさ》めを用いずに軍を出し、多くの味方を失《うし》ない、勇将初鹿野伝右衛門は落ち失せ、その上城兵は纔《わず》かに千二百余人と成ってしまった。且つ又主将武田信宗は落馬して死に、高坂・保科等は討たれ、今更如何《いかん》ともなすべきようがない。此の場合と成り、希《こいねが》わくは某《それがし》が不束《ふつつか》を免《ゆる》して謀《はかりごと》を教えられよ」

と言った。　中條勘右衛門は打ち笑って、

「遠き慮《おもんばか》りなき時は、必ず近き患《うれ》いあり（註②）。先達て某《それがし》が言ったことを用いず、捕らえて獄舎《ごくや》へ入れて置き、今更難儀に成ったからと言って謀《はかりごと》を問われても何で謀計《ぼうけい》が立つだろうか」

と言った。竹由は心では怒《いか》ったが、今の難には替え難く無念を堪《こら》えて、

「如《い》何《か》にも中條殿、腹立ちは尤《もっと》もである。先日殺そうとしたが人に止められたので、今日迄獄舎に入れて置いた。思えば、全く殺すには忍びなかったからである。就《つ》いては、然程《さほど》に某《それがし》を恨んで呉《く》れるな。武田家滅亡以来、其許《そこもと》も某《それがし》を頻《しき》りに頼みにしたので、止事《やんごと》を得ず今日迄養い置いた。然《しか》れば、全く恩がないとも言えないだろう。人として恩を知らないのは、畜生にも劣ると言う。貴殿は斯かる恩が有るをも忘れて、今某《それがし》に仇《あだ》をなそうとするのか」

と言った。中條は目を瞋《いか》らし、

「已《おのれ》能《よ》くも某《それがし》を愚弄《ぐろう》するか。先達て危うきを察して謀略《ぼうりゃく》を申し述べたのに、却《かえ》って某《それがし》を討とうとし、諸将が止めたので已《や》めただけではないか。あの時汝《なんじ》は何と言ったか。暫《しばら》く首を預かると言って獄に繋いだではないか。然るに今白々しく謀略を教えよなどとは武士道にも似ぬことではないか。又某《それがし》を養った恩があるとは何事ぞ。某《それがし》が当城に来たのは、武田

信宗が在《おわ》したからである。恩を知らず、畜生にも劣るとは其の方の事だ。大恩《だいおん》ある武田家に背《そむ》き、小山田信茂《おやまだのぶしげ》を頼り死を遁《のが》れようと降伏を乞うて、当城に在るのは横道《おうどう》と言わないのか。極悪人とは言わないのか。卑怯未練の曲者《くせもの》である。其の方如きに争《いか》で一計たりとも教えようか」

と飽く迄悪口をしたのは、先日の遺恨と知れた。竹由は大いに怒り、

「己《おのれ》如きに、何で謀《はかりごと》を聞こうか。聞かずともことは欠《かか》ない」

と言うと同時に太刀《たち》を抜き放って立ち向かった。中條は弥々《いよいよ》打ち笑って、

「其の方如きの刃物で、如何して此の中條を仕留めることが出来ようか。慌てて自分に怪我をさせるな」

と又も嘲《あざけ》った。物に堪《こら》えぬ竹由は、「唯一討ちに」と中條に切り掛かった。中條は騒がず身を背《そむ》け太刀を奪って立った。竹由の近侍数十人が立ち出て中條を絡めようとするのを、中條は力に任せて二・三人を投げ散らし奪った太刀で竹由の眉間《みけん》へバッサリと切り付けた。それを名和無理之助が、「得たり」と引き組み中條を取って押さえ、一刀に切り殺したのは天晴勇々《あっぱれゆゆし》敷く見えた。竹由は辛うじて起き上《あが》り、名和無理之助に向かい、

「其の方の救いがなければ、某《それがし》は中條に討たれる処であった。誠に其の方こそ命の恩人である」

と三拝する有様は、実《じつ》に見苦しく見えた。

（註）

①「小楯」は「木楯」とも書き、楯の代わりに身を寄せる立木のことである。

②『論語』の「無遠慮、必有近憂」から来た詞《ことば》で、あらゆる事態を想定し対策を立てておかないと近いうちに困ったことが必ず起こることの例えである。

百三十四　名和無理之助《なわむりのすけ》変心の事並びに沼田開城の事

両虎《りょうこ》争う時は一虎その弊《ついえ》に乗って両虎を喰《は》むとかや言う。中條と竹由《たけよし》の両人が争論し、竹由は中條の為に疵《きず》を蒙《こうむ》り既に危《あや》うく見えた。しかし、名和無理之助が中條を討って竹由を助けた。竹由は大いに悦んで中條の死骸を寸段《ずたずた》に刻み、無理之助を賞《しょう》した。それから座は静まって、種々《いろいろ》と防戦の評議に及んだ。しかし、誰一人謀計《ぼうけい》を述べる者がなく、唯茫然として真田の勇戦を恐れる而已《のみ》であった。その中で名和無理之助が、

「某《それがし》は、城門を開いて真田の臣下と成って忠義を尽《つく》そうと思う。此の義如何《いかが》か」

と言った。座中の諸士は是を聞いて、

「所詮《しょせん》真田に降参しない訳には行かない。真田には正《まさ》しく勝頼《かつより》公の御三男勝千代君《かつちよぎみ》がおられる。我々が臣下と成っても苦しくはない。却《かえ》って忠の道にも叶うであろう」

と、皆これに同《どう》じた。竹由は案に相違し暫《しばら》く言葉もなかったが、

「成る程、名和殿の申される処は尤《もっと》もである。しかし、一旦手向かった上は我々が俄《にわか》に降参しても真田は匆々《なかなか》聴き入れないであろう。それよりも今暫く当城に籠《こも》っていれば、その内に織田家・徳川家より援兵を差し送って、必ず当城の難儀を助けようとするだろう。然《しか》れば降参して真田に城を明け渡すのは無用と成ろう」

と申し述べた。無理之助は打ち笑い、

「真田は如何《いかが》して我々を疑《うたが》おうか。それに付き一ツの謀略がある」

と応じた。竹由は大いに悦び、

「願わくは早く教え給え」

と言った。無理之助は、

「容易《たやすい》いことである。一人の首を贈れば忽《たちま》ち心を寛《ゆる》して、降参を受け入れるだろう」

と答えた。竹由は、

「誰の首を贈るのか」

と重ねて問うた。無理之助は、

「其《そ》の方《ほう》の首である」

と答えた。竹由は大いに仰天し、

「是は何事か」

と顔色を変えて逃げようとした。無理之助は押し止《とど》めて、

「如何《いかが》して逃げるのか。某《それがし》名は無理之助であるが、口では決して無理を言わない。汝の首一ツで城中千二百余人の命が助かるので有れば、莫大《ばくだい》なる陰徳《いんとく》（註①）ではないか。然《しか》れば是は無理ではなく、道理《どうり》至極《しごく》の訳合いである。是からは我が名を道理《どうり》之助《のすけ》と改めようぞ」

と言うと同時に竹由を取って押さえ腰の一刀を抜き放って、柄《つか》も通れと刺し貫いた。竹由は七転八倒、座席は忽《たちま》ち血汐《ちしお》に染み目も当てられぬ有様であった。人は皆大いに恐れ、夢の如くに思っていた。無理之助は直《す》ぐ様《さま》竹由の首を掻き切って、ツと立って大音声《だいおんじょう》に、

「如何《いか》に其の方等、是より当城は名和無理之助が預かる。就《つ》いては是迄の如く我に従え。若《も》し聞き入れない者は、竹由の如くに為すぞ。如何か、面々」

と呼ばわった。誰が是を恐れないだろうか。皆首《こうべ》を垂れて、「臣下と成ります」と誓った。それから、無理之助は千二百余人を従え主従の盃盞《さかずき》を取り交わし、その夜の中《うち》に竹由の首を真田の陣へ送った。

真田昌幸《まさゆき》は大いに悦び、その侭《まま》沼田の城下にやって来た。名和無理之助は城門を開き、着込み（鎖帷子《くさりかたびら》）ばかりで千二百人を従えて出迎えた。真田昌幸は嫡子源三郎《げんざぶろう》と次男源次《げんじ》郎《ろう》、その外望月太郎左衛門《ほかもちづきたろうざえもん》・穴山小兵衛《こへえ》・同岩千代《いわちよ》・荒川九郎《くろう》・増田荒次郎《あらじろう》・白山藤六《しろやまとうろく》を従え城中に入った。名和無理之助は本丸に請《しょう》じ入れ、

「竹由新兵衛《しんべえ》は道に外《はず》れて君家《くんか》に背《そむ》き、当城に於いて織田家に降《くだ》りました。不義とは存じましたが、某《それがし》は武田兵衛尉信宗《ひょうえのじょうのぶむね》に随臣していましたので、是非なく当城におりました。幸い貴軍が攻めて来られたので、度々降参を勧めましたが竹由は聞き入れませんでした。止むを得ずに合戦し、敗軍したので再度降参を勧めましたが、同じく聞き入れませんでした。そこで、遂に昨夜竹由を討ったので降参致します。是からは無二の忠義を顕《あらわ》しますので、願わくは一旦の罪をお赦《ゆる》し下され度《た》い」

と申し述べた。昌幸は是を聞き、

「兼々《かねがね》武功の誉れ高き無理之助殿、能《よ》くも出て来られた。言われる処は、一々道理に叶っている。然《さ》れば是より貴殿は勝千代君に仕《つか》えられよ。我々とは同じ朋友と存じている。且

つ又、当城は某《それがし》先達《せんだっ》て上田開城の節信長《のぶなが》公より乞い受けた処である。是より勝千代君を守護して、某《それがし》は当城に移《うつ》る積もりで有る」

と言った。無理之助は大いに悦び、

「然《しか》らば、是より勝千代君に忠勤を尽《つく》しましょう」

と誓った。そして、無理之助を改名して、新左衛門幸繁《しんざえもんゆきしげ》と名乗った。斯《こ》うして昌幸は遂に沼田の城を乗っ取り、上田より勝千代君を伴《ともな》い来たって此処《ここ》に居住した。頃は天正《てんしょう》十年（一五八二）七月十四日、目出度《めでた》く沼田の城に移り、上田の城は嫡子源三郎信幸《のぶゆき》（註②）に守らせた。


（註）

①「陰徳」とは、「人知れずに施す徳のある行いのこと」である。

②『三代記』には「真田昌幸が沼田の城に移り、上田の城は嫡子信幸に守らせた」とあるが史実では無い。

百三十五　徳川源君《げんくん》御幣川村《おんべがわむら》巡見の事並びに土屋信次《のぶつぐ》忠義の事

斯《か》くて此《こ》の年も暮れ、明くる天正《てんしょう》十一年（一五八三）二月上旬に徳川源君には先年領することに成った甲信の領内を巡見しようと、酒井左衛門尉《さえもんのじょう》・大久保新八郎《しんぱちろう》・平岩七之《しちの》助《すけ》・榊原《さかきばら》小平太《こへいた》・本多平八郎《ほんだへいはちろう》等を従えて本城を出発し、先《ま》ず信州善光寺へ参詣した。時に本多平八郎が善光寺に安置されている、その昔難波《なにわ》堀江の津から見つかった霊像を開帳してご覧《らん》に供えたので、源君は殊《こと》の外《ほか》是を尊信され、後世のこと迄願われた。それより、「帰国しよう」と酒井忠次を召して、

「先達《せんだっ》て天目山《てんもくざん》にて亡くなった土屋惣蔵《そうぞう》の家臣が、此の辺に隠れ住む由《よし》を聞いた。其《そ》の方《ほう》は知らないか」

と尋ねた。忠次は畏《かしこ》まって、処《ところ》の者を呼んで尋ねた。里人《さとびと》は、

「如何《いか》にも土屋九郎右衛門《くろうえもん》と申す者が、今は武士を捨てて農民となり、御幣川村と申す処にわび住まいをしています」

と答えた。それを聞いた源君は、

「不便《ふびん》であるな。あの武勇で名高い九郎右衛門が今は農民と成っているのか。嘸《さぞ》や残念で

あろう。我本多と榊原の二人を召し連れ立ち寄って見ようと思う」

と言った。両人は制して、

「御無用です。今は農民と成っていますが、元は武田の残党です。如何なる野心が有るかも知れません。此《こ》の侭《まま》御帰国下さい」

と申し述べた。源君は打笑《うちわら》って、

「愚《おろか》だな。万卒《ばんそつ》は得安《えやす》く、一将《いっしょう》は得難《えがた》し。土屋九郎右衛門程の者が今武門を退いて民間に潜むのは、主《しゅ》を守る志《こころざし》が深いからである。就《つ》いては立ち寄って臣下と為して連れ帰ろうと思うのだ。止めては成らぬ」

と応じた。そして、御幣川村に立《た》ち越《こ》し、里人の案内に従って土屋の庵《いおり》を訪ねた。軒端《のきば》は朽ちて雨さえも支え兼ねる賎《しず》が家に、「憂《う》き世《よ》を忍び打ち萎《しお》れているか」と思いながら、源君はそぞろに感涙《かんるい》を催し案内を乞うた。折節《おりふし》九郎右衛門信次は家に在って、急いで外へ走り出た。慇懃《いんぎん》に対応し、軈《やが》て一間に請《しょう》じ入れた。源君が信次の武名を褒め称《たた》えると、信次は主君の討死《うちじに》を語り出し落涙した。源君も袖を潤していたが、稍《やや》あって信次に向かって、

「さても其許《そこもと》には主を失い、嘸《さぞ》や無念に思っているであろう。然《しか》れ共蛟龍《どもこうりゅう》は地中の物ならず、風雷《ふうらい》を得て天に昇る（註①）とか言う。それ忠臣は二君に仕えずと雖《いえど》も、是も又時と事とによる。見給え。羽柴秀吉《はしばひでよし》は比類なき武将ではあるが、元は松下嘉兵衛《かへえ》の草履取りであ

る。然《しか》るに織田信長のような能《よ》き主《しゅ》を得たので、武名を四海《しかい》に轟かすに至った。然《さ》れば其《そこ》許《もと》も一旦は土屋惣蔵《そうぞう》の臣となって、斯かる姿に成ったからと言って、今でも能き主《しゅ》を得て忠功を顕《あらわ》せば一ケ国や二ケ国を切り取ることが出来ぬことはなかろう。此の儀篤《とく》と思案を廻《めぐ》らされよ」

と述べた。信次は気色《けしき》を変じ、

「是は御言葉とも思えません。男子の志《こころざし》は仮令《たとえ》泥を飲《の》み砂を喰《は》むとも、再び主人を取るべきことが有るでしょうか。富貴《ふうき》を貪《むさぼ》り天下に不忠の名を取るのは某《それがし》の望みには有りません。農民と成って暮《くら》すことこそ望む処です」

とサモ潔《いさぎよ》く答えた。源君は大いに感じ、

「勇士は、そのように有りたいものである。由《よし》なきことを言い出して其許《そこもと》が意を煩《わずら》わした。決して心に掛けて呉《く》れるな」

とは言ったが心の中では悦ばずに苦笑いしていた。其処《そこ》へ、十一・二歳の美少年が茶を運んで来た。それを見た源君は、信次に

「是は其許《そこもと》が悴《せがれ》なるか」

と問うた。信次は謹んで、

「愚息で御座います。御見知り下さい」

と答えた。源君は、

「名は何と申すか」

と尋ねた。信次は、

「平三郎《へいざぶろう》と申します」

と答えた。源君は、

「ア、能《よ》き忰を持っておるな」

と言った。そして、熟々《つくづく》と見て軈《やが》て信次に、

「其許《そこもと》は主人惣蔵が天目山にて討死の時、倶《とも》に死すべき筈なのに、然《そ》うしないで農民と成って露命《ろめい》を繋《つな》ぐのは不審に思っていたが、今こそ其許《そこもと》が誠の忠義を見い出した。此の平三郎を其許が忰と言うのは偽りであろう。是こそ、土屋惣蔵が遺子《わすれがたみ》に非《あら》ざるか。家康の眼力によも違いは有るまい」

と言った。信次は打ち笑って、

「仰せでは有りますが、全く以《もっ》て拙者が忰に相違御座いません。討死しなかった次第は、某《それがし》が死ねば誰も亡主《ぼうしゅ》の弔《とむ》らいをする者がないので、戦場を遁《のが》れ当地に閑居《かんきょ》したのです。主人の命などとは思いも寄らないことです」

と申し述べた。源君は、

「否々《いやいや》。然様《さよう》に隠すには及ばない。土屋が忰であっても殺す積もりはない。我は是を側近《そばちか》くで召し仕おうと思うのだ」

と言った。信次は、

「さて、何も隠しはしません。実は仰《おお》せの通り主人惣蔵の嫡子に相違有りません」

と言った。源君は感じ入って、

「さても、土屋の子の平三郎であるな。我今同道して帰るので、随分 志《こころざし》を励まし後世に名を揚げよ」

と言った。信次は、

「有り難う御座います」

と応じた。そして、それから酒などを差し上げた。元より賎《しず》が家《や》のことなので肴《さかな》は蒲公英《たんぽぽ》の味噌あえ位であった。源君は一入興《ひとしおきょう》に入《い》って、

「如何《いか》に信次、我斯様《かよう》に民家に暮すことを羨ましく思うぞ。浮世を離れて嘸《さぞ》や心の侭《まま》であろう」

と打ち興じた。信次も寛《くつろ》いで、

「仰せでは御座いますが、古歌（註②）に『山里を浮世の外に住居《すまい》せよ　すまぬ思いは心なりけり』とやら聞いたことが有ります。しかし、松風の音のする淋しい処に住居しても、

浮世の苦労は矢張《やは》り遁《のが》れることが叶いません。特に楽しくも御座いません」

などと余念なく物語った。源君は興じて、

「今日はすっかり鬱《うつ》を散らすことが出来た。摘草《つみくさ》のもてなしも賞味出来た」

と大いに悦び、頓《やが》て土屋を召し呼ばれて、

雪消えて世に出る土屋日の恵み　　源　君
かついろ見ゆるはなの白妙《しろたえ》　　土　屋
野も山も春は来にけり霞《かすみ》にて　　酒　井

と三吟《みつもの》を為し笑談は数刻に及んだ。

既に時刻が移ったので、源君は信次に別れを告げて立ち帰ろうとした。その際に土屋信次に、

「平三郎は未だ幼少なので、其許《そこもと》後見として一緒に来ないか」

と誘った。信次は首を振って、

「斯く迄に世を遁《のが》れ、賎が家で農業をし麁飯《そはん》で身を養いながら春秋を送る者が、如何《いかが》して富貴を望みましょうか。此の儀はお赦し下さい」

と固く拒んだ。是非もなく、源君は平三郎のみを召し連れて庵を立ち出で、門外で馬に乗ろうとした。その時、身には麁服《そふく》を纏《まと》い、柄頭《つかがしら》の解《ほぐ》れた黒塗り鞘《さや》の脇差しを帯した年の頃

十一歳ばかりの童子が麦小屋の内から源君を見、双眼《そうがん》に泪《なみだ》を浮かべていた。

それを見た源君は再び土屋が庵室に立ち戻って、

「あの麦小屋の内にいるは何者か」

と尋ねた。信次は、

「あれは某《それがし》の誠の悴で、彦太郎と申します」

と答えた。源君は笑って、

「平三郎の後見を辞して、民間に有ろうと言うは訝《いぶか》しいと思ったが、其許《そこもと》が心中を見たぞ。是こそ武田勝頼《かつより》の悴で有ろう」

と言った。信次は拝伏し、

「包み隠す甲斐が有りません。お憐れみ下さい」

と歎いた。源君も共に落涙して、

「忠義者であるな土屋。義の人であるな信次。斯《か》くまで実ある其許《そこもと》の忠心を、如何して破り害することが有ろうか。乞《いざ》彦太郎とやらに対面しようぞ」

と言った。信次は再び源君を奥に請じて、彦太郎との対面を為した。

（註）
①『三国志』呉書《ごしょ》の故事に出てくる言葉で、人はチャンスに恵まれれば才能を発揮し、英雄にも豪傑にもなれることの例えである。
②「古歌」にとあるが、それらしい歌が見つからない。

百三十六　武田彦太郎自殺の事並びに秤屋守随《しゅずい》由緒の事

源君《げんくん》は威儀《いぎ》を正して上座に着き、酒井・榊原《さかきばら》・本多《ほんだ》・平岩《ひらいわ》は側近《そばちか》くに座した。土屋九郎《くろう》右衛門《えもん》は彦太郎に紅葉《もみじ》色の振り袖に上下《かみしも》を着けさせ、大小凜々《りり》しく粧《よそお》ってズイと前に進ませた。源君は是を見て、

「彦太郎、近くに来たれ」

と招いた。そして、

「父勝頼《かつより》殿によく似て居るな。当年幾つに成るか」

と問うた。彦太郎は、

「十一歳で御座います」

と答えた。源君は手を伸ばして背を撫ぜ、

「父勝頼が天目山《てんもくざん》で自害し、孤児《みなしご》と成って永の月日を送ることは嘸侘《さぞわび》しく思うであろう。此《こ》の家康が四海《しかい》（天下）を切り鎮めたならば、先《ま》ず其《そ》の方《ほう》を一番に取り立て一ケ国の主《あるじ》とする積もりだ。その時は天晴《あっぱれ》父の汚名を雪《すす》いで、名を万天《ばんてん》に輝かせよ」

と慰め諭した。信次は唯々、

「有り難う御座います」

と涙に暮れていた。彦太郎は面《おもて》を正し、

「恐れながら、是迄の如くに捨て置いて下さることこそ御慈悲です」

と述べた。源君は暫《しばら》く歎息していたが、

「昔唐土《もろこし》の孟母《もうぼ》が三度居を替えた（註①）と言うも、理の有ることであるな。勝頼の忰なので一国の主《あるじ》と為そうと言えば悦ぶ筈なのに、然《さ》はなくして民家を望むのは幼年より住み馴れた故であろう。ア、斯《か》く迄に成る者なのか」

と見下げた。彦太郎は莞爾《にっこ》と笑い、

「仰《おお》せでは有りますが、全く然様《さよう》のことでは有りません。父勝頼が天目山にて逆臣小山田《おやまだ》に謀《はか》られ自害したとは言え、その根《もと》を尋ねてみれば織田信長《のぶなが》公と家康《いえやす》公の謀略のせいです。然《しか》れば、我成長したなら以前恩顧の兵卒を集めて織田・徳川の両家を打ち亡ぼし、首を父が墓に手向《たむ》けようと思っておりました。それなのに、織田は明智《あけち》の為に滅ぼされてしまいました。今敵《かたき》と狙うのは公《きみ》一人です。その仇敵《きゅうてき》である公の禄を受ければ、二度と父の仇《あだ》を報ずる訳には行きません。然《さ》るによって、唯此《こ》の侭《まま》民家に暮《くら》し度《た》いと申したのです」と答えた。源君を始め座中の人々は皆、一同に落涙して感じ入った。源君は涙を拭って、「流石《さすが》は勝頼の悴だけ有って神妙である。成長の上は今の言葉に違《たが》わず、見事此の家康の首を討って父に手向けられよ。ア、明才《めいさい》なるかな」と寛仁大度《かんじんたいど》で応じた。信次《のぶつぐ》始め、その外《ほか》の者も皆感涙を催《もよお》した。斯《か》くて源君は土屋平三郎《へいざぶろう》を伴って帰国した。その後、此の平三郎を民部忠直《ただなお》と名を改めさせ、武功の勇将であると、常陸土浦《ひたちつちうら》の城主九万五千石に封じたと言う（註②）。

一方、彦太郎晴忠《はるただ》は当年十一歳であったが、翌年から風《ふ》と病に罹《かか》り、足痛《そくつう》を煩《わずら》い歩行叶わず多病で在った。しかし、二十歳の頃に信次の娘と契《ちぎ》り男子が出生した。信次は大いに悦んで、彦太郎父子《ふし》を養育していた。然《しか》るに或日《あるひ》彦太郎は土屋に向かって、「我には十一歳の時家康公に対面して述べた一言があるので、恩顧の臣を語らって徳川と一戦を遂げようと思っていた。とは言え、斯く病身となっては叶わない。幸い上田の城には真田がいるので、武田家再興のことは気遣い無く思う。我は病身でいつまで露命を繋《つな》ぐのも残念なので、切腹し死のうと覚悟をした。よっては此の悴を何卒《なにとぞ》世に立てて呉《く》れ。然《しか》れ共《ども》、徳川家に仕えることだけは思い止《とど》まれ」

と言った。信次は大いに驚き、

「是は口惜しい仰《おお》せを蒙むる者です。如何《いか》なれば斯《か》かることを言われるのか。既に御嫡子も出生したので、御成人を楽しみに暮らして下さい」

と申し述べた。彦太郎は唯頷《うなず》いていたが、その後信次がいない間を窺って、当年二十五歳を一期として仏前に向かって腹掻き切って果てたのは、哀れなことであった。斯《か》くとは知らず、立ち帰った信次が此の体《てい》を見て大いに驚き、さても口惜しいこと哉《かな》と暫《しば》し泣き沈んでいたが帰らぬことに是非もなく、野辺の送りを済ませて後は遺子《わすれがたみ》の一子を又も彦太郎と名付けて育てていた。徳川源君は此のことを聞き込んで不便《ふびん》と思われ、元和《げんな》元年（一六一五）此の彦太郎を呼び出して心の中を尋ねられた。彦太郎は唯平伏《へいふく》し、

「今は某《それがし》世に望みが有りません。御慈悲ですので、此の侭《まま》にして下され」

と申し述べた。源君も歎息し、

「ア、血に混《まじ》われば、朱になるとは此のことか。是非もない。名家の子孫も田舎家に育った哀しさ。今の一言《いちごん》、早《はや》此の上は言うことがない」

と言って、武臣には取り立てなかった。けれども、東三十三ケ国の秤座《はかりざ》を免《ゆる》して（註③）住居を大津に与え、姓を守随《しゅずい》（註④）と改めさせ、その後江戸京橋具足町《ぐそくまち》に屋敷を賜わったとか言う。

（註）

①「孟子の母は我が子の教育環境を考え、三度住む場所を替えた」という故事による。三度目に住んだのは学校の近くだったという。

②『三代記』には「常陸土浦の城主九万五千石に奉じたと言う」とあるが、土屋忠直は上総久《かずさく》留里《るり》藩（現君津市《きみつし》久留里）二万石の藩主である。

③「東三十三ケ国の秤座を免す」とは、東日本の秤を製造販売する権利を与えたことである。

④『三代記』には「随守《ずいしゅ》」とあるが、訳者が「守随《しゅずい》」に訂正した。

百三十七　真田昌幸《まさゆき》、秀吉《ひでよし》を論ずる事並びに源次郎幸村《げんじろうゆきむら》的言の事

真田安房守《あわのかみ》は、京都の噂として「秀吉は信長《のぶなが》公の葬式を執り行い、信忠《のぶただ》公の御嫡子三法師丸《さんぽうしまる》の仰《おお》せとして、柴田・佐々《さっさ》・滝川・徳川の面々に恥辱《ちじょく》を与えた」とのことを聞いた。そこで昌幸は信幸《のぶゆき》と幸村を呼んで、

「羽柴《はしば》秀吉が逆臣明智《あけち》を山崎で討ち果たしてから、威を隣国に輝かし既に天下を望むの萌《きざ》しがあるので、此《こ》の度《たび》京都に於いて柴田・佐々・滝川等が評定《ひょうじょう》の席に羽柴を呼び寄せた。そして、一言半句《いちごんはんく》の誤りが有れば、佐久間玄蕃盛政《げんばもりまさ》と言う勇者を遣《や》って秀吉を討とうと謀《はか》った。しかし、秀吉は恩義と言う二字を守って、勝家《かついえ》の無礼を憤《いきどお》りもせず望みに任せて長浜の城を与え首尾能《よ》く帰館した。是等の大才《たいさい》からして、秀吉は頓《やが》て天下を掌握すると見える。然程《さほど》の秀吉が此の度信長の追福《ついふく》として葬式を執り行い、勅命《ちょくめい》を以《もっ》て織田の家門並びに諸臣を国々より招き寄せ、己《おの》が優位に立って柴田を挫《ひし》ぐ為に、勅命であると日岡峠《ひのおか》（註①）からは御家門・家臣等の差別無く、従者の外持筒《ほかもちづつ》・持弓《もちゆみ》の者も入れることを許さずと触れ置いた。追々上京のため、北畠信雄《きたばたけのぶかつ》・神戸信孝《かんべのぶたか》・徳川源君《げんくん》・柴田勝家・滝川一益《かずます》・佐々成政《なりまさ》・佐久間玄蕃・丹羽五郎左衛門《ごろうざえもん》・前田又左衛門《またざえもん》・金森五郎八《かなもりごろはち》・梁田《やなだ》出羽守・中川瀬兵《せへ》

衛《え》・高山右近《うこん》・池田の一統・筒井順慶《じゅんけい》・森武蔵守等皆々日岡峠にやって来た。前の如くの次第なので、皆々無人にて洛中に入った。その上、信長の御遺体を大徳寺《だいとくじ》へ葬る為の御供の面々の中で、秀吉は仮官《かりかん》とて大納言《だいなごん》の格式を以て輿《こし》に乗り、信雄《のぶかつ》・信孝等は馬上と為す等、全く君臣の道を失うもので有った。且《か》つ又《また》大切な主君の焼香場に於いては、山崎《やまざき》で戦功の有った丹羽・中川・高山等には焼香を許さず、その外信雄・信孝・勝家等は不忠であると言って是又焼香を妨げ、様々に我意を振《ふる》ったのは大将の行いではなかった。その上に徳川氏の焼香をも妨げ、恥辱を与えたのは甚だ以てその器《うつわ》ではない。折角《せっかく》明智を討ったのに、その忠志《ちゅうし》も此の為に水の泡と成った。就《つ》いては、秀吉の滅亡も近かろう」

と眉《まゆ》を顰《ひそ》めて語った。源三郎《げんざぶろう》信幸は大いに驚き、

「父君の仰《おお》せ、骨髄に徹しました。思えば秀吉の振る舞いは、実《まこと》に以て大将の器では有りません。恐《おそ》らく柴田の為に、滅ぼされるでしょう」

と申し述べた。源次郎は打ち笑い、

「父君・兄上の賢慮は理に合うに似ていますが、某《それがし》の所存とは大いに違います。秀吉が明智を山崎で討ち果たしてから、天下を望む気が有るとは言え、強《あなが》ち君を廃し上《かみ》を侵《おか》そうとの心が有るのでは有りません。既に信長公の舎弟信雄は先達《せんだっ》て北畠の養子（註②）と成り、同じく信孝は神戸《かんべ》蔵人友成《くろうどともなり》の養子（註③）と成っていますので、信忠公の跡目は此の両君《りょうくん》が

相続すべきようは有りません。よって信忠公の嫡男三法師丸を以て織田の家督として立てることは我侭《わがまま》ではなく順道です。且つ又、柴田・滝川等が羽柴を憎むのは、全く林中《りんちゅう》の高木風の為に傷つくの道理であって、明智を安々と討った功を嫉《ねた》むからです。ですから、是を不忠とは謂《い》うべきで有りません。然《しか》るに信雄・信孝を家督させようと工《たく》むのは、皆私欲であって臣の道に叶わぬことです。斯《か》くも理非が分明なのに、奸徒《かんと》の申し分を秀吉は少しも怒らずに帰り、身に災いを蒙《こうむ》らないようにしたのです。そして、その返報にと勅命を以て信長公の葬式を取り行い、柴田・滝川に恥辱を与えたのは決して我侭とは謂《い》われません。且つ秀吉が十分に我が威勢《いせい》を張って天下を掌握した形《ふり》を見せたのは諸将の心を計る為であって、是は計略の一ツです。又山崎で手柄の有った大将並びに己《おの》れが郎等《ろうとう》、信雄・信孝の両人にまで三法師の命《めい》であると言って焼香させなかったのは、政道に私《わたくし》なきを示す為です。抑々《そもそも》三法師丸は既に織田家の棟梁《とうりょう》なのですから、何ぞ君命《くんめい》を重んじなくて良いのでしょうか。斯《か》く忠義を主として良計を立てるのも、畢竟《ひっきょう》柴田の勇気を挫《ひし》いで怒《いか》らせ、軍《いくさ》を起こさせて打ち亡ぼす為です。大軍を指揮するには、是程の心がなくては叶いません。誠に恐るべきは秀吉です」

と弁舌流れる如くに申し述べた。昌幸は是を熟々《つらつら》聞いて、「兄弟の才智を試す為に斯く言い聞かせて見たのだが、幸村が申す処は昌幸の心に符合する」と大いに感じ入った。斯《か》く

て座に居合わせた人々が退いたので、幸村は又、

「某《それがし》その節申そうと存じましたが、ことに紛《まぎ》れ延引《えんいん》してしまいました。先達《せんだっ》て沼田《ぬまた》の城を開いた節、名和無理之助《なわむりのすけ》は今迄養われた竹由新兵衛《たけよししんべえ》を討って降参した由《よし》ですが、斯様《かよう》の者は背《そむ》き易いので早く御誅《ごちゅう》し下さい」

と申し述べた。源三郎信幸は、

「弟が申すのは違います。彼は元来竹由の臣ではなく、元は武田の臣です。故あって暫《しばら》く竹由に身を寄せている内に、竹由が変心したので止事《やんごと》を得ず討って降参したのです。今は勝千代君《かつちよぎみ》の臣と成っているので、如何《いかが》して彼に逆意が有りましょうか。殊《こと》に沼田の城落去の後父君が移られて、再び又当城に来られましたが、沼田の城は未だに普請《ふしん》が成就しないのにことを早まるは得策では有りません。賞は速《すみや》かに罰は遅くせよと言います。能《よ》く能《よ》く心して下さい」

と述べた。安房守は、

「如何様《いかさま》、信幸が申す如くに、新左衛門は降参して未だ月日も立たっていない。先《ま》ずは捨て置くのが宜しかろう。誅することは、何時《いつ》にても出来る」

と言った。幸村は是非もなく口を閉じて退いた。しかし、是が災いの種となるのは後に成って思い知らされた。

（註）

①「日岡峠」は、京都と大津を結ぶ峠で、逢坂山《おうさかやま》と並ぶ難所であった。

②織田信長による伊勢大河内城（現松阪市）の北畠具房《ともふさ》攻略の和睦条件として、信雄は北畠家の養嗣子となり、「北畠具豊《ともとよ》」と名乗った。

③織田信長が伊勢北部を平定した際に、信孝は降伏した神戸城（現鈴鹿市）の神戸具盛《かんべとももり》の養嗣子（押入婿）となり、「神戸三七郎」と名乗った。

百三十八　真田信幸《のぶゆき》、本多《ほんだ》の娘を娶《めと》る事　並びに名和新左衛門《なわしんざえもん》悪心《あくしん》の事

名和無理之助《むりのすけ》は沼田《ぬまた》の城主竹由《たけよし》を討って昌幸《まさゆき》の臣下と成り、名を新左衛門と改めその侭《まま》城を守り、城中の大破《たいは》を修繕していた。折柄《おりから》、穴山小兵衛《こへえ》の嫡子岩千代《いわちよ》は沼田に於いて元服《げんぷく》し、改名して穴山小助安治《こすけやすはる》と称した。父小兵衛は一家中を招き悴《せがれ》の元服の賀《が》を祝った。

小助は是まで数度の合戦に軍功が多かったので、その席に新左衛門も来たっていた。上田からは、同年の幸村《ゆきむら》ほか真田隠岐守信尹《おきのかみのぶただ》・望月太郎左衛門《もちづきたろうざえもん》・増田荒五郎《あらごろう》・畔柳兵七《あぜやなぎへいしち》・筧金五郎《かけいきんごろう》等も来ていた。

真田隠岐守の家臣、近藤善五兵衛《ぜんごべえ》は一人の娘を持っていた。此《こ》の娘は頗る《すこぶ》美婦《びふ》で、その誉《ほま》れ隣国に隠れなく、今年丁度《ちょうど》十六歳の春のまだ咲き揃《そろ》わぬ花の香りの馥郁《ふくいく》と婀娜《あだ》たる粧《よそお》いで有った。穴山小兵衛は、「人は知らなくとも、我が悴こそ相応《ふさわ》しかろう」と切なる親心によって、或《あ》る日近藤善五兵衛を招いて、

「さても貴殿の御息女《ごそくじょ》は隠れもなき賢女です。斯《か》く申すのは赤面の至りでは有るが、願わくは不肖の悴の妻に申し受け、某《それがし》は隠居して老《おい》を養いたいと存ずる。若《も》し宜《よろ》しければ賢《けん》娘《じょう》を某《それがし》が家に給わりたい」

と言った。善五兵衛も予《かね》て穴山小助の軍功を聞き及んでいるので大いに悦び、

「是は是は辱《かたじ》けなき仕合わせ。某《それがし》も予《かね》て好《よ》き聟《むこ》をと思っていた。幸いなことに、器量抜群にして世に知られる小助殿のような好き聟を得ることは、常々の願いで有って是に過ぎたることはない。御言葉に甘え、不束《ふつつか》な娘ではあるが御所望《ごしょもう》に任せて進上しましょう」

と応じた。小兵衛は大いに悦び、互いに約束を堅めて祝賀の吉日を撰んでいた。斯《こ》うしている内に、沼田の城の修繕が終《おわ》った。昌幸は如何成る所存が有ってか、沼田の城は源三郎《げんざぶろう》

信幸に与え、家臣根津新兵衛《しんべえ》・別府久左衛門《べっぷきゅうざえもん》を差し添え置いて、其の身は源次郎幸村《げんじろうゆきむら》と倶《とも》に又上田に移った。

一方、信幸は徳川の勇臣本多平八郎忠勝《へいはちろうただかつ》の娘（註①）を水野隼人《はやと》の媒酌《なこうど》で（註②）配偶《つま》に立てて、沼田に於いて婚礼の式を取り行ったので安房守も大いに安心した。

爰《ここ》に又沼田の城将名和新左衛門は随分と忠勤を抽《ぬき》んでていたので、信幸の心に適《かな》い段々立身し、城中の者で今は肩を並べる者もない程であった。或る時新左衛門は、善五兵衛に向かって、

「凡《およ》そ妻と言う者は譬《たとえ》ば家の梁《はり》のようなもので、なくては成らぬものである。某《それがし》今年四十五歳に成るが、一旦持った妻は悴甚七郎《じんしちろう》を産み落として身罷《みまか》った。それより悴を継母の手に託すのが不便《ふびん》で、今迄無妻にて暮らして来た。悴も早二十五歳と成ったので、今は心に掛かることもない。就《つ》いては貴君の御息女を拙者に頂けないか」

と言った。善五兵衛は思い掛けない申し出に、一度は愕《おどろ》き、二度は呆れ、三度目は開いた口が閉《ふさ》がらなかった。暫《しばら》くして、

「思いも寄らない仰《おお》せを承った。御子息の甚七郎殿は早二十五歳に成られるので、然《しか》るべき妻をと御尋ね有るべきなのに、貴殿御自分の妻に御懇望《ごこんもう》されるとは、余りと申せば如何《いかが》なものか。兎《と》も角《かく》も愚娘《むすめ》は先達《せんだっ》て穴山小助に約束して有るので、最早《もはや》如何《いか》ようにも為し難《がた》

い。然様《さよう》に御心得下され」

と味《あじ》もなく言い放った。元来剛気《ごうき》の新左衛門は大いに憤《いきどお》ったが心を鎮めて、

「如何様《いかさま》、老功の御一言御尤《ごもっと》もです」

と赤面しながら別れた。しかし、新左衛門は娘を忘れかね、

「然《さ》ても悪《にく》き善五兵衛の一言。日頃想いを積んだ甲斐がないばかりか、年寄りと侮《あなど》って我を恥ずかしめるのは許せない」

と心の内に燃《もえ》るが如く思った。しかし、是が身を亡《ほろ》ぼす基《もとい》と成った。

　或る時新左衛門が植村茂兵衛《もへえ》方へ行き帰る途中で、近藤善五兵衛宅の表《おもて》を通ると、家内《かない》にて頻《しき》りに新左衛門の噂《うわさ》をしていた。新左衛門は立ち止まって密《ひそ》かに是を聞くと、先頃申し掛けた妻女の噂《うわさ》をして取り取りに笑い合う声が頻《しき》りだった。新左衛門はググッと怒り、

「さては善五兵衛め、某《それがし》が後妻を所望した一件を家内に漏らして、我を嘲《あざけ》るのであろう。悴甚七郎の手前と言い残念である」と歯噛みをしながら帰って行った。又翌日悴甚七郎が登城しての帰り道に、何心なく近藤宅の表を通ると、近藤の下部《しもべ》の八助《はちすけ》と言う者が甚七郎の後ろ姿を指差して、

「あれは、新左衛門殿の子息甚七郎殿である。あの様《よう》な立派な悴を持ちながら、当家の御息女を後妻に望むとは、さてさて抱腹《ほうふく》の至りである。子息の嫁にこそ乞うべきであろう

に」

などと口さがなく笑う声が甚七郎の耳に入った。甚七郎は不思議なことを言うと訝《いぶか》しくは思った。しかし、夢にも知らぬことなので、その侭《まま》我が家に帰り、父に向かって、

「今日近藤宅の前を通ると、下人共《げにんども》が斯様斯様《かようかよう》に笑っていたのは何故ですか」

と尋ねた。新左衛門は心の中では怒ったが流石《さすが》に、それとも言い難く、

「それは其《そ》の方《ほう》が聞き違いであろう。そのようなことの有る筈がない」

と言い紛らわしたが、心中では弥々《いよいよ》憤りを催したと言う。


(註)
① 「本多忠勝の娘」の稲姫《いなひめ》（幼名、於子亥《おねい》）は、信幸に嫁いでからは「小松姫」と呼ばれた。
② 「水野隼人の媒酌で」とあるが、水野氏で「隼人正《はやとのしょう》」を名乗ったのは「忠清《ただきよ》」であり、忠清は秀忠《ひでただ》に仕えており時代的に合わない。父の忠重《ただしげ》は時代的には合うが、和泉守《いずみのかみ》である。

百三十九　近藤善五兵衛《ぜんごべえ》横死《おうし》の事　並びに由利鎌之助《ゆりかまのすけ》、穴山に生け捕らる事

名和新左衛門幸繁《なわしんざえもんゆきしげ》は己《おのれ》が恋情《れんじょう》が遂《とげ》られないばかりか、近藤に嘲《あざけ》られたのを深く憤《いきどお》り思わず色に顕《あら》わしたので、その子甚七郎《じんしちろう》・若党次郎助《じろすけ》も共に計って酒宴にこと寄せ近藤を暗討《やみう》ちにした。しかし、近藤の若党黒瀬忠助《ただすけ》の為に己は薄手《うすで》を負《お》い、悴《せがれ》甚七郎・若党次郎助は即死したので、その場より逐電《ちくでん》し後に佐々内蔵助《さっさくらのすけ》（註①）の臣と成ったと言う。真田源三郎《げんざぶろう》は此《こ》のことを聞き、怒りに堪えられなかったが、俄《にわか》に出陣することが出来《しゅったい》したので、先《ま》ずは仕置きをした。

一方、真田安房守《あわのかみ》は羽柴秀吉《はしばひでよし》と柴田勝家《しばたかついえ》が賤ヶ岳《しずがたけ》で戦《いくさ》に及ぶ由《よし》が上田にも聞こえて来たので、「恩義を受けた秀吉に此《こ》の度《たび》援兵を出さなければ義理も知らぬと嘲《あざけ》られるのも片腹痛い。いざ、加勢の人数を出そう」と、先ず沼田の真田源三郎信幸《のぶゆき》と次男源次郎幸村《げんじろうゆきむら》に、穴山小助《こすけ》・別府若狭《べっぷわかさ》・筧《かけい》・畔柳《あぜやなぎ》・増田兄弟・太田・木辻・野呂・東坂《とうさか》・月形兵馬《つきがたへいま》・真田甚《じん》三郎《ざぶろう》を付属して、本城を発向させた。そして、真田勢が菅沼新八郎定盈《しんぱちろうさだみつ》（註②）の籠《こも》る野田の城下に押し近づくと、城中でも種々《いろいろ》評議が有った。由利鎌之助基幸《もとゆき》と言う大剛《だいごう》の勇士が衆に擢《ぬき》ん出て、

「某《それがし》不肖なれ共《ども》討って出、真田兄弟の生頸《なまくび》を取って実検に備えましょう。如何《いかが》して手を拱《こまね》いて、見す見す城下を通して良いでしょうか」

と潔《いさぎよ》く申し述べた。城主の定盈は是に同《どう》じたが、並河玄蕃《なみかわげんば》が進み出て、

「いやいや、真田兄弟は並々の敵では有りません。中でも、幸村は智勇兼備の猛将です。城を守るのが宜しいでしょう」

と、詞《ことば》を尽くして諫《いさ》めた。けれども定盈は終《つい》に聞き入れず、由利は一手の勢《せい》を引き連れ、その侭《まま》城下に押し出し長蛇《ちょうだ》の備えをして待ち掛けた。真田の斥候《ものみ》は是を見て本陣に馳せ返り、由利の出陣の有りようを具《つぶさ》に述べると、幸村は、

「大将は誰で、人数は如何程《いかほど》か」

と問うた。斥候は、

「菅沼の家臣の由利鎌之助と申す者が、その勢三百ばかりで既に長蛇に備えて待ち構えています」

と言上《ごんじょう》した。幸村は、

「自身は出馬もせずに家臣を出したか。飽く迄喰い止《とめ》る意図はない。イザ蹴散らして通ろうぞ」

と下知《げち》した。其処《そこ》へ、はや敵方より螺《かい》を吹き鼓《つづみ》を打って攻め掛かって来た。勇み立った真

田勢が鬨《とき》を合わせて攻め掛かったので、如何《いかが》して堪《こら》えられようか、由利の備えは立つ足もなく崩れ立った。悦び勇んで捲《まく》り掛かって追い掛けたので、此の勢いに野田の城をも攻め落とすかと勇み進んで見えた。其処へ、思いも寄らぬ後ろから割菱《わりびし》の旗を一流サッと差し上げ、その勢三百余りを率い、黒糸縅《くろいとおどし》の鎧《よろい》に桃形《ももなり》の冑《かぶと》を戴き、三ツ団子の前立て物を輝かし鎗《やり》を横たえ紅《くれない》の母衣《ほろ》を懸けた大将が大声を揚げて、

「我こそは大職冠鎌足《だいしょくかんかまたり》（註③）の後胤《こういん》、由利次郎信基《のぶもと》が次男鎌之助基幸なり。真田兄弟は何処《いずこ》に在るか。首を渡せ」

と呼ばわりつつ面《おもて》も振らず突いて入った。その為、是迄敗北していた野田勢も取って返して戦ったので、真田勢は前後に敵を引き受け戦いは難儀に見えた。その上に、基幸が鎗先《やりさき》尖《するど》く突き廻るので、幸村も獅子の怒りを伏せて由利を目掛けて突き掛かった。それを増田九郎が押し隔てて由利と渡り合っていたが、鬢《びん》の端を突かれて馬より落ちてしまった。そこで、木辻別右衛門《べつえもん》と増田荒次郎《あらじろう》が左右から由利に切って掛かり、火花を散らして暫《しばら》く戦っていた。木辻・増田が労《つか》れて見えたので、畔柳と野口が入れ替わった。しかし、是も引け色に成ったので目賀田《めかた》・青田・植田の三人が勇を振るって切り結んだ。とは言え、兎《と》角下鎗《かくしたやり》に成って来たので、穴山小助安治《やすはる》が受け取って接戦した。双方共劣らぬ勇士なので、未《ひつじ》の刻《こく》(午後二時頃)から始まった戦いは已《すで》に日暮れに及んだので互いに鎗を収めて、

「明日は早朝より必ず勝負を決しようぞ」と堅く契約して残り惜し気に引き分かれた。

さて、その夜幸村は安治を近くに招き何やら私語《ささや》き合っていたが、安治は了承の体《てい》で別れた。翌日東雲《しののめ》已《すで》に分《わか》れる頃、由利は手勢を引率し真田の陣に向かって高声《こうしょう》に、

「穴山とやら、早く出て首を渡せ」

と呼ばわった。穴山小助は紺糸《こんいと》の鎧に白星《しらほし》の冑、背には磔《はりつけ》の姿を描《えが》き由利鎌之助と書いた紙指し物を翳《かざ》して立ち向かい、

「待ち兼ねたぞ、由利殿」

と太刀《たち》を打ち振《ふる》って切り掛かった。由利も声を掛け、互いに負けて成るかと一時余り戦ったが、穴山は何と為《し》たのであろうか、太刀を鎗にからませて取り落とした。鎌之助が、「得たり」と面上差して突き出だす鎗を穴山は翻《ひら》りと掻《か》い潜《くぐ》り、一鞭《ひとむち》当てて逃げ出した。由利が、

「遁《のが》しはしないぞ」

と呼ばわりつつ、思わず十丁（約一一〇〇メートル）余り追って行った。何としたので有ろうか深い穴に陥《おちい》ったので、難なく穴山に生け捕られた。さて、生け捕りの由利を信幸・幸村の前に引き出すと、由利は怒気《どき》猶《なお》止まず歯噛みをして罵《ののし》りつつ、

「早く頸《くび》を切れ」

と意気巻いた。幸村は春風和気《しゅんぷうわき》を以《もっ》て種々《しゅじゅ》理解を解き聞かせ、生け捕った士卒数百人を助けて城中へ返した。その為、由利も真田兄弟の寛仁《かんじん》に感伏し再拝して助命《じょめい》の厚恩を謝し、其の身は真田に降伏して無二の忠臣と成った。

（註）

①「佐々内蔵助」は、名を「成政」と言い、尾張国春日井郡《かすがいのこおり》比良《ひら》城主（現名古屋市西区）である。織田信長亡き後は、豊臣氏に従った。

②「菅沼新八郎定盈」が野田城に籠って戦ったのは、武田信玄《しんげん》の時代であって、真田兄弟による野田城攻めは史実とは考えられない。

③「大職冠鎌足」とは大化の改新で名高い藤原鎌足のことで、彼は「大職官内大臣」を務めている。

百四十　幸村明智地雷火《ゆきむらめいちじらいか》を知る事　並びに浅香郷右衛門《あさかごうえもん》生け捕られる事

真田信幸《のぶゆき》と幸村が由利基幸《もとゆき》を生け捕ったので、野田の城中は再び合戦する様子もなかった。そこで、真田兄弟は心静かに隊伍を整え、膽《きも》太くも野田の城下を静々《しずしず》と押し通って行った。

一方、羽柴秀吉《はしばひでよし》は賤ヶ岳《しずがたけ》の一戦に打ち勝って、その侭《まま》進撃し北之庄《きたのしょう》に在陣しているので、信幸と幸村は急ぎ北之庄に馳せ付けた。そして到着の旨を述べると、秀吉は大いに悦び、速やかに対面した。真田兄弟は恭《うやうや》しく礼を施し、

「御加勢として出陣の途中、野田の城下で小迫《こぜ》り合いをし参着《さんちゃく》が延引《えんいん》してしまいました。此《こ》の上《うえ》は勝家《かついえ》退治の先鋒は、不肖ながら我等兄弟に申し付け下さい」

と言上した。秀吉は、

「武田勝千代《かつちよ》殿以来、安房守《あわのかみ》殿には御息災か。仮陣《かりじん》では有るが、緩々《ゆるゆる》と休息されよ」

と、いとも懇《ねんご》ろに応じた。それから兄弟は指図の陣に入って休息し、夕餉《ゆうげ》の用意に取り掛かった。幸村は夕陽の反射に目を付け、

「地中に十分の妖気を含んでいる。さては此の陣の敷地に、必ず地雷火の仕掛けが有る筈

だ。ああ懼《おそ》ろしや」

と言って、直ちに兄弟で秀吉の本陣に至って、

「急ぎ御陣替え下さい。謀《はかりごと》は斯様斯様《かようかよう》にしては如何でしょうか」

と見込みの次第を申し述べた。秀吉は手を打って感歎《かんたん》し、その意見に任せて急ぎ転陣した。心有る人々は、

「天晴《あっぱれ》、大器《たいき》の大将哉《たいしょうかな》」

と却《かえ》って秀吉に信服した。さて、幸村の智見《ちけん》の如く、その夜未《ひつじ》の刻《こく》（午前二時頃）に秀吉の本陣と思《おぼ》しき処に一燎《いちりょう》の電光が上《あが》ると同時に、ああ恐ろしや。百千の雷《いかづち》が宙に轟き、砂《しゃ》石《せき》を梨子地《なしじ》に撒いた如くに見る見る陣営は微塵《みじん》と成って飛び散った。柴田方では、「得たりや。オウ」と五千余人が火の手を目当てに討って掛かった。すると、その後ろへ豈図《あにはか》らんや真田兄弟・堀久太郎《きゅうたろう》・筒井順慶《じゅんけい》・梁田出羽守《やなだでわのかみ》等が鬨《とき》を揚げて攻め掛かった。思いも寄らぬことに、柴田勢が一支《ひとささ》えもせずに本城へと引き行く途中、秀吉の本陣に支《つか》えて皆討《うち》死《じに》したのは浅ましい有様《ありさま》であった。柴田勝家が神機妙算《しんきみょうさん》（註①）と頼んだ地雷火の謀計《ぼうけい》は水泡《すいほう》と成り、剰《あまつさ》え股肱《ここう》と頼む谷主計《かずえ》・松尾三七・鈴木又兵衛《またべえ》は討ち取られ、城の囲みは竹《ちく》葦《い》の如くになってしまった。流石《さすが》の勝家も勇気を屈して、終《つい》に自害して越前《えちぜん》は平定《へいてい》された。

加賀国大聖寺《だいしょうじ》（註②）の佐々成政《さっさなりまさ》は、柴田に一味し籠城していた。秀吉は、此《こ》の序《つい》でに

攻め落とそうと、その侭《まま》加賀に発向した。佐々方も待ち受けていた処でもあり、神辺川《かんべがわ》は当国第一の難所でもあった。佐々方は、此所《ここ》で防ごうと、勢《せい》一万三千余人で屹立峨々《きつりつがが》（註③）たる神辺川の切り岸の此方《こなた》に控えていた。羽柴方の隼雄《はやりお》等は、我先陣して功名せんと焦ったが、馬の入れようもなく歯を噛んで睨《にら》んでいた。幸村は急いで思案し、民家を毀《こぼ》ちて筏《いかだ》となして渡ろうとしたが、切り岸高く巌《いわお》に噛める水勢に筏は砕け寄り付くことが出来なかった。そこで、是は水勢が激しい為であると生木の枝を筏に結び付けると、柔能《じゅうよ》く剛《ごう》を制するのならいの通り、難なく彼方の岸に打ち上《のぼ》り鬨を挙げて攻め掛かることが出来た。秀吉は是を見て、

「スハ、早《はや》真田は先登《せんとう》したぞ。アレ討たすな」

と下知《げち》した。加藤・福島・片桐・脇坂の他、金森《かなもり》・梁田・丹羽《にわ》・筒井も続いて川を打ち渡った。加賀勢は要害を頼み油断していた処を鋒先尖《ほこさきするど》く真田勢に切り立てられ、一支《ひとささ》えも支えずに大聖寺の城へと退却した。しかし、名を惜しむ武士《もののふ》は踏み止《とど》まって戦った。その中で、

「浅香郷右衛門なるぞ」

と名乗った武士は、筋金《すじがね》の入った一丈余りの樫《かし》の棒を打ち振《ふる》って勇猛に戦った。その為、勝ち誇った羽柴勢も浅香の棒に敵し兼ね、色めき立って引き退《の》いた。それを真田幸村はキッと見て、「天晴な勇士だ。手に入れてやるぞ」と唯一騎討って出、鎗《やり》を捻《ひね》って突き掛

かった。郷右衛門は尻目《しりめ》に掛け、幸村とは夢にも知らず、

「若者、殊勝《しゅしょう》なり」

と数合に及んで渡り合った。其処《そこ》へ穴山安治《やすはる》が駆け寄り、幸村を助けて戦った。浅香は憤《いきどお》って、微塵になれと力を込めて穴山の首を打とうとした。そのはずみに、乗った馬が前足を折ったので、馬上に止《とど》まることが出来ずに落ちる処を、幸村と安治が「得たりや」と共に馬より跳《おど》り下りて、終《つい》に両人にて郷右衛門を生け捕った。その為、佐々方は惣敗軍と成り、終《つい》に力屈し和睦を乞《こ》うた。

　勝利を得た秀吉は京都に帰陣して、

「真田兄弟は、此の度の功抜群である」

と言って、源三郎《げんざぶろう》を伊豆守《いずのかみ》と為して鎧《よろい》一領と金二十枚、源次郎《げんじろう》幸村には国広《くにひろ》の太刀《たち》（註④）と名馬二頭を与えた。斯《か》くして、真田兄弟は国許《くにもと》へ帰り休息をした。


（註）
①「神機妙算」とは、計り知ることの出来ない優れた謀《はかりごと》のこと。
②「大聖寺」は、加賀国江沼郡《えぬまのこおり》大聖寺（現加賀市大聖寺）にあった平山城《ひらやまじろ》のこと。

③「屹立峨々」とは、「険しくそそり立つ」の意。
④「国広」は安土桃山時代の刀工で、各地を歩いた後に京都の堀川に住んだことから「堀川国広」と呼ばれるようになった。刀工集団、堀川派の祖と言われる。

百四十一　妙見峠《みょうけんとうげ》合戦の事並びに犬山《いぬやま》落城・太田林齊《りんさい》討死《うちじに》の事

天正《てんしょう》十一年（一五八三）五月北畠《きたばたけ》（織田）信雄《のぶかつ》は徳川家康《いえやす》と語らい、秀吉《ひでよし》と矛盾《むじゅん》の色を顕《あらわ》した。すると、佐々成政《さっさなりまさ》も北畠家に一味し、犬山の城（註①）に籠《こも》った太田次郎《じろう》右衛門《えもん》と通じ合わせて、家臣名和新左衛門《なわしんざえもん》（註②）に三千の勢《せい》を宛行《あておこな》い出陣させた。此の旨を真田家の探索組《さぐり》から聞いた安房守昌幸《あわのかみまさゆき》は、「然《しか》らば秀吉《ひでよし》に援兵を送ろう」と伊豆守信幸《いずのかみのぶゆき》・源次郎幸村《げんじろうゆきむら》・弟隠岐守信尹《おきのかみのぶただ》に命じ、穴山・望月《もちづき》・根津・筧《かけい》・由利《ゆり》・浅香等を合わせ、その勢三千五百余人で尾張を指して打ち立たせた。幸村は道すがら屹度《きっと》一策を思い付いて、尾張へは行かずに何処《いずこ》ともなく赴いた。佐々方の名和新左衛門が漸《ようや》く美濃《みの》の妙見峠（註③）迄打

ち出ると、誰とも知れず行き先を遮り、鉄砲の筒先を揃えて撃ち掛かって来た。そこで、

「是は野武士共の狼藉《ろうぜき》か。イザ蹴り潰して通ろうぞ」

と下知《げち》した。処《ところ》が後ろの方からも鬨《とき》の声が聞こえたので、「訝《いぶか》しいな」と顧《かえり》みると、六連銭《ろくれんせん》の旗を押し立てて真田信幸が立ち出でた。思いも寄らない真田勢に、「是は天より降って来たか」と流石《さすが》の名和も呆れ果て茫然と立っていたが気を取り直し、

「是は正敷《まさし》く偽真田の野武士共と覚えるぞ。一人も生かすな」

と大音《だいおん》に下知した。そして、意気を巻きつつ鎗《やり》を取り直して前後の敵に阿修羅《あしゅら》の荒れたる如く、樊噲《はんかい》・呂布《りょふ》（註④）の如くに勇を振《ふる》って戦う様は、流石《さすが》武田家にて一手の勇将であった名和新左衛門と知られた。真田方は何を思ったのであろうか、唯入れ替わり入れ替わり、戦っては引き引いては戦い、名和を散々《さんざん》に怒らせた。新左衛門は憤《いきどお》りに堪《た》えず、血眼《ちまなこ》に成って攻め戦った。斯《か》かる処へ穴山小助《こすけ》が鎗を捻《ひね》って躍り出で、

「珍らしや名和殿。一度は朋輩《ほうばい》であった好《よしみ》も有り、不足の敵ではあるが引導《いんどう》を渡してやろう」

と飽《あ》く迄《まで》高く言い放った。名和は猛火の如くに、カッとせき上げ物をも言わず小助を唯一突きと飛び掛かった。穴山が程能《ほどよ》くあしらい、良《やや》身体が労《つか》れて見える処へ、横合いから近藤善五兵衛《ぜんごべえ》の忰《せがれ》の善之助《ぜんのすけ》（未《いま》だ十三歳の前髪立ち）が、小桜縅《こざくらおどし》の鎧《よろい》に紅《くれない》の鉢巻《はちまき》をして、

「父の敵《かたき》逃さぬぞ」

と小太刀《こだち》を打ち振り切って掛かったので、穴山は傍らに控えて見物した。名和は、「是程の小倅《こせがれ》を相手に、馬上にては大人げない」と馬より飛び下り、

「其《そ》の方《ほう》も我が手にて往生せよ」

と大太刀《おおたち》を差し翳《かざ》して戦ったが、流石の勇士も数刻の戦に身体疲れ、終《つい》に善之助に討たれたのは、神の守護が有ってのことと思われる。佐々《さっさ》方の士卒も、名和の血戦の内に一人も残らず討たれてしまった。是のことは、「妙見峠の鏖《みなごろし》」と後の世迄も伝えられることと成った。

　真田源次郎幸村は手勢に下知して、敵方の旗・馬験《うまじるし》・指物《さしもの》・割符《わりふ》を落ちもなく分捕《ぶんど》って、

「兵は拙速《せっそく》を尊《たっと》ぶと言う。イザ速やかに打ち立とう」

と尾張犬山の城を指して急いだ。

　天正十二年（一五八四）五月下旬、真田の軍勢は夜に犬山に到着し直《ただ》ちに使《つかい》を以《もっ》て、「加賀大聖寺《だいじょうじ》の城主佐々内蔵助《くらのすけ》成政の部下で名和新左衛門と申す者である。兼《かね》て申し通じて有る如く援兵として罷《まか》り越《こ》した。急ぎ城門を開かれよ」と言い送った。折節《おりふし》、城主次郎《じろう》右衛門《えもん》は清洲《きよす》へ行って留守であった。舎弟太田林齊並びに松本伝兵衛《でんべえ》は此の言を聞いて、

「夜中なので、明日見参致せ」

と返答した。使者は押し返して、

「急ぎ御評議の件も有れば、是非に見参致《けんざんいた》し度《た》い」

と呼びかけた。すると、櫓《やぐら》の上から松明《たいまつ》で照《てら》し、

「さらば、証拠を出されよ」

と言ったので、分捕った割符を縄に結んで引き揚げさせた。すると、

「今は疑う処がない。とは言え、夜中のこと故惣人数は入れ難い。名和殿と陪臣五・六人を
此の縄で引き揚げ、入城させよう」

と応じた。そこで、穴山小助は名和と名乗り、由利鎌之助《かまのすけ》・望月兵衛《ひょうえ》・浅香郷右衛門《ごうえもん》・

根津甚兵衛《じんべえ》・野呂兵部《ひょうぶ》は陪臣《ばいしん》と偽って縄で、城中に引き入れられた。

その内に、夜も更けて丑三《うしみ》つ（午前二時〜二時三十分）の頃に成ったので、「時分は好《よ》し」

と真田隠岐守と同伊豆守は諸将を従え大手から鬨《とき》を作り攻め掛かった。又搦手《からめて》からは真
田幸村が諸将を下知して、鉄砲を撃ち掛けながら攻め囲んだ。城中は俄《にわか》に騒ぎ立って、

「スハ、敵が押し寄せたぞ」

と上を下へと動揺した。城将の林齊は少しも驚かず、先《ま》ず最前客間に休息させた名和主従
を見に行かせると、いつの間に抜け出したのか一人も見えなかったので、

「さては敵の謀計《ぼうけい》に陥《おち》入《い》ったか。無念である」

と諸手《しょて》に下知して防戦に努めた。此《こ》は如何《いか》に城中の小屋の処々《しょしょ》から火が燃え上がり、折節風が烈《はげ》しく、忽《たちま》ち火焔《かえん》は四方に飛び散り防戦が自由にならない上に、六人の勇士が此所《ここ》に顕れ彼所《かしこ》に隠れ切って廻り、城外からは大手・搦手一同に猛火に力を弥々益《いよいよま》して城門を打ち破って入る者も有り、塀を乗り越えて入る者も有り、思い思いに攻め込まれてしまった。林齊と伝兵衛は心は弥猛《やたけ》に隼《はや》れ共《ども》、防ぎ戦う手立てがなく、両人共に城を枕に潔《いさぎよ》く討《うち》死《じに》した。残兵共の中で恥有る者は討死し、その他の者は辛《から》くも命助かって様々に落ち失せた。斯《こ》うして、堅固な犬山城も一夜で落城に及んだ。幸村の智謀の程こそ、恐ろしいことで有った。

（註）

① 「犬山の城」は、尾張国犬山（現犬山市）の木曽川沿いに建てられた平山城《ひらやまじろ》である。

② 『三代記』のこの項では「名和新左衛門基幸」や「名和新左衛門」「名和無理之助」「名和新左衛門幸繁」とあったりする。同一人物のはずなので、訳者が「名和新左衛門」に統一した。なお、無理之助は新左衛門の改名前の名前である。

③ 『三代記』には「加賀の妙見峠」とあるが、加賀にはそれらしい峠が見つからない。美濃に

は妙見峠（現岐阜市）があるので、訳者が「美濃」に訂正した。尾張を目指していた真田勢が、加賀へ向かったと考えるよりも、美濃へ向かったと考えるほうが理解しやすい。

④「樊噲」については、百二十七の註②（２４４ページ）を参照されたい。「呂布」は中国後漢《ごかん》時代末期の武将。剛勇をもって知られる。

百四十二　真田智計深尾《ふかお》の砦《とりで》を落とす事並びに幸村北條《ゆきむらほうじょう》勢を退ける事

斯《こ》うして真田兄弟は犬山の城を攻め取り、序《つい》でに深尾の砦（註①）をも手に入れようと評議した。此《こ》の深尾には、清洲《きよす》方の老臣稲垣讃岐守《さぬきのかみ》・溝口玄蕃《みぞぐちげんば》が五千余騎にて籠《こも》っていた。真田勢が押し寄せたことを聞くや否《いな》や、溝口玄蕃が、

「打って出で戦おう」

と言うのを稲垣讃岐守が堅く制し止めた。しかし、玄蕃は笑って聞き入れず、千五百人を引率し砦を離れて陣を張った。幸村は、これを見て大いに笑い、

「砦を落とすこと方寸《ほうすん》（註②）の内にあり」

と言って、穴山小助《こすけ》・望月玄蕃《もちづきげんば》に策《はかりごと》を授け急《さず》に鯨波《とき》を作って攻め掛かった。溝口方からも浮田新五・和原堅助《かずはらけんすけ》が切っ先尖《するど》く打ち寄せて、互いに「負けじ」と切り結んだ。頃は天正《てんしょう》十一年（一五八三）九月二十五日のことなので、時雨《しぐれ》に染まる紅葉葉《もみじ》も血汐《ちしお》の為に染《そ》まったかと見迷うばかりに凄《すさ》まじかった。処《ところ》が如何《いかが》したのか、穴山・望月は切り立てられ右往左往に敗走した。「斯《か》くこそ有らめ」と溝口玄蕃が驀地《まっしぐら》に追い掛け来たって、味方を離れて進む処に、思いがけなく木蔭より由利鎌之助《ゆりかまのすけ》が激しい雷鳴の如くに走り出で、溝口の乗った馬の太腹《ふとばら》をグサッと突き抜いた。溝口が馬より落ちようとする処を、由利は突《つ》と走り寄って高小手に縛ってしまった。残兵は、今は力なく砦を差して逃げ退いた。

由利が溝口を引き連れて幸村の前に引き据えると、幸村は下知《げち》して溝口が縄目を解き言葉を和らげ、

「戦場の慣《なら》い縄目の無礼に付いては、腹を立てられるな。貴殿の武勇を惜しむ故に助け申そう。その為に斯《か》く計らったのだ。已《すで》に城将の稲垣殿とは兼ねて内々通じ合っている。しかし、貴殿の心底が知れないので未だあから様には告げるのは止める。貴殿も能々《よくよく》考えて清洲（註③）に叛《そむ》かれるならば、城中に立ち帰って稲垣と申し合わせ謀計《ぼうけい》を施されよ」

と他事《たじ》もなく申し述べた。溝口は呆れ果て、

「実《まこと》に御高恩辱《かたじけな》し。必ず心を傾《かたむ》けて尓来《じらい》は貴殿の為に稲垣と申し合わせ、誠忠《せいちゅう》を尽《つく》しま

しょう」

と起請文《きしょうもん》を書いて血判《けっぱん》した。幸村は猶《なお》も言を極めて説き明かし、軈《やが》て溝口を砦に返した。溝口は蘇生《そせい》の思いを為して立ち返り城門に至って、

「玄蕃が立ち返ったぞ。急ぎ城門を開かれよ」

と呼ばわった。稲垣は是を聞き、

「さては真田にすっかり謀《はか》られたな。内に入れてはならない」

と更に門を開かなかった。溝口は声を荒くし、

「大事を相談しようぞ。早く門を開け」

と意気巻いたので、先《ま》ずは門内に入れた。しかし、稲垣が少しも心を解こうとしない気色《けしき》を見て、溝口は一刀をするりと抜いたかと見えたが、その唯一刀に稲垣は黄泉路《よみじ》の客《ひと》と成ってしまった。何の子細《しさい》かは知らなかったが讃岐守の家臣等は目前で主《あるじ》を討たれ少しの猶予もなく、群々《むらむら》サッと立ち掛かった。玄蕃が手練《しゅれん》の秘術を尽《つく》したので、者共は互いに同士討ちをしながら、城内は鼎《かなえ》の沸く如く響《どよ》めき立った。折りしも、真田の勇将が思い思いに切り込みながら鬨《とき》を、ドッと揚げたので同士討ちしていた者共は始めて心付き、我先にと取る物も取《と》り敢《あえ》ず清洲を差して逃げて行った。その中で、溝口玄蕃は再度生け捕られ、真田勢は思いの侭《まま》に討ち勝って、十分に分捕《ぶんど》り犬山へと帰陣した。その智謀の程こそ、知

られることと成った。

一方、北條氏政《ほうじょううじまさ》は徳川と年来入魂《じっこん》の交わりをしているので止《や》むを得ず、四万五千余騎の兵を率《そっ》し清洲に赴き、

「援兵として出陣して来た」

由を伸べた。北畠信雄《きたばたけのぶかつ》は大いに悦び、

「去《さ》れば貴殿には、犬山に向かって真田兄弟を攻め落とし、秀吉《ひでよし》の後ろを取り切って貰いたい」

と余儀なく頼んだ。氏政も今更拒《こば》み難《がた》く、犬山を指して押し出して行った。

是を聞くと、真田幸村は忽《たちま》ち一計を設け、「今度は人数を労さずに、北條勢を退けよう」と待つ処に、北條方の先陣として、北條陸奥守《むつのかみ》・同左京・松田筑後守・大道寺駿河守《だいどうじするがのかみ》等、その勢《せい》四万五千余騎、天正十一年（一五八三）九月晦日《みそか》深尾の辺に野陣《のじん》を張り、夜討ち・朝駆けの用心を厳しくし堅固に控えた。そして、戦は必定《ひつじょう》明日と待ちけるが、その日も城中静まり返って音もなかった。そして、「今夜こそ、夜討ちが掛かるか」と待つ処に犬山の方に当たり五・六百と覚《おぼ》しき軍勢が松明《たいまつ》を烟々《えんえん》と灯して、「スハヤ夜討ち」と待っていると松明は次第に消え失せて、唯々暗夜に立ち戻って狐一疋《きつねいっぴき》近寄らずに夜はほのぼのと明けた。さて、その日も何事もなくて暮れたが、夜の三更《さんこう》（十二時頃）と覚しき頃より一万

計《ばか》りの松明が野山に満ち満ちて夥《おびただ》しかった。「今や、大軍が寄せ来るだろう」と手ぐすね引いて待ち掛けていたが、さしもの松明が次第次第に消え果てて二・三の篝火《かがりび》がかすかに残っただけであった。又夜は何事もなく明けて、斯《か》くの如くであった。このようなことが七昼夜に及んだので、北條勢は労《つか》れ果てた。そこで松田尾張守が、

「斯《か》く松明に謀《はか》られては空敷《むなし》く疲労に及び、戦は頗《すこぶ》る難儀である。此度《こたび》は味方が斯様斯様《かようかよう》に致すのが宜しいでしょう」

と言上した。氏政も、

「此の計策《けいさく》は神妙である」

と言って、北條陸奥守に一万騎を授け峰々谷々に埋伏させ、その余は皆々陣払いして東国指して引き退いた。幸村は「斯《か》く」と見ると直ぐに、兄信幸《のぶゆき》と私語《ささやき》合い、浅香郷右衛門《ごうえもん》に五百の兵を授けて、北條勢を追い討たせた。浅香は聞こえる剛将なので、北條の大軍をこと共せず鯨波《とき》を作って討ち掛かった。北條勢は、「余りの小勢《こぜい》」とは思ったが、「掛かって来るのを捨て置くものか」と、踏み止《とど》まって戦ったが、浅香の例の筋金入りの樫棒《かしぼう》に打ち悩まされ大軍一度に崩れ立ち、隊伍を乱して破れ走った。それを、何方迄《いずかたまで》もと追い行く処に、一声の鉄砲が耳元に響くや否《いな》や、北條陸奥守の伏兵が俄《にわか》に討ち出で、喚《おめ》き叫んで切って掛かった。今迄逃げていた大軍も一度にドッと取って返し、浅香を中に取り込めて「一

人も逃すな」と勢い猛く攻め付けたので、流石大勇《さすがたいゆう》の郷右衛門も前後の大軍に敵し難く已《すで》に危《あや》うく見えた。幸村は是を見て、「時分は好《よ》し」と信幸諸共由利《もろともゆり》・穴山・木辻・望月・増田・筧《かけい》・相木・根津を率い、間道《かんどう》を駆けて北條勢の後《うし》ろから驀地《まっしぐら》に討って掛かった。すると、「スハ、又真田に討られたか」と一支《ひとささ》えも支えず東国指して逃げ退いた。真田兄弟は、「長追いするな」と人数を纏《まと》め、各々十分に分捕《ぶんど》りして、犬山へと勝ち鬨《かどき》を挙げて引き取った。

（註）

① 「深尾の砦」については、調べてみたがはっきりしない。

② 「方寸」とは、一寸（約三センチメートル）四方。昔、心臓の大きさは「方寸」と考えられていたことから、「心そのもの」を意味する。

③ 「清洲」は、尾張国春日井郡《かすがいのこおり》の清洲城の城下町（現清須市）。

百四十三　武田勝千代《かつちよ》病死の事並びに安中《あんなか》合戦大筒《おおづつ》の事

北條《ほうじょう》は関東に引き退《の》き、羽柴《はしば》・織田の両家の和睦が調《ととの》ったので、真田兄弟も犬山の城を織田家に引き渡し、上京して秀吉に拝謁《はいえつ》し、夫々《それぞれ》引き出物が有って上田と沼田《ぬまた》に帰陣した。

然《しか》る処《ところ》に、天命は人力の及ぶ処に非《あら》ずして、「月にも花にもかえ難い」と手塩に掛けて、大事の上にも大事に育てて来た武田勝千代が病死してしまった。安房守《あわのかみ》の歎《なげ》きは、大方《おおかた》ならず。一門も力を落として悲しんだが、その甲斐がないのは是非もないことで有った。

斯《こ》うして月日に関守《せきもり》はなく、慶長《けいちょう》元年（一五九六）となった。幸村《ゆきむら》が或《あ》る夜天文を見ていると、太閤《たいこう》の命数已《すで》に尽きて天下再び乱れるの兆《きざ》しが有ったので、此の旨を父昌幸《まさゆき》に言上した。昌幸は、是を聞いて大いに歎息《たんそく》した。果たして、太閤父子《ふし》の間が不和となって、秀次《ひでつぐ》公は高野山《こうやさん》で切腹させられ、次いで朝鮮征伐の役《えき》の和睦が破れ再び諸将の渡海が有った。太閤殿下も肥前名護屋《ひぜんなごや》迄出陣したが、羽柴家の運命尽きる期《とき》で有ったのか太閤は病気に冒《おか》され帰京し、慶長三年（一五九八）八月十八日、六十三歳を一期として伏見桃山《ふしみももやま》の城に於いて死去したのも是非もない次第であった。そして、内外の政務と幼年の秀頼《ひでより》に付いては徳川家康《いえやす》と前田利家《としいえ》の二人に託された。その為、徳川と前田の威厳は日々に盛んに成って行った。石田治部少輔《じぶのしょう》には、兼ねてから大望《たいもう》の志《こころざし》があったので、「秀頼が幼いのを己《おのれ》の幸いとし、両家を倒して己が威権を掌《つかさど》ろう」と、その手配りに心を砕いていた。是が羽柴家が滅亡し、徳川家の盛運《せいうん》と成る元と成ったのである。

石田三成が上杉景勝《かげかつ》の臣直江と示し合わせて、上杉領内に新城を築いたことから、源君《げんくん》は、「会津《あいづ》の罪を糺《ただ》そう」と征伐の軍隊を出し、宇都宮《うつのみや》迄押し寄せた。其処《そこ》へ、「石田三成が諸将と示し合わせ、徳川征伐の為大坂城に大軍を馳せ集めている」との注進が櫛《くし》の歯《は》を挽《ひ》く如くあった。源君は諸将に、

「今は運を天に任そう。皆々は大坂に帰られよ」

と勧めた。諸将は、その威徳《いとく》と大度《たいど》に感じ、加藤・福島・黒田を始め二心《ふたごころ》なき旨を申し述べた。処《ところ》が真田昌幸と二男幸村は何を思ったのであろうか、嫡子信幸《のぶゆき》・舎弟信尹《のぶただ》を関東に残して、五百余騎で居城上田に引き退《の》いて行った。

信幸の舅《しゅうと》の本多忠勝《ほんだただかつ》は、信幸の妻女おねいの方（註①）に謀計《ぼうけい》を申し送った。妻女は巨細《こさい》に承諾し、沼田《ぬまた》の城には深江庄兵衛《しょうべえ》・滝川茂兵衛《もへえ》を止《とど》め、おねいの方は自身三百余騎を従え安中の難所に新関を構え、「上田勢は一人も通さないぞ」と備えを固めていた。昌幸父子は、このような備えが有るとも知らずに安中迄やって来た。すると、向かいの難所に六連銭の旗や馬験《うまじるし》を翩翻《へんぽん》と立て靡《なび》かし乱杭《らんぐい》・逆茂木《さかもぎ》を厳重に結い連ね、三百ばかりの軍勢

が正々堂々と備えていた。そこで、斥候《ものみ》を出して見させると、

「沼田の軍勢で、大将は御嫁子《おんよめご》のおねいの方です」

と言上した。昌幸が、

「さても憎き振る舞いぞ。本多の娘なので我が大坂方に一味するのを怒《いか》って、親に弓引く不敵のしれもの。無礼の罪は赦《ゆる》し難い。今と成っては我が嫁に非ず。唯一揉みに蹴潰《けつぶ》して、一人も残さず討ち取れ」

と居丈高《いたけだか》に下知《げち》した。幸村が押し止《とど》め、

「余り腹を立てられるな。互いに忠義は斯《か》くこそ在りたいもの。大義親《しん》を滅すと聞きますので、嫂《あによめ》の志操《しそう》は感ずるに余りが有ります。斯様斯様《かようかよう》に謀《はか》って無事に通るに如事《しくこと》は有りません」

と諫《いさ》めた。昌幸は漸う色を直し、

「去《さ》らば、そのように計《はか》れ」

と言った。そして、別府若狭《べっぷわかさ》を使いとして、先《ま》ず互いの安きを述べさせた後で、

「上田へ帰陣するのであるから、関を開くように」

といと懇《ねんご》ろに申し遣わした。おねいの方は直《す》ぐに面会して、

「父君の仰せは去ることとなれど、夫伊豆殿《おっといずどの》は関東に味方し、父上は石田に一味するのです

から、互いに恩義の為に命を捨てるのは戦国のならいで是非も有りません。暫《しばら》く沼田に御滞留されるか、左《さ》もなければ領内をお通ししません」

と言い放った。別府は力なく帰って、その旨を述べると昌幸は又々怒った。幸村は止《とど》めて、再び別府を使いとし、

「斯様斯様に申せ」

と命じた。別府は再び関に至って、

「父君には異心《いしん》は有りません。是非穏便《おんびん》にお通しあれ」

と申し述べると、おねいの方は大いに怒《いか》り、

「女であるからと我を欺《あざむ》こうとしても、左様《さよう》のことには欺かれぬぞ。早く帰れ」

と罵《ののし》った。別府は由《よし》なく立ちながら、

「七人の子は持つとも、女に心許すなとは明言だ」

と呟《つぶや》いた。おねいの方は聞きとがめ、

「その言葉、如何《いか》に」

と聞き返した。別府は由なき体《てい》にて、

「父子の間で東西の勝負なので、両方に分かれようと謀られた。けれども、本多殿の御息女なので信幸君は、その実を明かされない。その御思慮《ごしりょ》の程を感じ、思わず口にしてしま

いました」

と余儀なき体《てい》で答えた。おねいの方は大いに驚き、

「さては信幸殿も私《わらわ》を本多の娘と思って、その実を明かされないのか。恨めしい。此の上は仕方ない」

と言って関を開いて通した。その為、昌幸と幸村は恙《つつが》なく上田に帰城することが出来た。

さて、江戸中納言秀忠《ちゅうなごんひでただ》は慶長五年（一六〇〇）七月二十五日、その勢十三万七千余騎で中山道深谷《なかせんどうふかや》（註②）迄発向した。真田昌幸は、その由を聞いて評議を行った。すると、幸村は、

「関東勢を当城に引き受けるよりも、安中・松井田《まついだ》に出張《しゅっちょう》して戦うのが宜しいでしょう」

と言った。そして、穴山小助《こすけ》・近藤無手之助《むてのすけ》・依田《よだ》・山下・齊藤・別府の六人に百五十騎を添え、安中の東西に砦《とりで》を構え大筒二挺《おおづつにちょう》を左右に備えた。後陣《こうじん》は春田《はるた》・海野《うんの》・穴山新兵衛《しんべえ》・筧《かけい》・畔柳《あぜやなぎ》・増田兄弟の七人で同じく百五十騎を添えた。松井田に向かっては由利・明石《あかし》・木辻《きつじ》・三輪・野呂・植田・赤坂式部《しきぶ》の七人に是又百五十騎を添えて、軽井沢に備えさせた。

徳川勢は是を見て、小勢を侮《あなど》り、「一揉みに蹴散らして通ろう」と意気捲《ま》いた。秀忠卿は、

「此処《ここ》で暇取《ひまと》れば、関ケ原《せきがはら》の期《き》に遅れるだろう」

と言った。そして、信幸を召し、

「其《そ》の方《ほう》、父弟《ふてい》を能《よ》く喩《さと》し、無事に通路を開かせよ」

と命じた。信幸は、

「その件は甚だ難儀です。迚《とて》も承知するような父弟では御座いません。就《つ》きましては某《それがし》が先陣し、一蹴《いっしゅう》に蹴散《けち》らしましょう」

と申し述べた。秀忠は何を思ったのか、

「先陣は定めて有る」

と言って、信幸を後陣《こうじん》の備えに加えた。徳川の先陣、森左京は手勢を選《す》ぐって進撃した。その勢いに「此の砦は微塵《みじん》に成るだろう」と思う折から、「時分は好《よ》し」と左右の大筒を一緒に撃ち放った。天地も崩れるばかりの響きと共に、森の先手二百余人が黒煙りと共に血烟《ちけむ》り立てて倒れたので、斯《か》かる機器《きかい》が此の世に在るとは思わぬ徳川勢はびっくりし、誰一人進む者なく本陣指して引き退いた。


（註）

① 『三代記』には、「信幸の妻女おすみの方」とされているが、正しくは「おねい（於子亥）」

あるいは「小松姫」「稲姫」と呼ばれる。訳者が「おねい」に訂正した。

②「中山道深谷」（現深谷市）は、江戸から九番目の宿場のあった場所で、深谷宿は中山道で最大規模の宿場であった。

百四十四　関東勢難戦の事並びに幸村《ゆきむら》地雷火《じらいか》の事

徳川の先手は未曽有《みぞう》の大筒《おおづつ》に胆《きも》を冷やし、その由《よし》を具《つぶさ》に言上した。秀忠《ひでただ》が信幸《のぶゆき》を召して問うと、

「それは祖父幸隆《ゆきたか》が工夫した大砲ですが、再度は用に立ち難い物ですので御安心下さい」

と答えた。先勢《さきぜい》は是に勇気を得て激戦し、一度は安中《あんなか》の砦《とりで》を大久保忠隣《ただちか》が攻め落とした。

しかし、幸村《ゆきむら》の神出鬼没《しんしゅつきぼつ》の妙計に徳川勢は屡々《しばしば》敗軍した。信幸の郎等《ろうとう》鷲尾次郎助《わしおじろすけ》は大いに怒《いか》って、衆に抽《ぬき》んでて憤戦した。その為、真田方の死傷は大方《おおかた》でなかった。そこで、狙い打ちの名人依田兵衛《よだひょうえ》が十二分に狙いすまして鷲尾を撃つと、玉は脇腹を撃ち抜き鷲尾

は馬から落ちようとした。依田が走り寄って首を取ろうとすると、鷲尾は痿《ひる》まず揉み合ったが、深手の瘡《きず》に堪《こら》えることが出来ず終《つい》に首を取られた。此《こ》の戦いの勝負が未だ見えない処に、後ろの方から黒煙が天を覆い、鬨《とき》の声が大地を震《ふる》って聞こえて来た。真田・本多《ほんだ》・大久保・松平の面々は、「是は本陣が心許《こころもと》ない」と我も我もと引き返そうとした。すると、右の方からは穴山安治《やすはる》等が、鉄砲を雨の如くに撃ち掛けた。左の方からは齊藤・近藤等が、鎗《やり》を捻《ひね》って突いて入った。砦からも依田・別府《べっぷ》等が、討って出て切り立てた。三方の敵に攻め立てられ、右往左往に敗走しようとした。其処《そこ》へ更に、右からは羽州亀田《うしゅうかめだ》の元城主三好清海《せいかい》・同為三《いさ》等（註①）が、左からは真田幸村が諸将を率いて攻め掛かった。前からは松田・海野《うんの》・筧《かけい》・木辻《きつじ》の面々が鬨を作って驀地《まっしぐら》に攻めて来たので、徳川勢は震《ふる》え怖《おそ》れ唯逃げるばかりで、戦う意気込みがなかった。心ならずも、秀忠の他、本多・奥平《おくだいら》・北條《じょう》等八千余騎は高崎を指して落ちようとした。清海と為三が追い迫ったので、秀忠卿は已《すで》に危《あや》うく見えた。その時、近習《きんじゅう》の侍が、

「鎮目市左衛門《しずめいちざえもん》、享年《きょうねん》七十八（註②）」

と名乗って、大太刀《おおたち》を水車《みずぐるま》に廻し唯一騎取って返《か》えした。そして、矢庭《やにわ》に五・六騎切って落とした。清海と為三は是を見て二人一度に切り掛かった。清海が鎮目に強く打たれ馬より落ちるのを、続いて飛び下りた鎮目は組み伏せた。為三も下り立って、三人で揉み合っ

たが、老武者《おいむしゃ》の悲しさ、鎮目は終《つい》に二人に討たれてしまった。その暇《いとま》に秀忠は危うい処を遁《のが》れ高崎迄引き取った。諸勢も追々《おいおい》集まって、三万計《ばか》りになった。上田勢は十分に勝利を得て、勝《か》ち鬨《どき》を揚げて上田へ引き揚げた。

そこで、大久保忠隣は、「安中の砦は小勢《こぜい》なので、一揉みに討ち敗ろう」と真っ先に進んで戦った。そして、「此の砦は落ちようとしている」と上申した。秀忠は大いに悦んで、本陣の兵を繰り出し、追々先手に向わせた。その為、本陣は三千計りと成った。昼時に成り兵粮《ひょうろう》の用意の最中に、地中に異様な物音が聞こえた。秀忠が怪しんで馬に跨《また》がり本陣を出ると、近習の面々も引き続き立ち退《の》こうとした。それが遅かったのか、響くのが早かったのか、百千の雷が落ちるが如くに、一時に地雷火が炸裂した。秀忠卿は、危うき命を助かった。此の時六連銭の旗がサッと顕《あらわ》れ、「真田幸村是《これ》に在《あ》り。秀忠逃げること勿《なか》れ」と五百余人で突いて掛かった。秀忠は、「今は是迄」と周章《あわ》て惑《まど》った。近習の面々が取って返し、遮りながら漸々《ようよう》に秀忠卿は高崎指して落ち延びて行った。上田勢は勝ち鬨を揚げ、安中へと引き取った。

（註）

① 『三代記』には「羽州亀田の城主三好清海・同為三等」とあるが、訳者が「元」の字を付け加えた。亀田城は、秋田県由利本荘市《ゆりほんじょうし》にあった平山城《ひらやまじろ》であるが、三好氏との関わりは不明。

② 「享年」とは、天から与えられた年齢のこと。鎮目市左衛門は、数えで七十八であると名乗ったのである。

百四十五　三国峠《みくにとうげ》合戦の事　並びに上田城攻め幸村《ゆきむら》、大須賀《おおすが》を討つ事

真田幸村は数度の戦いに討ち勝って勇み悦ぶのに引き替え、徳川勢は力尽き種々《しゅじゅ》評議の上、「間道から上田の本城を攻めよう」とて三国峠の方《かた》へ方向を替えて進んだ。真田は早くも、「此《こ》のことが有るだろう」と思ったので要地に砦《とりで》を構え、小宮山・浅香・植田・月《つき》形《がた》・柴田・徳島等に二百余騎を付けて出張《しゅっちょう》させた。徳川方は夢にも知らず、已《すで》に峠に掛かった時に、斥候《ものみ》の者が立ち帰って「斯《か》く」と告げた。その為、「さては此処《そこ》にも敵が在ったか」と厳重に備えを立てて押して行った。中でも本多佐渡守《ほんださどのかみ》は手勢を率いて面《おもて》も振らず無二無

三に攻め掛かった。真田方も、「此処《ここ》を先途《せんど》」と粉骨砕身戦ったが、勇猛な本多勢に当たり難く已《すで》に敗れようとした。時も早落日に及んだので、本多は「又如何なる奇謀が有るかも知れぬ」と人数を纏《まと》め厳しく備えていた。

その夜、大久保の陣に矢文《やぶみ》を射送った者があった。忠隣《ただちか》が披《ひら》いて見ると、

「幸村は智勇に誇り、我々を蔑《ないがし》ろにしています。その為、多くの者が不平に思っています。就《つ》いては我等両人心を変じて降参し、忠勤を尽《つ》くし度《た》く存じます。委細は、明日松崎藤兵衛《とうべえ》を遣《つか》わして申し上げます。小宮山数馬《かずま》・浅香郷右衛門《ごうえもん》」

と書いてあった。忠隣はいぶかりながら秀忠《ひでただ》の前に持参し、

「斯《か》く」

と言上した。秀忠が信幸《のぶゆき》を招いて問うと、信幸もいぶかりながらも、

「此の両人は新参です。さすれば真実《しんじつ》かも知れません」

と答えた。明朝の攻め口を待っていると、松平土佐守が怪しい者を縛《いまし》めて連れて来た。その名を問うと、

「松崎藤兵衛」

と答えた。信幸を呼んで見させると、信幸は、

「藤兵衛に紛《まぎ》れもありません」

と言った。重ねて、

「何故縛《いまし》められたのか」

と尋ねると、

「昨夜の矢文に付いて申し上げようと参ったのですが、疑われて捕《とら》われました。我が襟を御改めて下さい」

と申し述べた。襟を解くと、一書があった。

「昨夜申しました通り、松崎を遣わしますので御聞き取り下さい。なお御疑いが有れば人質を差し出します」

と有った。信幸がなおも疑ったので、藤兵衛は傍《かたわ》らにいた士卒の刀を取って腹に突き立てようとした。信幸は止めて、

「左程《さほど》までするならば、直《す》ぐに人質を出せ」

と言った。是を聞いていた秀忠卿《ひでただきょう》は、

「此の義、実《まこと》ならば人質には及ばない。昌幸父子《まさゆきふし》の首を取って来るか、左《さ》もなければ一将を生け捕って来い」

と言った。松崎は畏《かしこ》まって砦へと帰って行った。

幸村は返答を聞き、

「先ず謀《はかりごと》は仕済《しす》ました。去《さ》りながら誰を生け捕られ役にするか」

と述べた。由利鎌之助《ゆりかまのすけ》が進み出て、

「某《それがし》が、その役に当たりましょう」

と応じた。幸村は、

「それならば、斯様斯様《かようかよう》」

と由利・浅香・松崎に謀《はかりごと》を申し含め、その夜亥の下刻《いげこく》（午後十一時頃）砦で大騒動をし、その喧《やかま》しいことは言う迄もなかった。

暫《しばら》くして浅香・松崎の二人が、一人の大将を縛《しば》って降参して来た。秀忠卿は大いに悦び、由利をも甘言を以《もっ》て味方とした。小宮山が、

「上田から両人の内一人の首を取って来る」

と言うので、

「早く諸軍勢を繰り入れようぞ」

と、軈《やが》て十二万余の大軍で上田に至り、孤城を十重二十重《とえはたえ》に遠巻きした。

さて、その夜小宮山は、又矢文で、「今宵両手の櫓《やぐら》にて相図をし、城門を開きます。御用意下さい」と申し送った。そして、亥の刻頃（午後十時頃）に櫓の上に無紋の提灯《ちょうちん》が出されたので、先手の五万三千余騎は我も我もと進んだ。その中で毛利民部少輔《もうりみんぶのしょう》の三千余騎

が開いた門を突いて入ると、思いがけず阡穽《おとしあな》に落ち入った。

「こは如何《いか》に」

と仰天し出ようとすれば穴深く、その上後陣《こうじん》は是を知らずに進むので落ち入り、上に重なり、押し打たれ数百人は一夜鮓《いちやずし》の如くに成ってしまった。後より進む軍勢は、橋が半ばらガラガラと落ちたので、此処《ここ》に臨んだ千余人も堀の中で蠢《うごめ》く処を城中から弓や鉄砲を射掛け撃ち掛け、大木や石を投げ落としたので、押し潰されて死する者が多かった。此の時穴山と近藤はドッと叫んで討ち掛かり、縦横無尽に薙《な》ぎ立《た》てた。内からは由利と浅香が陣々に火を放ち、猛虎・奔龍《ほんりゅう》の如く駆け廻った。又一方からは清海《せいかい》と為三《いさ》が鬨《とき》を作って討ち掛かったので、兼ねて怖《お》じけ癖の付いた徳川勢は誰一人戦う義勢《ぎぜい》（意気込み）もなく、惣敗軍となって同士討ちする者もあった。今は秀忠卿も遁《のが》るべきようなく、惘《あき》れ果て「西よ東よ」と唯惑っていると、旗本の佐野外記《げき》信房《のぶふさ》が、

「斯《か》く危急の場合と成っては、猩々緋《しょうじょうひ》（註①）の御陣羽織《ごじんばおり》が目験《めじるし》と成ります。恐れながら某《それがし》に拝領下されたい」

と言上した。秀忠卿は、

「宜しい」

と下げ渡した。佐野は押し戴《いただ》き、着して群がる敵中に跳り入り、

「中納言《ちゅうなごん》秀忠、討死《うちじに》するぞ。我と思わん者は近くば寄って勝負せよ」と大音声《だいおんじょう》に呼ばわった。岩佐・明石《あかし》・徳島の三人がドッと喚《おめ》いて掛かるのをこと共せず、左右に当《あた》って奮戦していたが終《つい》に討死した。その後徳川勢は度々の城攻めに利を失って、唯遠巻きにしていた。真田幸村は或《あ》る夜天文を見、昌幸の前に出て眉《まゆ》を顰《ひそ》めて、

「我々父子は心を尽《つく》し秀忠を喰い止め、関ケ原《せきがはら》合戦の期《き》を延ばし石田の勝利を待っていました。しかし、徳川の運が強く石田は已に亡びたに相違ありません。とすれば、徳川の威《い》権《けん》は益々盛んになり、終には天下は徳川に帰することに成りましょう」

と涙を流して言った。昌幸も共に涙を流し、

「此の上は致し方もない。秀頼君《ひでよりぎみ》が十五歳に成られて、天下の権を取ることが出来なければ、その時こそが大事の場と成ろう。それ迄は斯様斯様《かようかよう》」

と密談は数刻に及んだ。そして、

「先《ま》ず徳川へ降伏を乞《こ》い、助命の手立てを廻らそう。それは斯く斯く」

と頷《うなず》き合った。そして、その翌日、「最早《もはや》合戦も今日限り」と穴山小助《こすけ》・近藤無手之助《むてのすけ》・由利鎌之助・浅香郷右衛門等三百騎を従え、敵の本陣に切り入ろうと打って出た。此の死に物狂いに、少し萎《ひる》むとは言え大軍なので入り交じり入り交じりして戦い、苅屋《かりや》の城主須《す》藤利里《どうとしさと》（註②）を始め十余将を或《あるい》は討ち取り、或は深手を負わせた。獅子が玉を転がす如

く、血は流れて川となり、屍《かばね》は積んで山と成った。その中に、

「大須賀七郎左衛門輝秀《しちろうざえもんてるひで》」

と名乗って打って掛かって来る者があった。幸村は、「得たり」と渡り合い二・三合戦った。叶わずに輝秀が逃げ出すのを追い近づくと、輝秀は振り返り鎗《やり》を突き出した。幸村はひらりと身を替わし、鎗の塩首《しおくび》をしっかり捕らえ引っぱった。輝秀が、「放しはしないぞ」と引く処を、幸村の例の早業の朱塗りの鎗で突きぬかれ馬から落ちて死んでしまった。真田方は十二分に猛勇《もうゆう》を示し、軍《いくさ》を収めて城中へ引き入った。今度の戦いは徳川方の死者は二千余人、城兵は二百余人と聞こえた。その夜昌幸は別府若狭《べっぷわかさ》に何やら申し聞かせ、伊豆《いずの》守信幸《かみのぶゆき》の陣へと遣わした。

(註)

① 「猩々緋」は朱色の中でも、特に鮮やかな赤い色のこと。

② 「苅屋の城」は三河国碧海郡《みかわのくにへきかいのこおり》苅屋(現刈谷市)にあった城と思われるが、須藤利里が城主であったという記録が見当たらない。

百四十六　信幸《のぶゆき》・信尹《のぶただ》後殿《しんがり》の事並びに昌幸《まさゆき》・幸村《ゆきむら》九度山《くどやま》へ退去の事

関東勢は今日の幸村の勇戦にすっかり驚き、「勇気と言い、智略と言い実《まこと》に兼備の大将である。此《こ》の上《うえ》は如何《いかが》して当城を攻め落とそうか」と各々《おのおの》心を苦しめていた。此の時信幸の陣に案内を乞う者が有った。他ならぬ別府若狭《べっぷわかさ》だった。信幸は呼び入れたが、使いの趣《おもむ》きをも聞かずに、「又も幸村の偽計《ぎけい》に違いない」と大いに怒り取り合わなかった。信尹が傍《そば》から、

「父君からの使者なので、怒りを止《とど》めて聞かれよ」

と詞《ことば》を尽《つく》し諌《いさ》めたので、信幸もハッと心付《こころづ》き、言葉を和《やわ》らげた。若狭は手を突き、

「大殿の仰《おお》せでは、石田方は関ケ原《せきがはら》にて悉《ことごと》く打ち負けました。今は誰をか頼りとしましょう。幸村共々山に入って老《おい》を養いたい。去りながら、住み馴れた上田城を他人に渡すことはない。よって後を御両人に頼みたいとのことです」

と申し述べた。それを聞くと両人は涙を浮かめ、親子・兄弟の深情《しんじょう》顕《あらわ》れて、

「御使者の趣き委細了承《りょうしょう》した」

と返答した。別府は城中へと帰って行った。

信幸・信尹の両人は秀忠《ひでただ》公の本陣に参上して、

「此の孤城に日を費やし、関ケ原の合戦に後れるのは口惜《くちお》しいことです。此の上は明朝に当城に馳せ向かって、討死《うちじに》か落城か、二ツの内と覚悟しました。君には速《すみや》かに、上田を御通り越し下さい。先陣と後殿《しんがり》は我等両人へ御委任《ごいにん》願います」

と赤心《せきしん》（真心）面《おもて》に顕れて言上に及んだ。秀忠卿は悦んで、速やかに令を伝えた。両人は早朝より城に攻め付け戦いを挑むうちに、徳川の諸勢は難なく城を後に見て、木曽路《きそじ》（註①）を指して押して行った。信幸・信尹も、

「遅れてはいけない」

と後を慕《した》って馳せ上《のぼ》った。秀忠が上洛した時には、関ケ原の合戦は已《すで》にこと果てていた。真田も続いて上洛し、恩賞に替え父弟《ふてい》の助命を乞い、軈《やが》て上田に立ち帰った。上田の城中では、「石田一味の者は或《あるい》は刑せられ、又は亡ぼされた。是から如何《いかが》成って行くのであろう」と安き心もなかった。昌幸父子《ふし》は寛然としているので、穴山安治《やすはる》が進み出て、

「必ずや、大軍が打っ手に向かって来るでしょう。用意を致しましょう」

と申し述べた。昌幸は、

「我石田に組みしたのは、石田の天下を望んだのではない。家康《いえやす》が権威を握るのを悪《にく》んだ

からである。秀忠を喰い止めて、石田に勝利を得させようと思ったのだが、武運つたなく打ち負けてしまった。秀頼《ひでより》公が十五歳に成られても、十中八・九家康は天下の政権を返上しないだろう。その時こそ、我々は死憤《しふん》の智勇を顕し、家康を微塵《みじん》にしなければ成らない。その間は山林に引き籠《こも》って、身命を安穏《あんのん》に養う事が肝要である」

と語った。穴山は昌幸の器《うつわ》の宏大さを感じた。


此の時、「信幸・信尹が着城した」との由《よし》が知らされたので、城門を押し開き奥に通し、親子・兄弟は面会し歓び合った。その時信幸は、

「我が君已《すで》に覇業を修め、不肖の我等にも恩賞の沙汰に及ばれました。功に替えて父弟を助命し、当城は信幸に賜り、父弟には紀州九度山《くどやま》へ閉居《へいきょ》させよとの台命《たいめい》（上意）です。是非なき次第ですので、暫《しばら》く閑居《かんきょ》を楽しまれ、時の至るをお待ち下さい」

と言った。昌幸・幸村は一議にも及ばず、唯々了承し、酒宴を開き離情《りじょう》（別離の情）を慰《なぐさ》めた。


そして、忠臣二百七十余人（註②）を引き具し、長年住み馴れた上田の城を後に見て、九度山へと赴いた。付き従ったのは、穴山小助《こすけ》・近藤無手之助《むてのすけ》・真田弥十郎・同弥太郎・別府若狭・海野六郎兵衛《うんのろくろべえ》・穴山新兵衛・筧金五郎《かけいきんごろう》・相木森之助《あいきもりのすけ》・増田九郎・同荒次郎《あらじろう》・三好清海《せいかい》・同為三《いさ》・畔柳清延《あぜやなぎきよのぶ》・明石《あかし》又七・由利鎌之助《ゆりかまのすけ》・三輪琴之助《ことのすけ》・木辻別右衛門《きつじべつえもん》・根津甚

兵衛・笈川八内《おいかわはちない》・野呂兵部《のろひょうぶ》・間鍋快然《まなべかいぜん》・赤沼・猪口・筧・岩野・月形《つきがた》・井田・種ケ島・齊藤佐太郎・別府虎之助・小宮山数馬《かずま》・柘植《つげ》・穂入・松崎・徳島・明石民部・春田・沼田・植田又左衛門・浅香郷右衛門《ごうえもん》等であった。上田を離れ紀州九度山に立ち退いて、郎等《ろうとう》が処々に分居し、山荘には穴山・別府と主従八人で住まいした。

（註）

① 秀忠は上田領を避け、小諸から雨境峠《あまざかいとうげ》・大門峠《だいもんとうげ》を経て諏訪へ出て、木曽路へ入ったという。

② 『三代記』には、「忠臣二百七十余人」とあるが、十六名というのが一般的である。

百四十七　真田大八幸昌《だいはちゆきまさ》誕生の事並びに山本九兵衛《くへえ》、幸村《ゆきむら》に従う事

九度山《くどやま》では主従八人が、昨日迄の軍略勇戦に引き替えて、松の木にかかる月に心を澄まし、渓谷の清流で眼《まなこ》を洗い、閑静に月日を送っていた。

翌年七月二十四日、幸村の内室（大谷刑部《ぎょうぶ》の娘浪江）が男子を出産した。昌幸父子《まさゆきふし》の歓びは並大抵ではなかった。名を大助幸昌《だいすけ》と呼んで、山家《やまが》で養育する内に、慶長《けいちょう》七年（一六〇二）浪江は病《やまい》の床に臥していたが、果《はか》なくも黄泉《よみ》の客《ひと》と成ってしまった。昌幸と幸村は忘れ形見の大助をいと愛《め》でて、労《いたわ》って育てていた。光陰に関守《せきもり》なく、既に慶長十一年（一六〇六）の春、昌幸はフトした風邪に打ち臥した。次第に痩せ衰え、医療力を尽《つく》す甲斐もなく、「今は是まで」と思った昌幸は、幸村を枕辺《まくらべ》に呼び、

「我が命数《めいすう》の尽きる時が迫った。兼々《かねがね》申す如く、秀頼君《ひでよりぎみ》が十五歳に成られても、家康《いえやす》は必ず天下を譲らないだろう。秀頼君は、最早《もはや》十四歳に成られる。もう二・三年生き延びることが出来たならば、本懐《ほんかい》を遂げることが出来ように口惜《くちお》しい」

と涙を流し、

「我死したり共、宿願を引き継ぎ必ず旗揚げをして呉《く》れよ。他に供養を成すに及ばない。家康の首を切り、此《こ》の昌幸に手向《たむ》けよ。又遺骸を法体《ほったい》とすることなく、甲冑《かっちゅう》を着せ、武器を持たせて紀《き》の川《かわ》に沈めよ」

と六十七歳を一期《いちご》として睡《ねむ》るが如くに鬼籍《きせき》に入った。幸村や大助を始め、その他の者も歎《なげ》き悲しみ泣き沈んだが、帰らぬ旅路に赴《おもむ》きければ遺言の如く執《と》り行い、斬衰《ざんさい》の喪（註①）に籠《こも》った。

さて、その後《のち》に幸村は父・妻の別れに取り乱したのであろうか、更に白痴《はくち》の如くにて何に取り組む事もなかった。大助は六歳に成るとは言え、読書は言う迄もなくせず、それこそ我《わ》が侭《まま》放題の山家育ちと成った。けれども流石《さすが》に真田なので、和歌山の城主浅野但馬守《たじまのかみ》は徳川源君《げんくん》の内意も有って、油断なく間者《かんじゃ》を入れ置いた。とは言え、兎角《とかく》心に掛かったので忍びに馴れた腹心の家来、山本九兵衛に申し付け、

「幸村父子を討って来るように」

と国行《くにゆき》（註②）の刀を遣《つか》わした。九兵衛が、その夜九度山に行って見ると、母屋《おもや》の外の小屋のすき間から灯《ともしび》の光りが見えた。忍び寄って覗いて見ると、幸村は紙にて大小の筒を数多《あまた》張り置き、猶《なお》刷毛《はけ》を使って張り抜き筒を拵《こしら》えていた。その傍《かたわ》らでは大助が、見台に向かい六韜《りくとう》・三略《さんりゃく》の兵書を読み、精神を凝《こら》し余念がなかった。九兵衛は、「さては我が君の先見疑いなし。唯一《ただひと》討ちにして呉《く》れよう」と躍《おど》り入って、国行の一刀を差し翳《かざ》し、大助が頭《こうべ》へ微塵《みじん》になれと切り付けた。大助は見台で発止《はっし》と受けとめ、隻手《かたて》で襟髪《えりがみ》を引き掴み前へドウと擲《な》げ据えた。そして、九兵衛の首筋を押え、

「其《そ》の方《ほう》は浅野が廻し者であろう。我今宵《こよい》其の方が来たのを知っていたので、宵《よい》より待ちくたびれていた」

と言った。正鵠《ほぞ》（急所）を差された九兵衛は言葉も出なかった。大助は手を放って詞《ことば》を和《やわ》

らげ、

「今其の方を殺すは安けれ共、惜しむべき武士なので殺すには忍びない。今より心を翻《ひるがえ》し、我等が家臣となれ」

と言った。九兵衛は、唯黙然《もくねん》としていた。その時、幸村も口を開いて種々《しゅじゅ》に道理を述べたので、九兵衛は終《つい》に心を傾け随従《ずいじゅう》して、無二の忠臣となった。その時幸村は一包《ひとつつ》みの金を取り出し、

「其の方は今から播州《ばんしゅう》姫路に至り、医業の穴山雲洞軒《うんどうけん》と言う者を尋ね、暫《しばら》く身を寄せよ。相図次第に来たるように」

と、その金を与えたので、九兵衛は再拝し恩を謝し、播州を差して出て行った。


（註）

①「斬衰の喪」とは、麻布《あさぬの》を用いて、下の方は裁ったまま縁取りしない喪服を着けてする三年間の喪のことである。

②「国行」は、鎌倉時代中期から南北時代にかけて、山城国《やましろのくに》（現京都府）に栄えた刀工集団「来派《らいは》」の開祖国吉の子で、実質的な開祖とも言われている。

百四十八　幸村《ゆきむら》白昼和歌山を通る事
並びに真田、小幡《おばた》が両心を察する事

日月に関守《せきもり》はなく、太閤《たいこう》が薨《こう》じて十年が経過し、慶長《けいちょう》十二年（一六〇七）丁未《ひのとひつじ》の年には、秀頼《ひでより》公は弥々《いよいよ》年十五に成った。大坂では、徳川から天下の政権を譲られる日を一日一日《いちにちいち にち》と待っている内に、早《はや》八月に成った。しかし、その沙汰がないので、母公淀殿《ははぎみよどどの》始め執権片桐且元《かたぎりかつもと》も種々《しゅじゅ》心を痛め、屡々《しばしば》徳川家へ掛け合った。その度《たび》に徳川は難題等を申し答え、兎角《とかく》大坂の不都合を醸《かも》し、少しも天下を譲る気色《けしき》はなかった。そこで、執権の且元は苦肉の策で高野山《こうやさん》に入った。追々《おいおい》戦闘をしなければ権勢を取り戻すことが出来ないように仕組まれたのを知らない侭《まま》に、その場に至って屡々《しばしば》浪人を集めていた。

その中で真田幸村の山荘のある九度山《くどやま》へは、明石掃部介全住《あかしかもんのすけのりずみ》を遣《つか》わした。幸村は一間に請《しょう》じ入れ、慇懃《いんぎん》に礼を述べた。そして、全住の口上の趣《おもむ》きや招《め》し状・十万石の御墨付き等を拝見し、押し頂き、

「一々了承仕《つかまつ》りました。家臣も処々に散在していますので、呼び集め間もなく入城仕りま

す」

と誓詞を以《もっ》て答え、全住を返した。それから兼ねて処々に忍ばせ置いた三十余人の勇臣を呼び寄せ、悴《せがれ》大助を始めとして総勢百九十余人で九度山を立ち出で、白昼に和歌山の城下を押し通った。浅野家の諸士が大いに怒って打って出ようと押し合ったが、亀田・上田の両人が堅く制して許さなかったので、歯噛みをして睨んでいた。真田は張抜《はりぬ》きの大筒《おおづつ》を荷《にな》わせ城下を過ぎて新在家《しんざいけ》に至って、百姓等に金を与え、

「紙幟《かみのぼり》を所々の山々・峰々に立て置いて、鬨《とき》を作れ」

と申し付けると共に、由利・望月《もちづき》には五百目・一貫目の件《くだん》の大筒十挺《ちょう》を渡して埋伏《まいふく》させた。そして、其の身は大坂をさして静々《しずしず》と押し行った。城中では「時分は宜し」と亀田・上田等千余人が追い打ちを掛け既に新在家に至ると、四方の山々に旗を挙げドッと鬨を作るので、亀田・上田（註①）はキッと見て、「真田は智将と聞いているが是は小児の戯《たわむ》れにて偽勢《ぎせい》を為すものである。いかで我を欺《あざむ》く事が出来ようか」と真っ先に押し進んで行くと、林の中より張り抜きの大筒を筒先下げて撃ち出した。その音は天地も崩れるばかり、耳を劈《つんざ》き響き渡った。進んでいた五・六十人は、一度にドッと打ち倒された。響くのが早かったか、出るのが遅かったたか。由利・望月は南からドッと叫《さけ》んで攻め掛かった。和歌山勢は考えもなく一支《ひとささ》えもしないで散々《さんざん》に討ち負け、城内へ引き入ってしまった。その為、幸村父《ふ》

子《し》は安々と天王寺《てんのうじ》に着くことが出来た。

大坂城からは明石掃部介・和久半左衛門《わくはんざえもん》が三百余騎で出迎え、幸村父子は大手筋より入城した。秀頼公も城門迄迎えに出、千畳《せんじょう》敷きに請じ入れて慇懃《いんぎん》に接遇《もてな》した。その後、追々に後藤又兵衛《またべえ》・長宗我部盛親《ちょうそかべもりちか》・塙《ばん》直行・小幡勘兵衛《かんべえ》等が入城した。関東では此《こ》の由《よし》を聞き、「大軍を挙げて罪を問おう」と諸国の大小名を招集した。大坂城内では、千畳敷きに諸将を集め評議した。幸村が進み出て、

「好い時節が来ました。家康《いえやす》父子の首を見ることは、遠くありません。人数を宇治・瀬田《せた》に配り、天子を擁し奉って勅命を頭《かしら》に頂き、違約の罪を主張し、家康追討の綸旨《りんじ》を蒙《こうむ》れば、天下の英雄が招かずして大坂に与力することは疑いありません」

と申し述べた。大野は堅城を頼んで籠城《ろうじょう》の説を主張したが、賛同する者が少なかった。しかし、小幡景憲《おばたかげのり》（註②）が源平古戦の例を引いて、

「不吉である」

と言って大野の籠城の説に賛成した。後藤又兵衛が大いに怒って、已《すで》に小幡と争う勢いが見えた。そこで、幸村は後藤に目くばせし、

「如何様《いかさま》、小幡殿の建議は至当です。某《それがし》が過《あやま》っていました。就《つ》いてば某《それがし》は出丸《でまる》を預かり申しましょう」

と言って評議は終わった。後藤は、「今日の幸村の謀《はかりごと》は張良《ちょうりょう》・孔明《こうめい》も及ばない。楠公《なんこう》の右にも出るべきものを」と腕組みして考えていたが、横手《よこて》を打ち、「読めた。読めた。小幡は家康が間諜《まわしもの》だな」と頷《うなず》いた。そして、再度真田に面会し能々後《よくよくこう》事《じ》を申し合わせ、それから大坂城では防戦の手配りを厳重にした。

（註）

①『三代記』には「大隅」とあるが、前後関係から訳者が「上田」に訂正した。

②「小幡景憲」は名を「勘兵衛」と言い、安土桃山時代から江戸時代初期にかけての武将・軍学者である。大坂の陣では豊臣氏に与《くみ》していたが、徳川氏に内通していたといわれる。

百四十九　幸村文殊院《ゆきむらもんじゅいん》・大門坊《だいもんぼう》焼き討ちの事並びに幸村《ゆきむら》一騎大御所《おおごしょ》を襲う事

後藤基次《もとつぐ》が再度真田に対面して、君の覇業《はぎょう》を興《おこ》すべきことを論じたのは見識が広いと言

えよう。又大野や小幡《おばた》の論は、敵と如何《いか》に対するだけの狭いものであった。基次が、

「已《すで》に君も解っておられるだろうが、小幡を討って後の患《うれ》いを除こう」

と言った。幸村は、

「御尤《ごもっと》もには思いますが、此《こ》の合戦は容易には行かないでしょう。先《ま》ずは打ち捨てて置きましょう。されば彼等が手勢をもって人数を損ぜず、全勝を得る妙策も有るでしょう」

と応じた。基次は、益々幸村の器量の程を感じた。

城中の持ち口の定めによって、幸村は南手を部下の勇士五十三騎に手勢五百十五騎・根来衆《ねごろしゅう》（註①）五千余人を率い、唐人傘《とうじんがさ》の馬験《うまじるし》に六連銭の旗三十流を朝風《あさかぜ》に飜《ひるがえ》して備えていた。本丸には金の千成瓢箪《せんなりひょうたん》の馬印に五色《ごしき》の吹き貫《ぬ》き、赤旗五十流・定紋《じょうもん》の旗七十流を押し立てて、総勢五万八千余騎で持ち場持ち場を固めたのは実《まこと》に勇々敷く見えた。大御所《おおごしょ》は新将軍に出馬の催促をして、其の身は藤堂高虎《とうどうたかとら》を先陣とし、総勢五万八千余騎で京都二条《にじょう》より淀《よど》に至った。城将の稲葉一道《かずみち》は城を出て迎えた。それより本街道を転じ、南都（奈良）の方へと進発した。此《こ》の由《よし》が注進されると幸村は大いに悦び、忍《しのび》の者の霧隠鹿右衛《きりがくれしかえ》門《もん》に南の山手の敵を偵《うかが》わせた。すると、是は神保長三郎《じんぼちょうざぶろう》・一柳監物《ひとつやなぎけんもつ》・分部《わけべ》左京の三将と判った。幸村は早くも奇策を廻らし、無紋の旗に三家の紋を自ら画《えが》き、由利・浅香・増田兄弟・青山の五人には分部の旗、海野《うんの》・別府《べっぷ》・木辻《きつじ》兄弟四人には神保の旗を渡し、明石《あかし》・

筧《かけい》・三好清海《みよしせいかい》・為三《いさ》の四人には一柳の旗を持たせた。そして、各々三百人が間道を進んで行った。又木村重成《しげなり》・塙直行《ばんなおゆき》・薄田兼相《すすきだかねすけ》の三人には大筒《おおづつ》を用意し、同じく南都（奈良）に向かわせた。関東方は斯《か》かることとは露知らず、「明日は大坂へ出張《しゅっちょう》し、巡見《じゅんけん》をしよう」と勇気を励まし酒宴をしていた。其処《そこ》へ、分部の旗を指した由利が神保の陣に向かって、「其《そ》の方《ほう》、先君の大恩を請けながら関東に従う大罪人、首を渡せ」と大音《だいおん》で呼ばわった。神保長三郎は大いに驚き、「さては分部・一柳は叛《そむ》いたか」と騒ぎ出した。分部・一柳も皆此の如くであったので、この手の騒動は大方《おおかた》でなく、共に同士討ちを成した。斯《か》かる処《ところ》に、大筒を撃ち掛け撃ち掛け攻め掛かったので大御所は大いに驚き、「急いで遁《のが》れよう」と西尾豊後《ぶんご》・竹腰《たけこし》・三浦・大久保彦左衛門《ひこざえもん》・安藤・兼松《かねまつ》・小栗《おぐり》・近藤等五百余騎で、奈良を指して打ち立った。分部の旗を指した由利が、「家康《いえやす》殿、如何《いかが》して敵に後ろを見せられるのか。返されよ」と呼ばわった。西尾・近藤・竹腰が取って返し戦う処に、神保・一柳の両人の旗を指した海野・三好も打って出、無二無三に切り掛かり、火花を散らし攻め立てた。皆必死に防ぎ戦う内に、大御所は唯一騎漸《ようよ》うに切り抜けて、二・三丁（約二二〇～三三〇メートル）逃げ延びて、息をホッと咄《つ》き休《やす》らぐ処に、後ろ口より誰やら追い来たった。大御所が怪しみ、「大久保か、成瀬か」

と問うと、彼《か》の武者は笑って、

「否々《いやいや》我は旧《もと》信州上田の城主真田昌幸《まさゆき》が次男、左衛門佐《さえもんのすけ》幸村也（註②）。君を待つこと已《すで》に久しい。イザ御首《おんくび》を頂戴致す」

と呼ばわった。大御所は大いに驚き、「南無三宝《なむさんぽう》」と仰天しながら跡闇《くら》まして逃げ出した。実《まこと》に危《あや》ういばかりであった。幸村は、「遁《のが》しはしないぞ」と追い掛け、

「返されよ」

と呼ばわり呼ばわり近づきつつ、鎗《やり》取り延べて突き掛かった。大御所の運が強かったのであろうか、乗った馬の鞍山《くらやま》を突く事三・四度であった。今は生きた心地もなく、日頃は駿《しゅん》足《そく》の名馬なれ共《ども》、一つ処に躍《おど》るかと疑ったのも理《ことわり》であった。此の時前に一丈（約三メートル）余りの溝があったので、「南無八幡大菩薩《なむはちまんだいぼさつ》」と心に念じ捨て鞭《むち》と同時に諸鐙《もろあぶみ》を蹴って、忽《たちま》ち一丈余りの溝を躍り越え難なく向こうを指して逃げて行った。幸村も、「是は口惜《くちお》しい」と続いて飛ぼうとしたが、馬は溝中《みぞなか》に落ち入ってしまった。幸村は翻《ひら》りと跳び越えて、馬を深溝より引き揚げた。その隙に、大御所は逃げ延びた。幸村は大御所を見失ったが、「未だ命数《めいすう》が有るのだ」と思い直して、その侭《まま》帰城した。大御所が春日《かすが》の町に至る頃に夜が明けて一人の男が門を開いていたので、大御所は、

「其の方、我を匿《かくま》って呉《く》れ。後日褒美《ほうび》を与える」

と言った。是は桶屋藤左衛門《おけやとうざえもん》と云う者であったが、甲斐甲斐《かいがい》敷く承諾して桶の内へ入れて匿った。此の者は後に、樽屋《たるや》藤左衛門と名乗り、江戸町人頭《ちょうにんがしら》と成った。

（註）
① 「根来衆」は、紀伊国《きいのくに》（現和歌山県）北部の根来寺《ねごろじ》を中心とする一帯に居住し、鉄砲で武装した僧兵の集団である。
② 『三代記』には「我は舊《もと》信州上田の城主眞田左衛門佐幸村也」とあるが、訳者が「真田昌幸が次男、」を追加、訂正した。

百五十　藤堂《とうどう》が陣《じん》毎夜鉄砲の事並びに幸村《ゆきむら》芦原へ忍ぶ事

真田幸村は軍《いくさ》には十二分に勝ったが、「大御所《おおごしょ》に鎗《やり》を付けながら討ち漏らしたのは残念だ」と思った。しかし、仕方もないので静々《しずしず》と帰城した。

一方、大御所は危《あや》うい命を助かって、追々《おいおい》人数も揃ったので、城攻めの手配りをした。その勢《せい》合わせて二十三万八千余騎と聞こえた。然《しか》るに本陣の前備え藤堂高虎《たかとら》の持ち場内、園部右近《そのべうこん》が八百余騎にて固めた陣へ、その夜俄《にわか》に芦原より鉄砲五・六十挺《ちょう》が一度にドッと撃ち掛けられた。思いも寄らぬことなので、忽《たちま》ちに手負い・死人百人ばかりに成った。そこで、「スハ、夜討ちだぞ」と狼狽《うろた》え騒ぎ、同士討ちしたのも無理もなかった。此《こ》の時《とき》井伊の陣も驚き騒ぐ中《うち》に、夜は白々《しらじら》と明けて行った。井伊と藤堂の両陣は舟を出して芦原を探して見たが、敵はさておき舟を浮かべた影さえもなかった。そこで、此《こ》の由《よし》を大御所へ注進し、厳しく備えを取り固め用心を尽《つく》していた。しかし、その夜も前夜同様数百挺の鉄砲を撃ち掛けられたので、「ヨシ」と藤堂は鳴《な》りを鎮め、用意して置いた小舟に乗って芦原の煙りを目当てに寄せて行くと、蓑笠を付けた人影が有った。そこで、「遁《のが》さないぞ」と舟を寄せて打ち倒して見れば、こはいかに藁で作った人形のみで、人影は更に見えなかった。仕方なく人形を携《たずさ》えて帰り、翌日本陣へ差し出した。此の時何人《なにびと》の戯《たわむ》れであろうか、

竹藪にあらで芦原探り行く藁人形を捕らう高虎

と作って張り置かれていた。大御所は何分此のことを気遣《きづか》わしく思い、

「自身で巡見《じゅんけん》するぞ」
と言った。それを、井伊と本多《ほんだ》が固く諫《いさ》め止めた。しかし、藤堂の陣へは毎夜《まいよ》毎夜鉄砲を夥《おびただ》しく撃ち掛けて来るので、大御所は堪《たま》らず巡見に出発した。偶々大旗《たまたまおおばた》がボッキと折れたので、皆々で諫め止めた。米倉俊茂《よねくらとししげ》が名代《みょうだい》を乞うたので、猩々緋《しょうじょうひ》の陣羽織《じんばおり》と金の采配を俊茂に与えて、付近一帯を（註①）巡見させた。真田幸村が大御所を釣り出すために、藁人形等の謀《はかりごと》を施した処、「今日大御所は自身で巡見する」との知らせを得て大《おおい》に歓び、唯一人で手馴《てな》れた鉄砲を携え芦原の中《うち》に忍んでいた。しかし、早くも大御所は引き返し、来たのは名代と知って「今は狙撃《そげき》も無益だ」とは思ったが、暫《しばら》く忍んで待っていた。そして、米倉が威儀揚々《ようよう》と金の采配を持って立つ処を狙い固めて撃った。響きと共に哀れ、俊茂は胸板《むないた》をドッと打ち抜かれ真《ま》っ逆様《さかさま》に落馬し、その侭《まま》息が絶えてしまった。人影も見えなかったので、皆々は魂《たましい》も抜け、住吉を指して引き返した。幸村は本意ではなかったが、撃ち落とした死骸《しかばね》を木蔭に繋《つな》いで、小舟に棹差《さおさ》し鰻谷《うなぎだに》（註②）の矢倉《やぐら》へと帰って行った。

（註）
①　『三代記』には「住吉の陣を」とあるが、訳者が「付近一帯を」に訂正した。この項の終わ

りに「住吉を指して引き返した」と書かれていることと矛盾するからである。なお住吉は、現大阪市住吉区住吉付近と考えられる。

② 「鰻谷」は、現大阪市中央区心斎橋《しんさいばし》付近である。

百五十一　大御所《おおごしょ》再度御陣廻りの事 並びに真田幸村《ゆきむら》再度大御所に迫る事

幸村は大御所を釣り出だす謀《はかりごと》が空《むな》しくなり、名代《みょうだい》の米倉俊茂《よねくらとししげ》を討ったが無念は更に止《や》まなかった。又大御所は再び軍備を調《ととの》え旗本勢千八百余人で、十一月二十一日の夜住吉より藤堂《とうどう》の陣に赴いた。それから伯楽《はくらく》が淵・えたが崎（註①）の矢倉迫間《やくらはざま》を見積《みつも》ったり、又味方の陣々をも巡見して前島・表島（註②）の辺りに到《いた》った。すると、俄《にわか》に一声の鉄砲がズドンと響くや否や芦原の内から真田の伏兵が一度に起こり、穴山小助《こすけ》・由利基幸《もとゆき》・近藤・別府《ぶ》・三好兄弟・真田大助・海野《うんの》・筧《かけい》等五百余人が鬨《とき》をドッと作りつつ驀地《まっしぐら》に突き出て来た。関東勢は六連銭の旗なので、「スハ、幸村か」と魂《たましい》を奪われ手足慄《ふる》えてさながら燕《つばめ》や雀《すずめ》が鷹《たか》や鷲《わし》に遭った如く、進もうとする者は一人もなく雪崩《なだれ》を打って退《しりぞ》いた。大御所も此《こ》の体《てい》に驚いて、大久保・兼松《かねまつ》・小栗《おぐり》・竹腰《たけこし》・本多《ほんだ》・三浦・成瀬・安藤等三百余人に取り囲まれ住吉を指して逃げた。その道の辺《ほとり》に、由利鎌之助《ゆりかまのすけ》が大身《おおみ》の鎗《やり》を横たえ、

「葵《あおい》の紋の大将、逃げる勿《なか》れ。首を渡されよ」

と喚《おめ》いて掛かった。竹腰・小栗が此所《ここ》を先途と防ぎ戦うのを、「面倒なり」と鎌之助が小栗を突き落としアハヤと見えるのを、竹腰が小栗を支え打ち合う内《うち》に大御所は少《すこ》しく退いた。其処《そこ》へ、穴山安治《やすはる》が犇々《ひしひし》と突いて掛かった。又も大敗北した大御所は、今度は大久保忠教《ただたか》の背に負《おぶ》われ浜手を指して逃げた。大久保は敵の背後を潜《くぐ》り抜けながら、

「嗚呼《ああ》、任重く道は遠い」

と苦しき中《うち》に戯言《むだごと》を言って君を慰め四・五丁（約四四〇～五五〇メートル）も走った。其《そ》処《こ》へ芦原から唯一騎が、

「大御所、大御所」

と呼び掛けた。大久保が、

「そう言う者は敵か、味方か。早く名乗れ」

と言った。すると、

「我は上田の城主真田昌幸が次男幸村である。家康《いえやす》殿の御首《おんくび》所望の為、是に待つこと久し」

と呼ばわり討って掛かった。大久保は魂《きも》を潰して足に任せて逃げようとすれば、何処迄《どこまで》も

と追っ掛け来たった。大久保は必死となって韋駄天《いだてん》の如く走ったが、幸村の追うのが急で已《すで》に危《あや》うくみえた。其処へ、阿部惣蔵《そうぞう》と岩淵主税《いわぶちちから》が馳せ来たって、幸村に切って掛かると幸村は大いに怒り、「大事の敵《かたき》の妨《さまた》げをするな。唯一突《ひとつ》きにして遣《や》ろう」と思ったが、二人は危急を救おうと必死に働き、秘術を振るった。しかし、如何《いかが》して幸村に敵することが出来よう、二人共討たれてしまった。その隙に大久保は、「浜辺に出よう」と四辺《あたり》を見ると、柳の古木が水に臨む傍《かたわ》らに一叢《ひとむら》の芦が群立《むらだ》っていた。そこで、「是は良い」と君を下《おろ》し、柳の陰に息をひそめて屈《かが》んでいた。真田は二人を討ち捨てて、跡を追っ掛け来たって見れ共人影がなかった。幸村は一叢の芦に気づき鎗《やり》を逆手《さかて》に取り直し芦原を突き廻ったので、「如何して免《まぬが》れことが出来ようか」と大御所と大久保の両人は一心不乱に神を念じ肩《かた》息《いき》に成って潜《ひそ》んでいた。幸村は芦原を残る処なく突き廻ったが跡形もなかったので、無念ながら引き揚げた。大御所が危急の場に、九死を出て一生を得たのは天運に叶ったものと言えよう。此の時忠教は大御所を覆《おお》い庇《かば》ったので、大久保の鎧《よろい》には幸村の鎗の痕《あと》が数カ所有ったと言う。忠教家では、是を鎗摺《やりず》りの鎧と言って重宝とした。

（註）

①「伯楽が淵・えたが崎」（共に現大阪市西区）には、大坂冬の陣の際に大坂方の砦《とりで》が築かれた。
②「前島・表島」については、調べてみたがはっきりしない。

百五十二　真田幸村《ゆきむら》一人大御所《おおごしょ》を狙う事並びに幸村御陣《ごじん》を遁《のが》れる事

幸村は、奇計を以《もっ》て屢々《しばしば》関東勢を破った。しかし、思い掛けなくも蜂須賀《はちすか》が関東に味方した上に、えたが崎を乗っ取り、伯楽《はくらく》が淵は石川主殿頭《とのものかみ》の手に乗っ取られ、要害船安宅丸《あたかまる》（註①）を九鬼《くき》・向井《むかい》の手に奪い取られてしまった。大野道犬《どうけん》と織田有楽齋《うらくさい》は、臆病神に引き立てられて入城した。斯《か》くの如く大坂方は屢々《しばしば》不利だったので、秀頼公《ひでよりこう》始め淀殿《よどどの》も思いの外に眉《まゆ》をひそめるばかりであった。

関東方は諸手の勝利に勢いを得て、大御所《おおごしょ》は住吉の本陣を茶臼山《ちゃうすやま》（註②）に移した。城中の諸大将は是を聞き種々《しゅじゅ》評議したが、

「関東より、福島や黒田が攻め上って来るのを待つより外《ほか》ないだろう」

と眉を顰《ひそ》めていた。其処《そこ》へ、真田幸村・幸昌《ゆきまさ》が登城したので秀頼公も淀君《よどぎみ》も悦んだ。幸村

父子《ふし》は定《さだ》めの座に着き、時候の挨拶をした。古老・七手組《しちてぐみ》（註③）も、

「必ずや、良策があるであろう」

と囁《ささや》き合いつつ、父子への対面の挨拶が終わった。幸村が口を開き、

「此の程《ほど》の諸手《しょて》の敗北は、何としたことでありましょう」

と辺りを見廻し、苦り切って述べた。古老始め敗北の諸将は、面目なく差しうつむいて黙《もく》していた。幸村は詞《ことば》を正し、

「勝敗は軍《いくさ》の習いであり、必ず下手《へた》とも申されません。百敗も、終りの一勝には叶いません。各々方《おのおのがた》は此の上は何と御思案されるか」

と問い掛けた。淀君は、

「固く籠城《ろうじょう》して、福島・黒田を待つより外《ほか》はないと評議した処である」

と応じた。幸村は、

「某《それがし》も一計を設けました。明後日に城中より軍を発し茶臼山に攻め掛かり、必ず家康《いえやす》の首を見る積《つも》りです」

と何の苦もなく申し述べた。諸将も是に力を得て、

「能《よ》きに計らい下され」

と口では言ったが、心の中では呆《あき》れ果《は》てていた。真田父子は悠然《ゆうぜん》として、その侭《まま》持ち場に

帰って行った。

　後藤は独りで、「心を得ない幸村の口上《こうじょう》である。是には深き所存があろう。小幡《おばた》と言う者がいる為に、秘計は口外なしとみえた。イザ出丸《でまる》へ赴こう」と支度《したく》している処へ長宗我《ちょうそか》部《べ》・木村も来たので、三人連れ立って出丸に至り面会し不審の段を述べた。後藤の察した通り、幸村は、

「敵に油断させ、今夜討ち掛かる積《つも》りだ」

と答えた。それを聞いて三人は仰天《ぎょうてん》し、

「敵の備えは厳重なので、中々夜討ちは思いもよらない」

と口を揃えて言った。すると、幸村は、

「イヤイヤ、人数を掛けるのではない。某《それがし》一人で茶臼山の本陣へ夜討ちをするのだ。家康を討ち取ったならば、二度と生《い》きて各々《おのおの》に逢うことも有るまい。又若《も》し仕損《しそん》じたならば、如何《いか》ようにも遁《のが》れ帰って諸君と策を談じよう。最早《もはや》時刻も近づいた」

と言って、三将の諫《いさ》めも聞き入れずに酒宴をして快然《かいぜん》としていた。此の言葉を聞いた大助幸昌や穴山・別府《べっぷ》も諫めたが幸村は更に聞き入れなかった。そして、三将に別れを告げ、大助には後事を示し、穴山・別府他の臣には幸昌を托した。そして、我が身は雑兵《ぞうひょう》の武具に陣笠を冠《かむ》り、村正《むらまさ》の作の大太刀《おおだち》（註④）を横たえ、父昌幸《まさゆき》が秘蔵していた一尺ばかりの宿《しゅく》

砂筒《しゃづつ》と言う火縄いらずの鉄砲を携えて、静々《しずしず》と歩み出る様は正《まさ》に深智《しんち》大勇の大将であった。

斯《か》くて幸村は松屋町通りを南へと行く処で、本多《ほんだ》土佐守の下人に行き逢ったので、是は好都合と一刀に切り倒し懐中の割符《わりふ》と提灯《ちょうちん》を奪い取った。是を使って伊達政宗《だてまさむね》の番兵を欺《あざむ》き、それより一心寺《いっしんじ》（註⑤）の門前に至って加藤遠江守《とおとうみのかみ》・山村・丹下《たんげ》をも欺き、茶臼山の本陣に忍び入った。このことを知る人は更になかった。

一方、大御所は越前《えちぜん》の寒鱈《かんだら》を賞味しようと諸将と共に酒宴を催し、頻《しき》りに盃盞《さかずき》を傾けていた。俄《にわか》に厠《かわや》へ赴こうと立ったので、大久保・成瀬・安藤等が跡に付き従って出た。幸村は、此の足音を聞き済まし、「今か今か」と待っていると大御所が厠を出たので、成瀬が掛け手水《ちょうず》を上げる処を狙《ねら》い済まし、廊下の下から撃ち出した。その鉄砲の響きと共に、玉は大御所の左の耳元を撃ち擦《かす》ったので少しも堪《たま》らず、アッと言って倒れた。扈従《こしょう》の面々は大いに驚き魂《たましい》を消し、「スハ、一大事」と騒動し、大御所を抱いて内に入る者も有り、又は戸外《こがい》を守るも有り、「曲者《くせもの》を探そう」と手配を為す者も有った。半井路庵《なからいろあん》が直《ただ》ちに駆け付け、気付けの薬を飲ませたので大御所は人に返った。そして、「さても不思議の珍事である」と手疵《てきず》を見ると浅手だったので、「万歳《ばんざい》」を皆で唱え悦んだ。幸村は狙いが違ったので歯噛みを為して、「さても運の強い家康かな。我此の筒にて撃つ玉は必ず百発百中なのに、天運の未だ尽きない家康である」と溜息をついて、もう一度家康を気絶させようと態《わざ》と鉄砲を其の場に残して、彼方此方《かなたこなた》の隙を潜《くぐ》り抜けて行った。南手の塀の方に人のいないのを幸いと、塀を上って見下ろした。土手の際《きわ》には火を燃やし、多勢で堅めていた。内からは夜廻りの者共が松明《たいまつ》を燃《とも》し押し来たった。進退此所《ここ》に極まった幸村は、塀の上から村正（註④）の一刀を指し翳《かざ》しドッとばかりに跳《おど》り下った。篝《かがり》を焚《た》いていた者共《ものども》が俄《にわか》のことに狼狽《うろた》えるのを、七・八人切り伏せ蹴散《けち》らして遁《に》げ出した。追って来る者は拝み打ちにし、又踏み止《とど》まっては車切《くるまぎ》り（胴などを横に切りはらうこと）にした。是に恐れて躊躇《ためら》う処を難なく出丸に帰ったので、大助の歓びは大方《おおかた》でなかった。穴山・別府他の諸将も悦び勇んで、死者に逢ったような心地がして、皆で万歳を唱えた。

（註）

① 「安宅丸」は北條《ほうじょう》氏が建造した船で、その後豊臣《とよとみ》氏の手に渡り、さらに徳川氏の物となったと言われる軍船である。

② 「茶臼山」は、大阪市天王寺区茶臼山町にある標高二六メートルの山。大坂冬の陣では、徳川家康が本陣を構えた場所として知られる。

③ 『三代記』には「七組」とあるが、訳者が「七手組」に訂正した。七手組とは、豊臣氏の馬《うま》

廻組《まわりぐみ》から選抜された七人の旗本衆と、その軍団のことである。

④「村正」は、伊勢国桑名郡《くわなのこおり》（現桑名市）で安土桃山時代から江戸時代初期にかけて活躍した刀工集団である。徳川家に仇を為す刀として、「妖刀村正《ようとうむらまさ》」とも言われる。

⑤「一心寺」は、大阪市天王寺区逢坂にある浄土宗の寺院。

百五十三　幸村《ゆきむら》、奥村を謀《はか》る事並びに幸村秘書を忠昌《ただまさ》に与《あた》う事

関東勢は此《こ》の変事を聞き伝え、且《か》つ驚き且つ歓び、唯心を砕き用心厳しき上にも尚一層警戒した。一方、本陣では廊下の縁《えん》の下《した》から、一尺ばかりの希代《きたい》の鉄砲が見つかったと届け出があった。大御所《おおごしょ》が是を手に取り熟々《つくづく》と見ながら、

「さてさて、執念深き男であるな。是は幸村に違いない。信之（註①）を召せ」

と命じた。斯《こ》うして信之が参上すると、大御所は、

「其《そ》の方《ほう》、是に見覚えが有るか」

と問うた。信之は、

「はい、是は父昌幸《まさゆき》が工夫した物で、火縄を用いず撃ち出せる宿砂筒《しゅくしゃづつ》と言う秘蔵の鉄砲です。昨夜の曲者《くせもの》は、幸村《ゆきむら》に紛《まぎ》れ有りません。憎き奴の仕業《しわざ》です」

と歯噛みをしながら申し上げた。

さて、それより木村重成《しげなり》・後藤基次《もとつぐ》が鴫野口《しぎのぐち》（註②）にて大勇戦し、関東方は頗《すこぶ》る大敗北した。中でも上杉・佐竹《さたけ》・安藤等はひどい目に遭って甚《いた》く憂い、「此の上は諸手一同に城攻めに懸かろう」と評定《ひょうじょう》したが、大御所は更に聞き入れなかった。そして、軍《いくさ》を止《とど》むることと三日程してから、

「此の上は、城攻めは無益である。真田の籠《こも》る出丸《でまる》を攻め落とすことこそ、肝要である」

と言った。諸将は、

「御尤《ごもっと》も」

と申し上げて、攻め口の手配りを定めた。先《ま》ず東手には奥村治郎右衛門《じろうえもん》、続いて加賀家が後ろに控え、南の方は西尾・三宅《みやけ》・久留島《くるじま》・丹羽《にわ》・土方《ひじかた》・藤堂《とうどう》・植村・分部《わけべ》、越前家は名《みょう》代《だい》として松平庄三郎忠昌《しょうざぶろうただまさ》（註③）・六郷《ろくごう》・岡部・井伊・牧野、未申《ひつじさる》（南西）は仙台家であった。けれども、一手だけでの攻め戦は厳しく禁じられていたので、各々《おのおの》下知《げち》を「今や今や」と待っていた。

真田が櫓《やぐら》に上《のぼ》って敵の備え立てを能々《よくよく》見ると、奥村の陣の前に藪《やぶ》が有るので、「是は好都合」と諸卒を以《もっ》て藪の中《うち》から奥村の陣へ鉄砲を撃ち掛けた。不意を討たれた奥村が慌て狼狽《ふため》く内に、二十余人が鉄砲の為に撃ち斃《たお》された。「スハ、夜討ちだ」と言う間もなく、真田の諸卒は直ぐに城中に引き入って藪の中には人影もなかった。奥村は、

「此の藪は味方に取って邪魔である」

と士卒に下知して苅らせた。すると、櫓の上に海野六郎兵衛《うんのろくろべえ》が顕《あらわ》れ出て、

「奥村殿には藪狩りを為《な》されるか。近頃は戦争の街《ちまた》と成ったので狐《きつね》・狸《たぬき》も絶えて住《す》まず。由《よし》なき狩りをされるのは不覚ですぞ」と罵《ののし》った。奥村は短気の生質《うまれつき》なので、「憎き敵の雑言かな。その櫓一揉《ひとも》みにして遣《や》るぞ」

と真っ先に進み、采配を振《ふる》って下知した。三千余人が鬨《とき》を作って攻め寄せ已《すで》に塀に手を掛けて乗り入ろうとする処へ、用意の大木や大石を投げ出した。先手《さきて》が乱れて引き退く時に、六連銭の旗をサッと翻《ひるがえ》し穴山安治《やすはる》の二千騎計りが、奥村の旗本へ面《おもて》も振らず突き掛かった。真田大助も千五百余騎で、加賀の備えへ攻め掛かった。加賀勢が戦おうとすれば、崩れ立った奥村の人数に遮《さえぎ》られ、雪崩《なだれ》を突いて乱れ立った。大助は思う侭《まま》に打ち勝って分捕《ぶんど》りし、城中《じょうちゅう》に引き入った。奥村は己《おのれ》が麁忽《そこつ》に禁を犯し、敵に英気を付けてしまったので追放された。

幸村は由利を招き、

「南の方（註④）に在る葵《あおい》の紋の旗は、越前《えちぜん》勢と思われる。名代は忠昌に違いない。其の方《そのほう》一人彼《か》の陣に行き斯様斯様《かようかよう》に計え」

と申し付けた。由利は唯一人で立ち越し、

「是に在《おわ》すは庄三郎忠昌殿では有りませんか。幸村の申し付けですので、此の文を直《じき》に御覧下さい」

と言って文箱《ふばこ》を差し出した。庄三郎が「戦書であろう」と開いて見れば、その文に、

「父君秀康《ひでやす》公（註⑤）は、愚父《ぐふ》昌幸《まさゆき》を兵法の師とされていた。よって秘書三巻の内二巻は前《さき》に公に献じたのに、なお一巻を献じようと思っている内に、呉越《ごえつ》（註⑥）と隔たって時が過ぎ残念に思われていたであろう。又某《それがし》方でも一巻だけでは用を為さないので、残る一巻をも差し上げようと思うので君受け取りに出て来られよ。直接御渡ししよう」

とあった。忠昌は莞爾《にっこ》りして、その志《こころざし》を賞し請け取りに出る由を返答した。幸村は、「して遣《や》ったぞ」と悦び、穴山小助《こすけ》を影武者に仕立てて、彼《か》の一巻を持たせ出した。小助は庄三郎の陣の此方《こなた》に馬を控えて待っていた。庄三郎も諸臣等が危《あや》ぶみ諫《いさ》めるのをも聞かずに、唯一騎立ち出でたのを見て、穴山は声を掛け、

「忠昌君ですか。然《しか》らば約束の秘書をお渡ししましょう」

とて恭《うやうや》しく差し出すと、忠昌は、

「有難い」

と言って受け取り押し戴いた。穴山が、

「秘書を得られるとも、合戦は臨機応変の物なので随分心を籠められよ。又此の幸村をも能々《よくよく》見知り置かれて、後日首を捕り高名《こうみょう》手柄を顕《あらわ》し給え」

と述べたので、

「言うには及ばない」

と互いに詞《ことば》を接《つが》いつつ、持ち場へと帰った。


（註）

① 「真田信幸」については、いわゆる第二次上田合戦のあと、徳川家に憚《はばか》り「信之」に改名したと言われるので、「百五十三」以降は訳者が信之に訂正統一した。

② 「鴫野口」は、現大阪市城東区鴫野。大坂冬の陣の際に行われた合戦場の一つ。

③ 「松平庄三郎忠昌」は、松平（結城《ゆうき》）秀康の次男。父秀康の名代として、大坂冬の陣に参加していたものと考えられる。

④『三代記』には「未申の方」とあるが、訳者が「南の方」に訂正した。未申《ひつじさる》の方にいたのは「仙台伊達家」とあり、松平忠昌は南の方にいたからである。
⑤『三代記』には「父君秀忠公」とあるが、訳者が「父君秀康公」に訂正した。
⑥「呉越」の「呉」は、紀元前五八五～同四七三年、春秋《しゅんじゅう》時代に中国江蘇《こうそ》省《しょう》辺りに存在した国。首都は蘇州。呉王夫差《ふさ》は越王勾践《こうせん》によって亡ぼされた。また、「越」は、紀元前六〇〇頃～同三〇六年、春秋時代に中国浙江《せっこう》省《しょう》辺りに存在した国。首都は会稽《かいけい》。

百五十四　関東勢真田丸《さなだまる》を攻める事並びに幸村《ゆきむら》数度奇計の事

関東勢は二十余万の兵を以《もっ》て真田丸へ攻め掛かったが、沸粥《にえがゆ》を長柄《ながえ》の柄杓《ひしゃく》で浴びせ掛けたり、釣り塀の謀《はかりごと》を以て千五百人を一度に押し潰したりなどしたので、寄せ手の諸軍は、その奇計に恐れ舌を巻いて退《しりぞ》いた。関東勢は真田丸を攻め倦《あぐ》んで、十二段に備え番手《ばんて》攻め（註①）をしようと企てた。幸村は櫓《やぐら》より是《ぜ》を見て、

「敵は番手攻めをすると思われる」

と言って、大助を従えて登城した。そして、秀頼公《ひでよりこう》の御前に至り、

「関東勢は、此の度は番手攻めを致すものと見えます。十二段の内七段は破ることが出来ましょうが、残りの五段に至って討死《うちじに》と思われます。そこで、御暇《おいとま》ごいに参上しました」

と涙を流して申し述べた。秀頼公は杖とも柱とも頼む真田が討死と聞いて大いに驚き、

「何とかすべきようが有ろう」

と辺りを見わたした。すると、小幡勘兵衛《おばたかんべえ》が、

「何とて軍師には左様《さよう》のことを言われるか。残りの五段は、後藤・木村の両将にて引き受ければ必ずや心易いであろう。そのようには計らわれないのか」

と言った。幸村は、

「然《さ》らば黒門口は大事の場です。誰が是を守るのでしょうか」

と応じた。小幡は怒って、

「不肖ながら、某《それがし》が替わろう」

と言った。幸村は横手を打って、

「其許《そこもと》が引き受けられる上は、何の恐れがあろうか」

と言って歓んで出丸に帰って行った。

後藤・木村も出丸に来たので、真田は快然《かいぜん》とした気色《けしき》で両人に向かって声を潜め、

「また寄せ手を敗る積りだ」

と言った。両人は不審顔《ふしんがお》で、

「関東の間者に、大事の持ち口を預けるとは何事か」

と問うた。すると幸村は、

「いやいや。此奴《こやつ》は今に浅香が連れ来たるだろう」

と答えた。間もなく浅香が小幡を高手小手《たかてこて》に縛め、庭前に引き据えた。幸村は小幡に向かい、

「其《そ》の方《ほう》、何故に関東に内通したのか」

と言った。小幡が、

「某《それがし》少しも覚えがない。証拠を出せ」

と全てを言わせないで、小幡が関東へ密使に遣《つか》わした小野善兵衛《ぜんべえ》を引き出して見せた。小幡はなおも弁解しようと眼を怒らし、

「其の方、昨夜不埒《ふらち》のことに付き追い出したのに、却《かえ》って我を讒《ざん》する不届者め」

と叱りつけた。幸村は急に気づいた体《てい》をして、

「去《さ》れば、貴殿には偽《いつわ》りなき神文《しんもん》（註②）を書かれよ」

と言って締めを解いた。すると、小幡は見事に神文を認め、差し出した。幸村がじっくりと見て、

「者共、小幡を生け捕れ」

と下知《げち》し、また高手小手に縛めた。そして、幸村は彼《か》の密書と神文《しんもん》とを引き合わせ小幡に見せ、ハッタと睨み、

「此の上も偽《いつわ》るか」

と言って、赤面し唯うつ向く小幡勘兵衛を獄へと下《くだ》した。

〔註〕

① 「番手攻め」は、兵を幾《いく》つかの組に分け次々に繰り出し、また引かせる攻撃方法のことである。

② 「神文」は、嘘や偽りの無いことを神仏に誓って書き血判した証文のことであり、「起請文」とも言われる。

百五十五　関東勢黒門口攻めの事並びに大仁村《だいにむら》御難の事

小幡勘兵衛《おばたかんべえ》を獄へ下《くだ》した幸村は、黒門口へは大助幸昌《ゆきまさ》・穴山安治《やすはる》を八千余騎で控えさせ、城中には後藤又兵衛《またべえ》八千余騎を埋伏《まいふく》して、自身は不意に本陣に攻め入る手筈をして待ち掛けていた。関東方は斯《か》くとも知らずに番手攻めで入れ替わりながら黒門口へと攻め掛かった。三宅対馬守《みやけつしまのかみ》が一番に橋を渡り門内へ走り入って見ると、幸村《ゆきむら》は元より人影もなかった。そこで、「さては又謀計《ぼうけい》に中《あた》ったか。急いで退《しりぞ》こう」としたが、後から後から続いて来るので橋の上で込み合った。櫓《やぐら》から鉄砲が一声響くや否や、城中より木村重成《しげなり》・真田大助・穴山小助《こすけ》等一万六千余騎がドッと喚《おめ》いて切り掛かった。関東勢は慌てふためき、右往左往に散乱し戦う勢いは更になく、皆逃げ足立った。大御所《おおごしょ》は此《こ》の体《てい》を見て、「さてさて、又も欺《あざむ》かれたか。夜中でもあり覚束《おぼつか》ない。茶臼山《ちゃうすやま》へ引き取ろう」と馬を帰そうとした。其処《そこ》へ六連銭の旗を押し立てて、鬨《とき》をドッと作って幸村を先頭に本陣へ割って入り、人なき巷《ちまた》を行くが如く当たるを幸いに薙《な》ぎ払った。加賀の前田利常《としつね》（註①）が一万余騎で前後より取り囲んだが、真田勢は一蹴《ひとけ》りに駆け破った。中でも勇将（註②）と知られる三好清海《みよしせいかい》と為三《いさ》兄弟・由利・浅香・近藤・相木が勇を振るって戦う様は、韋駄天《いだてん》が悪鬼を追い掛けるに異ならなかった。加州勢を討ち敗り旗本へ突いて入ったので、大御所は数度の難儀に懼《おそ》れ、捨て策《むち》を呉《く》れて逃げようとした。大軍の味方が邪魔になり、引き兼ねている処へ、又幸村が七・八騎で追い掛けて来た。大御所が唯々「八幡大神《はちまんだいじん》」と心中に祈念するばかりの処へ、本多《ほんだ》土佐守が馳せ来たって是を防いだ。そして、わずか逃げた処へ福島天神の森陰からも又々、幸村が顕《あらわ》れ出て追い掛けて来た。兼松《かねまつ》と小栗《おぐり》が是に当たり、三・四丁（約三三〇～四四〇メートル）も落ちると、又後から幸村が顕れ、

「卑怯《ひきょう》だぞ」

と呼ばわって掛かった。安藤と成瀬が二十騎計りで、引き返して戦った。その隙に大仁村（註③）に行きかかると、突然幸村が顕れ出て、

「何所《いずこ》まで落ちられるのか。御首《おんくび》を渡されよ」

と呼ばわり喚《さけ》んで、落ち行く先々を前後左右の幸村に遮られ、流石《さすが》の大御所も魂を奪われ唯茫然としていたが、フト思い付き傍らの小さな家に逃げ入った。その時は、大久保を始め皆々が幸村と必死の戦《いくさ》をしている間であった。主《あるじ》の左平太は甲斐甲斐しくも君を奥に入れ、其の身は素知らぬ顔をして居た。其処《そこ》へ一人の武者が駆け来たって、

「此の家に隠れた武者を出せ。左もなくば一命を取るぞ」

と大声で言った。主《あるじ》は空嘯《そらうそぶ》き、

「そのような人は、一人も居ません、お門違《かどちが》いでしょう。隣家をお尋ね下さい」

と言った。幸村は大いに怒って、

「己《おの》れ、偽るならば一討ちにして呉《く》れるぞ」

と傍《はた》の柱を二太刀《ふたたち》・三太刀《みたち》ザクリザクリと切り込んだ。主人は、

「仮令《たとえ》命は取られても、知らない人を出しようがない」

と言い捨てた。幸村は、

「さてさて、珍ら敷《し》き魂《たましい》（性根）である。その魂に免じて命は助け遣《つか》わそう」

と言い捨てて外に出た。大御所は危うき命を助かり、左平太には当座の褒美として金《こがね》の冑《かぶと》を賜った。左平太が、

「有《あ》り難《が》とう御座います」

と御礼を述べている中《うち》に夜も白々《しらじら》と明け始め、又々軍勢が集まったので、大御所は茶臼山へと帰る事が出来た。


（註）

①『三代記』には「利長」とあるが、大坂冬の陣に参戦したのは「利常」なので、訳者が利常

に訂正した。

② 『三代記』に「四十八将の一人」とあるが、訳者はこの言葉を聞いたことがないので、単に「勇将」と訂正した。

③ 「大仁村」は、現大阪市大淀区にかつてあった村である。

百五十六　真田幸村《ゆきむら》忠言の事並びに関東番手《ばんて》攻め幸村抜け道の事

大御所《おおごしょ》は数度の危難を脱《のが》れて熟々《つらつら》思いを廻《めぐ》らし、「全ては幸村の心の中《うち》から出たことなので、彼を味方にするしかない」と隠岐守信尹《おきのかみのぶただ》を召し、

「其《そ》の方《ほう》、出丸《でまる》に行き、斯《か》く斯《か》くに計らえ」

と命じた。信尹は仰せを畏《かしこ》まって聞き、城門に至った。そして、

「関東よりの使者である。幸村に対面したい」

と申し入れた。幸村は聞いて大いに笑い心で頷《うなず》き、

「よしよし、対面しよう。是へ通し申せ」

と言って待っていた。其処《そこ》へ、隠岐守が「仕済《しす》ましたり」と思いながらやって来て座に着いた。そして、互いに時候の挨拶を述べ合った。その後で、信尹が、

「大御所は其許《そこもと》の奇計によって何度も悩まされ、却《かえ》って智勇を感じられ、信州にて十万石を与えるので、味方に参れと申されている」

と言いながら、御墨付《おすみつ》きを渡した。幸村は大いに歓び押し頂き、

「早速御請《おう》け致す処ですが、拙者には武功の臣が多くおりますので、何卒《なにとぞ》信州に甲州を併《あ》わせて頂けるなら御請《おう》け致しましょう」

と返答した。信尹が立ち帰って言上すると、

「尤《もっと》もである」

と言って甲信一円に下さると言う御墨付きを渡された。此の往復の間に、幸村は秀頼公《ひでよりこう》・淀君《よどぎみ》並びに大野、その外《ほか》の諸将をも出丸へ招待した。こうした処へ、信尹が再び来たって、「甲信一円に所領とする」との御墨付きを出した。此の時秀頼公・淀君等は隣席に御《み》簾《す》を掛けていた。幸村は再三押し頂いて、

「大御所の御芳志忝《かたじけな》く存じますが、能々《よくよく》考えて見ると甲信両国では不足です。就《つ》いては日本国を一円に頂きたく思います。前約には有りませんが、是を秀頼公に奉った上で、

某《それがし》は秀頼公より頂き度《た》く思います。此の旨を大御所へ宜しく言上下さい」

と懇《ねんご》ろに申し述べた。信尹は呆れ果て、黙礼して立ち帰った。秀頼公を始めとして、幸村の大忠言に涙を流さぬ者はなかった。隠岐守が立ち帰って此の旨を落ち漏らしなく言上《ごんじょう》すると、大御所は唯、

「大儀であった」

と言った。

さて、攻城《こうじょう》は弥々《いよいよ》番手攻めと決定し、子《ね》から亥《い》迄の十二組と甲《こう》から癸《き》迄の十手、外《ほか》に遊軍が二手、その勢《せい》合わせて二十五万八千余騎で慶長《けいちょう》十九年（一六一四）十二月一日より城攻めを始めた。出丸には後藤・木村・長宗我部《ちょうそかべ》の三将が幸村を助けて防ぎ戦った。今度こそ出丸は微塵《みじん》になる有様《ありさま》なのに、幸村は却《かえ》って秀頼公を招待して、櫓《やぐら》にて軍《いくさ》見物を勧め、こともなげにしていた。関東方よりは子丑寅《ねうしとら》と順次攻め掛かって鬨《とき》を挙げ、唯ひと揉みと攻め立てた。必死の勢の上に、大軍で新手《あらて》を入れ替えて攻め掛けたので、一の柵は破られて二の柵で防ぎ戦った。此《こ》の時《とき》大御所は釣井楼《つりせいろう》（註①）に上《のぼ》り、軍《いくさ》の有様を見ていた。しかし、俄《にわか》に震えが起こって井楼を下ったのは、天運の強い大将と後になって思い合わされた。幸村は大御所が釣井楼に上るのを見て、大筒《おおづつ》を狙い済まして撃った。その為、釣井楼は過《あやま》たずに黒烟《くろけむ》りと共に微塵《みじん》に成って飛び散った。此の時、水野与八郎《よはちろう》・松平舎人《とねり》・川

崎藤五郎《とうごろう》の三人は死骸《しがい》も判らなく成ってしまった。けれ共、関東方は大軍なので、番手の攻め口は互いに競って掛かり、二の門際まで攻め付けて息咄《いきつ》く隙《ひま》もなかった。攻め手の中よりも真田信之《のぶゆき》の嫡子河内守《かわちのかみ》（註②）と、その舎弟内記《ないき》（註③）の両人が塀際《へいぎわ》近く迄寄って勇み戦う処に、矢倉《やぐら》より大助幸昌《ゆきまさ》が声を掛け、

「それに見えるのは正《まさ》しく従弟《いとこ》の河内殿・内記殿に違いない。未だ正式に見参はしていないが、親族の好みに武芸の程を御覧に入れよう」

と能《よ》く引き堅めて放った矢は河内守の着たる冑《かぶと》の前立物《まえだてもの》を射切った。此の時、内記が進み出て、声高く、

「初対面の御手際天晴《あっぱれ》。返礼申そう」

と同じく引き堅めて放つ矢は、大助の冑の吹き返しを射落とした。両人の若武者の弓勢《ゆんぜい》に、敵も味方も声を揚げ、「射たぞ。射たぞ」と感じ合った。斯《か》くて出丸では必死に成って防いでいたが、大軍の新手《あらて》に攻め立てられ遂に二の柵も打ち敗られた。日も早《はや》暮れて弓張《ゆみは》り月《づき》の影さえも心細き時に、茶臼山《ちゃうすやま》の本陣に当たって火焔《かえん》がサッと立つと見えると、近《きん》傍處々《ぼうしょしょ》に火の手を挙げ鬨《とき》を作って攻め掛かる者があった。さては、反逆する者が有ったかと疑うのも理《ことわり》であった。これは別人にあらず、真田左衛門佐《さえもんのすけ》幸村が兼《かね》て太閤《たいこう》の用意した抜け穴を潜《くぐ》り、間道より攻め寄せたのであって天魔の所業《しわざ》と思われた。源君《げんくん》が呆れ果てて

いる処に幸村が、

「今日井楼に玉を一つ贈呈したが、猶飽《なおあ》きたらず、直《ただ》ちに首を申し受け度《た》く参上致した」

と呼ばわり呼ばわり駆け廻った。大久保忠教《ただたか》は君を馬上に助け乗せると、住吉を指して退いた。ところが住吉の御本陣へも真田大助幸昌が押し寄せ、新将軍も難儀されている旨を小姓・近習《きんじゅ》等が言上した。そこで、向きを替えて富田《とんだ》（註④）迄落ちて、と或《あ》る酒屋に入った。此の酒屋は紅屋市郎右衛門《べにやいちろうえもん》（註⑤）と言う名の有る町人であった。

一方、幸村は源君を探したが更に見えなかった。

「さて、此《こ》の度《たび》も打ちもらしたか。如何《いか》にも運の強い大将であるな」

と歎息《たんそく》しつつ、早々に人数を纏《まと》め出丸へ引き取った。その跡へ、城攻めの諸軍勢が火の手に驚いて返し来たった。しかし、敵は既にいなかったので、仕方なく火の手を消していた。


（註）
① 「釣井楼」は、滑車と綱を用いて人の乗った箱を柱高くに吊り上げ、敵情を偵察するための道具である。
② 「真田信之の嫡子河内守」は、名を「信吉《のぶよし》」と言う。後に沼田《ぬまた》藩二代藩主となった。

③信吉の「舎弟内記」は、名を「信政《のぶまさ》」と言う。後に沼田藩四代藩主を経て、松代《まつしろ》藩二代藩主となった。
④「富田」は摂津国富田郷《せっつのくにとんだごう》（現高槻市富田町《たかつきしとんだちょう》）で、十五世紀頃から酒造が盛んになったという。
⑤『三代記』には「紅屋市右衛門」とあるが、訳者が「紅屋市郎右衛門」に訂正した。「紅屋」は屋号で、姓は「清水氏」である。

第百五十七　真田大助夜討ち新将軍家御危難の事並びに淀殿《よどどの》勇気返答の事

さて幸村《ゆきむら》は我身《わがみ》は茶臼山《ちゃうすやま》に打ち向かい、忰《せがれ》大助幸昌《ゆきまさ》には謀計を言い含めて住吉の秀忠公《ひでただこう》の本陣に向かわせた。果《はた》して住吉では茶臼山近傍の火の手に驚き、援兵のために人数を差《さ》し遣《つか》わしたのでいとも手薄であった。其処《そこ》へ突然に鬨《とき》の声が天を震《ふる》わせたので、「何者ぞ」と仰天して確かめさせようとした。すると早くも敵勢が渦巻き来たって若武者が名乗りを揚げた。

「我こそは真田幸村が一子大助幸昌である。父幸村は已《すで》に大御所《おおごしょ》の首を申《もう》し請《う》けた。新将軍にも首を渡されよ」

と叫び、獅子の如く荒れ廻り攻め戦った。新将軍秀忠公が潜《ひそか》に本陣の後ろに出ると、口付き（馬の口取り）が心得て御馬《おうま》を用意した。秀忠公は直ちに打ち乗って駆け出した。後に従う者は僅かに五・六人で有った。大助は是を見て、

「返し給え」

と呼び掛けた。すると本多中務《ほんだなかつかさ》と水野日向《ひゅうが》が大助を支えようとしたので、海野《うんの》と望月《もちづき》が渡り合った。大助は駆け抜けて、新将軍に追い付こうとした。日頃駿足の名馬ではあったが、策《むち》に鐙《あぶみ》を合《あわ》せてもなお一処《ひとところ》に躍《おど》っているような心地がした大助は今は堪《たま》り兼ねて、夜中ではあったが冑《かぶと》の白星を目的《めあて》に例の強弓《ごうきゅう》を曳《ひ》き堅めて矢を放った。しかし将軍の運が強かったのであろう、後ろを駆けていた松村治郎兵衛《じろべえ》の首を羽《は》ぶくら責めて（註①）射抜いたので、松村は二言《にごん》と言わず死んでしまった。安藤も取って返し戦ったが、大助は将軍を討ち漏らした上は強《しい》て戦を好まず、人数を纏《まと》めて安々《やすやす》と城中へ引き退《の》いた。関東方は此の軍《いくさ》に討死《うちじに》五万ばかり。大坂方は三百ばかりと聞《きこ》えた。

さて大坂城中の真田が、子度《したく》（註②）・臥龍《がりゅう》（註③）を欺《あざむ》く程の智略を以《もっ》て十分一《じゅうぶんのいち》にも足らぬ軍兵《ぐんぴょう》にて数度大軍を打ち破り悩ましたので、大御所始め新将軍にも昼夜心を痛め、

「迚《とて》も力攻《ちからぜ》めをして勝利を得ることは覚束《おぼつか》ない。一度和議を調《ととの》えて時節を待とう」

と言って町人の後藤庄三郎《しょうざぶろう》を呼出《よびいだ》し奇密《きみつ》を申し含めて城中へ遣わした。是を淀君《よどぎみ》が聞《きか》れて、先《ま》ず幸村を召いて尋ねられた。幸村は、

「此の度の負け戦《いくさ》に手ごりしての和議の使いと存じます。そのお積《つも》りで御会い下さい。和戦は御心に任せ給え」

と申し上げた。淀殿が対面されたので庄三郎は種々《くさぐさ》の献上物を山の如く積み、

「常光院《じょうこういん》様（註④）及び阿茶局《あちゃのつぼね》様（註⑤）が、御対面され度《た》く思われてお居《い》でです」

と述べた。淀君は早速承知して両女を召された。両女も速《すみや》かに登城して、四方《よも》の物語りをした上で、和睦のことに及んだ。すると淀君は、

「鐘《かね》の銘《めい》（註⑥）より難題を申されて、此《こ》の度《たび》の戦いに及ぶこととなった。徳川殿が兵を収めて帰陣するならば、此方《こなた》より追い討ちはさせない」

と言われた。両女は、

「それでは詮もないので、何とか綾《あや》を付け下され」

と言った。淀君が、

「綾とは何ぞ」

と問うと、

「外堀を埋めるか、新参の浪人を退去させるか、御自身が関東に隠居されるか。

三ツの内一ツを御聞き入れ有《あ》り度《た》い」

と言った。淀君は怒って、

「秀頼《ひでより》が十五歳に成れば譲る約束の天下を、その侭《まま》に差し置く違約《いやく》の罪を此方《こなた》より問うべきなのに、却《かえ》って種々の難題にこと寄せ、剰《あまつさ》え当城へ軍兵を向けた罪を許すことは出来ない。再び口を開き此語《このご》を述べるならば姉妹とは言え許しはしない。早く退城されよ」

と言って長刀《なぎなた》を小脇に掻い込んだので、両女も庄三郎も道理に伏し、すごすごと退城した。


（註）

① 「羽ぶくら責め」とは、矢羽根の際まで矢を深く射込んだこと。

② 「子度」については『三代記』には「しぼう」と振り仮名されているが訳者が「したく」に訂正した。子度は「孟達《もうたつ》」とも言い、三国時代に蜀《しょくりゅうび》の劉備に仕えた武将であるが、後に魏《ぎ》に従ったという。

③ 「臥龍」は蜀の劉備の軍師、諸葛孔明《しょかつこうめい》のことである。一の註④（上巻7ページ）をあわせて参照されたい。

④ 「常光院」は、淀君の妹（初）で、京極高次《きょうごくたかつぐ》の正室である。

⑤「阿茶局」は徳川家康《いえやす》の側室であり、信頼されていたという。

⑥京都方広寺《ほうこうじ》の「鐘の銘」の「国家安康」「君臣豊楽」の文言が問題とされ、大坂冬の陣の一つのきっかけとなった。

百五十八　勅使《ちょくし》参向両軍和睦の事並びに真田幸村《ゆきむら》密計の事

真田幸村が一計を設け全ての陣へ惣掛《そうがか》りの夜討ちを仕掛けたので、関東方は敗軍と成った。関東方は戦う度《たび》に敗軍し、その上死傷する者が多かったので、一先《ひとま》ず和議を調《ととの》えようと、所司代《しょしだい》板倉（註①）に命じ朝廷に赴かせた。そして、遂に勅使が大坂城へ下向《げこう》し、秀頼《ひでより》に勅定《ちょくじょう》を申し伝えた。それによれば、

「外堀を埋《うず》めるか、諸浪人を追い放つか、淀君《よどぎみ》を関東に送るか。此の内の一つを承諾せよ」

とのことであった。秀頼公は止《や》むを得ず、

「外堀を埋めます」

と応じ、ことが調い、判元改め《はんもとあらため》として木村長門守《ながとのかみ》と郡主馬介《こおりしゅめのすけ》が徳川方の茶臼山《ちゃうすやま》の本陣に遣《つか》わされることに成った。此《こ》の時《とき》木村は真田に会って、

「某《それがし》が此の度判元改めの御使いを承《うけたまわ》ったのは幸いです。明日は一命を君に捧げる積《つも》りなので、後事は貴君が全てをお計らい下さい」

と申し述べた。幸村は、その意を察し、

「さてさて、貴殿の忠信は感ずるに余りが有る。此の謀《はかりごと》が成就すれば、秀頼公の運の開く時が急度《きっと》来るでしょう。貴君、能《よ》きに計らわれよ」

と双方詞《ことば》少なに意中を示し合って立ち別《わ》かれた。木村と郡は二百騎を召し連れて茶臼山に至った。すると陣々にて、

「御本陣が間近い。下馬《げば》されよ」

と制したが、木村は聞こえない振《ふ》りをして、郡と共に打ち通った。斯《か》くして本陣の玄関前に至って馬より下りた。案内に連れて座敷に行くと、重臣の一人が、

「御座《ござ》が近いので刀を渡されよ」

と言った。木村は、

「各々《おのおの》は軍中の礼を知らないのか」

と睨み付け、その侭《まま》奥に通り座に着いた。此の時に大御所《おおごしょ》が出座したが、郡は平伏したけ

れ共、木村は頭も下げずにいた。すると大御所が、

「如何《いか》に長門守、駿府《すんぷ》以来久し振りである。父以来の馴染《なじ》みであるが、別条はないか」

と尋ねた。木村は兼《かね》て工《たく》んだことなので、

「今日は秀頼公の使者である。何故私事《しじ》を先にするのか」

とサモ荒々《あらあら》敷《し》く言った。諸大名は、スハと手に汗握るばかりであった。大御所は何気なく、

「尤《もっと》もである。誰かある。手箱を持って来るように」

と言って取り寄せ、本多上野介《ほんだこうずけのすけ》に渡した。すると、上野介が直ちに木村に渡した。長門守が披《ひら》いて見ると、

一　此度《このたび》勅命《ちょくめい》に依《よ》って双方和睦せし証《あかし》として、大坂の外曲輪《そとぐるわ》を破却し外堀を埋《うむ》べき事。然《しか》る上は以後干戈《かんか》を動かし候方違勅《いちょく》たるべし。

と書かれていた。長門守は、主馬助に向かって、

「斯《か》くの如き紙面、持ち帰られようか」

と言って、已《すで》に座を立とうとした。諸将も、スハ一大事と各々《おのおの》刀に手を掛けた。此の時大御所は、

「木村静まれ。我年老《としお》いて書面を間違えた。それは下書きだ。本書は是である」

と言って出した。長門守が再び見ると、

敬白起請文前書《けいはくきしょうもんまえがき》

一　此《こ》の度《たび》　勅命に依って双方和睦するに因《より》て、此の以後別意《べつい》なく水魚《すいぎょ》の交《まじわ》り致すべき事

一　秀頼総堀《そうぼり》を埋められ候上は此方《こなた》より、伊州・和州（註②）を来《きた》る正月相渡すべき事

一　血判誓詞《けっぱんせいし》相済み次第陣払いして大和路《やまとじ》迄引き取るべき事

右の條々《じょうじょう》相背《あいそむ》き何方《いずかた》にても干戈を動かし候えば神罰《しんばつ》を蒙《こうむ》り違勅たるべき者也

長門守は読みおわり、

「これで宜しい」

と本多に渡した。それから血判も済んだので、木村は押し戴いて錦《にしき》の袋に入れ懐中《かいちゅう》にし、末座に下って謹んで平伏し、

「御和睦が調い、恐悦至極《きょうえつしごく》に存じます。各々方《おのおのがた》にも、此の上は底意なく御意《ぎょい》を得《え》たい」

と挨拶して退出した。その有様は、実《まこと》に勇士であると大御所も殊《こと》の外《ほか》に感じられた。

一方、大坂の城中の人々は籠鳥《ろうちょう》が雲の中を翔《かけ》る心地がして歓び勇んだ。その中で、真田・後藤・木村等は唯鬱々《うつうつ》とするばかりであった。真田はフト謀《はかりごと》を思いついた。越前《えちぜん》松平庄三郎忠昌《しょうさぶろうただまさ》の家臣である原隼人佑貞胤《はらはやとのすけさだたね》（註③）は安房守《あわのかみ》と親しい間柄だったのを思い出し、「是非とも面会して、話をしたい」と大御所に願った。早速許可になったので、穴山

安治《やすはる》を呼んで涙を落としながら心底の密事を語った。穴山は小躍りして歓び、その準備をした。大御所は庄三郎忠昌を召して、

「此の度、真田が箇様の願いを申し出た。斯《か》く計《はか》らって呉《く》れ」

と申し含めた。

穴山安治の幸村は、此の日を晴れと出《い》で立った。その有様は小桜を黄に返した鎧《よろい》に桐《きり》の紋所《もんどころ》を処々に鏤《ちりば》め、白星大円山《しらぼしだいえんさん》の冑（註④）に金の六連銭の前立《まえだ》て打ったのを従者に持たせ、蘆毛《あしげ》の馬に梨子地鞍《なしじくら》を置いてゆらりと跨《また》り来たった。隼人佑が出迎え、上座を譲って種々饗応《しゅじゅもてな》して四方山話《よもやまばなし》を懇《ねんご》ろにした。此の時庄三郎忠昌は能々《よくよく》物陰より透《すか》し見て真田に相違なかったので、兼《かね》て大御所からの内命《ないめい》で準備した鉄砲の達人の勇士に、直ぐにも下知《げち》しようと窺《うかが》っていた。其処《そこ》へ、大御所の使いである村越三十郎《むらこしさんじゅうろう》が早馬にて駆け付け、

「幸村に対し、少しも無礼をしては成らない。下々《しもじも》迄申し付けよ」

と言った。その為、庄三郎の謀《はかりごと》は空《むな》しいものと成った。穴山も一砲の下に死ぬ覚悟で来たのであるが、案に相違して無事に帰城した。幸村も、この度の謀《はかりごと》も成就しなかったかと呆れ果てた。

（註）

①「所司代板倉」とあるのは、「京都所司代板倉伊賀守勝重《かつしげ》」のことである。

②「伊州・和州」は、紀伊（和歌山）と大和（奈良）。

③『三代記』には「原隼人正の祖父加賀守」とあるが、訳者が「原隼人佑貞胤」に訂正した。貞胤は安房守昌幸《まさゆき》と共に武田家に仕えていたが、武田家の滅亡後徳川家康《いえやす》の家臣となり、家康の命《めい》で越前松平家の家臣となった人物であり、「隼人佑」である。

④『三代記』には「白星対円山《しらぼしたいえんさん》の冑」とあるが、訳者が「白星大円山の冑」に訂正した。頭（星）を銀で包んだ鋲《びょう》を使って半球形の鉢《はち》を作って、鍬形《くわがた》や前立て・吹き返し・綴《しころ》・忍緒《しのびお》を付けた冑のことである。

百五十九　後藤・木村、大助が達智《たっち》感ずる事 並びに大助《だいすけ》任官辞退の事

斯《こ》うして東西の和議が成ったが、徳川と羽柴《はしば》の両家は真に和親を旨としたのではないので、再び和議が破れて戦争になった。

真田幸村《ゆきむら》は寄せ手の西国勢を敗ろうと、大助を神崎《かんざき》（註①）へ差し向けた。此の神崎の寄せ手は、細川越中守《えっちゅうのかみ》・毛利大膳大夫《だいぜんのだいぶ》・山内《やまのうち》土佐守・立花左近将監《さこんしょうげん》・森美濃守・堀尾山城守《やましろのかみ》等であった。大助は木村・後藤・長宗我部《ちょうそかべ》と共に打ち立ち、敵の模様を探り求めて、

「先《ま》ず後藤は川上を渡って、斯様斯様《かようかよう》にせよ。長宗我部は爾々《しかじか》にせよ」

と手配りした。長宗我部は、大助の手配に不審《ふしん》ながらも命《めい》に従って出で行った。兼《かね》て大助は、今里村《いまざとむら》の庄右衛門《しょうえもん》と三右衛門《さんえもん》と言う者を救って置いた。此の両人が、

「此の度の合戦には功を立て度《た》い」

と願い出たので、大助は、

「然《しか》らば両人は神崎方軍勢に立ち交《まじ》って、斯様斯様に計《はか》らえ」

と命ずると、両人は承諾して出て行った。そして、命令の如く仕済《しす》まして相図をしたので、後藤は心得て川を渡り戦おうとした。神崎の寄せ手は、「大坂勢が川を半ば越えた処を撃とう」と鉄砲の筒先を揃えて待っていた。後藤は是を見て下知《げち》を伝え、真田が工夫の水中撃ちの筒《つつ》で川中より川岸の敵を散々《さんざん》に撃ち立てた。寄せ手は思いもよらないことなので、将棋倒しに撃ち倒された。しかし、仰天しながら、

「再度の玉込みは叶《かな》わないだろう。それ撃ち倒せ」

と言う下知の下《もと》、撃とうとすれば火縄焔硝《ひなわえんしょう》がしめっていて火が移らなかった。更に、「弓

よ」と呼《よば》わり取り出せば、皆弦《つる》切れて用に立たなかった。又鎗《やり》は目釘《めくぎ》を抜いて有った。是は、彼《か》の百姓両人が大助の命令でしたことであった。関東勢が途方に暮れている処へ、後藤が鉄砲を撃ち掛けながら鬨《とき》を挙げて進撃して来た。川下《かわしも》からは大助幸昌《ゆきまさ》が、大筒を撃ち掛け攻め寄せた。山内・立花等は心は弥猛《やたけ》に隼《はや》れども、味方の道具は用に立たず、敵からは大筒《おおづつ》・小筒《こづつ》で撃ち倒され、雪崩《なだれ》を打って敗走した。このような処へ一手の百姓勢が筒先を揃え、横合から撃ち立てたので、関東勢は夢路を辿《たど》る心地して逃げ走った。百姓共の内から一手が立ち返って、敵の陣々に火を掛けた。尼ヶ崎《あまがさき》（註②）では相図の狼烟《のろし》と心得て、長浜から塚口《つかぐち》へと繰り出した。その時、木村長門守《ながとのかみ》が諸手《しょて》に下知して横合いから鬨を作って攻め敗った。不意の軍《いくさ》に崩れ立って、尼ヶ崎へ引き入ろうとしたけれ共叶わず、小浜迄引き取った。木村・後藤は、尼ヶ崎を乗っ取ろうと駆けて行った。その先に、軍勢が少々控えていたので、

「スハヤ、尼ヶ崎の加勢であろう。一人も生《い》かすな」

と下知して駆け寄ると、彼《か》の者共《ものども》が傍《かたわ》らに寄って会釈をした。両人が駭《おどろ》き見れば、由利と穴山の両人であった。そこで、

「何事か」

と尋ねると口を揃えて、

「主人大助が尼ヶ崎の城を焼き打ちにされることを案じ、我々を遣《つか》わしたのです。此の城は秀頼《ひでより》公の運が開けた時に役立てたいので、焼き捨てられるな」と答えた。木村・後藤の両人は、「大助の遠慮は斯《か》く迄《まで》に行き届くか」と落涙《らくるい》して感じ入った。それから両人が引き取ったのを大助は途中で待ち受け、共に勝ち軍《いくさ》を褒め合って打ち連れて帰城した。

淀君《よどぎみ》は真田父子《ふし》に心を掛けて、

「大助を任官させよう」

と秀頼公へ具申した。秀頼公が、

「大助を甲斐守《かいのかみ》に任ずる」

との旨を仰《おお》せられたが、大助はお受けせずに、

「家臣である某《それがし》が細やかな忠を尽《つく》すのは応分のことです。此の上は関東を討ち亡ぼし、君が御安堵《ごあんど》の上で如何共《いかがとも》仰せ付けられ度《た》く願います」

と幸村共々固く辞してお受けしなかったので、秀頼公も詮方《せんかた》なく思った。

（註）

①「神崎」は、摂津国川辺郡《せっつのくにかわべのこおり》（現大阪市中央区）にあった村の名前である。

②「尼ヶ崎」は、摂津国川辺郡（現尼崎市《あまがさきし》）にあった城下町。現在の尼崎城ではなく、「大物《だいもつ》城《じょう》（尼崎古城）」かと思われる。

百六十　大御所《おおごしょ》亀田村御危難の事並びに秀頼公《ひでよりこう》薩州《さっしゅう》へ落ち給う事

此《こ》の御陣《ごじん》でも真田幸村《ゆきむら》と幸昌《ゆきまさ》の妙計・奇策の為に関東方は敗軍し、大坂城はいつ落城する共《とも》見えなかった。しかし、戦う毎《ごと》に数千の死傷が有っても、日本全国の兵を挙げて大坂の孤城を攻めることなので、毎度の敗軍をこと共《とも》しなかった。それに引きかえ大坂城中では真田父子《ふし》が屡々《しばしば》功績を顕《あらわ》したのに、淀君《よどぎみ》や大野兄弟の如き佞姦《ねいかん》の為に光《ひか》りも薄く成って行ったのは、羽柴《はしば》家の衰運の然《しか》らしむる処であった。是《これ》は七十余度の勝ち戦《いくさ》をした楚王《そおう》の項羽《こうう》が、九里山《くりざん》の一戦に首を呂馬童《りょばどう》に得させた例（註①）にも比べられよう。

大坂方では木村・薄田《すすきだ》の両将が討死《うちじに》し、真田父子も力を落として悲歎《ひたん》すれ共《ども》致し方もなく、唯愁《うれ》いに沈んでいた。関東方では大御所《おおごしょ》が、

「此の程打ち続いて大坂方の諸将が討死するのは、全《まった》く淀君と大野の専断のせいである。然《しか》れば真田の討死も近いであろう。先《ま》ず斥候《ものみ》を出して城兵の挙動を見させよう」

と言って窺《うかが》わせた。すると、「長宗我部《ちょうそかべ》も引き取って敵兵は近辺に見えない」と報告があった。大御所が、

「それならば、自身が見に出て見よう」

と言ったので、酒井・本多《ほんだ》・井伊・藤堂《とうどう》が心を極めて諫《いさ》めたが少しも承知しなかった。大久保忠教《ただたか》も、

「四将の言うことは、実《まこと》に尤《もっと》も至極です。強《しい》て打ち出られるのならば、此の彦左衛門《ひこざえもん》はお供しません」

と迄諫めたが聞き入れず、

「危難は戦場の習いである」

と言い放って遂に陣を出た。

一方幸村は、「関東方は陣を平野《ひらの》（註②）へ進めることが近いだろう」と、穴山・春日・浅香・陶山《すやま》・樫山《かしやま》を亀井（註③）の藪の中に伏せさせ、又大助には五百目の大筒《おおづつ》を授け、増

田・根津を差し添えて同じく要地に伏せさせ、その外《ほか》手配りを調《ととの》えていた。

大久保忠教は井伊と藤堂《とうどう》に出勢のことを相談し、我が身はお供にと馬に乗り駆け出した。此の時大御所は静々《しずしず》と馬を歩かせていた。長宗我部が早《はや》引き退いたので、「是は我が心を弛《ゆる》めようとする謀《はかりごと》で有ろう」と暫《しば》し佇《たたず》んだ。そして、亀井村の南から、平野の方を見積ろうとすると、天下を握る幸福が備わっている為であろうか、馬がしきりに嘶《いなな》き、足《あし》掻《か》きをするので不思議な心地がした。そこで急いで下馬《げば》するや否や、大助が打ち放った大筒が鞍を撃ち砕き馬は倒れ伏し、近習《きんじゅ》五・六人が微塵《みじん》に成って失《う》せてしまった。そして、ソレと言う間に穴山を始めとする伏兵が一度に藪の中より起《おこ》り立って、藪に火を掛けた。折節《おりふし》烈風が俄《にわか》に発《おこ》り、亀井村は一面に燃え上《あが》り凄《すさ》まじい有様《ありさま》と成った。安藤治右衛門《じえもん》が早くも君を乗り替えの馬に乗せ、後《うし》ろの森迄逃げて行った。その後から大坂勢が鬨《とき》を作って追い討ちした。火炎は益々盛んになって、多くの旗本勢が此処《ここ》で討たれた。

大久保忠教は鉄砲の音を聞き火の手を見ると、藤堂・井伊に軍勢を出させ、その身は鎗《やり》を取って打って出て、敵を左右に突き散らした。その隙《ひま》に大御所が遁《のが》れるのを、浅見五兵《ごへ》衛《え》が追い迫った。そこで、徒士《かち》の者の水野五郎左衛門が、

「急場のこと故《ゆえ》、御免有《ごめんあ》れ」

と大御所の陣羽織《じんばおり》を頂いて踏み止《とど》まり討死した。源君《げんくん》が辛《かろ》うじて逃れた処へ朱《あけ》に染《そ》まった

一将が葵《あおい》の紋の陣羽織に陣笠を深く冠《かむ》って、

「源　家康《みなもとのいえやす》、討死の覚悟である」

と呼ばわる者が有った。源君が訝《いぶか》りながら見ると、余人に非ず忠教であった。源君は、

「嗚呼《ああ》忠なる哉《かな》。嗚呼忠なる哉」

と云い捨てて遁れて行った。その運の程は、実《まこと》に目出度《めでた》いものと言えよう。

此《こ》の後《のち》も真田幸村は、骨を粉《こ》にし身を砕き肝膽凝《かんたんこら》して、平野表《ひらのおもて》の戦いにも大御所に辛き目を見せたけれ共《ども》、内から叛臣《はんしん》起こり、秀頼公の叔父の浅井周防守《すおうのかみ》（註④）も変心し関東に心を寄せ、淀君や大野の我侭《わがまま》によって名の有る大将分の者も追々《おいおい》討死を遂げてしまった。そこで、「斯《か》くしては迚《とて》も此の孤城で開運することは思いも寄らない」と決意し、木村・長宗我部・後藤の面々と共に秀頼公の御前に出、幸村は涙と共に赤心《せきしん》を吐露《とろ》し、

「君を一度薩摩《さつま》にお落《お》として、開運をお待ちしたい」

と申し述べた。秀頼公も涙ながらに承知した。木村重成に後事《こうじ》を相談し、御供の面々には真田父子・後藤又兵衛《またべえ》、その外《ほか》真田の臣下共百五十人、密《ひそ》かに城中の抜け穴から誉田《こんだ》（註⑤）迄忍んで行き、此処《ここ》で薩州の家臣伊集院刑部《いじゅういんぎょうぶ》に迎えられて、兵庫から船に乗って薩摩に落ち延びた。大坂では、此のことを知る者はなかった。是は木村重成《しげなり》が幸村と申し合わせに従って、関東へは「秀頼は微運《びうん》を悟り切腹して開城する」と申し遣わし、淀君始め、そ

れぞれに自害をさせた。そして、木村は秀頼の装束を着けて見事に腹を切り、城を関東へ渡した。その始末に残す処がなかったので、大御所も感涙《かんるい》に咽《むせ》んだ。斯《こ》うして太閤《たいこう》以来の盛運が尽き一時に衰えたことは言う甲斐もないが、運の極《きわ》めであり是非もないことであった。

（註）

① 戦いに勝ち続けてきた楚の項羽は、垓下《がいか》の戦で漢の劉邦《りゅうほう》に敗れて九里山に陣を敷いた。最期を悟った項羽は、漢の軍の中に旧知の呂馬童を見つけ首を与えたという。

② 「平野」は、摂津国《せっつのくに》住吉郡（現大阪市平野区）にあった在郷町《ざいごうまち》である。

③ 「亀井」は、河内国渋川郡《かわちのくにしぶかわのこおり》（現八尾市亀井町《やおしかめいちょう》）にあった村である。

④ 「浅井周防守」は、名を「井頼《いより》」と言い、浅野長政《ながまさ》の三男ともいわれる。

⑤ 「誉田」は、河内国古市郡《ふるいちのこおり》（現羽曳野市《はびきのし》）にあった村である。

あとがき

『真田三代記』との出合いから大きく時が流れたが、何とか出版にこぎつけることができた。正直なところ途中で何度か止めようと思ったが、新型コロナウイルス感染症の流行の中で、自宅で過ごす時間が多かったことが大きく後押ししてくれた。〝千里の道も一歩から〟の詞の意味を改めて感じているところである。

力不足のため表現に稚拙なところや配慮不足のところも多々あると思われるが、寛大なお心でお許しいただき、大勢の皆様にお読みいただければ幸いである。皆さんに悦んでいただけるようであれば、明治十七年（一八八四）版の現代語訳にも挑戦してみたいと思う。

潔《いさぎよ》く散るは古城の桜花　真田が義心今に伝えて　上田城跡公園にて

終わりに、本書の作成に当たって御配慮いただいたほおずき書籍の皆様に心より謝意を表したい。

二〇二三年十一月

訳　者

堀内　泰（ほりうち　やすし）

信州大学教育学部卒
長野県下の小中学校に勤務（信州大学附属松本中学校副校長・小県東部中学校長）
元上田市上野が丘公民館長
現在、上小郷土研究会会長、東信史学会会員
主な著書等
『信州上田軍記』『信州上田騒動右《すけ》物語』（ほおずき書籍）
『上田大紀行』（郷土出版社）
『〈歴史群像シリーズ戦国セレクション〉奮迅　真田幸村』『丸子町誌』『真田町誌』
『上田市誌』等の分担執筆

新訳 真田三代記〈下巻〉

2024年2月20日　第1刷発行

著　者　堀 内　　泰
装丁デザイン　宮下明日香
発行者　木戸ひろし
発行元　ほおずき書籍 株式会社
〒381-0012　長野県長野市柳原 2133-5
☎ 026-244-0235
www.hoozuki.co.jp
発売元　株式会社 星雲社（共同出版社・流通責任出版社）
〒112-0005　東京都文京区水道 1-3-30
☎ 03-3868-3275

ISBN978-4-434-33524-2